Die Autorin: Rosamunde Pilcher wurde 1924 in Lelant, Cornwall, geboren. Nach Tätigkeiten beim Foreign Office und, während des Krieges, beim Women's Royal Naval Service heiratete sie 1946 Graham Pilcher und zog nach Dundee, Schottland, wo sie seither wohnt. Rosamunde Pilcher schreibt seit ihrem fünfzehnten Lebensjahr. Ihr Werk umfaßt bislang vierzehn Romane, zahlreiche Kurzgeschichten und ein Theaterstück. Mit ihren Büchern, vor allem ihrem Roman «Die Muschelsucher», wurde sie zu einer der erfolgreichsten Autorinnen der letzten fünfzehn Jahre.

Mehrere Romane von Rosamunde Pilcher wurden vom ZDF bereits verfilmt, weitere Verfilmungen sind in Planung.

ROSAMUNDE
PILCHER

Schlafender Tiger

Lichterspiele

ZWEI ROMANE

Deutsch von
Christine Boness und
Margarete Längsfeld

WUNDERLICH TASCHENBUCH

Schlafender Tiger
Die Originalausgabe erschien unter dem Titel
«Sleeping Tiger» bei
St. Martin's Press, New York

Lichterspiele
Die Originalausgabe erschien unter dem Titel
«Another View» bei
St. Martin's Press, New York

Neuausgabe Juli 2005

Veröffentlicht im Rowohlt Taschenbuch Verlag,
Reinbek bei Hamburg, Oktober 2000

Umschlaggestaltung any.way, Barbara Hanke / Cordula Schmidt
(Foto: Joel Katz / corbis)
Gesamtherstellung Clausen & Bosse, Leck
Printed in Germany
ISBN 3 499 26572 9

Rosamunde Pilcher

Schlafender Tiger

Deutsch von Christine Boness

1

Das Hochzeitskleid war cremigweiß mit einem Hauch Rosa darin, wie das Innere einer Muschel. Die steife, dünne Seide glitt über den roten Teppich, während Selina ein paar Schritte ging, und als sie sich umdrehte, blieb der Saum am Teppich haften, so daß sie das Gefühl hatte, das Kleid wickele sie ein wie ein luxuriöses Geschenk.

Miss Stebbings sagte mit hoher, damenhafter Stimme: «O ja, eine bessere Wahl hätten Sie nicht treffen können. Es ist einfach *parfait*.» Sie liebte französische Ausdrücke. «Was ist mit der Länge?»

«Ich weiß nicht... Was meinen Sie?»

«Wir werden es etwas hochstecken. Mrs. Bellows?»

Mrs. Bellows, die in einer Ecke gewartet hatte, bis man sie brauchte, kam herbeigeeilt. Während Miss Stebbings in feinen Crêpe de Chine gekleidet war, trug Mrs. Bellows einen schwarzen Nylonkittel und Schuhe, die Hauspantoffeln verdächtig ähnlich sahen. An ihrem Handgelenk klemmte ein Nadelkissen aus Samt, festgehalten von einem Gummiband.

Sie kniete sich hin und begann den Saum hochzustecken. Selina beobachtete sie im Spiegel. Sie bezweifelte Miss Stebbings' Ansicht, daß das Kleid einfach *parfait* für sie war. Sie sah darin viel zu dünn aus (sie hatte doch nicht etwa noch mehr abgenommen?), und die warme Farbe betonte ihre Blässe noch. Der Lippenstift war weitgehend verschwunden, außerdem sah man ihre Ohren.

Sie versuchte ihr Haar so zu schütteln, daß es die Ohren

bedeckte, und erreichte damit nur, daß die kleine Seidenkrone, die Miss Stebbings ihr aufgesetzt hatte, verrutschte. Als sie den Arm hob, um die Krone wieder geradezurücken, rutschte auch noch der Saum ihres Kleides nach oben, worauf Mrs. Bellows scharf den Atem einzog, offenbar in Erwartung einer schrecklichen Katastrophe.

«Verzeihung», entschuldigte sich Selina.

Miss Stebbings lächelte kurz und begütigend. «Wann ist denn der glückliche Tag?» fragte sie im Plauderton.

«Wir dachten uns, so in einem Monat... glaube ich.»

«Es wird keine große Hochzeit sein?»

«Nein.»

«Natürlich nicht. Unter den Umständen.»

«Ich wollte eigentlich kein richtiges Hochzeitskleid. Aber Rodney... Mr. Ackland...» Sie zögerte wieder, und dann sprach sie es aus: «Mein Verlobter...» Miss Stebbings setzte ein geradezu widerlich strahlendes Lächeln auf. «Er war anderer Meinung. Er sagte, meine Großmutter hätte gewollt, daß ich in Weiß heirate.»

«Natürlich hätte sie das. Wie recht er hat! Ich finde immer, eine Hochzeit in engstem Familienkreis mit der Braut in Weiß hat ihren ganz besonderen Charme. Keine Brautjungfern?»

Selina schüttelte den Kopf.

«Wie reizend. Nur Sie beide. Fertig, Mrs. Bellows? Nun, wie gefällt es Ihnen jetzt? Gehen Sie ruhig ein paar Schritte.» Selina gehorchte. «Viel besser. Wir wollen doch nicht, daß Sie stolpern.»

Selina bewegte sich nervös in dem raschelnden Taft. «Es kommt mir schrecklich weit vor.»

«Ich glaube, Sie sind noch dünner geworden.» Miss Stebbings zupfte den Stoff zurecht.

«Vielleicht nehme ich vor der Hochzeit wieder etwas zu.»

«Das bezweifle ich. Wir ändern es lieber ein ganz kleines bißchen, nur zur Sicherheit.»

Mrs. Bellows erhob sich und steckte einige Nadeln an der Taille fest. Selina machte noch ein paar Schritte und Drehungen, schließlich wurde der Reißverschluß geöffnet und das Kleid vorsichtig über ihren Kopf gezogen, worauf Mrs. Bellows es wie eine Trophäe davontrug.

«Wann wird es fertig sein?» fragte Selina, während sie ihren Pullover überzog.

«In zwei Wochen, denke ich», erwiderte Miss Stebbings. «Und wie haben Sie sich wegen des Krönchens entschieden?»

«Ich glaube, ich nehme es. Es ist recht schlicht.»

«Ich werde es Ihnen ein paar Tage vorher schicken, damit Sie es Ihrem Friseur zeigen können. Es wäre ganz besonders hübsch, wenn Sie Ihr Haar hochstecken würden und dann das Krönchen darauf...»

Selina hatte eine fixe Idee wegen ihrer Ohren. Sie fand sie groß und häßlich. Trotzdem sagte sie kleinlaut: «Ja» und griff nach ihrem Rock.

«Sie denken an die Schuhe, Miss Bruce?»

«Ja, ich werde weiße kaufen. Haben Sie vielen Dank, Miss Stebbings.»

«Keine Ursache.» Miss Stebbings half Selina in ihre Kostümjacke. Sie stellte fest, daß Selina die Perlen ihrer Großmutter trug, zweireihig und mit einem Verschluß aus Saphiren und Diamanten. Ihr entging auch nicht der Verlobungsring, ein riesiger Sternsaphir in einer Fassung aus Perlen und Diamanten. Sie brannte darauf, eine Bemerkung darüber zu machen, wollte aber nicht aufdringlich oder vulgär erscheinen. Daher sah sie in damenhaftem Schweigen zu, wie Selina ihre Handschuhe nahm, hielt den Brokatvorhang des Ankleidezimmers auf und geleitete Selina hinaus.

«Auf Wiedersehen, Miss Bruce. Es war mir wirklich ein Vergnügen.»

«Danke. Auf Wiedersehen, Miss Stebbings.»

Sie fuhr mit dem Fahrstuhl nach unten, durchquerte verschiedene Abteilungen und ging schließlich durch die Drehtüren auf die Straße. Nach der überheizten Luft des Kaufhauses drang die Kälte draußen schneidend durch ihre Jacke. Es war März, und über den blauen Himmel jagten weiße Wolken. Als Selina an den Straßenrand trat, um einem Taxi zu winken, blies der Wind ihr das Haar ins Gesicht, zerrte an ihrem Rock und wehte ihr Staub in die Augen.

«Wohin?» fragte der Taxifahrer, ein junger Mann mit einer buntkarierten Schirmmütze. Er sah aus, als jage er in seiner Freizeit Windhunde.

«Zum ‹Bradley›, bitte.»

«In Ordnung!»

Im Taxi roch es nach Desinfektionsmitteln und abgestandenem Zigarrenqualm. Selina wischte sich den Staub aus den Augen und rollte das Fenster herunter. Gelbe Narzissen blühten im Park, ein junges Mädchen ritt auf einem braunen Pferd, und die Bäume trugen einen Hauch von Grün, die Blätter noch unberührt vom Ruß und Staub der Großstadt. Es war kein Tag für London. Es war ein Tag, um auf dem Land zu sein, einen Hügel zu erklimmen oder ans Meer hinunterzulaufen.

In den Straßen staute sich der Mittagsverkehr, und die Bürgersteige waren voll von Geschäftsleuten, Damen beim Einkaufsbummel, Sekretärinnen und Liebespaaren, die sich an den Händen hielten und über den Wind lachten. Eine Frau verkaufte Veilchen von einem Blumenkarren, und selbst der ungepflegte alte Mann, der mit zwei umgehängten

Reklametafeln den Rinnstein entlangtrottete, trug keck eine Narzisse im Revers seines ausgebeulten Mantels.

Das Taxi bog in die Bradley Street ein und hielt vor dem Hotel. Der Portier kam, um Selina die Tür zu öffnen. Er kannte sie, denn er hatte ihre Großmutter, die alte Mrs. Bruce, gekannt. Selina war schon mit ihrer Großmutter zum Mittagessen ins «Bradley» gekommen, als sie noch ein kleines Mädchen war. Jetzt lebte Mrs. Bruce nicht mehr, und Selina kam allein.

«'n Morgen, Miss Bruce», begrüßte sie der Portier.

«Guten Morgen.» Sie öffnete ihre Handtasche auf der Suche nach etwas Kleingeld.

«Ein wunderschöner Tag heute.»

«Schrecklich windig.» Sie bezahlte den Taxifahrer, bedankte sich und wandte sich zur Tür. «Ist Mr. Ackland schon da?»

«Ja, seit ungefähr fünf Minuten.»

«Oh, verflixt, ich komme zu spät!»

«Kann nicht schaden, die Männer warten zu lassen.»

Er setzte die Drehtür für sie in Bewegung, und Selina fand sich in der warmen, luxuriösen Hotelhalle wieder. Es duftete nach teuren Zigarren, köstlichem Essen, nach Blumen und Parfum. Elegant gekleidete Menschen saßen in kleinen Gruppen zusammen. Selina fühlte sich windzerzaust und leicht derangiert.

Sie wollte sich gerade in Richtung Waschraum davonstehlen, als der Mann, der allein in der Nähe der Bar gesessen hatte, sie bemerkte, aufstand und auf sie zukam. Er war groß und gutaussehend, Mitte Dreißig, und trug die typische Uniform des Geschäftsmannes: einen dunkelgrauen Anzug, ein dezent gestreiftes Hemd und eine unaufdringliche gestreifte Krawatte. Sein Gesicht war faltenlos und gut geschnitten, die Ohren lagen eng am Kopf an, das braune

Haar war voll und glatt und reichte ihm genau bis zum strahlendweißen Kragenrand. Über seiner tadellos sitzenden Weste hing eine goldene Uhrkette, Manschettenknöpfe und die Armbanduhr waren ebenfalls aus Gold. Er sah genau so aus, wie er war: wohlhabend, wohlgepflegt, wohlerzogen und eine Spur aufgeblasen.

«Selina», sagte er.

Ihre Flucht in den Waschraum wurde abrupt vereitelt. Selina drehte sich um. «Oh, Rodney ...» Sie zögerte.

Er küßte sie und bemerkte: «Du bist spät dran.»

«Ich weiß. Es tut mir leid. Es war so ein Verkehr.»

Sein Blick zeigte ihr, wenn auch relativ freundlich, wie unpassend er ihr Aussehen fand. Gerade wollte sie sagen «Ich geh mir kurz die Nase pudern», doch er kam ihr zuvor: «Du gehst dir wohl lieber die Nase pudern.» Das konnte sie wahnsinnig machen. Sie zögerte. Sollte sie ihm erklären, daß sie gerade auf dem Weg zum Waschraum gewesen war, als er sie aufgehalten hatte? Es schien kaum der Mühe wert. Also lächelte sie, Rodney lächelte zurück, und sie gingen wortlos auseinander – anscheinend in völligem Einvernehmen.

Als sie zurückkam, das rehbraune Haar glattgekämmt, die Nase frisch gepudert, die Lippen nachgezogen, saß er auf einem kleinen, geschwungenen Satinsofa und wartete auf sie. Vor ihm auf dem kleinen Tisch standen sein Martini und der blasse, trockene Sherry, den er immer für Selina bestellte. Sie setzte sich neben ihn.

«Liebling», begann er, «bevor wir von etwas anderem reden, muß ich dir für heute nachmittag absagen. Um zwei Uhr erwarte ich einen Klienten, ein ziemlich wichtiger Mensch. Es macht dir doch nichts aus? Morgen kann ich es einrichten.»

Sie hatten vorgehabt, in die neue Wohnung zu gehen, die Rodney gemietet hatte und in der sie ihr Eheleben beginnen wollten. Sie war erst kürzlich renoviert worden, und jetzt, wo die Klempner- und Elektrikerarbeiten abgeschlossen waren, mußten sie nur noch die Räume ausmessen und Tapeten und Vorhänge und die passenden Farben aussuchen.

Selina sagte ihm, daß es ihr natürlich nichts ausmachte. Morgen paßte genausogut wie heute. Insgeheim war sie dankbar, daß ihr eine vierundzwanzigstündige Galgenfrist blieb, bevor sie gezwungen sein würde, sich für die Farbe des Wohnzimmerteppichs zu entscheiden und das Für und Wider von Chintz oder Samt zu erwägen.

Rodney lächelte wieder, erfreut über ihr Verständnis. Er nahm ihre Hand, drehte den Verlobungsring so, daß der Saphir genau in der Mitte ihres schmalen Ringfingers lag, und fragte: «Und was hast du heute vormittag gemacht?»

Auf diese direkte Frage hatte Selina eine ganz besonders romantische Antwort. «Ich habe mir ein Hochzeitskleid gekauft.»

«Liebling!» Er war hocherfreut. «Und wo?»

Sie sagte es ihm. «Es klingt sehr phantasielos, ich weiß, aber Miss Stebbings... Sie leitet die Modellkleid-Abteilung, und meine Großmutter ging immer dorthin, und ich dachte, ich gehe lieber zu jemandem, den ich kenne. Sonst mache ich wahrscheinlich einen Riesenschnitzer und kaufe etwas ganz Schreckliches.»

«Wie kommst du denn darauf?»

«Ach, du weißt doch, wie nervös mich Geschäfte immer machen. Ich würde alles kaufen.»

«Wie sieht das Kleid aus?»

«Nun, es ist weiß, so eine Art Rosacremeweiß. Ich kann es nicht beschreiben...»

«Lange Ärmel?»

«O ja.»

«Ist es kurz oder lang?»

Kurz oder lang! Selina starrte Rodney entsetzt an. «Kurz oder lang? Aber, natürlich ist es lang! Oh, Rodney, glaubst du, ich hätte ein kurzes nehmen sollen? Mir ist nie der Gedanke gekommen, mir ein kurzes Hochzeitskleid zu kaufen. Ich wußte nicht einmal, daß man so etwas kaufen kann.»

«Mach nicht so ein besorgtes Gesicht, Liebling.»

«Vielleicht hätte ich ein kurzes kaufen sollen. Da es doch eine Hochzeit im engsten Kreis werden wird, sieht ein langes Kleid bestimmt lächerlich aus, nicht?»

«Du könntest es ändern lassen.»

«Nein, das kann ich nicht. Es ist schon geändert worden.»

«Nun, dann... Dann ist es egal», besänftigte Rodney sie.

«Und du meinst nicht, daß ich albern aussehen werde?»

«Natürlich nicht.»

«Es ist sehr hübsch, wirklich.»

«Da bin ich sicher. Und jetzt habe ich eine Neuigkeit für dich. Ich habe mit Mr. Arthurstone gesprochen, und er hat sich einverstanden erklärt, dich zum Altar zu führen.»

«Oh!»

Mr. Arthurstone war Rodneys Seniorpartner, ein ältlicher Junggeselle mit äußerst verknöcherten Ansichten. Er litt an Arthritis in den Knien, und der Gedanke, an der Seite eines Mr. Arthurstone, der eher gestützt werden mußte, als daß er sie stützte, zum Altar zu schreiten, war einfach niederschmetternd.

Rodney zog die Augenbrauen hoch. «Liebling, etwas erfreuter könntest du schon klingen.»

«Oh, ich freue mich sehr. Es ist nett von ihm, daß er das übernehmen will. Aber, sag mal, brauche ich denn unbedingt einen Brautführer? Können wir nicht einfach zusammen zur Kirche fahren, und du und ich gehen zum Altar und werden getraut?»

«Das schickt sich wirklich ganz und gar nicht.»

«Aber ich kenne Mr. Arthurstone kaum.»

«Natürlich kennst du ihn. Er kümmert sich seit Jahren um die Belange deiner Großmutter.»

«Aber das bedeutet nicht, daß ich ihn kenne.»

«Du mußt doch nur mit ihm durch die Kirche gehen. Jemand muß dich zum Altar führen.»

«Ich begreife nicht, wieso.»

«Liebling, so sind die Dinge nun einmal. Und es gibt niemand anderen, das weißt du.»

Natürlich wußte Selina das. Es gab keinen Vater, keinen Großvater, keinen Onkel, keinen Bruder. Niemanden. Nur Mr. Arthurstone.

Sie seufzte tief. «Wahrscheinlich hast du recht.»

Rodney tätschelte ihre Hand. «Braves Mädchen! Und jetzt hab ich eine Überraschung für dich. Ein Geschenk.»

«Ein Geschenk?» Sie war tatsächlich überrascht. Sollte es möglich sein, daß sogar Rodney von der Fröhlichkeit dieses strahlenden Märztages angesteckt worden war? Hatte diese Frühlingslaune ihn etwa auf dem Weg zu seiner Verabredung mit Selina in eine reizende Boutique geführt, wo er ihr irgendeine nutzlose Frivolität gekauft hatte, um etwas Romantik in ihren Tag zu bringen? «Wirklich, Rodney?» fragte sie gespannt. «Wo ist es?»

(Vielleicht in seiner Tasche? Teure Geschenke waren immer in kleinen Schachteln.)

Rodney griff hinter sich und hielt ihr ein Paket hin, das in Papier eingewickelt und mit einem Bindfaden verschnürt war und ganz offensichtlich ein Buch enthielt. «Hier», sagte er.

Selina versuchte, sich die Enttäuschung nicht anmerken zu lassen. Es war ein Buch. Hoffentlich war es wenigstens lustig.

«Oh, ein Buch!» rief sie.

Es fühlte sich schwer an, und die Hoffnung, daß es sie zum Lachen bringen würde, erstarb. Es würde ein äußerst lehrreiches, zum Nachdenken anregendes Buch sein, das auf intelligente Art und Weise die verschiedenen gesellschaftlichen Probleme der Zeit aufgriff. Oder vielleicht ein Reiseführer, mit Augenzeugenberichten von den exotischen Sitten und Gebräuchen irgendeines zentralafrikanischen Stammes.

Es war Rodneys ganzer Ehrgeiz, Selinas Geist zu schulen, und es betrübte ihn zutiefst, daß sie eine so deutliche Vorliebe für Zeitschriften, Taschenbücher und Kriminalromane hatte.

Mit anderen Gebieten der Kultur stand es genauso. Selina liebte das Theater, konnte aber einer vierstündigen Geduldsprobe über zwei Menschen, die in Mülltonnen lebten, nichts abgewinnen. Auch war sie eine begeisterte Anhängerin des Balletts, zog es allerdings vor, wenn die Tänzerinnen Tutus trugen. Sie mochte Walzer lieber als Tschaikowsky, und Solo-Violinkonzerte hinterließen bei ihr ausnahmslos ein Gefühl in den Zähnen, als hätte sie kürzlich auf einen Pflaumenkern gebissen.

«Ja», sagte Rodney, «ich habe es selbst gelesen, und ich war dermaßen beeindruckt, daß ich dir eine eigene Ausgabe davon gekauft habe.»

«Wie lieb von dir.» Sie betrachtete das Paket prüfend. «Wovon handelt es?»

«Von einer Insel im Mittelmeer.»

«Das klingt nett.»

«Es ist so eine Art Biographie, glaube ich. Der Typ zog vor sechs oder sieben Jahren dorthin. Baute sich ein Haus um und freundete sich sehr mit den Einheimischen an. Seine Schilderungen der spanischen Lebensweise erschienen mir äußerst wohlüberlegt, äußerst vernünftig. Es wird dir gefallen, Selina.»

«Ja, da bin ich sicher», erwiderte sie und legte das Päckchen neben sich auf das Sofa. «Vielen Dank, Rodney.»

Nach dem Essen verabschiedeten sie sich auf dem Gehsteig. Sie standen sich gegenüber, wobei Rodneys Bowler so weit vorn saß, daß er ihm fast bis auf die Nase reichte, während Selina das Haar ins Gesicht wehte.

«Was wirst du heute nachmittag anfangen?» fragte er.

«Oh, ich weiß nicht.»

«Warum machst du nicht einen Bummel zu ‹Woollands› und versuchst, eine Entscheidung bezüglich der Vorhänge zu treffen? Wenn du einige Muster bekommst, könnten wir sie morgen nachmittag mit in die Wohnung nehmen.»

«Ja.» Der Vorschlag klang vernünftig. «Das ist eine gute Idee.»

Er lächelte sie aufmunternd an. Selina lächelte zurück.

«Nun, dann auf Wiedersehen», sagte er. Er küßte sie nie auf der Straße.

«Auf Wiedersehen, Rodney. Vielen Dank für das Mittagessen. Und das Geschenk», fügte sie noch schnell hinzu.

Er machte eine kleine, nonchalante Geste mit der Hand, wandte sich ab und ging davon, wobei er seinen Regenschirm als Spazierstock benutzte und sich geschickt seinen Weg durch die Menschenmenge bahnte.

Selina erwartete halb, daß er sich umdrehen und ihr ein letztes Mal zuwinken würde, doch das tat er nicht.

Sie seufzte. Es war inzwischen noch wärmer geworden. Der Himmel war wolkenlos, und sie konnte den Gedanken, in einem stickigen Laden zu sitzen und Muster für Wohnzimmergardinen auszusuchen, nicht ertragen. Ziellos wanderte sie in Richtung Piccadilly, überquerte unter Lebensgefahr die Straße und betrat den Park.

Die Bäume zeigten sich von ihrer schönsten Seite; das Gras hatte sein winterliches Schmutzigbraun verloren und war frisch und grün. Als Selina darüberging, duftete es wie eine Sommerwiese. Teppiche voller gelber und violetter Krokusse breiteten sich vor ihr aus, und unter den Bäumen standen paarweise Stühle.

Selina setzte sich in einen davon, lehnte sich mit ausgestreckten Beinen zurück und hielt ihr Gesicht in die Sonne. Schon bald begann ihre Haut vor Wärme zu prickeln. Sie setzte sich auf, zog ihre Kostümjacke aus und schob die Ärmel ihres Pullovers hoch. Schließlich konnte sie genausogut morgen früh zu «Woollands» gehen.

Ein kleines Mädchen, begleitet von seinem Vater und einem kleinen Hund, kam auf einem Dreirad vorbei. Es hatte rote Strumpfhosen und ein blaues Kleid an und ein schwarzes Band im Haar. Der Vater war noch ziemlich jung und trug einen Rollkragenpullover und ein Tweedjackett. Als die Kleine ihr Dreirad anhielt und über das Gras lief, um an den Krokussen zu riechen, machte er keinen Versuch, sie aufzuhalten, sondern sah ihr lächelnd zu, während er das Dreirad festhielt. «Sie riechen ja gar nicht», sagte das kleine Mädchen.

Ihr Vater nickte. «Das hätte ich dir vorher sagen können.»

«Warum riechen sie nicht?»

«Ich habe keine Ahnung.»

«Ich dachte, alle Blumen riechen.»

«Die meisten schon. Komm jetzt, laß uns weitergehen.»

«Kann ich welche pflücken?»

«Das würde ich lieber nicht tun.»

«Warum nicht?»

«Die Parkwächter mögen das nicht.»

«Warum nicht?»

«Es ist eine Vorschrift.»

«Warum?»

«Nun, weil andere Leute sie sich auch gern ansehen. Komm jetzt.»

Das kleine Mädchen gehorchte, stieg wieder auf sein Dreirad und fuhr weiter, gefolgt von seinem Vater.

Selina hatte diese kleine Szene beobachtet, hin- und hergerissen zwischen Vergnügen und Wehmut. Ihr ganzes Leben lang hatte sie Gespräche anderer Familien, anderer Kinder, anderer Eltern belauscht. Die Art, wie sie miteinander umgingen, führte bei ihr zu endlosen Spekulationen. Als Kind war sie oft von Agnes, ihrem Kindermädchen, mit in den Park genommen worden, wo sie schüchtern andere Kinder beim Spielen beobachtet hatte, sehnsüchtig darauf wartend, daß man sie zum Mitmachen aufforderte, jedoch zu ängstlich, um zu fragen. Sie wurde nur selten aufgefordert. Ihre Kleidung war viel zu sauber und adrett, und Agnes, die strickend auf einer Bank in der Nähe saß, konnte äußerst furchteinflößend aussehen. Wenn Gefahr bestand, daß Selina sich mit Kindern abgab, die die alte Mrs. Bruce für «unpassend» gehalten hätte, rollte Agnes ihr Wollknäuel auf, steckte die Nadeln hinein und rief ihr zu, es sei Zeit, nach Queen's Gate zurückzukehren.

Selinas Zuhause war ein Frauenhaushalt, eine kleine, weibliche Welt, regiert von Mrs. Bruce. Agnes, die früher ihr Hausmädchen gewesen war, Mrs. Hopkins, die Köchin, und Selina waren ihre gehorsamen Untertanen. Männer, außer Mr. Arthurstone, Großmutters Anwalt, oder in den letzten Jahren Rodney Ackland, der Mr. Arthurstone vertrat, hatten so gut wie nie das Haus betreten. Und wenn es doch einer tat – um ein Rohr zu reparieren, etwas anzustreichen oder einen Zähler abzulesen –, fand man Selina unweigerlich in seiner Gesellschaft, eifrig Fragen stellend. War er verheiratet? Hatte er Kinder? Wie hießen sie? Wohin fuhren sie in Urlaub? Es waren die wenigen Anlässe, bei denen Agnes ärgerlich wurde.

«Was um Himmels willen würde deine Großmutter sagen, wenn sie hören könnte, wie du den Mann von der Arbeit abhältst?»

«Tu ich gar nicht.» Manchmal konnte Selina stur sein.

«Was hast du mit dem schon zu reden?»

Darauf konnte sie nichts antworten, denn sie verstand selbst nicht, warum es so wichtig für sie war. Doch niemand sprach über ihren Vater. Sein Name wurde nie erwähnt. Selina wußte nicht einmal, wie er geheißen hatte, da Mrs. Bruce die Mutter ihrer Mutter war und Selina ihren Namen angenommen hatte.

Einmal, als sie aus irgendeinem Grund wütend war, hatte sie ganz offen gefragt: «Ich will wissen, wo mein Vater ist. Warum hab ich keinen? Alle anderen haben einen.»

Ihre Großmutter hatte – kühl, aber nicht unfreundlich – gesagt, er sei tot.

Selina besuchte regelmäßig die Sonntagsschule. «Meinst du damit, er ist in den Himmel gekommen?»

Mrs. Bruce zerrte heftig an einem lästigen Knoten in der Wolle, mit der sie gerade einen Wandteppich knüpfte. Der Gedanke, daß dieser Mann mit den Engeln verkehrte, schien ihr denn doch zu abwegig, aber sie besaß eine strenge religiöse Disziplin, und außerdem wäre es falsch gewesen, das Kind zu desillusionieren. «Ja», antwortete sie.

«Was ist mit ihm passiert?»

«Er wurde im Krieg getötet.»

«Getötet? Wie wurde er getötet?» (Sie konnte sich nichts Schrecklicheres vorstellen, als von einem Bus überfahren zu werden.)

«Wir haben es nie erfahren, Selina. Wir können es dir

wirklich nicht sagen. Und jetzt...» Mrs. Bruce blickte mit einer Miene auf ihre Uhr, die deutlich machte, daß das Gespräch beendet war. «Geh und sag Agnes, es ist Zeit für deinen Spaziergang.»

Agnes – darauf angesprochen – erwies sich als etwas mitteilsamer.

«Agnes, mein Vater ist tot.»

«Ja», sagte Agnes. «Ich weiß.»

«Seit wann ist er tot?»

«Seit dem Krieg. Seit 1945.»

«Hat er mich jemals gesehen?»

«Nein. Er starb, bevor du geboren wurdest.»

Das war entmutigend. «Hast du ihn jemals gesehen, Agnes?»

«Ja», gab Agnes widerstrebend zu. «Als deine Mutter mit ihm verlobt war.»

«Wie hieß er?»

«Also, das kann ich dir nicht sagen. Ich habe es deiner Großmutter versprochen. Sie will nicht, daß du es weißt.»

«Und, war er nett? Sah er gut aus? Was für eine Farbe hatte sein Haar? Wie alt war er? Mochtest du ihn?»

Agnes, die ebenfalls ihre Grundsätze hatte, beantwortete die einzige Frage, die sie ehrlich beantworten konnte. «Er sah sehr gut aus. Und jetzt reicht es, denke ich. Lauf schon, Selina, und schlurf nicht mit den Füßen, du nutzt sonst die Sohlen deiner neuen Schuhe ab.»

«Ich hätte gern einen Vater», sagte Selina und beobachtete später am Nachmittag eine gute halbe Stunde einen Vater, der mit seinem Sohn eine Modellyacht auf dem Teich segeln ließ. Unauffällig schlich sie sich näher und näher an die beiden heran, in der Hoffnung, etwas von ihrer Unterhaltung aufzuschnappen.

Sie fand das Foto, als sie fünfzehn war, an einem deprimierenden, regnerischen Mittwoch in London. Es gab nichts zu tun. Agnes hatte ihren freien Tag, Mrs. Hopkins saß da, die arthritischen Beine auf einer Fußbank aufgestützt und in den *People's Friend* vertieft. Großmutter gab eine Bridge-Party. Gedämpfte Stimmen und der Duft teurer Zigaretten drangen durch die geschlossenen Salontüren. Nichts zu tun! Selina, die ruhelos im Haus umherstreifte, trat ins Gästezimmer, warf einen Blick aus dem Fenster, schnitt ein paar Filmstargesichter in dem dreiteiligen Frisierspiegel und wollte gerade wieder hinausgehen, als sie die Bücher auf dem schmalen Regal zwischen den beiden Betten entdeckte. Ihr kam der Gedanke, daß vielleicht ein Buch dabei war, das sie noch nicht kannte, und sie kniete sich zwischen die Betten und fuhr mit dem Zeigefinger über die Titel.

Bei *Rebecca* hielt sie inne. Eine Kriegsausgabe mit gelbem Schutzumschlag. Sie nahm das Buch aus dem Regal, öffnete es, und ein Foto fiel aus den enggedruckten Seiten. Das Foto eines Mannes. Selina hob es auf. Eines Mannes in Uniform. Er hatte sehr dunkles Haar, ein Grübchen am Kinn, buschige Augenbrauen und dunkle Augen, die vor Lachen blitzten, obwohl er sonst eine ernste Miene zur Schau trug. Ein Soldat in einer gutsitzenden Uniform mit vielen Knöpfen.

Selina hatte einen wundervollen Verdacht. Ganz entfernt erinnerte dieses fremde Gesicht an ihr eigenes. Sie nahm das Foto mit zum Spiegel und versuchte, Ähnlichkeiten zu entdecken. Viele Anhaltspunkte gab es nicht. Der Mann war sehr attraktiv, Selina dagegen unscheinbar. Während seine Ohren eng am Kopf anlagen, standen Selinas ab wie die Henkel einer Kaffeekanne.

Sie drehte das Foto um. Auf der Rückseite stand:

Harriet, mein Liebling,

von G.

und ein paar Kreuze, Zeichen für Küsse.

Harriet war der Name ihrer Mutter gewesen, und nun wußte Selina, daß dies ein Foto ihres Vaters war.

Sie erzählte niemandem davon. Sie stellte *Rebecca* ins Regal zurück und nahm das Foto mit auf ihr Zimmer. Von da an trug sie es immer bei sich, in dünnes Papier eingewickelt, damit es nicht zerknitterte oder schmutzig wurde. Sie hatte auf einmal eine Ahnung von ihrer Vergangenheit, allerdings viel zu vage, um ihr Verlangen zu stillen, und so beobachtete sie weiterhin andere Familien und belauschte ihre Unterhaltungen...

Die Stimme eines Kindes riß Selina aus ihren Gedanken. Sie hatte geträumt. Jetzt, wo sie hellwach war, hörte sie auf einmal den brausenden Verkehr auf dem Piccadilly Circus und das Gebrabbel eines Babys in einem Kinderwagen. Das kleine Mädchen auf dem Dreirad und ihr Vater waren längst verschwunden. Andere Menschen hatten ihren Platz eingenommen, und nur ein paar Meter von Selina entfernt lag ein engumschlungenes Liebespaar im Gras.

Der Holzstuhl wurde langsam unbequem. Selina veränderte ihre Haltung ein wenig, und das Päckchen, das Rodney ihr gegeben hatte, glitt von ihrem Schoß und fiel zu Boden. Sie bückte sich, hob es auf und begann zerstreut, es auszupacken. Auf dem Schutzumschlag aus weißem Hochglanzpapier stand in roten Buchstaben:

FIESTA IN CALA FUERTE

von George Dyer

Selina verzog den Mund. Das Buch wirkte ziemlich schwierig. Sie blätterte es flüchtig durch und schloß es wieder, als hätte sie es bereits ausgelesen. Es lag mit dem Rücken nach oben auf ihren Knien.

Das Gesicht sprang ihr ins Auge, so wie ein Name einem manchmal plötzlich aus einem Zeitungsartikel ins Auge springt. Es war ein Privatfoto, das man vergrößert hatte, damit es auf die Rückseite des Umschlags paßte. George Dyer. Er trug ein weißes Hemd mit offenem Kragen, und seine Haut erschien im Gegensatz dazu dunkel wie Leder. Das Gesicht war von feinen Linien durchzogen, sie umrahmten seine Augen, zogen tiefe Kanäle von der Nase zum Mund, zerfurchten die Stirn.

Aber trotzdem, es war dasselbe Gesicht. Er hatte sich nicht sehr verändert. Das Grübchen am Kinn war da. Die schönen Ohren, das Strahlen in seinen Augen, als würden er und der Fotograf sich über irgend etwas köstlich amüsieren.

George Dyer. Der Autor. Er lebte auf einer Insel im Mittelmeer und schrieb äußerst wohlüberlegt und vernünftig über die Einheimischen. Das war sein Name, George Dyer.

Selina nahm ihre Tasche, holte das Foto ihres Vaters heraus und hielt die beiden Fotos mit zitternden Händen nebeneinander.

George Dyer. Und er hatte ein Buch veröffentlicht. Und er lebte.

2

Selina nahm ein Taxi zurück nach Queen's Gate, lief die Treppen hoch, stürmte in die Wohnung und rief nach Agnes.

«Ich bin hier, in der Küche», antwortete Agnes.

Als Selina in der Küchentür erschien, war Agnes gerade dabei, Teeblätter in eine Kanne zu füllen. Sie war eine kleine, alterslose Person, und Selina wußte, daß ihr leicht säuerlicher Gesichtsausdruck lediglich als Schutz gegen die Tragödien des Lebens diente. Agnes hatte das gütigste Herz der Welt und ertrug es kaum, all den Kummer und das Leid, von dem sie hörte, nicht lindern zu können. «Diese armen Äthiopier», pflegte sie zu sagen und setzte ihren Hut auf, um loszugehen und eine Spendenanweisung in Auftrag zu geben, meistens über mehr, als sie sich leisten konnte. Während der Kampagne «Gegen Hunger in der Welt» hatte sie sieben Tage auf ihr Mittagessen verzichtet und schrecklich unter der daraus folgenden Müdigkeit und Magenverstimmung gelitten.

Die Wohnung in Queen's Gate war bereits verkauft; wenn Rodney und Selina nach ihrer Hochzeit in die neue Wohnung einzogen, würde Agnes mit ihnen kommen. Es war gar nicht einfach gewesen, sie dazu zu bewegen. Sicher würde Selina die alte Agnes nicht im Weg haben, sondern ihr neues Leben ganz von vorn beginnen wollen… Selina hatte versichert, nichts liege ihr ferner. Nun, aber Mr. Ackland… Für ihn wäre es doch, als hätte er seine Schwiegermutter in der Wohnung! Selina sprach mit Rodney, der Agnes vorläufig beruhigen konnte. Doch dann behauptete sie plötzlich, sie sei zu alt, um noch einmal umzuziehen, also zeigten sie ihr die neue Wohnung. Wie sie es vorausgesehen hatten, war Agnes entzückt von der Helligkeit und dem Komfort, der sonnendurchfluteten Einbauküche und dem kleinen Wohnzimmer, das ihr ganz allein gehören würde, mit Blick auf den Park und einem eigenen Fernseher.

Immerhin, sagte Agnes sich tapfer, würde sie mit ihnen gehen, um ihnen zu helfen. Sie würde arbeiten. Und bald würde sie zweifellos wieder eine Nanny sein, mit einem neuen Kinderzimmer, über das sie herrschen konnte, und einer neuen Generation von Babies, ein Gedanke, der von neuem all ihre verborgenen Mutterinstinkte weckte.

Jetzt stand Selina in der Tür, mit rosigen Wangen vom schnellen Laufen, und ihre blauen Augen glänzten wie Glas. Agnes runzelte die Stirn. «Du bist schon früh zurück. Ich dachte, du wolltest die Böden ausmessen gehen. Stimmt irgend etwas nicht, Liebes?»

Selina legte ihr Buch auf den geschrubbten Tisch zwischen ihnen. Sie schaute Agnes direkt in die Augen und fragte: «Hast du diesen Mann schon einmal gesehen?»

Agnes' Reaktion war mehr als befriedigend. Sie riß erschrocken den Mund auf, ließ den Teelöffel fallen und sank auf den blauen Stuhl. Selina erwartete halb, daß sie sich ans Herz fassen würde. Sie beugte sich über den Tisch. «Nun, Agnes?»

«Oh», stieß Agnes hervor. «Oh, wie du mich erschreckt hast!»

Selina war unnachgiebig. «Du hast ihn schon einmal gesehen, nicht wahr?»

«Oh, Selina... Wo hast du... Woher wußtest du... Wann hast du...» Sie war unfähig, eine Frage zu stellen oder einen Satz herauszubekommen. Selina zog einen zweiten Stuhl heran und setzte sich ihr gegenüber.

«Es ist mein Vater, nicht wahr?» Agnes sah aus, als würde sie jeden Moment in Tränen ausbrechen. «Ist das sein Name? George Dyer? War das der Name meines Vaters?»

Agnes riß sich zusammen. «Nein», antwortete sie. «Nein, so hieß er nicht.»

Selina sah enttäuscht aus. «Wie hieß er dann?»

«Gerry... Dawson.»

«Gerry Dawson. G. D. Dieselben Initialen. Dasselbe Gesicht. Es ist ein Pseudonym. Ganz klar, es ist ein Pseudonym.»

«Aber, Selina... Dein Vater wurde getötet.»

«Wann?»

«Gleich nach der Invasion Frankreichs durch die alliierten Truppen.»

«Woher weißt du, daß er getötet wurde? Wurde er vor Augenzeugen in die Luft gesprengt? Starb er in irgend jemandes Armen? Wissen wir mit Sicherheit, daß er tot ist?»

Agnes fuhr sich mit der Zunge über die Lippen. «Er wurde vermißt. Galt als verschollen.»

«Dann wissen wir es also nicht mit Sicherheit», sagte Selina, von erneuter Hoffnung erfüllt.

«Wir warteten drei Jahre, und dann wurde er für tot erklärt. Sie informierten deine Großmutter, weil Harriet... Nun, das weißt du. Sie starb bei deiner Geburt.»

«Hatte mein Vater keine Verwandten?»

«Jedenfalls keine, von denen wir wußten. Das war einer der Gründe, warum deine Großmutter gegen ihn war. Sie sagte, er käme aus keiner guten Familie. Harriet lernte ihn auf einer Party kennen; sie war ihm nie offiziell vorgestellt worden. So etwas gefiel deiner Großmutter überhaupt nicht.»

«Du liebe Güte, Agnes, es war Krieg! Und das schon fünf Jahre! Hatte Großmutter das nicht bemerkt?»

«Nun, vielleicht, aber sie hatte ihre Vorstellungen und Prinzipien, an denen sie festhielt. Daran ist nichts auszusetzen.»

«Schon gut. Meine Mutter verliebte sich jedenfalls in diesen Mann.»

Agnes nickte. «Hoffnungslos.»

«Und sie heirateten.»

«Ohne Mrs. Bruces Zustimmung.»

«Und hat sie Harriet verziehen?»

«O ja, sie war nicht nachtragend. Und Harriet kam ja sowieso zurück, um hier zu leben. Siehst du, dein Vater wurde nach... nun, in jenen Tagen sagte man ‹irgendwohin in England› geschickt. Doch in Wirklichkeit wurde er nach Frankreich abkommandiert, zwei Tage nach der Invasion durch die Alliierten. Bald darauf fiel er. Wir haben ihn nie wiedergesehen.»

«Also waren sie verheiratet...»

«Drei Wochen lang.» Agnes seufzte. «Aber sie hatten die Flitterwochen, und sie waren eine Zeitlang zusammen.»

«Und meine Mutter war schwanger», sagte Selina. Agnes schwieg schockiert. Sie war es immer noch nicht gewohnt, daß Selina solche Worte gebrauchte, geschweige denn, daß sie sich in diesen Dingen auskannte.

«Nun ja.» Das Gesicht auf dem Buchumschlag weckte ihre Aufmerksamkeit. Sie rückte das Buch gerade und betrachtete den seltsamen Glanz in den dunklen Augen. Braun waren sie gewesen. Gerry Dawson. War es wirklich Gerry Dawson? Er sah jedenfalls genauso aus. Oder zumindest so, wie er heute ausgesehen hätte, wenn er damals nicht gefallen wäre.

Langsam kehrten die Erinnerungen zurück, und nicht alle waren schlecht. Er hatte Harriet einen Glanz und eine Vitalität gegeben, die Agnes bei ihr nie vermutet hätte. Mit

Agnes hatte er ein bißchen geflirtet und ihr eine Pfundnote zugesteckt, wenn niemand hinschaute. Sicherlich nichts, worauf Agnes stolz sein mußte, aber es hatte trotzdem ein bißchen Freude gemacht. Ein bißchen Freude, als das Leben ganz besonders freudlos war. Ein männlicher Wind, der durch den reinen Frauenhaushalt wehte. Nur Mrs. Bruce war gegen seinen Charme immun geblieben.

«Er ist ein Habenichts», hatte sie erklärt. «Das sieht man sofort. Wer oder was ist er denn schon? Nimm die Uniform weg, und es bleibt ein gutaussehender Herumtreiber übrig. Ohne Verantwortungsbewußtsein. Ohne einen Gedanken an die Zukunft zu verschwenden. Was für ein Leben kann er Harriet bieten?»

Natürlich war sie in gewisser Hinsicht eifersüchtig. Es gefiel ihr, das Leben anderer Leute zu bestimmen, ein strenges Auge darauf zu halten, wie sie sich benahmen und wie sie ihr Geld ausgaben. Sie hatte vorgehabt, selbst einen Mann für Harriet auszusuchen. Doch Gerry Dawson besaß bei all seinem Charme eine Persönlichkeit und Willensstärke, die der ihren ebenbürtig war, und er hatte die Schlacht gewonnen.

Später, nach seinem Tod, und nachdem auch Harriet, die nicht mehr hatte leben wollen, gestorben war, sagte Mrs. Bruce zu Agnes: «Ich werde den Namen des Babys von Dawson in Bruce umändern lassen. Ich habe bereits mit Mr. Arthurstone darüber gesprochen. Es scheint mir das Nächstliegende zu sein.»

Agnes war anderer Meinung. Doch sie hatte es noch nie gewagt, mit Mrs. Bruce zu streiten. «Ja, Madam», hatte sie erwidert.

«Und, Agnes, es wäre mir lieb, wenn sie aufwüchse, ohne etwas von ihrem Vater zu erfahren. Es würde ihr nichts nützen, und es könnte sie sehr verunsichern. Ich verlasse mich auf dich, Agnes; du wirst mich sicher nicht enttäuschen.» Das Baby auf ihrem Schoß, hatte sie Agnes über Selinas mit zartem Flaum bedeckten Kopf hinweg angesehen.

Nach einer kleinen Pause hatte Agnes wieder «Ja, Madam» gesagt und war mit einem kurzen kühlen Lächeln belohnt worden. Mrs. Bruce hob Selina hoch und legte sie in Agnes' Arme. «Ich fühle mich jetzt viel wohler», sagte sie. «Danke, Agnes.»

«Du glaubst, es ist mein Vater, nicht wahr?» fragte Selina.

«Ich bin mir nicht sicher, Selina, und das ist die Wahrheit», beteuerte Agnes.

«Warum hast du mir nie seinen Namen verraten?»

«Ich hatte es deiner Großmutter versprochen. Jetzt habe ich mein Wort gebrochen.»

«Du hattest keine andere Wahl.»

Agnes kam ein Gedanke. «Woher weißt du überhaupt, wie er aussah?»

«Ich habe ein Foto gefunden, vor Jahren. Ich habe es keinem von euch erzählt.»

«Du wirst nichts ... nichts unternehmen?» Agnes' Stimme zitterte allein schon bei dem Gedanken daran.

«Ich könnte ihn suchen», erwiderte Selina.

«Wozu soll das gut sein? Selbst wenn er dein Vater wäre.»

«Ich weiß, daß er mein Vater ist. Ich weiß es einfach. Alles deutet darauf hin. Alles was du mir erzählt hast. Alles was du gesagt hast...»

«Und wenn er es ist, warum ist er dann nach dem Krieg nicht zu Harriet zurückgekehrt?»

«Was wissen wir denn? Vielleicht war er verwundet, hatte sein Gedächtnis verloren. So was ist vorgekommen, weißt du.»

Agnes schwieg.

«Vielleicht war meine Großmutter so schrecklich zu ihm…»

«Nein», widersprach Agnes. «Das hätte ihn niemals davon abgehalten. Nicht Mr. Dawson.»

«Er wird erfahren wollen, daß er eine Tochter hat. Daß er mich hat. Und ich möchte ihn kennenlernen. Ich will wissen, wie er ist, wie er spricht, was er denkt und tut. Ich möchte das Gefühl haben, zu jemandem zu gehören. Du kannst dir nicht vorstellen, wie das ist, niemals wirklich zu jemandem zu gehören.»

Doch Agnes wußte, wovon Selina sprach, sie hatte Selinas innere Unruhe schon immer gespürt und den Grund dafür geahnt. Nach kurzem Überlegen machte sie den einzigen Vorschlag, der ihr einfiel: «Warum sprichst du nicht mit Mr. Ackland darüber?»

Das Büro des Verlegers befand sich im obersten Stockwerk des Gebäudes, am Ziel einer ungewissen Reise nach oben in kleinen, zitternden Fahrstühlen, über kurze Treppen, enge Flure und noch mehr Treppen. Außer Atem und in der Erwartung, jeden Moment auf dem Dach des Hauses anzukommen, fand Selina sich vor einer Tür mit dem Schild *Mr. A. G. Rutland* wieder.

Sie klopfte. Keine Reaktion, nur das Tippen einer Schreibmaschine war zu hören. Selina öffnete die Tür.

Das Mädchen, das auf der Schreibmaschine schrieb, blickte auf und fragte: «Ja?»

«Ich möchte zu Mr. Rutland.»

«Haben Sie einen Termin?»

«Ich habe heute morgen angerufen. Mein Name ist Bruce. Er sagte, falls ich so um halb elf herum kommen würde…» Sie sah auf die Uhr. Es war zwanzig nach zehn.

«Also, im Moment ist jemand bei ihm», sagte die Sekretärin. «Sie setzen sich am besten hin und warten.» Sie fuhr mit dem Schreiben fort.

Selina betrat das Vorzimmer, schloß die Tür und setzte sich auf einen kleinen, harten Stuhl. Aus dem Inneren des Büros war das leise Murmeln von Männerstimmen zu hören. Etwa nach zwanzig Minuten wurde das Murmeln lauter, man hörte, wie ein Stuhl zurückgeschoben wurde, Schritte näherten sich. Die Tür des Büros wurde geöffnet, ein Mann kam heraus. Er zog seinen Mantel an und ließ dabei eine Mappe mit Papieren fallen.

«Oh, wie ungeschickt von mir...» Er bückte sich, um die Papiere aufzuheben. «Danke, Mr. Rutland, für alles...»

«Keine Ursache. Kommen Sie wieder, wenn sie ein paar neue Ideen für den Schluß haben.»

«Ja, natürlich.»

Sie verabschiedeten sich. Der Verleger wollte schon in sein Büro zurückgehen, da stand Selina auf. «Mr. Rutland?»

Er drehte sich um. «Ja?» Er war älter, als sie erwartet hatte, mit einer Glatze und einer jener Brillen, bei denen man entweder durch die Gläser oder über den Rand hinweg sehen kann. Im Moment guckte er über den Rand wie ein alter Lehrer.

«Ich... Ich glaube, wir sind verabredet.»

«Tatsächlich?»

«Ja. Ich bin Selina Bruce. Ich habe heute morgen angerufen.»

«Ich bin sehr beschäftigt...»

«Es wird nicht länger als fünf Minuten dauern.»

«Sind Sie Schriftstellerin?»

«Nein, nichts dergleichen. Ich wollte Sie nur fragen, ob Sie mir helfen können... einige Fragen zu beantworten.»

Er seufzte. «Na gut.»

Selina trat in sein Büro und sah Bücher, wohin sie auch blickte. Auf dem mit Papieren übersäten Schreibtisch, in unzähligen Regalen, auf den Tischen und Stühlen und selbst auf dem Teppich stapelten sich Bücher und Manuskripte.

Er entschuldigte sich nicht für die Unordnung, offensichtlich sah er keinen Grund dafür, und eigentlich gab es ja auch keinen. Höflich rückte er Selina einen Stuhl zurecht und setzte sich an seinen Schreibtisch. Er hatte noch nicht richtig Platz genommen, da begann Selina auch schon.

«Mr. Rutland, es tut mir wirklich leid, daß ich Ihre Zeit in Anspruch nehmen muß, und ich werde mich so kurz wie möglich fassen. Es geht um ein Buch, das Sie veröffentlicht haben, *Fiesta in Cala Fuerte*.»

«Ah ja. George Dyer.»

«Ja. Wissen Sie irgend etwas über ihn?»

Diese unverblümte Frage wurde mit strengem Schweigen und einem noch strengeren Blick über Mr. Rutlands Brillenränder beantwortet. «Wieso?» fragte er schließlich. «Wissen Sie denn etwas über ihn?»

«Ja. Zumindest glaube ich das. Er war ein... Freund meiner Großmutter. Sie starb vor ungefähr sechs Wochen, und ich... Nun, ich wollte es ihn gern wissen lassen.»

«Ich kann jederzeit einen Brief von Ihnen weiterleiten.»

Selina holte tief Luft und versuchte es mit einer anderen Taktik. «Wissen Sie viel über ihn?»

«Ich denke, soviel wie Sie. Ich nehme an, Sie haben das Buch gelesen.»

«Ich meine... Sie haben ihn nie kennengelernt?»

«Nein», antwortete Mr. Rutland. «Er lebt in Cala Fuerte auf der Insel San Antonio. Und zwar, soweit ich weiß, seit sechs oder sieben Jahren.»

«Er ist nie nach London gekommen? Nicht mal zur Veröffentlichung seines Buches?»

Mr. Rutland schüttelte seinen kahlen Kopf, und das Licht, das durchs Fenster fiel, spiegelte sich darauf.

«Wissen ... Wissen Sie, ob er verheiratet ist?»

«Bei der Veröffentlichung des Buches war er nicht verheiratet. Er könnte es allerdings inzwischen sein.»

«Und wie alt ist er?»

«Ich habe keine Ahnung, wie alt er sein mag.» Mr. Rutland klang langsam etwas ungeduldig. «Meine liebe junge Dame, Sie verschwenden meine Zeit.»

«Ich weiß. Es tut mir leid. Ich dachte nur, Sie könnten mir helfen. Ich dachte, es wäre immerhin möglich, daß er jetzt in London ist und ich ihn hätte treffen können.»

«Nein, leider nicht.» Mr. Rutland erhob sich entschlossen, um anzudeuten, daß das Gespräch für ihn beendet war.

Selina stand ebenfalls auf, und er begleitete sie zur Tür. «Aber sollten Sie wirklich mit ihm in Kontakt treten wollen, werden wir Ihre Briefe gern an Mr. Dyer weiterleiten.»

«Vielen Dank. Es tut mir leid, daß ich Ihre Zeit in Anspruch genommen habe.»

«Keine Ursache. Auf Wiedersehen.»

«Auf Wiedersehen.»

Doch als sie an ihm vorbeiging und das Vorzimmer durchquerte, sah sie so verzweifelt aus, daß Mr. Rutland gegen seinen Willen gerührt war. Er runzelte die Stirn und nahm seine Brille ab. «Miss Bruce?»

Selina drehte sich um.

«Wir schicken alle Briefe an den Yacht-Club in San Antonio, aber sein Haus heißt *Casa Barco* in Cala Fuerte. Es spart vielleicht Zeit, wenn Sie ihm direkt schreiben. Und wenn Sie das tun, erinnern Sie ihn daran, daß ich immer noch auf das Exposé seines zweiten Buches warte. Ich habe ihm bereits ein Dutzend Briefe geschrieben, doch er scheint eine tiefe Abneigung dagegen zu haben, sie zu beantworten.»

Selina lächelte, und der Verleger war überrascht, wie verändert sie dadurch wirkte. «Oh, haben Sie vielen Dank», sagte sie. «Ich bin Ihnen sehr dankbar.»

«Keine Ursache», erwiderte Mr. Rutland.

Die leere Wohnung war nicht gerade der geeignetste Ort für ein Gespräch von solcher Wichtigkeit, doch es ging nicht anders.

Selina unterbrach Rodneys Betrachtungen über die Vorzüge schlichtgemusterter Teppiche mit den Worten: «Rodney, ich muß mit dir reden.»

Leicht verärgert blickte er auf sie hinunter. Schon während des Mittagessens und der darauffolgenden Taxifahrt hatte er den Eindruck gehabt, sie sei irgendwie anders als sonst. Sie hatte kaum etwas gegessen, zerstreut und geistesabwesend gewirkt. Außerdem trug sie eine Bluse, die nicht zu ihrem rehbraunen Mantel und Rock paßte, und in ihrem rechten Strumpf hatte Rodney eine Laufmasche entdeckt. Selinas Äußeres war normalerweise so gepflegt und makellos wie das einer Siamkatze, und diese kleinen Unregelmäßigkeiten beunruhigten ihn.

«Stimmt irgend etwas nicht?» fragte er.

Selina versuchte ihm in die Augen zu sehen, tief Luft zu holen und ganz ruhig zu bleiben, doch ihr Herz klopfte wie ein Vorschlaghammer, und ihr Magen fühlte sich an, als wäre sie gerade in einem viel zu schnellen Fahrstuhl nach oben gefahren. «Nein, es ist alles in Ordnung, ich wollte einfach mit dir reden.»

Er runzelte die Stirn. «Hat das nicht bis heute abend Zeit? Dies ist die einzige Möglichkeit, die Fußböden auszumessen...»

«Oh, Rodney, bitte hilf mir und hör zu.»

Er zögerte, ließ dann mit einem resignierten Gesichtsausdruck das Buch mit den Teppichmustern sinken, rollte das Maßband zusammen und steckte es in die Tasche. «Nun? Ich bin ganz Ohr.»

Selina fuhr sich mit der Zunge über die Lippen. Die leere Wohnung machte sie nervös. Ihre Stimmen hallten, und es gab weder Möbel noch Nippes, die man verrücken, kein Kissen, das man glattstreichen konnte. Sie fühlte sich, als hätte man sie ohne Kulissen und Stichworte auf eine große, leere Bühne gestellt und sie hätte ihren Text vergessen.

Schließlich holte sie tief Luft und sagte: «Es geht um meinen Vater.»

Rodneys Gesichtsausdruck veränderte sich kaum. Er war ein guter Anwalt, und er spielte gern Poker. Außerdem war er über Gerry Dawson genauestens informiert, denn Mrs. Bruce und Mr. Arthurstone hatten es schon vor langer Zeit für richtig gehalten, ihn einzuweihen. Ihm war bekannt, daß Selina nichts über ihren Vater wußte. Und er würde ganz bestimmt nicht derjenige sein, der daran etwas änderte.

«Was ist mit deinem Vater?» fragte er freundlich.

«Nun… Ich glaube, er lebt.»

Rodney lachte ungläubig. «Selina…»

«Nein, sag es nicht. Sag nicht, daß er tot ist. Hör einfach einen Moment zu. Du kennst das Buch, das du mir gestern gegeben hast? *Fiesta in Cala Fuerte*. Und du hast das Foto des Autors, George Dyer, auf der Rückseite gesehen?»

Rodney nickte.

«Nun, die Sache ist die… Er sieht genauso aus wie mein Vater.»

Rodney brauchte ein paar Sekunden, um diesen Satz zu verdauen. Dann fragte er: «Und woher weißt du, wie dein Vater ausgesehen hat?»

«Ich weiß es, weil ich vor Jahren ein Foto von ihm in

einem Buch gefunden habe. Und ich glaube, es ist dieselbe Person.»

«Du meinst, George Dyer ist...» Er hielt gerade noch rechtzeitig inne.

«Gerry Dawson», beendete Selina mit einem triumphierenden Lächeln den Satz für ihn.

Rodney hatte das Gefühl, ihm werde der Boden unter den Füßen weggezogen. «Woher kennst du seinen Namen? Du solltest ihn nie erfahren.»

«Agnes hat ihn mir gestern gesagt.»

«Aber, Agnes hatte nicht das Recht...»

«Oh, Rodney, versuch doch zu verstehen! Du kannst ihr keinen Vorwurf machen. Ich habe sie überrumpelt. Ich habe das Foto von George Dyer einfach auf den Tisch gelegt, und sie ist praktisch in Ohnmacht gefallen.»

«Selina, dir ist doch klar, daß dein Vater tot ist?»

«Aber, Rodney, begreifst du denn nicht? Er wurde nur vermißt. Er galt als verschollen. Es kann alles mögliche passiert sein.»

«Und warum ist er dann nach dem Krieg nicht zurückgekehrt?»

«Vielleicht weil er krank war. Vielleicht hat er sein Gedächtnis verloren. Vielleicht hatte er gehört, daß meine Mutter gestorben war.»

«Und was hat er während der ganzen Jahre gemacht?»

«Ich weiß es nicht. Aber seit sechs Jahren lebt er auf San Antonio.» Ihr war klar, daß Rodney sie fragen würde, woher sie das wußte, und so fügte sie schnell hinzu: «Das steht alles in dem Buch.» Er sollte auf keinen Fall erfahren, daß sie bei Mr. Rutland gewesen war.

«Hast du das Foto deines Vaters bei dir?»

«Nicht das auf dem Buch.»

«Das meinte ich auch nicht. Ich meinte das andere.»

Selina zögerte. «Ja, das habe ich.»

«Zeig es mir.»

«Du... wirst es mir wiedergeben?»

«Mein liebes Kind, wofür hältst du mich?» Rodneys Stimme klang leicht gereizt.

Sofort schämte sie sich. Rodney hätte sich nie zu einem hinterhältigen Trick herabgelassen. Sie holte ihre Tasche, holte das wertvolle Foto heraus und reichte es Rodney. Er ging damit zum Fenster, weil es dort heller war, und Selina stellte sich neben ihn.

«Du wirst dich wahrscheinlich an das Foto auf dem Buch nicht mehr erinnern, aber es ist dieselbe Person, das schwöre ich dir. Alles ist gleich, das Grübchen am Kinn, die Augen... und die Form der Ohren.»

«Was hat Agnes gesagt?»

«Sie wollte sich nicht festlegen, aber ich bin sicher, daß sie ihn für meinen Vater hält.»

Rodney erwiderte darauf nichts. Während er mit gerunzelter Stirn das Gesicht auf dem Foto betrachtete, schossen ihm alle möglichen Gedanken durch den Kopf. Was, wenn er Selina jetzt verlor? Als geradezu übertrieben ehrlicher Mensch hatte Rodney sich niemals vorgemacht, sie zu lieben, doch sie war, fast ohne daß er es bemerkt hatte, zu einem angenehmen Teil seines Lebens geworden. Ihm gefiel ihr Äußeres, das seidige, rehbraune Haar, die zarte Haut und die saphirblauen Augen, und auch wenn ihre Interessen vielleicht nicht ganz so anspruchsvoll waren wie seine eigenen, zeigte sie doch eine liebenswerte Bereitschaft zu lernen.

Und dann war da noch die Frage ihrer geschäftlichen Angelegenheiten. Seit dem Tod ihrer Großmutter war Selina ein recht wohlhabendes Mädchen, das nur allzu leicht einem skrupellosen Mitgiftjäger in die Hände fallen konnte. Im Augenblick verwalteten Rodney und Mr. Arthurstone in bestem Einvernehmen ihre Aktien und Wertpapiere. In sechs Monaten würde Selina einundzwanzig werden, und von da an würde sie jede finanzielle Entscheidung selbst treffen. Der Gedanke, die Kontrolle über all dieses Geld könnte seinen Händen entgleiten, erschreckte Rodney zutiefst.

Er sah auf und begegnete Selinas Blick. Noch nie hatte er ein Mädchen mit so blauen Augen gesehen. Sie duftete leicht nach frischen Zitronen. Er erinnerte sich an Mrs. Bruces bissige Bemerkungen über Gerry Dawson. «Unfähig» war das Wort, das sie oft gebraucht hatte. Weitere Attribute fielen ihm ein. Verantwortungslos. Unzuverlässig. Finanziell unsolide.

Er hielt das Foto an einer Ecke fest und schlug damit leicht gegen seine linke Handfläche. Da er irgend jemanden für diese unangenehme Situation verantwortlich machen mußte, sagte er schließlich leicht verärgert: «Natürlich ist an alldem deine Großmutter schuld. Sie hätte dich nie über deinen Vater im unklaren lassen dürfen. Diese Geheimnistuerei, dieses Verschweigen seines Namens... ein lächerlicher Fehler.»

«Wieso?» fragte Selina interessiert.

«Weil dich das geradezu besessen gemacht hat!» Seine unerwartet heftige Reaktion verblüffte Selina. Sie starrte ihn mit offenem Mund an wie ein erstauntes Kind.

Rodney schimpfte unbarmherzig weiter. «Du bist besessen von Vätern, von Familien, vom Familienleben überhaupt. Die Tatsache, daß du dieses Foto vor allen versteckt hast, ist ein deutliches Symptom.»

«Du redest, als hätte ich die Masern.»

«Ich versuche dir begreiflich zu machen, daß du einen Komplex hast, was deinen verstorbenen Vater betrifft.»

«Vielleicht ist er gar nicht verstorben», entgegnete Selina.

«Und falls ich wirklich einen Vaterkomplex habe, mußt du zugeben, daß es nicht meine Schuld ist. Was ist so schlimm daran, einen Komplex zu haben? Immerhin schielt man nicht oder hat ein Glasauge. Niemand sieht es einem an.»

«Selina, das ist überhaupt nicht komisch.»

«Ich finde es auch überhaupt nicht komisch.»

Rodney seufzte. Sie stritten sich. Das hatten sie noch nie getan, und dies war sicherlich nicht der richtige Zeitpunkt, um damit zu beginnen. Also sagte er schnell: «Liebling, es tut mir leid», und beugte sich vor, um sie auf den Mund zu küssen, doch sie wandte das Gesicht ab, so daß er nur ihre Wange traf. «Verstehst du nicht», fuhr er fort, «ich denke dabei nur an dich. Ich möchte nicht, daß du irgendeinem fremden Mann bis ans Ende der Welt nachläufst, nur um dann feststellen zu müssen, daß du dich zum Narren gemacht hast.»

«Aber, angenommen, nur einmal angenommen, er ist wirklich mein Vater. Er lebt noch, und zwar auf San Antonio. Schreibt Bücher, segelt mit seiner kleinen Yacht herum und versteht sich wunderbar mit den Einheimischen. Dann würdest du doch wollen, daß ich ihn kennenlerne, nicht wahr? Du würdest doch selber gerne einen richtigen Schwiegervater haben wollen.»

Das war nun das letzte, was Rodney wollte. «Wir dürfen dabei nicht nur an uns denken», sagte er sanft. «Wir müssen auch an ihn denken, George Dyer, ob er nun dein Vater ist oder nicht.»

«Was meinst du damit?»

«In all diesen Jahren hat er sich ein eigenes, angenehmes Leben aufgebaut. Ein Leben, das er sich selbst ausgesucht hat. Wenn er eine Familie mit all ihren Bindungen, wenn er Frau und Söhne gewollt hätte... und Töchter natürlich, dann hätte er sie inzwischen.»

«Du meinst, er will mich vielleicht gar nicht? Er will nicht, daß ich nach ihm suche?»

«Du denkst doch nicht ernsthaft daran, einen solchen Schritt zu unternehmen?» fragte Rodney entsetzt.

«Es ist mir so wichtig. Wir könnten nach San Antonio fliegen.»

«Wir?»

«Ich möchte, daß du mitkommst. Bitte.»

«Das ist ganz und gar unmöglich. Außerdem muß ich für drei bis vier Tage nach Bournemouth, das habe ich dir bereits gesagt.»

«Kann Mrs. Westman nicht warten?»

«Selbstverständlich nicht.»

«Ich möchte so gern, daß du mitkommst. Hilf mir, Rodney.»

Rodney mißverstand diese Bitte. Er dachte, dieses «Hilf mir» wäre im praktischen Sinne gemeint. Hilf mir beim Kauf des Flugtickets, hilf mir, ins richtige Flugzeug zu steigen, hilf mir beim Zoll, ruf mir ein Taxi und einen Gepäckträger. Selina war noch nie in ihrem ganzen Leben allein verreist, und er war überzeugt, daß sie es auch jetzt niemals wagen würde.

Er versuchte es mit Charme, setzte sein freundlichstes Lächeln auf, nahm ihre Hand und sagte versöhnlich: «Ach, was soll die ganze Aufregung? Hab Geduld. Ich weiß, es muß aufregend für dich sein, dir plötzlich eine Begegnung mit deinem Vater auszumalen. Mir ist auch bewußt, daß es immer eine gewisse Leere in deinem Leben gab. Ich hatte allerdings gehofft, es würde mir gelingen, diese Leere zu füllen.»

Er klang so nobel. «Das ist es nicht, Rodney...» erwiderte Selina.

«Aber, siehst du, wir wissen nicht das geringste über

George Dyer. Sollten wir nicht erst einmal ein paar Nachforschungen anstellen, bevor wir irgendwelche Schritte unternehmen, die wir vielleicht hinterher bereuen?»

«Ich wurde geboren, nachdem er als vermißt gemeldet wurde. Er weiß nicht einmal, daß ich existiere.»

«Genau!» Rodney wagte einen etwas energischeren Ton. «Du kennst doch das alte und sehr wahre Sprichwort: Schlafende Hunde soll man nicht wecken.»

«Ich denke nicht an ihn als einen schlafenden Hund. Ich denke nur daran, daß er vielleicht noch lebt und daß er der einzige Mensch ist, nach dem ich mich jemals gesehnt habe, mehr als nach irgend jemandem sonst in meinem ganzen Leben.»

Rodney wußte nicht, ob er beleidigt oder einfach nur böse sein sollte. «Du redest wie ein kleines Kind.»

«Es ist wie mit einer Münze. Die hat zwei Seiten, Kopf und Zahl. Ich habe auch zwei Seiten. Eine Bruce-Seite und eine Dawson-Seite. Selina Dawson. Das ist mein wirklicher Name. Das bin ich wirklich.» Sie lächelte Rodney an, und er dachte beunruhigt, daß er dieses Lächeln noch nie an ihr gesehen hatte. «Liebst du Selina Dawson so, wie du Selina Bruce liebst?» fragte sie. Er hielt immer noch das Foto ihres Vaters fest. Sie nahm es ihm aus der Hand, um es wieder in ihre Tasche zu stecken.

«Ja, natürlich», erwiderte Rodney eine Zehntelsekunde zu spät.

Selina schloß ihre Handtasche und legte sie auf einen Stuhl. «Also dann», sagte sie und strich ihren Rock glatt, als wollte sie ein Gedicht aufsagen, «sollten wir nicht langsam mit dem Ausmessen des Fußbodens beginnen?»

3

Auf dem Flughafen von Barcelona glänzten im ersten blassen Licht der Morgendämmerung tiefe Pfützen – Spuren des Unwetters, das die Maschine über den Pyrenäen kräftig gebeutelt hatte. Ein leichter Wind blies von den Bergen herab, die Flughafenbeamten rochen nach Knoblauch, und auf den Bänken und Sesseln in der Halle schliefen blasse, in Mäntel oder Decken gehüllte Menschen, übernächtigt von langen Stunden des Wartens. Es war eine schlimme Nacht gewesen. Die Flüge von Rom und Palma waren gestrichen worden, und die Flüge aus Madrid hatten Verspätung.

Selina, der von dem Flug immer noch etwas übel war, betrat die Halle durch die verglaste Schwingtür und fragte sich, was sie als nächstes tun sollte. Sie hatte zwar ein Ticket bis San Antonio gelöst, mußte sich aber noch eine Bordkarte besorgen. An einem Schalter wog ein müde aussehender Beamter Gepäckstücke. Als sie zu ihm trat, blickte er auf.

«Sprechen Sie Englisch?» fragte sie ihn.

«Sí.»

«Ich habe ein Ticket nach San Antonio.»

Mit ausdrucksloser Miene streckte er die Hand aus, riß das entsprechende Blatt ab, stellte ihr eine Bordkarte aus und gab ihr das Ticket zurück.

«Vielen Dank. Wann startet das Flugzeug?»

«Halb acht.»

«Und mein Gepäck?»

«Ist durchgebucht bis San Antonio.»

«Und der Zoll?»

«Ist in San Antonio.»

«Verstehe. Haben Sie vielen Dank.» Doch ihre Bemühungen, ein Lächeln auf sein Gesicht zu zaubern, blieben erfolglos. Der Mann hatte offenbar eine harte Nacht hinter sich und war nicht in der Stimmung für Freundlichkeiten.

Sie wandte sich um und setzte sich auf eine Bank. Ihr tat alles weh vor Erschöpfung, doch sie war zu nervös, um müde zu sein. Das Flugzeug war um zwei Uhr morgens in London gestartet, und sie hatte die ganze Zeit dagesessen, in die Dunkelheit gestarrt und sich energisch ermahnt, immer nur an das Nächstliegende zu denken. Zuerst Barcelona. Dann San Antonio. Zoll und Paßkontrolle. Dann ein Taxi. Es war sicher nicht schwer, ein Taxi zu finden. Und dann Cala Fuerte. Cala Fuerte würde kein großer Ort sein. Wo wohnt dieser Engländer, George Dyer, würde sie fragen. Man würde sie problemlos zur Casa Barco führen, und dort würde sie ihn finden.

Das Unwetter hatte direkt über den Pyrenäen begonnen. Der Flugkapitän war vorgewarnt worden, und so hatte man sie alle geweckt, damit sie ihre Sicherheitsgurte schließen konnten. Das Flugzeug schlingerte und schwankte, gewann an Höhe und schlingerte erneut. Einige Passagiere mußten sich übergeben. Selina schloß die Augen und zwang sich, die schlimmste Übelkeit zu unterdrücken. Es gelang ihr mit Mühe und Not.

Auf dem Anflug nach Barcelona wurden sie von Blitzen getroffen. Sie sahen aus wie Fahnen, die von den Spitzen der Tragflächen wehten. Als sie durch die Wolken stießen, peitschte der Regen auf sie nieder, und bei der Landung, während das Flugzeug von Windböen durchgeschüttelt wurde, stand die Landebahn, auf der sich glänzende Lichter spiegelten, völlig unter Wasser.

Die Räder berührten kaum den Boden, da sprühten Wasserfontänen nach allen Seiten, und als das Flugzeug schließlich holpernd zum Stehen kam und die Motoren abgestellt wurden, war ein allgemeiner Seufzer der Erleichterung zu hören.

Es kam Selina seltsam vor, daß niemand sie erwartete. Es hätte ein Fahrer dasein sollen, ein Chauffeur in Uniform, mit einem großen, warmen Wagen. Oder Agnes, die eine wollene Reisedecke bereithielt. Jemand, der sich um ihre Koffer kümmerte und die Reiseformalitäten für sie erledigte. Doch niemand war da. Dies war Spanien; Barcelona um sieben Uhr an einem Morgen im März, und niemand war da außer Selina.

Als die Zeiger der Uhr auf sieben gekrochen waren, ging Selina in die Bar und bestellte sich einen Kaffee. Sie zahlte mit den paar Peseten, ohne die der aufmerksame Bankbeamte in London sie nicht hatte gehen lassen wollen. Der Kaffee war nicht besonders gut, aber angenehm heiß, und während sie ihn trank, betrachtete sie sich in dem Spiegel hinter der Bar.

Sie trug ein braunes Jerseykostüm, einen beigefarbenen Mantel und ein seidenes Kopftuch, das ihr jetzt vom Hinterkopf rutschte. Reisekleidung, wie Mrs. Bruce das nannte. Sie hatte feste Vorstellungen, was Reisekleidung betraf. Jersey ist bequem und knittert nicht, und der Mantel muß zu allem passen. Schuhe müssen leicht sein, aber fest genug für lange Wege auf zugigen Flughäfen, die Handtasche hat groß und geräumig zu sein.

Selina hatte diese ausgezeichneten und oft wiederholten Ratschläge instinktiv befolgt, selbst in einem so dramatischen Augenblick. Nicht daß es etwas genützt hätte – sie sah trotzdem schrecklich aus und war vollkommen erschöpft. Sie hatte Angst vor dem Fliegen, und sich wie ein erfahrener Reisender zu kleiden, konnte einen nicht von der Überzeugung abbringen, daß man entweder bei einem Flugzeugabsturz ums Leben kommen oder seinen Paß verlieren würde.

Das Flugzeug nach San Antonio kam Selina äußerst winzig vor. Es sah aus wie ein Spielzeug. O nein, dachte sie, während sie darauf zuging, der Wind ihr Benzinwolken ins Gesicht blies und das Wasser in den Pfützen ihr die Schuhe naß spritzte. Auch die wenigen anderen Passagiere bestiegen mit so bedrückten Mienen das Flugzeug, als ob sie Selinas Ängste teilten. Kaum war sie angeschnallt, erhielt Selina ein Traubenzuckerbonbon, und sie aß es, als wäre es ein neues Wundermittel gegen Flugangst. Es half zwar kaum, aber das Flugzeug stürzte immerhin nicht ab.

Das schlechte Wetter hielt allerdings an, und bis zur Landung war von San Antonio nichts zu sehen. Zuerst glitten Wolken an den Fenstern vorbei wie dicke graue Wattebäusche. Dann kam der Regen, und dann, völlig unerwartet, Felder, Hausdächer, eine Windmühle, Pinien und ziegelrote Erde, und alles glänzte im Regen.

Der Flugplatz war noch ganz neu, die Landebahn ein Stück plattgewalzte Erde, die sich in ein Meer aus rotem Schlamm verwandelt hatte. Nach der Landung schoben zwei Mechaniker eine Gangway heran. Sie trugen gelbe Öljacken und waren bis zu den Knien mit Schlamm bespritzt. Diesmal schien niemand besonders erpicht darauf, das Flugzeug zu verlassen. Nachdem sie dann doch ausgestiegen waren, gingen die Passagiere vorsichtig um die Pfützen herum.

San Antonio duftete nach Pinien. Nach nassen, harzigen Pinien. Der Regen hatte wie durch ein Wunder aufgehört. Es war wärmer als in London, und es wehte ein sanfter Wind. Es gab keine schneebedeckten Berge, nur das warme

Meer. Der Flug war vorbei, und sie lebte noch. Selina band ihr Kopftuch ab und ließ ihr Haar im Wind wehen.

Bei der Paßkontrolle hatte sich eine Schlange gebildet. Mitglieder der *Guardia Civil* standen herum, als erwarteten sie eine Bande von Schwerverbrechern. Sie trugen Pistolen, und zwar nicht zur Zierde. Der Paßbeamte ließ sich Zeit. Er führte ein langes, heftiges Gespräch mit einem Kollegen. Sie stritten über irgend etwas, und er stoppte seinen Redefluß nur dann und wann, um gewissenhaft, Seite für Seite, einen der ausländischen Pässe zu überprüfen.

Selina war als dritte an der Reihe. Sie hatte bereits zehn Minuten gewartet, als er schließlich den Stempel *Entrada* in ihren Paß eintrug und ihn ihr zurückgab.

«Mein Gepäck...?» fragte sie vorsichtig.

Er verstand sie nicht oder wollte sie nicht verstehen und winkte sie weiter. Sie steckte den Paß wieder in ihre praktische Handtasche und ging selbst auf die Suche. Für einen kleinen Flughafen war San Antonio um diese frühe Morgenstunde ungewöhnlich bevölkert, um halb zehn flog die Maschine zurück nach Barcelona, ein äußerst beliebter Flug. Familien versammelten sich, Kinder schrien, Mütter ermahnten sie laut, damit aufzuhören. Väter stritten mit Gepäckträgern oder standen für Tickets und Bordkarten an. Liebespaare warteten händchenhaltend darauf, sich voneinander zu verabschieden, und standen allen im Weg. Der Lärm in der riesigen Halle war ohrenbetäubend.

«Verzeihung», sagte Selina immer wieder, während sie sich einen Weg durch die Menge bahnte. «Es tut mir leid... Entschuldigung...» Einige ihrer Mitreisenden hatten sich bereits unter dem Zeichen *Aduana* versammelt, und sie kämpfte sich zu ihnen durch. «Verzeihung...» Sie stolperte über einen bauchigen Korb und stieß dabei beinahe ein dikkes Baby in einer gelben Strickjacke um. «Oh, Verzeihung.»

Die ersten Gepäckstücke erschienen, wurden auf einen Behelfstresen gehoben, untersucht, manchmal geöffnet und schließlich vom Zollbeamten an den Passagier weitergegeben und weggetragen.

Selinas Koffer kam nicht. Er war blau mit einem weißen Streifen und leicht zu erkennen, und nachdem sie eine Ewigkeit gewartet hatte, wurde ihr klar, daß er nicht mehr kommen würde. Die anderen Passagiere waren nach und nach verschwunden, und Selina blieb allein zurück.

Der Zollbeamte, dem es bisher erfolgreich gelungen war, sie zu ignorieren, stemmte die Hände in die Hüften und hob seine schwarzen Augenbrauen.

«Mein Koffer...» begann Selina. «Er ist...»

«No hablo inglés.»

«Mein Koffer... Sprechen Sie Englisch?»

Ein zweiter Mann trat hinzu. «Er sagt ‹nein›.»

«Sprechen Sie Englisch?»

Er zuckte mit den Schultern, als wollte er sagen, daß er vielleicht, unter besonders widrigen Umständen, ein oder zwei Wörter herausbringen würde.

«Mein Koffer. Mein Gepäck.» Verzweifelt versuchte sie es mit Französisch. *«Mes bagages.»*

«Nicht hier?»

«Nein.»

«Woherrr Sie kommen?» Er rollte das «r» bravourös.

«Barcelona. London.»

«Oh!» Es klang, als hätte sie ihm eine traurige Nachricht überbracht. Damit wandte er sich an seinen Kollegen, und sie begannen eine Unterhaltung, die genausogut ein Privatgespräch hätte sein können. Selina fragte sich verzweifelt, ob die beiden Familienneuigkeiten austauschten. Dann zuckte der Englisch sprechende Mann wieder die Schultern und drehte sich zu Selina um. «Ich werrrde herrrausfinden.»

Er verschwand. Selina wartete. Der erste Zollbeamte begann in seinen Zähnen herumzustochern. Irgendwo schrie ein Kind. Wie zum Hohn dröhnte plötzlich aus den Lautsprechern Musik, die man normalerweise mit Stierkämpfen verbindet. Nach zehn Minuten oder so kam der hilfreiche Beamte mit einem der Stewards aus dem Flugzeug zurück.

Der Steward sagte mit einem Lächeln, als würde er Selina einen reizenden Gefallen tun: «Ihr Koffer ist verschwunden.»

«Verschwunden?» wiederholte Selina verzweifelt.

«Ihr Koffer ist, glauben wir, in Madrid.»

«Madrid! Was macht er in Madrid?»

«Leider ist er in Barcelona auf den falschen Gepäckwagen gekommen… glauben wir. Von Barcelona geht auch ein Flugzeug nach Madrid. Wir denken, Ihr Gepäck ist in Madrid.»

«Aber es war nach San Antonio durchgecheckt. In London.»

Bei dem Wort «London» stieß der Zollbeamte erneut einen resignierten Seufzer aus. Selina hätte ihn schlagen können.

«Es tut mir leid», sagte der Steward. «Ich werde mich mit Madrid in Verbindung setzen, damit sie Ihren Koffer nach San Antonio schicken.»

«Wie lange wird das dauern?»

«Ich habe nicht gesagt, daß er tatsächlich in Madrid ist», erwiderte der Steward, entschlossen, sich nicht festzulegen. «Das müssen wir erst herausfinden.»

«Nun, wie lange wird es dauern, das herauszufinden?»

«Ich weiß nicht. Vielleicht drei, vier Stunden.»

Drei oder vier Stunden! Wenn sie nicht so wütend gewesen wäre, hätte sie losgeheult. «Ich kann hier nicht drei oder vier Stunden warten.»

«Dann können Sie vielleicht wiederkommen. Morgen, vielleicht um zu sehen, ob der Koffer da ist. Aus Madrid.»

«Aber kann ich Sie nicht anrufen? Telefonieren?»

Das war offenbar ein Scherz. Lächelnd erwiderte er: «Señorita, es gibt hier nur wenige Telefone.»

«Dann muß ich morgen wiederkommen, um zu erfahren, ob Sie meinen Koffer gefunden haben?»

«Oder übermorgen», sagte der Steward mit der Miene eines besonders klugen Kopfes.

Selina machte einen letzten Versuch. «Aber alles, was ich besitze, ist in diesem Koffer.»

«Es tut mir leid», wiederholte er mit demselben Lächeln. In diesem Moment hatte sie das Gefühl zu ertrinken. Sie sah von einem zum anderen, und langsam wurde ihr klar, daß niemand ihr helfen würde. Helfen konnte. Sie war allein und mußte sich selber helfen. Also fragte sie schließlich mit einer Stimme, die nur ganz leicht zitterte: «Ist es wohl möglich, ein Taxi zu bekommen?»

«Aber selbstverständlich. Draußen. Dort sind viele Taxis.»

Es waren in Wirklichkeit vier. Sobald Selina das Flughafengebäude verließ, hupten die Taxifahrer, winkten, riefen «Señorita!», sprangen aus ihren Wagen und eilten auf sie zu, indem jeder versuchte, Selina zu seinem Auto zu lotsen.

«Spricht einer von Ihnen Englisch?» fragte sie laut.

«Sí. Sí. Sí.»

«Ich möchte nach Cala Fuerte.»

«Cala Fuerte, *sí.*»

«Kennen Sie Cala Fuerte?»

«Sí, sí», erwiderten alle.

«Oh, spricht denn niemand von Ihnen Englisch?»

«Doch», sagte eine Stimme. «Ich spreche Englisch.»

Es war der Fahrer des vierten Taxis. Während seine Kollegen versucht hatten, Selina in ihren Wagen zu locken, wartete er und rauchte in Ruhe seine Zigarre zu Ende. Jetzt ließ er den qualmenden Stummel fallen, trat ihn aus und kam auf Selina zu. Seine Erscheinung war nicht gerade vertrauenerweckend. Er war ein Schrank von einem Mann, sowohl groß als auch dick. Er trug ein blaues Hemd, das vorne offen war und eine schwarzbehaarte Brust offenbarte. Um seine Hosen war ein kunstvoll geknüpfter Ledergürtel geschlungen, und dazu hatte er einen völlig unpassenden Strohhut auf dem Kopf, so einen, wie ihn Touristen gern aus den Ferien mitbringen. Er trug trotz der frühen Stunde eine Sonnenbrille, und sein schmaler schwarzer Schnurrbart sollte wohl verheißungsvolle Don-Juan-Qualitäten andeuten. Er sah so sehr wie ein Verbrecher aus, daß Selina zögerte.

«Ich spreche Englisch», sagte er mit starkem amerikanischem Akzent. «Ich habe auf dem Festland gearbeitet, auf einem U.S.-Waffenstützpunkt. Ich spreche Englisch.»

«Oh. Nun...» Mit Sicherheit war jeder der drei anderen Taxifahrer diesem Rohling vorzuziehen, ob er nun Englisch sprach oder nicht!

Er ignorierte ihr Zögern. «Wohin wollen Sie?»

«Nach... Cala Fuerte. Aber ich bin sicher...»

«Ich fahre Sie hin. Sechshundert Peseten.»

«Oh. Also...» Hoffnungsvoll blickte sie die anderen Taxifahrer an, aber die schienen bereits aufgegeben zu haben. Einer von ihnen war sogar inzwischen zu seinem Taxi zurückgegangen und putzte mit einem alten Lappen die Scheiben.

Sie drehte sich wieder zu dem riesigen Mann mit dem Strohhut um. Er lächelte, ein anzügliches Grinsen voller Zahnlücken. Sie schluckte. «Also gut. Sechshundert Peseten.»

«Wo ist Ihr Gepäck?»

«Verschwunden. In Barcelona.»

«Das ist schlecht.»

«Ja, es ist ins falsche Flugzeug gekommen. Sie suchen danach, und ich werde es morgen oder übermorgen erfahren. Jetzt muß ich nach Cala Fuerte, wissen Sie, und...»

Irgend etwas an dem Gesichtsausdruck des dicken Mannes ließ sie innehalten. Er starrte auf Selinas Handtasche. Sie folgte seinem Blick und sah, daß tatsächlich etwas Seltsames mit ihrer Tasche geschehen war. Obwohl die zwei stabilen Bügel noch über ihrem Arm hingen, war die Tasche offen wie ein hungriges Maul. Die Verschlußriemen waren sauber durchgeschnitten, wie mit einer Rasierklinge. Und ihre Brieftasche war verschwunden!

Der Taxifahrer hieß Toni. Er stellte sich ihr förmlich vor und übernahm während der langen und ermüdenden Befragung durch die *Guardia Civil* die Rolle des Übersetzers.

Ja, die Señorita ist bestohlen worden. Unter den vielen Menschen auf dem Flughafen war an diesem Morgen ein Dieb mit einer Rasierklinge gewesen. Man hatte ihr alles gestohlen. Alles was sie besaß.

Ihren Paß auch?

Nein, nicht ihren Paß. Aber ihr Geld, ihre Peseten, ihr englisches Geld, ihre Reiseschecks, und ihr Rückflugticket nach London.

Die *Guardia Civil* untersuchte aufmerksam Selinas Handtasche.

Hatte die Señorita nichts gemerkt?

Nicht das geringste. Wie konnte sie etwas gemerkt haben, während sie sich einen Weg durch die Menge bahnte?

Die Tasche sah aus, als hätte man sie mit einer Rasierklinge aufgeschnitten.

Genau das war es. Eine Rasierklinge. Ein Dieb mit einer Rasierklinge.

Wie war der Name der Señorita?

Selina Bruce aus London, unterwegs mit einem britischen Reisepaß.

Und wie lautete Miss Bruces Adresse auf San Antonio?

Sie lautete... Selina zögerte, aber die Umstände erlaubten kein Zögern mehr. Casa Barco, Cala Fuerte.

Welche Farbe hatte die Brieftasche? Wieviel Geld hatte sie bei sich? Waren ihre Reiseschecks unterschrieben?

Erschöpft beantwortete sie die Fragen. Die Zeiger der Uhr krochen auf zehn, halb elf und immer weiter. Ihre schlimmsten Befürchtungen hatten sich bewahrheitet. Sie hatte ihren Koffer und ihr gesamtes Geld verloren. Und sie war noch nicht einmal in Cala Fuerte.

Schließlich war die Befragung vorbei. Der Polizeibeamte schob die Papiere zusammen und stand auf. Selina bedankte sich bei ihm und schüttelte ihm die Hand. Er wirkte überrascht, lächelte aber immer noch nicht.

Zusammen durchquerten Selina und Toni die jetzt leere Halle des Flughafengebäudes, gingen durch die Glastür, blieben stehen und sahen sich an. Selina hatte ihren Mantel über den Arm gehängt, denn es war unangenehm heiß geworden, und wartete darauf, daß Toni den ersten Schritt machte.

Er nahm seine Sonnenbrille ab.

«Ich muß immer noch nach Cala Fuerte», sagte sie.

«Sie haben kein Geld.»

«Aber Sie bekommen Ihr Geld, das verspreche ich Ihnen. Wenn wir erst mal in Cala Fuerte sind, wird... mein... Vater Sie bezahlen.»

Toni runzelte die Stirn. «Ihr Vater? Sie haben einen Vater hier? Warum haben Sie das nicht gleich gesagt?»

«Es hätte doch nichts genützt. Wir... wir hätten ihn sowieso nicht erreichen können, oder?»

«Ihr Vater lebt in Cala Fuerte?»

«Ja. In einem Haus namens Casa Barco. Ich bin sicher, er wird dasein, und er wird Sie bezahlen.» Toni sah sie mißtrauisch an. Ganz offensichtlich glaubte er ihr nicht. «Sie können mich nicht einfach hier stehenlassen. Ich habe nicht mal mehr mein Rückflugticket nach London.»

Toni starrte eine Weile ins Nichts und beschloß dann, sich eine Zigarette anzuzünden. Er schien sich um keinen Preis festlegen zu wollen.

«Sie haben gesagt, Sie würden mich fahren», beharrte Selina. «Und ich sorge dafür, daß Sie Ihr Geld bekommen. Das verspreche ich Ihnen.»

Er blies eine Rauchwolke in die Luft, und seine schwarzen Augen richteten sich wieder auf Selina. Sie sah blaß und ängstlich aus, aber zweifellos wohlhabend. Die ruinierte Handtasche war aus Krokodilleder, sie trug passende Schuhe dazu; sowohl das Kostüm als auch der Mantel waren aus teurem Wollstoff. Wenn sie sich bewegte, konnte Toni eine dünne goldene Kette um ihren Hals erkennen, außerdem trug sie eine goldene Uhr. Sie roch zweifellos nach Geld – wenn nicht in ihrer Handtasche, dann irgendwo anders. Es war erst März, und es gab noch nicht so viele Fahrten, daß er es sich leisten konnte, eine Fuhre abzulehnen. Und dieses Mädchen, diese junge *inglesa*, sah nicht aus, als wäre sie in der Lage, irgend jemanden auszutricksen.

«In Ordnung», sagte er schließlich. «Fahren wir.»

4

Milde gestimmt von seiner eigenen Freundlichkeit, wurde Toni geradezu redselig: «San Antonio war bis vor fünf Jahren eine arme Insel. Es gab so gut wie keine Verbindungen zum Festland, nur ein kleines Boot zweimal die Woche. Aber jetzt haben wir den Flughafen, also kommen mehr Besucher. Im Sommer sind viele Menschen da. Alles wird besser.»

Das erste, was besser werden muß, sind die Straßen, dachte Selina. Die, auf der sie sich gerade befanden, war ein zerfurchter Lehmweg, auf dem das altertümliche Taxi schaukelte und schwankte wie ein Schiff auf hoher See. Es wand sich zwischen niedrigen Mauern aus geschichteten Steinen hindurch, von denen die quadratisch angeordneten Felder gesäumt wurden. Der Boden sah steinig und nicht sehr vielversprechend aus; die flachen Bauernhäuser hatten von der glühenden Sonne die Farbe hellen Sandes angenommen. Die Frauen, die auf den Feldern arbeiteten, trugen schwarze, knöchellange Röcke und schwarze Kopftücher. Die Männer in ihren verwaschenen blauen Arbeitsanzügen pflügten die harte Erde oder holperten auf Holzkarren hinter einem Esel her. Man sah Ziegenherden und magere Hühner, alle anderthalb Kilometer einen Brunnen, der von einem geduldigen, mit Scheuklappen versehenen Pferd umrundet wurde, und ein Wasserrad, aus dem sich randvolle Eimer in die Bewässerungsgräben ergossen.

«Es hat gestern nacht geregnet», bemerkte Selina erstaunt.

«Das war der erste Regen seit Monaten. Wasser ist bei

uns immer knapp. Es gibt keine Flüsse, nur Quellen. Die Sonne ist schon sehr heiß, und der Boden trocknet schnell aus.»

«Wir sind letzte Nacht durch ein Unwetter geflogen, über den Pyrenäen.»

«Das schlechte Wetter über dem Mittelmeer dauert schon seit Tagen an.»

«Ist das immer so im März?»

«Nein, im März kann es schon ziemlich warm sein.» Und wie um seine Worte zu bestätigen, fand die Sonne ein Loch in den Wolken und ließ alles in einem goldenen Licht erstrahlen. «Dort drüben», fuhr Toni fort, «das ist der Ort San Antonio. Die Kathedrale oben auf dem Berg ist sehr alt, eine Festungskathedrale.»

«Eine Festungskathedrale?»

«Gegen Angriffe von den Phöniziern, Piraten und Mauren. San Antonio war jahrhundertelang von den Mauren besetzt.»

Die Stadt lag wie ein Fries vor dem Hintergrund der blauen See, weiße Häuser an einem Berg, überragt von den erhabenen Turmspitzen der Kathedrale.

«Wir fahren nicht durch San Antonio?» fragte Selina.

«Nein, wir sind auf der Straße nach Cala Fuerte.» Nach einer kurzen Pause fügte er hinzu: «Sie waren noch nie auf der Insel? Obwohl Ihr Vater hier lebt?»

Selina beobachtete die sich langsam drehenden Flügel einer Windmühle. «Nein. Nein, ich bin noch nie hier gewesen.»

«Cala Fuerte wird Ihnen gefallen. Es ist klein, aber wunderschön. Eine Menge Segler sind dort.»

«Mein Vater segelt auch.» Sie sagte das, ohne nachzudenken, doch die Worte klangen in ihr nach, als würden sie Wirklichkeit, indem man sie laut aussprach. Mein Vater lebt in Cala Fuerte. Er hat ein Haus namens Casa Barco. Er segelt auch.

Die Wolken breiteten sich weiter aus, teilten sich und zogen dann aufs Meer hinaus, wo sie träge am Horizont liegenblieben.

Es wurde langsam immer wärmer. Selina schob die Ärmel ihres praktischen Jerseykostüms hoch, rollte das Fenster herunter und ließ ihr Haar in dem duftenden, staubigen Wind wehen. Sie fuhren durch kleine Dörfer und stille Städtchen aus glänzendem Quarzgestein mit Fensterläden an den Häusern. Wo Türen offenstanden, hingen Perlenvorhänge zum Schutz gegen die Sonne. Auf den Bürgersteigen saßen alte Frauen aufrecht auf Küchenstühlen und unterhielten sich oder paßten auf ihre Enkelkinder auf, während ihre abgearbeiteten Hände emsig mit Stickereien und Spitzenarbeiten beschäftigt waren.

Sie kamen nach Curamayor, einem verschlafenen Städtchen voller cremefarbener Häuser und enger Straßen, und Toni rieb sich mit dem Handrücken über den Mund und erklärte, daß er durstig sei.

Selina war sich nicht sicher, was von ihr erwartet wurde, und sagte einfach nichts darauf.

«Ein Bier wäre nicht schlecht», fuhr Toni fort.

«Ich... ich würde Ihnen ja ein Bier spendieren, aber ich habe kein Geld.»

«Ich kaufe ein Bier», sagte Toni. Die enge Straße führte auf einen kopfsteingepflasterten Platz mit einer großen Kirche, schattigen Bäumen und einigen Geschäften. Toni fuhr langsam auf dem Platz herum, bis er ein Café entdeckte, das ihm zusagte. «Hier geht es.»

«Ich... ich werde auf Sie warten.»

«Sie sollten auch etwas trinken. Autofahren macht durstig. Ich kaufe Ihnen einen Drink.» Sie wollte protestieren, doch er sagte nur: «Ihr Vater wird mir das Geld zurückgeben.»

Selina setzte sich an einen kleinen Eisentisch in die Sonne. Hinter ihr, in der Bar, redete Toni mit dem Wirt. Eine kleine Gruppe von Kindern, die gerade aus der Schule kamen, näherte sich. Die kleinen Mädchen trugen blaue Baumwollschürzen und makellose weiße Strümpfe. Sie kamen Selina wunderschön vor mit ihren dunklen Zöpfen und den goldenen Ohrringen, die Arme und Beine olivbraun und vollkommen geformt. Wenn sie lachten, blitzten ihre weißen Zähne.

Sie merkten, daß Selina sie beobachtete, und kicherten. Zwei der kleinen Mädchen waren etwas mutiger als die anderen und blieben vor Selina stehen, in den dunklen Augen ein verschmitztes Lächeln. Selina sehnte sich danach, Freundschaft zu schließen. Impulsiv öffnete sie ihre Handtasche und holte einen Drehbleistift mit einer gelb-blau gemusterten Kordel heraus, den sie nie besonders gemocht hatte. Sie hielt ihn mit einer auffordernden Geste den Mädchen hin. Zuerst waren sie zu schüchtern, doch dann griff die Kleine mit den Zöpfen ganz vorsichtig nach dem Stift, als könnte er beißen. Das andere kleine Mädchen legte seine Hand mit einer entwaffnenden Geste in Selinas, als wollte es ihr ein Geschenk machen. Die Hand war warm und weich, und an einem Finger steckte ein kleiner Goldring.

Toni trat mit einem Bier für sich und einem Orangensaft für Selina auf den Platz heraus, und die Kinder bekamen es mit der Angst und stoben wie aufgeregte Tauben auseinander. Lächelnd sah Selina ihnen nach, und Toni sagte: «Tja, die Kleinen...», mit soviel Stolz und Zuneigung in der Stimme, als wären es seine eigenen Kinder.

Sie setzten ihre Fahrt fort. Der Charakter der Insel hatte

sich inzwischen völlig verändert. Die Straße führte jetzt am Fuß einer Bergkette entlang, während auf der Seeseite die Felder in einem sanften Bogen zu einem weit entfernten dunstigen Horizont abfielen. Sie waren fast drei Stunden unterwegs, als Selina ein Kreuz entdeckte, das sich hoch oben auf einem Berg vor ihnen deutlich gegen den Himmel abhob.

«Was ist das?» fragte sie.

«Das ist das Kreuz von San Esteban.»

«Einfach nur ein Kreuz? Auf einem Berg?»

«Nein, da oben steht ein sehr großes Kloster. Ein Mönchsorden.»

Der Ort San Esteban lag am Fuße des Berges im Schatten des Klosters. An der Kreuzung im Stadtzentrum zeigte schließlich ein Schild nach Cala Fuerte, das erste, das Selina sah. Toni steuerte den Wagen nach rechts, und die Straße führte plötzlich bergab durch Kaktusfelder, Olivenhaine und duftende Eukalyptusbäume. Die Küste vor ihnen schien ein einziges Dickicht von Pinienwäldern zu sein, doch als sie näher kamen, entdeckte Selina hier und da weiße Häuser und Gärten voller kräftigrosa, blauer und scharlachroter Blumen.

«Ist das hier Cala Fuerte?» fragte sie.

«*Sí.*»

«Es sieht ganz anders als die anderen Dörfer aus.»

«Ja, das ist ein Urlaubsort. Für Besucher. Viele Leute haben Häuser hier, für den Sommer, wissen Sie. Sie kommen, wenn es heiß ist, aus Madrid und Barcelona.»

«Verstehe.»

Kräftig nach Harz duftende Pinien schlossen sich über ihnen und spendeten kühlen Schatten. Es ging weiter an einem Bauernhof vorbei, aus dem das Gegacker zahlloser Hühner drang, an einem oder zwei Häusern, einem Weingeschäft, und plötzlich führte die Straße auf einen kleinen Platz, in dessen Mitte eine einzelne Pinie stand. Auf der einen Seite war ein Laden mit Gemüsekisten vor der Tür und Bastschuhen, Filmen, Strohhüten und Ansichtskarten im Schaufenster. Auf der anderen Seite stand ein Haus im maurischen Stil, dessen Wände so weiß gekalkt waren, daß sie blendeten. Es hatte eine Terrasse mit Tischen und Stühlen, und über der Tür verkündete ein Schild: *Cala Fuerte Hotel.*

Toni hielt das Taxi im Schatten des Baumes an und schaltete den Motor aus. Staub senkte sich, und es war ganz still.

«Wir sind da», sagte er. «Dies ist Cala Fuerte.»

Sie stiegen aus. Die kühle Seebrise tat ihnen gut. Es waren nur wenige Menschen zu sehen. Eine Frau kam aus dem Geschäft und füllte Kartoffeln aus einem Korb in eine Tüte. Kinder spielten mit einem Hund. Zwei Touristen in selbstgestrickten Pullovern, offensichtlich Engländer, saßen auf der Hotelterrasse und schrieben Ansichtskarten. Sie sahen auf und entdeckten Selina. Als sie in ihr eine Landsmännin erkannten, blickten sie schnell wieder weg.

Selina und Toni betraten das Hotel, Toni ging voran. Hinter dem Perlenvorhang war eine Bar, sehr frisch, sauber und kühl, ebenfalls gekalkt, mit Teppichen auf dem Steinfußboden und einer rustikalen Holztreppe, die in das Obergeschoß führte. Unter der Treppe führte eine andere Tür zur Rückseite des Hotels. Ein dunkelhaariges Mädchen mit einem Besen in der Hand schob seelenruhig Staub von einer Seite des Fußbodens zur anderen.

Sie sah auf und lächelte. *«Buenos días.»*

«Dónde está el proprietario?»

Das Mädchen stellte den Besen ab. *«Momento»*, sagte sie und verschwand auf leisen Sohlen durch die Tür unter der Treppe, die hinter ihr zuschwang. Toni hievte sich auf einen der hohen Barhocker. Kurze Zeit später ging die Tür wieder auf, und ein Mann kam herein, klein, ziemlich jung, mit Bart und freundlich blickenden Froschaugen. Er trug ein weißes Hemd, dunkle Hosen, die von einem Gürtel gehalten wurden, und ein Paar blaue Espadrilles.

«Buenos días», sagte er und blickte von Toni zu Selina und wieder zu Toni.

«Sprechen Sie Englisch?» fragte Selina schnell.

«Sí, Señorita.»

«Es tut mir leid, daß ich Sie störe, aber ich suche jemanden. Mr. George Dyer.»

«Ja?»

«Kennen Sie ihn?»

Er streckte lächelnd die Hände aus. «Natürlich. Sie suchen George? Weiß er, daß Sie nach ihm suchen?»

«Nein. Sollte er?»

«Nicht, wenn Sie ihm nicht gesagt haben, daß Sie kommen.»

«Es soll eine Überraschung sein», sagte Selina und gab sich Mühe zu klingen, als sei das Ganze ein Heidenspaß.

Das schien seine Neugierde zu wecken. «Woher kommen Sie?»

«Aus London. Ich bin heute auf dem Flughafen in San Antonio gelandet.» Sie zeigte auf Toni, der mit mürrischer Miene dem Gespräch lauschte, als gefiele es ihm gar nicht, daß ihm die Kontrolle über die Situation aus den Händen genommen worden war. «Der Taxifahrer hat mich hergebracht.»

«Ich habe George seit gestern nicht mehr gesehen. Er war auf dem Weg nach San Antonio.»

«Aber, wie ich schon sagte, von dort kommen wir gerade.»

«Er ist wahrscheinlich inzwischen wieder zu Hause. Ich

bin mir allerdings nicht sicher. Ich habe ihn nicht zurückkommen sehen.» Er grinste. «Wir sind nie sicher, ob sein Auto die lange Fahrt überlebt.»

Toni räusperte sich und beugte sich vor. «Wo können wir ihn finden?» fragte er.

Der bärtige Mann zuckte mit den Schultern. «Wenn er in Cala Fuerte ist, wird er in der Casa Barco sein.»

«Wo finden wir die Casa Barco?» Der bärtige Mann runzelte die Stirn, und Toni hatte offenbar das Gefühl, ihm eine Erklärung schuldig zu sein. «Wir müssen Señor Dyer finden, weil ich sonst mein Geld nicht bekomme. Die Señorita hat nämlich keins...»

Selina schluckte. «Ja... Ja, leider stimmt das. Könnten Sie uns erklären, wie wir zur Casa Barco kommen?»

«Das ist zu kompliziert. Sie würden sie niemals finden. «Aber», fügte er hinzu, «ich kann jemanden suchen, der Sie hinbringt.»

«Das ist sehr freundlich von Ihnen. Haben Sie vielen Dank, Mr... Leider kenne ich Ihren Namen nicht.»

«Rodolfo. Nicht Mr. irgendwas, einfach Rodolfo. Wenn Sie einen Moment warten, will ich sehen, was ich tun kann.»

Er trat durch den Perlenvorhang nach draußen, überquerte den Platz und ging in das Geschäft gegenüber. Toni sackte auf seinem Barhocker zusammen, wobei seine Körperfülle zu beiden Seiten des viel zu kleinen Hockers hinabquoll, und seine Stimmung verdüsterte sich zusehends. Selina wurde langsam nervös. Verlegen murmelte sie: «Es ist ärgerlich, daß wir aufgehalten werden, wo Sie doch so freundlich waren...»

«Wir wissen nicht, ob Señor Dyer überhaupt in der Casa Barco sein wird. Sie haben ihn nicht von San Antonio zurückkommen sehen.»

«Nun, falls er noch nicht zurück ist, können wir ja etwas warten...»

Es war das Falscheste, was sie hatte sagen können. «Ich kann nicht warten. Ich muß arbeiten, um zu leben. Zeit ist Geld für mich.»

«Ja, natürlich. Das verstehe ich.»

Er machte ein Geräusch, als wollte er sagen, daß sie ihn unmöglich verstehen konnte, und wandte ihr halb den Rükken zu wie ein großer, schmollender Schuljunge. Selina war richtig erleichtert, als Rodolfo endlich zurückkehrte. Er erklärte ihnen, daß der Sohn der Frau, der der Lebensmittelladen gehörte, sie zur Casa Barco bringen würde. Der Junge hatte eine große Bestellung für Señor Dyer, die er sowieso gerade mit dem Fahrrad abliefern wollte. Wenn sie wollten, konnten sie mit dem Taxi hinter dem Fahrrad herfahren.

«Ja, das ist eine hervorragende Idee.» Selina wandte sich Toni zu und sagte mit einer Fröhlichkeit, die ganz und gar nicht echt war: «Mein Vater wird Ihnen den Fahrpreis bezahlen, und dann können Sie direkt nach San Antonio zurückfahren.»

Toni sah nicht besonders überzeugt aus, doch er hievte sich von dem Barhocker und folgte Selina auf den Platz hinaus. Neben dem Taxi wartete ein magerer Junge mit seinem Fahrrad. Am Lenker hingen zwei riesige Körbe, wie sie von allen spanischen Landbewohnern benutzt werden. Schlecht verpackte Lebensmittel aller Formen und Größen ragten aus den Körben: Brotlaibe, eine Tüte mit Zwiebeln, ein Flaschenhals.

«Das ist Tomeu», sagte Rodolfo, «der Sohn von Maria. Er wird Ihnen den Weg zeigen.»

Stolz fuhr Tomeu vor ihnen her, die staubbedeckte Straße entlang, die den Windungen und Kurven der Küste folgte. Kleine Buchten mit pfauenblauem Wasser durchschnitten das Land, und über den Felsen konnte man wunderschöne weiße Villen mit kleinen Gärten voller Blumen, Sonnenterrassen und Sprungbretter sehen.

«Ich hätte nichts dagegen, hier zu wohnen», sagte Selina, aber Tonis Laune verschlechterte sich rapide, und er erwiderte darauf nichts. Die Straße war keine Straße mehr, sondern eher ein Feldweg, der sich zwischen blumenbewachsenen Mauern hindurchschlängelte. Es kam ein kleiner Hügel, bevor es zu einer großen Bucht hinabging, in der ein winziger Hafen ein paar Fischerbooten Schutz bot, während draußen im tiefen Wasser große Segelyachten vor Anker lagen.

Der Weg führte an der Rückseite einiger Häuser entlang. Tomeu wartete auf sie. Als er das Taxi über den Hügelkamm kommen sah, stieg er von seinem Fahrrad, lehnte es gegen eine Mauer und begann die Körbe abzuladen.

«Das muß das Haus sein», sagte Selina.

Es sah nicht allzugroß aus. Die Rückseite war weiß getüncht und hatte nur einen winzigen Fensterschlitz und eine mit Fensterläden versehene Tür, die im Schatten einer großen Pinie lag. Hinter dem Haus gabelte sich die Straße und lief an den Rückseiten weiterer links und rechts stehender Häuser entlang. Hier und da führten schmale Stufen zwischen den Gebäuden hinunter ans Meer. Alles sah angenehm zwanglos aus, Wäsche flatterte im Wind, Fischernetze hingen zum Trocknen draußen, und ein oder zwei magere Katzen saßen in der Sonne und putzten sich.

Tonis Taxi rumpelte und rutschte die letzten Meter. Toni jammerte, es gebe hier keine Möglichkeit zum Wenden, sein Taxi sei ohnehin nicht für so schlechte Straßen geeignet, und er werde Schadenersatz fordern, falls sein Lack Kratzer abbekomme.

Selina hörte ihm kaum zu. Tomeu hatte die grünen Fensterläden geöffnet und war mit den schweren Körben im

Innern des Hauses verschwunden. Als das Taxi mit einem Ruck zum Stehen kam, sprang Selina aus dem Wagen.

«Ich werde wenden, und dann komm ich zurück und hol mir das Geld», sagte Toni.

«Ja», erwiderte Selina geistesabwesend, «tun Sie das.»

Er beschleunigte so schnell, daß sie zurücksprang, damit er ihr nicht über die Füße fuhr, doch kaum war er weg, überquerte sie die Straße und betrat im Schatten der Pinie zögernd die Casa Barco.

Sie hatte gedacht, das Haus wäre klein, und fand sich stattdessen in einem großen Raum mit einer hohen Decke wieder. Die Fensterläden waren geschlossen, es war dunkel und kühl. Es gab keine Küche, sondern einen schmalen Tresen, der die Kochnische wie eine Bar vom Wohnraum abtrennte. Dahinter fand Selina Tomeu, der auf den Knien hockte und die Vorräte in den Kühlschrank füllte.

Er sah auf und lächelte, als sie sich über den Tresen lehnte.

«Señor Dyer?» fragte sie.

Er schüttelte den Kopf. *«No aquí.»*

No aquí. Nicht da. Sie wurde ganz mutlos. Er war noch nicht aus San Antonio zurück, und sie würde Toni mit irgendwelchen Ausreden abspeisen und ihn bitten müssen, Geduld zu haben. Dabei hatte keiner von ihnen auch nur die geringste Ahnung, wie lange es dauern würde, bis ihr Vater zurückkam.

Tomeu sagte etwas. Selina starrte ihn verständnislos an. Um ihr zu zeigen, was er meinte, ging er hinüber zur gegenüberliegenden Wand und begann die Fensterläden zu öffnen. Ein Schwall von Licht und Sonne ergoß sich ins Innere und tauchte alles in leuchtende Farben. Die Südwand, von der aus man auf den Hafen blickte, bestand fast nur aus Fenstern und einer Doppeltür, die auf eine Terrasse führte. Hier spendete ein Dach aus Schilfrohr Schatten, in ein paar angeschlagenen Tonkrügen und Töpfen blühten Geranien, und hinter einer niedrigen Mauer schimmerte blau das Meer.

Das Haus selbst war ungewöhnlich aufgeteilt. Es gab keine Innenwände, sondern die Decke der Kochnische formte eine kleine Empore mit einem Holzgeländer, die man über eine offene Treppe erreichte. Unter der Leiter führte eine Tür in ein winziges Badezimmer. Ein Loch weit oben in der Wand spendete Licht und frische Luft, außerdem gab es dort ein Waschbecken, eine primitiv aussehende Dusche, ein Regal mit Flaschen und Zahnpasta, einen Spiegel und einen runden Wäschekorb.

Der Rest des Hauses wurde von einem hohen Wohnzimmer eingenommen, weiß gekalkt, mit einem Steinfußboden, auf dem helle Teppiche lagen. In einer Ecke des Raumes stand ein breiter dreieckiger Kamin mit duftenden Holzresten, die aussahen, als bräuchten sie nur einen winzigen Lufthauch, um wieder aufzuflammen. Die Kaminsohle war ungefähr fünfzig Zentimeter hoch, genau die richtige Höhe für einen bequemen Sitzplatz, und führte an den Wänden als eine Art Sims weiter, auf dem sich Kissen und Decken, Bücherstapel, eine Lampe, ein teilweise gespleißtes Stück Tau, ein Stapel Papiere und Zeitschriften und eine Kiste mit leeren Flaschen befanden.

Vor dem Kamin stand ein riesiges, durchhängendes Sofa mit hellblauem Leinenbezug, das mindestens sechs Personen problemlos Platz bot. Darüber war eine rotweiß gestreifte Decke gebreitet. Auf der anderen Seite des Zimmers, im rechten Winkel zum Lichteinfall, stand ein billiger, kniehoher Schreibtisch. Selina sah noch mehr Papiere, eine Schreibmaschine, eine Schachtel mit offenbar ungeöffneten Briefen und ein Fernglas. In die Schreibmaschine war ein Blatt Papier eingespannt, und Selina konnte nicht widerstehen, einen Blick darauf zu werfen.

George Dyers neuer Roman, las sie. *Ene mene mu und raus bist du*. Dann folgten eine Reihe von Sternchen und ein Ausrufezeichen.

Selina schüttelte den Kopf. Soviel zu Mr. Rutlands Hoffnungen!

Zwischen der Küche und der Tür befand sich ein Brunnen mit einem schmiedeeisernen Haken für den Eimer und einer breiten Ablage, auf der eine halbleere Flasche und ein Kaktus standen. Selina blickte hinunter und sah dunkles, glänzendes Wasser. Es roch süß und angenehm, und sie hätte gern davon getrunken. Doch ihre Großmutter hatte sie immer davor gewarnt, im Ausland ungekochtes Wasser zu trinken, und dies war wirklich nicht der Zeitpunkt, um eine Magenverstimmung zu riskieren.

Sie ging in die Mitte des Zimmers und blickte hinauf zur Galerie. Die Neugierde war einfach zu groß, und so stieg sie die Leiter hoch und entdeckte ein wunderschönes Schlafzimmer mit einer schrägen Decke und einem riesigen geschnitzten Bett (wie hatte man das bloß jemals hier heraufbekommen?) in der Mitte, direkt unter der höchsten Stelle des Giebels. Für weitere Möbel blieb kaum Platz, zwei Seemannskisten dienten offenbar als Kommoden, und ein Vorhang ersetzte den Kleiderschrank. Am Kopfende des Bettes stand eine Apfelsinenkiste, auf der sich Bücherstapel neben einer Lampe, einem Transistorradio und einem Schiffschronometer türmten.

Als Tomeu von der Terrasse her nach ihr rief, kletterte Selina hastig die Leiter hinunter. Tomeu saß an der Wand in Gesellschaft einer riesigen weißen Perserkatze. Er drehte sich lächelnd zu Selina um und hob die Katze hoch, als wollte er sie ihr geben.

«Señor Dyer», sagte er und zeigte auf die Katze, die mitleiderregend miaute, sich nach kurzem Kampf aus Tomeus

Armen befreite und in eine sonnige Ecke der Terrasse stolzierte, wo sie sich würdevoll setzte und den Schwanz um die Vorderpfoten ringelte.

«Sie ist sehr groß», bemerkte Selina. Tomeu runzelte die Stirn. «Groß», wiederholte sie und breitete die Arme aus. «Groß.»

Tomeu lachte. *«Sí, muy grande.»*

«Ist das Señor Dyers Katze?»

«Sí. Señor Dyer.»

Selina lehnte sich über die Brüstung. Zu ihren Füßen lag ein kleiner felsiger Garten mit ein paar knorrigen Olivenbäumen. Sie entdeckte, daß die Casa Barco, wie alle Häuser, die an einem Hang gebaut sind, mehrere Ebenen hatte und daß die Terrasse in Wirklichkeit das Dach eines Bootshauses war, von dem aus zwei Schienen ins Wasser führten. Die Terrasse war durch eine Treppe mit der unteren Ebene verbunden, und direkt unter ihnen saßen zwei Männer, die plauderten und Fische ausnahmen. Während sie gekonnt mit ihren Messern hantierten, glänzten die Klingen in der Sonne. Sie spülten die Fische im Meer, wobei das ruhige jadegrüne Wasser aufgewühlt wurde.

Tomeu bückte sich, hob einen Stein auf und warf ihn hinunter. Die beiden Männer drehten sich um, erkannten Tomeu und lächelten. «*Hombre*, Tomeu!»

Er gab ihnen irgendeine freche Antwort. Sie lachten und machten sich wieder an die Arbeit.

Die Steinmauer unter Selinas Händen fühlte sich warm an. Etwas von dem Kalkanstrich hatte auf ihr Kostüm abgefärbt wie Kreide von einer Schultafel. Selina setzte sich mit dem Rücken zum Meer auf die Mauer und entdeckte eine Wäscheleine an zwei Haken, an der knochentrockene, zerknitterte Kleidungsstücke hingen. Ein verwaschenes blaues Arbeitshemd, eine Badehose, einige Segeltuchhosen mit

Flicken an den Knien und ein Paar völlig ausgetretener Tennisschuhe, die an den Schnürsenkeln aufgehängt waren. Auch auf der Terrasse gab es einige Möbelstücke, mit denen allerdings nicht viel Staat zu machen war: einen schäbigen alten Rohrstuhl, einen Holztisch, von dem die Farbe abblätterte, und einen dieser gemeingefährlichen Liegestühle, die unter einem zusammenbrachen, sobald man sich hinsetzte.

Selina wünschte, sie spräche Spanisch und könnte sich mit dem freundlichen Tomeu unterhalten. Sie wollte ihn über Señor Dyer ausfragen. Was für ein Mann war er? Welche der Yachten gehörte ihm? Wann würde er wohl aus San Antonio zurückkommen? Während sie noch überlegte, wie sie sich am besten mit ihm verständigte, kündigte das Motorengeräusch von Tonis Taxi seine Rückkehr an. Der Wagen hielt vor der Tür, und Sekunden später betrat Toni das Haus. Er sah noch grimmiger aus als vorher, falls das überhaupt möglich war. Selina nahm ihren ganzen Mut zusammen. «Señor Dyer ist noch nicht zurück», sagte sie mit fester Stimme.

Toni reagierte auf diese Information mit eisigem Schweigen. Betont langsam holte er einen Zahnstocher aus der Hosentasche und stocherte damit im Mund herum. Er strich den Zahnstocher an seinem Hosenboden ab, steckte ihn wieder ein und fragte: «Was zum Teufel machen wir jetzt?»

«Ich werde hier warten», erwiderte Selina. «Es kann nicht mehr lange dauern. Rodolfo sagte, er würde bald zurückkommen. Und Sie können entweder auch hier warten, oder Sie lassen mir Ihren Namen und Ihre Adresse hier und fahren wieder nach San Antonio. In beiden Fällen werde ich dafür sorgen, daß Sie Ihr Geld bekommen.»

Unbewußt hatte sie den energischen Tonfall ihrer Großmutter angeschlagen, und zu ihrer eigenen Überraschung funktionierte es. Toni fand sich mit der Situation ab. Er nickte bedächtig und gab dann seine Entscheidung bekannt. «Ich werde auch warten. Aber nicht hier. Im Hotel.»

Im Hotel gab es Cognac, und er konnte in seinem Taxi eine Siesta halten, im Schatten eines Baumes. Es war bereits halb drei, und es gefiel ihm gar nicht, um halb drei wach zu sein. «Wenn Señor Dyer da ist, können Sie kommen und es mir sagen.»

Selina hätte ihn vor Erleichterung umarmen können. «Das werde ich ganz bestimmt tun», versicherte sie. «Es tut mir leid, daß wir so ein Pech haben, aber es wird in Ordnung kommen.»

Er zuckte seufzend mit den Schultern und ging zu seinem Wagen zurück. Sie hörte, wie er den Motor anließ und über den Hügel zum Cala Fuerte-Hotel zurückfuhr. Selina wandte sich Tomeu zu. «Ich bleibe hier.»

Er runzelte die Stirn. *Usted aquí.»*

«Ja. Hier.» Sie zeigte auf den Boden. Tomeu grinste. Er hatte verstanden und sammelte seine leeren Körbe ein.

«Auf Wiedersehen, Tomeu, und vielen Dank.»

Adios, Señorita.»

Er verließ das Haus, und Selina war allein. Sie ging wieder auf die Terrasse zurück und sagte sich, daß sie auf ihren Vater wartete, doch sie konnte es immer noch nicht ganz glauben. Ob er wohl, ohne daß sie es ihm sagte, wußte, wer sie war? Und wenn nicht, wie sollte sie es ihm begreiflich machen?

Es war inzwischen sehr heiß geworden. Die Sonne brannte auf die überdachte Terrasse, und Selina konnte sich nicht erinnern, jemals so geschwitzt zu haben. Ihre Nylonstrümpfe, die Lederschuhe, ihr Wollkostüm, alles wurde auf einmal unerträglich. Ihre Garderobe war unter diesen Umständen nicht mehr vernünftig, sondern geradezu selbstmörderisch.

Aber ihre Großmutter konnte nackte Beine nicht ausstehen, nicht einmal zu einem Sommerkleid, und Handschuhe waren für sie unabdingbar. Man erkennt eine Dame an ihren Handschuhen, pflegte sie zu sagen. So ein unordentliches Mädchen, ohne einen Hut herumzulaufen!

Doch ihre Großmutter war tot. Geliebt, betrauert, aber zweifellos tot. Die Stimme war verstummt, die strengen Urteile würden nie wieder verkündet werden. Selina war auf sich allein gestellt, konnte tun und lassen, was sie wollte, im Haus ihres Vaters und in einer Welt, die weit weg war von Queen's Gate.

Selina ging ins Haus zurück, zog Schuhe und Strümpfe aus und machte sich auf die Suche nach etwas Eßbarem. Wie angenehm kühl und befreit sie sich fühlte! Sie nahm Butter, eine Tomate und eine kalte Flasche Mineralwasser aus dem Eisschrank und schnitt sich eine Scheibe Brot ab. Sie trug ihren kleinen Imbiß auf die Terrasse, und während sie aß, betrachtete sie die Boote im Hafen. Plötzlich wurde sie müde, doch ihr Vater sollte sie auf keinen Fall schlafend vorfinden. Man war irgendwie schutzlos, wenn man im Schlaf überrascht wurde. Sie würde irgendwo sitzen müssen, wo es hart und unbequem war, und wach bleiben.

Schließlich kletterte sie die Leiter zur Galerie hinauf und setzte sich so unbequem wie möglich auf die oberste Stufe. Nach einer Weile kam die riesige weiße Katze herein, stieg zu ihr herauf und machte es sich heftig schnurrend und pfotentretend auf ihrem Schoß bequem.

Die Zeiger auf ihrer Uhr wanderten langsam weiter.

5

»Ich verstehe nicht, wieso du unbedingt gehen mußt«, sagte Frances Dongen.

»Das habe ich dir doch schon gesagt. Ich muß Pearl füttern.«

»Pearl kann das sehr gut allein. Es gibt genug tote Fische vor deinem Haus, um eine ganze Armee von Katzen zu ernähren. Bleib noch eine Nacht, Liebling.«

»Es ist nicht nur wegen Pearl. Es ist auch wegen der *Eclipse* ...«

»Aber sie hat den Sturm heil überstanden ...«

»Ich bin mir nicht sicher, ob sie ihn heil überstanden hat, und das Wetter wird wieder schlechter ...«

»Also, gut.« Frances nahm sich noch eine Zigarette. »Wenn du unbedingt willst, dann gehst du wohl besser.«

Ihre Mutter, zu Hause in Cincinnati, Ohio, hatte ihr immer erklärt, man könne einen Mann am besten halten, indem man ihm das Gefühl gab, frei zu sein. Nicht daß sie bereits das Stadium erreicht hatte, in dem sie George Dyer »halten« konnte, denn noch gehörte er ihr ja nicht einmal, doch sie war eine Expertin in diesem faszinierenden Spiel von Jagen und Gejagtwerden, und sie war bereit, sich Zeit zu lassen.

Jetzt saß sie auf der kleinen Terrasse ihres Hauses hoch oben in der Altstadt von San Antonio. Oberhalb ihres Hauses, nur ein paar hundert Meter weiter, erhob sich majestätisch die Kathedrale, und unterhalb versperrte ein Gewirr kurviger Gassen, hoher, schmaler Häuser und endloser Wäscheleinen den Blick auf die alte Festungsmauer. Jenseits der

Mauer begann die Neustadt mit ihren breiten Straßen und baumgesäumten Plätzen, die zum Hafen führten, wo kleine Schoner, weiße Yachten mit hohen Masten und der Dampfer lagen, der gerade, wie jede Woche, aus Barcelona eingetroffen war.

Seit zwei Jahren lebte Frances jetzt an diesem traumhaften Ort. Sie war auf einer Kreuzfahrt mit irgendwelchen reichen amerikanischen Freunden hier gelandet und hatte sich nach sechs Wochen in deren Gesellschaft dermaßen gelangweilt, daß sie, als alle für eine Party an Land gingen, nicht an Bord zurückkehrte. Nach einem dreitägigen Besäufnis war sie mit einem kolossalen Kater in einem fremden Bett aufgewacht und mußte feststellen, daß die Yacht samt den amerikanischen Freunden die Insel ohne sie verlassen hatte.

Allein zurückzubleiben machte Frances nicht das geringste aus. Sie hatte bereits eine Menge Freundschaften geschlossen, war reich, zweimal geschieden und frei wie ein Vogel. San Antonio fand sie wunderbar. Maler, Schriftsteller, Aussteiger, interessante Menschen aller Nationalitäten waren hier gestrandet, und Frances, die einmal einige Monate lang mit einem erfolglosen Künstler in Greenwich zusammengelebt hatte, fühlte sich vollkommen heimisch. Es dauerte nicht lange, da hatte sie dieses Haus gefunden, und als es eingerichtet war, begann sie sich nach etwas umzusehen, mit dem sie ihre Zeit ausfüllen konnte.

Sie entschied sich für eine Kunstgalerie. An einem Ort, an dem sowohl Maler als auch Touristen zu finden waren, schien eine Kunstgalerie eine erstklassige Investition zu sein. Also kaufte sie eine ausgediente Fischhalle unten am Hafen, baute sie um und betrieb die Galerie mit einem Geschäftssinn, den sie nicht nur von ihrem Vater, sondern auch von ihren beiden Ex-Männern geerbt hatte.

Sie war knapp vierzig, doch alles an ihr strafte ihr Alter

Lügen. Groß, sehr schlank, braungebrannt, mit einer Mähne blonder Naturlocken gesegnet, trug sie die Art von Kleidung, die normalerweise Teenagern vorbehalten ist. Und sie stand ihr. Enge Hosen, Männeroberhemden und Bikinis, die kaum größer waren als geknotete Taschentücher. Sie rauchte Kette, und sie wußte, daß sie zuviel trank, doch die meiste Zeit, und an diesem Morgen ganz besonders, war das Leben so wunderbar, wie sie es sich immer gewünscht hatte.

Die Party gestern abend zu Ehren von Olaf Svensens erster Ausstellung war ganz besonders erfolgreich gewesen. Olaf war der schmutzigste junge Mann, den man je gesehen hatte, sogar nach den Standards von San Antonio, mit seinem ungepflegten Bart und Fußnägeln, die man sich kaum anzusehen traute, aber seine Pop-art-Skulptur würde garantiert Aufmerksamkeit erregen, und Frances genoß es, irgendwie die Leute zu schockieren.

Natürlich hatte sie George Dyer zu der Party eingeladen – seit der Veröffentlichung seines Buches war er so etwas wie eine Berühmtheit –, doch das war noch lange keine Garantie dafür, daß er auch kam. Deshalb war Frances überglücklich gewesen, als er eintrat und sich durch den überfüllten, verrauchten Raum einen Weg zu ihr bahnte. Er erzählte, er sei in San Antonio, um ein fehlendes Teil für sein Boot abzuholen, und nachdem sie seine Kommentare über Olafs Werk gehört hatte, wußte sie, daß er nur gekommen war, weil es Getränke umsonst gab. Aber was machte das schon, Hauptsache, er war da, und nicht nur das, er war sogar geblieben, bis zum Ende der Party und danach bei Frances.

Sie kannte ihn jetzt seit ungefähr einem Jahr. Im letzten Frühling war sie nach Cala Fuerte gefahren, um sich die Arbeiten eines jungen französischen Malers anzusehen, der dort lebte. Am Ende war sie in Rodolfos Bar gelandet, wo sie dem Maler eine Reihe von Martinis spendierte. Doch als George Dyer die Bar betrat, ließ sie den Franzosen stehen, der daraufhin mit dem Kopf auf der Theke einschlief, und begann sich mit George zu unterhalten. Sie aßen schließlich zusammen zu Mittag und tranken um sechs Uhr abends immer noch Kaffee, bis es Zeit wurde, wieder auf Brandy umzusteigen.

Gewöhnlich kam er einmal in der Woche nach San Antonio, um seine Post vom Yachtclub abzuholen, zur Bank zu gehen und fehlende Teile für sein Boot zu besorgen. Bei diesen Gelegenheiten schaute er fast immer bei Frances vorbei, sie aßen zusammen zu Abend oder besuchten irgendeine der Parties, die in den Bars am Hafen allabendlich gefeiert wurden.

Sie war hingerissen von ihm, mehr als er von ihr, wie sie wußte, doch das machte ihn in ihren Augen um so begehrenswerter. Sie fühlte eine nagende Eifersucht auf alles, was ihn von ihr fernhielt, seine Schriftstellerei, seine Yacht, aber vor allem auf das unabhängige Leben, das er in Cala Fuerte führte. Sie wollte, daß er sie brauchte, doch er schien nichts und niemanden zu brauchen. Ihr Geld beeindruckte ihn nicht im geringsten, was ihm an ihr gefiel, war ihr derber, männlicher Sinn für Humor. Während sie ihn jetzt beobachtete, dachte sie voller Befriedigung, daß er der erste richtige Mann war, den sie seit Jahren getroffen hatte.

Er war dabei, die Sachen, die er gekauft hatte, in einen Korb zu packen. Allein schon seine braungebrannten Hände bei dieser einfachen Tätigkeit zu beobachten, weckte ein fast schmerzhaftes Verlangen in Frances. Gegen ihren Willen, aber in der Hoffnung, ihn zum Bleiben überreden zu können, sagte sie: «Du hast noch nichts gegessen.»

«Das mache ich zu Hause.»

Zu Hause. Sie wünschte, sein Zuhause wäre bei ihr. «Einen Drink?» fragte sie.

Lachend und mit rotgeäderten Augen sah er zu ihr hoch. Offenbar amüsierte er sich königlich. «Hör mal, Kleines, ich habe eine dreistündige Autofahrt vor mir.»

«Ein Drink wird dich schon nicht umbringen.» Sie hätte selbst gern etwas getrunken.

«Nein, aber vielleicht ein verdammter Lastwagen, nachdem ich eingeschlafen bin.»

Der Korb war gepackt. George Dyer erhob sich. «Ich muß gehen.»

Frances stand ebenfalls auf und drückte ihre Zigarette aus, um ihm beim Tragen zu helfen. Er hob die schwere Kiste mit der Ersatzschiffsschraube hoch, und Frances nahm den Korb. Sie ging vor ihm die Steintreppe zum Innenhof hinunter, wo ein Zitronenbaum neben dem Brunnen stand, öffnete die schwere Doppeltür, die auf die enge Straße führte, und trat hinaus in den Sonnenschein.

Hier, an dem steilen Abhang, stand Georges lächerliches Auto, ein alter Morris Cowley mit gelben Rädern und einem Verdeck wie ein Kinderwagen. Sie luden die Sachen ein, dann drehte sich George zu Frances um. «Es hat Spaß gemacht», sagte er.

«Das kommt daher, daß wir es nicht geplant haben, Liebling. Wie heißt das Wort noch? Spontan.» Sie küßte ihn auf den Mund. Da sie so groß war, daß sie sich dazu nicht hochrecken mußte, beugte sie sich einfach vor und überrumpelte ihn. Ihr heller, dick aufgetragener Lippenstift schmeckte süß. Kaum hatte sie sich von ihm gelöst, wischte er sich mit dem Handrücken den Mund ab und stieg in seinen Wagen.

«Auf Wiedersehen, Frances.»

«Bis bald.»

Sie entfernte den Stein, den sie in der Nacht kichernd und

herumalbernd unter das Vorderrad geschoben hatten, und George löste die Handbremse. Der Wagen setzte sich im Leerlauf in Bewegung und gewann beängstigend schnell an Tempo, während er die Kurven der schmalen, steilen Straße nahm wie auf einer Achterbahn und Katzen und Hühner in die Flucht jagte. Die Männer der *Guardia Civil*, die am Tor der alten Mauer Wache hielten, schüttelten mißbilligend den Kopf.

George Dyer fuhr zurück nach Cala Fuerte, die staubigen Straßen hinunter, durch die sorgfältig bestellten Felder, vorbei an den Windmühlen und den geduldigen Pferden, die die Wasserräder drehten. Er kam zu der gewundenen Straße am Fuß der Berge, hoch über sich das Kreuz von San Esteban. Mit zusammengekniffenen Augen suchte er das Meer nach Anzeichen für einen erneuten Sturm ab und dachte an Frances. Er stellte sich vor, mit ihr in San Antonio zu leben, und sei es nur um der Genugtuung willen, dem Verleger Rutland schreiben zu können, er solle sich zum Teufel scheren. George Dyer würde kein einziges Buch mehr schreiben, sondern ein Faulenzer, ein Nichtsnutz werden, der sich von einer reichen Amerikanerin aushalten ließ.

In San Esteban war die Mittagsruhe vorbei, die Fensterläden waren weit geöffnet, und vor dem Café saßen friedlich ein paar Gäste. Als George laut hupend vorbeifuhr, winkten sie und riefen «*Hombre*!», denn hier kannte ihn jeder, er war der verrückte Engländer, der in seinem kleinen Auto mit den gelben Rädern auf der Insel herumdüste, eine Seglermütze auf dem Kopf, und manchmal ein Buch schrieb.

Während er im Leerlauf die letzten Meter der Straße hinabfuhr, die nach Cala Fuerte führte, kämpfte er kurz mit sich, ob er noch schnell auf einen Drink in Rodolfos Bar vorbeischauen sollte. Schließlich entschied er sich zu seiner eigenen Überraschung dagegen. Zweifellos würde er dort

Freunde treffen, länger bleiben als beabsichtigt und mehr trinken, als gut für ihn war. Er traute dem Wetter nicht, außerdem mußte er Pearl füttern. Daher drückte er nur auf die Hupe und winkte freundlich in Richtung der Terrasse des Hotels Cala Fuerte. Rodolfo war nirgends zu sehen, aber ein oder zwei erstaunte Zecher winkten zurück. George hatte das angenehme Gefühl heimzukommen und begann zu pfeifen.

Pfeifend betrat er das Haus. Selina, die immer noch oben auf der Leiter saß, hatte gehört, wie das Auto über den Hügel kam, den Abhang hinunterfuhr und mit einem lauten Quietschen der alten Bremsen vor der Casa Barco hielt. Sie rührte sich nicht; die große weiße Katze schlief in ihrem Schoß. Als der Motor abgestellt wurde, hörte sie das Pfeifen. Eine Tür wurde geöffnet und wieder zugeschlagen. Das Pfeifen wurde lauter. Dann öffnete sich die Tür der Casa Barco, und ein Mann kam herein.

In der einen Hand trug er einen Korb, in der anderen eine Kiste und zwischen den Zähnen eine zusammengerollte Zeitung. Er schloß mit einem Schwung der Hüfte die Tür, stellte den Korb ab, nahm die Zeitung aus dem Mund, warf sie in den Korb und trug die Kiste zum Schreibtisch, wo er sie vorsichtig neben die Schreibmaschine stellte.

Selina konnte sein Gesicht nicht erkennen, weil es von dem Schirm seiner arg mitgenommenen Seemannsmütze verdeckt war. Er öffnete die Kiste und inspizierte den Inhalt. Offensichtlich zufrieden mit dem Ergebnis, griff er nach dem Fernglas und verschwand auf die Terrasse.

Selina blieb, wo sie war, doch die Katze wachte auf. Sie streichelte sie, zum Teil, weil sie nervös war, zum Teil, weil sie nicht wollte, daß das Tier sich bewegte. Nach ein paar Minuten kam der Mann zurück, legte das Fernglas hin, nahm seine Mütze ab und warf sie auf den Tisch. Er hatte dunkles, sehr volles Haar mit den ersten Spuren von Grau darin. Sein Hemd war von demselben Blau wie das der Bauern, die Hosen aus verwaschenem Khakistoff, und an den Füßen trug er staubige Espadrilles. Immer noch pfeifend, holte er den Korb und ging damit in die Kochnische, wo er zum zweitenmal aus Selinas Blickfeld verschwand. Sie hörte, wie er die Eisschranktür öffnete und schloß, dann wurde eine Flasche aufgemacht, ein Glas gefüllt.

Als er wieder auftauchte, hatte er ein Glas in der Hand, das offenbar Mineralwasser enthielt. Er trat auf die Terrasse und rief: «Pearl!» Die Katze begann sich zu strecken. «Pearl! Pearly!» Er machte verführerische Kußgeräusche. Die Katze miaute. Er kam ins Haus zurück. «Pearl?»

Selina fuhr sich mit der Zunge über die Lippen, holte tief Luft und sagte: «Suchen Sie vielleicht Ihre Katze?»

George Dyer blieb abrupt stehen. Er blickte hoch und entdeckte oben auf der Leiter ein Mädchen mit langen, bloßen Beinen, ohne Schuhe. Pearl lag wie ein riesiges weißes Plüschkissen auf dem Schoß des Mädchens.

Er runzelte die Stirn, während er versuchte sich zu erinnern. «Waren Sie die ganze Zeit da oben?»

«Ja.»

«Ich hab Sie gar nicht gesehen.»

«Nein, ich weiß.»

Er fand ihre Stimme sehr angenehm.

«Heißt Ihre Katze Pearl?» fragte sie.

«Ja, ich wollte sie gerade füttern.»

«Sie sitzt schon den ganzen Nachmittag auf meinem Schoß.»

«Den ganzen Nach... Wie lange sind Sie denn schon hier?»

«Seit halb zwei.»

«Seit halb zwei?» Er blickte auf seine Uhr. «Aber es ist schon nach fünf.»

«Ich weiß.»

Pearl unterbrach die Unterhaltung, indem sie sich streckte, sich mit einem klagenden Miauen vom Schoß des Mädchens erhob und die Leiter hinuntersprang. Laut schnurrend strich sie um Georges Beine.

Doch der ignorierte sie ausnahmsweise. «Sind Sie aus irgendeinem besonderen Grund hier?» fragte er.

«O ja, ich bin gekommen, weil ich Sie sehen wollte.»

«Nun, in diesem Fall wäre es vielleicht keine schlechte Idee, wenn Sie von der Leiter heruntersteigen würden.»

Das Mädchen stand, offensichtlich steif geworden vom langen Sitzen, auf und stieg vorsichtig die Leiter hinunter, wobei es sich das lange Haar aus dem Gesicht strich. Im Vergleich zu Frances Dongen und all den anderen braungebrannten jungen Frauen auf San Antonio war sie sehr blaß, mit glattem rehbraunem Haar, das ihr bis auf die Schultern reichte, und einem Pony. Ihre blauen Augen wirkten müde. Sie war hübsch, aber viel zu jung, um attraktiv zu sein.

«Wir kennen uns nicht, oder?» fragte er.

«Nein. Nein, wir kennen uns nicht. Ich hoffe, es macht Ihnen nichts aus, daß ich einfach so in Ihr Haus eingedrungen bin.»

«Überhaupt nicht.»

«Die Tür war nicht verriegelt.»

«Sie hat keinen Riegel.»

Selina lächelte, weil sie dachte, er mache einen Scherz, doch offensichtlich hatte sie sich geirrt, also hörte sie auf zu lächeln und versuchte darüber nachzudenken, was sie als nächstes sagen sollte. In ihrem Unterbewußtsein hatte sie erwartet, daß er sie erkennen würde, daß er sagen würde «An wen erinnern Sie mich nur?» oder «Aber natürlich, ich habe Sie schon einmal gesehen, irgendwann, irgendwo». Doch er sagte nichts dergleichen, und sein Aussehen brachte sie zusehends aus der Fassung. Da war keinerlei Ähnlichkeit mit dem sauberen jungen Offizier mit den strahlenden Augen, der ihr Vater gewesen war. Sie hatte zwar erwartet, daß er ziemlich braungebrannt sein würde, aber sie hatte ganz und gar nicht damit gerechnet, daß sein Gesicht so faltig, seine dunklen Augen so rotgeädert waren. Die Tatsache, daß er dringend eine Rasur nötig hatte, trug noch zu seiner wenig vertrauenerweckenden Wirkung bei, ganz besonders, da die klare Linie seiner Wangenknochen und das Grübchen an seinem Kinn unter dunklen Stoppeln verborgen waren. Außerdem schien er nicht im geringsten erfreut zu sein, sie zu sehen.

Sie schluckte. «Sie... fragen sich sicherlich, wieso ich hier bin.»

«Nun ja, das frage ich mich in der Tat, aber zweifellos werden Sie es mir irgendwann erzählen.»

«Ich bin hierhergeflogen, von London aus... heute morgen, gestern abend. Nein, heute morgen.»

Er hatte plötzlich einen schrecklichen Verdacht. «Hat Rutland Sie geschickt?»

«Wer? Oh, Mr. Rutland, der Verleger. Nein, das hat er nicht. Er sagte allerdings, er wünschte, Sie würden seine Briefe beantworten.»

«Der Teufel soll ihn holen.» Ihm kam ein anderer Gedanke. «Sie kennen ihn?»

«O ja. Ich bin zu ihm gegangen, um ihn zu fragen, wie ich Sie finden kann.»

«Wer sind Sie?»

«Mein Name ist Selina Bruce.»

«Ich bin George Dyer, doch ich vermute, das wissen Sie bereits.»

«Ja, ich weiß...»

Wieder schwiegen sie. George begann gegen seinen Willen neugierig zu werden. «Sie sind nicht zufällig ein Fan von mir? Vielleicht die Präsidentin des George-Dyer-Fanclubs?» Selina schüttelte den Kopf. «Dann wohnen Sie im Cala Fuerte-Hotel und haben mein Buch gelesen?» Wieder schüttelte sie den Kopf. «Dies ist wie ein Ratequiz, nicht? Sind Sie berühmt? Eine Schauspielerin? Singen Sie?»

«Nein, aber ich mußte Sie sehen, weil...» Ihr Mut verließ sie. «Weil», beendete sie den Satz, «ich Sie bitten muß, mir sechshundert Peseten zu leihen.»

George Dyer merkte, wie seine Kinnlade vor Überraschung herunterklappte. Rasch stellte er sein Glas ab, bevor er es fallen ließ. «Was haben Sie gesagt?»

«Können Sie», erwiderte Selina langsam und deutlich, als spräche sie mit einem Schwerhörigen, «mir sechshundert Peseten leihen?»

«Sechshundert!» Er lachte, allerdings ohne jede Spur von Humor. «Das soll wohl ein Witz sein!»

«Ich wünschte, das wäre es.»

«Sechshundert Peseten! Ich habe nicht mal zwanzig!»

«Aber ich brauche sechshundert, um den Taxifahrer zu bezahlen.»

George sah sich im Zimmer um. «Was für eine Rolle spielt der Taxifahrer in dieser Geschichte?»

«Ich mußte mir vom Flughafen nach Cala Fuerte ein Taxi nehmen. Ich hab dem Fahrer gesagt, Sie würden ihn bezahlen, weil ich kein Geld hatte. Man hat mir am Flughafen die Brieftasche gestohlen, während ich darauf wartete, ob mein Gepäck sich auffinden würde... Hier, sehen Sie...» Sie holte ihre Handtasche, um ihm die zwei abgeschnittenen

Riemen zu zeigen. «Die *Guardia Civil* sagte, es müsse ein sehr erfahrener Dieb gewesen sein, da ich nicht das geringste gemerkt habe, und mir ist nur die Brieftasche gestohlen worden.»

«Nur die Brieftasche. Und was war in dieser Brieftasche?»

«Meine Reiseschecks, etwas englisches Geld und einige Peseten. Ach ja», fügte sie hinzu, «und mein Rückflugticket.»

«Ich verstehe», sagte George.

«Und jetzt wartet der Taxifahrer im Cala Fuerte-Hotel. Auf Sie. Damit Sie ihn bezahlen.»

«Sie meinen, Sie haben vom Flughafen nach Cala Fuerte ein Taxi genommen, um mich zu finden, damit ich das Taxi bezahle. Das ist verrückt...»

«Aber ich habe es Ihnen doch schon erklärt... Sehen Sie, mein Gepäck kam nicht an...»

«Wollen Sie damit sagen, Sie haben auch noch Ihr Gepäck verloren?»

«Ich habe mein Gepäck nicht verloren. Sie haben es verloren. Die Fluggesellschaft.»

«Sie sind ja ein richtiger Jetsetter. Frühstück in London, Mittagessen in Spanien, Gepäck in Bombay.»

«In Barcelona war es noch da, aber sie vermuten, daß es von dort aus nach Madrid geschickt wurde.»

«Also», sagte George wie ein routinierter Quizmaster, der noch einmal zusammenfaßt, «Ihr Gepäck ist in Madrid, und Ihre Brieftasche wurde gestohlen, und Sie wollen von mir sechshundert Peseten, um das Taxi zu bezahlen.»

«Ja», erwiderte Selina, froh, daß er die Situation endlich erfaßt hatte.

«Und wie, sagten Sie, war Ihr Name?»

«Selina Bruce.»

«Nun, Miss Bruce, sosehr es mich auch freut, Ihre Bekanntschaft gemacht zu haben, und so untröstlich ich natürlich über die Pechsträhne bin, in die Sie geraten sind, begreife ich immer noch nicht, was das alles mit mir zu tun hat.»

«Ich denke, daß Sie sehr viel damit zu tun haben», sagte Selina.

«Ach, wirklich?»

«Ja. Sehen Sie... Ich glaube, ich bin Ihre Tochter.»

«Sie glauben...»

Seine erste Reaktion war, sie für verrückt zu halten. Sie mußte verrückt sein. Sie war wahrscheinlich eine dieser wahnsinnigen Frauen, die herumrennen und behaupten, sie seien Prinzessin Eugénie. Nur hatte diese Person eine fixe Idee, die ihn betraf.

«Ja. Ich glaube, Sie sind mein Vater.»

Sie war nicht wahnsinnig. Sie war vollkommen arglos, und sie glaubte wirklich, was sie da sagte. Er mußte jetzt einen klaren Kopf behalten. «Wie kommen Sie darauf?»

«Ich habe ein kleines Foto von meinem Vater. Ich dachte, er wäre tot. Aber er sieht genauso aus wie Sie.»

«Pech für ihn.»

«O nein, ganz und gar nicht...»

«Haben Sie das Foto hier?»

«Ja, Augenblick...» Während sie sich bückte, um ihre Tasche aufzuheben, versuchte er verzweifelt, als ginge es um Leben und Tod, ihr Alter abzuschätzen. Er mußte herausfinden, ob auch nur die geringste Chance bestand, daß diese furchtbare Anschuldigung wahr sein könnte.

«Hier ist es. Ich trage es immer bei mir, seit ich es vor ungefähr fünf Jahren gefunden habe. Und dann, als ich das Bild auf Ihrem Buch sah...» Sie hielt ihm das Foto hin.

Er nahm es, ohne sie aus den Augen zu lassen. «Wie alt sind Sie?»

«Zwanzig.»

Vor Erleichterung wurde ihm ganz schwindlig. Schnell blickte er auf das Foto, das Selina ihm gegeben hatte. Er sagte kein Wort. Und dann, genau wie Rodney, als Selina ihm das Bild gezeigt hatte, ging George Dyer damit ans Licht. Nach einer Weile fragte er: «Wie hieß er?»

Selina schluckte. «Gerry Dawson. Aber es sind dieselben Initialen.»

«Könnten Sie mir etwas über ihn erzählen?»

«Nicht sehr viel. Sehen Sie, man hat mir immer gesagt, er wäre gefallen, als ich noch nicht geboren war. Meine Mutter hieß Harriet Bruce, sie starb kurz nach meiner Geburt, deshalb zog meine Großmutter mich auf, und daher heiße ich auch Selina Bruce.»

«Ihre Großmutter. Die Mutter Ihrer Mutter.»

«Ja.»

«Und Sie fanden dieses Foto…?»

«Vor fünf Jahren. In einem Buch meiner Mutter. Und dann… bekam ich *Fiesta in Cala Fuerte* in die Hände und sah Ihr Bild auf dem Umschlag.»

George Dyer erwiderte darauf nichts. Er trat von der offenen Tür zurück und gab Selina das Foto. Dann zündete er sich eine Zigarette an, und nachdem er das Streichholz ausgemacht und genau in die Mitte des Aschenbechers gelegt hatte, sagte er: «Sie behaupten, man hätte Ihnen erzählt, Ihr Vater wäre gefallen. Was meinen Sie damit?»

«Man hat es mir wirklich erzählt. Aber ich habe immer gewußt, daß meine Großmutter ihn nicht ausstehen konnte. Sie hat nie gewollt, daß meine Mutter ihn heiratet. Und als ich das Foto sah, dachte ich, vielleicht war alles ein Irrtum. Vielleicht ist er gar nicht gestorben. Vielleicht war er nur verwundet oder so, oder er hat sein Gedächtnis verloren. So was ist vorgekommen, wissen Sie.»

«Aber nicht bei Ihrem Vater. Ihr Vater ist tot.»

«Aber Sie...»

«Sie sind zwanzig. Ich bin siebenunddreißig. Ich sehe wahrscheinlich sehr viel älter aus, aber ich bin tatsächlich erst siebenunddreißig. Ich war nicht einmal im Krieg – jedenfalls nicht in dem, in dem Ihr Vater war.»

«Aber die Fotos...»

«Ich habe so eine Vermutung, daß Gerry Dawson ein Großcousin von mir war. Die Tatsache, daß wir uns so ähnlich sehen, ist eine Laune der Natur. Ehrlich gesagt glaube ich nicht einmal, daß wir uns so ähnlich waren. Das Foto Ihres Vaters und das Foto auf dem Umschlag meines Buches liegen Jahre auseinander. Und selbst in meiner besten Zeit war ich nie so attraktiv wie er.»

Selina starrte ihn an. Sie hatte noch nie einen derart braungebrannten Mann gesehen. Anscheinend fehlten ein paar Knöpfe an seinem Hemd, denn es war vorne ganz offen, so daß man das dunkle Haar auf seiner Brust sehen konnte. Die Ärmel waren lässig bis zu den Ellbogen aufgerollt. Sie spürte eine seltsame Neugier, was ihr Körper, den sie nicht mehr unter Kontrolle hatte, wohl als nächstes tun würde. Ihre Beine konnten nachgeben, ihre Augen sich mit Tränen füllen, vielleicht würde sie diesen Mann sogar schlagen, wie er so dastand und ihr sagte, daß er nicht ihr Vater war. Daß alles stimmte, was man ihr erzählt hatte, und daß Gerry Dawson tot war.

Er redete immer noch und versuchte offenbar, freundlich zu sein. «...tut mir leid, daß Sie diese weite Reise gemacht haben. Nehmen Sie es sich nicht so zu Herzen... Jeder von uns hätte diesen Fehler gemacht... immerhin...»

Sie hatte einen Kloß im Hals, der weh tat, und sein Gesicht begann vor ihren Augen zu verschwimmen, als versinke es in einem Teich. Nachdem ihr die ganze Zeit zu warm gewesen war, wurde ihr plötzlich eiskalt. Er schien aus weiter Ferne zu kommen, als er fragte: «Ist alles in Ordnung?», und sie merkte voller Scham, daß sie weder in Ohnmacht fallen noch auf ihn einschlagen, sondern schlicht und einfach wie ein kleines Kind in Tränen ausbrechen würde.

6

Sie haben nicht zufällig ein Taschentuch dabei?» fragte Selina. Das hatte er nicht, doch er holte einen großen Kleenex-Karton und drückte ihn ihr in die Hand. Sie zog ein Papiertuch heraus, putzte sich die Nase und sagte: «Ich glaube nicht, daß ich sie alle brauchen werde.»

«Da wäre ich mir nicht so sicher.»

«Es tut mir leid. Ich wollte das nicht. Weinen, meine ich.»

«Natürlich nicht.»

Sie zog ein weiteres Papiertuch heraus und putzte sich noch einmal die Nase. «Ich hatte so lange auf diesen Moment gewartet. Und es war auf einmal so kalt.»

«Es ist kühler geworden. Die Sonne ist untergegangen. Es hat wieder eine Sturmwarnung gegeben. Kommen Sie, setzen Sie sich hin.»

Er nahm ihren Arm und führte sie zu der gewaltigen Couch. Da sie immer noch zitterte, legte er ihr die rotweiße Decke über die Knie. «Ich werde Ihnen einen Brandy bringen», sagte er. Selina erwiderte, sie möge keinen Brandy, doch er ging nicht darauf ein. Sie beobachtete ihn, wie er hinter der Theke seiner kleinen Küche ein Glas und eine Flasche hervorholte und ihr einen Drink einschenkte.

Als er damit zu ihr zurückkam, sagte sie: «Ich muß unbedingt erst mal etwas essen.»

«Trinken Sie das trotzdem.»

Das Glas war klein und dick und der Brandy ohne Eis oder Wasser. Selina schüttelte sich. Als sie ausgetrunken hatte, nahm George das leere Glas und ging zum Kamin, wo er die Glut schürte und ein Stück Treibholz nachlegte. Die Asche wirbelte auf und senkte sich wieder, wobei sie das frische Stück Holz mit grauem Staub bedeckte. Während Selina noch zusah, glühte eine kleine rote Flamme auf.

«Sie brauchen nicht einmal einen Blasebalg. Es brennt bereits», sagte sie.

«Man weiß hier, wie ein gutes Feuer gemacht wird. Was möchten Sie essen?»

«Ist mir egal.»

«Suppe? Brot und Butter? Kaltes Fleisch? Obst?»

«Haben Sie etwas Suppe da?»

«Eine Dose ...»

«Ist Ihnen das auch nicht unangenehm?»

«Weniger unangenehm, als wenn Sie in Tränen aufgelöst hier sitzen.»

«Ich habe nicht mit Absicht geweint», erwiderte Selina verletzt.

Als die Suppe auf dem Herd stand, kam George aus der Küche und setzte sich auf die Kaminsohle. «Wo wohnen Sie?» fragte er, nahm sich eine Zigarette und zündete sie mit einem Stück Holz aus dem Kamin an.

«In London.»

«Mit Ihrer Großmutter?»

«Meine Großmutter lebt nicht mehr.»

«Sie wohnen doch nicht allein?»

«Nein. Da ist noch Agnes.»

«Wer ist Agnes?»

«Mein Kindermädchen», erwiderte Selina und hätte sich am liebsten auf die Zunge gebissen. «Ich meine, sie war früher mein Kindermädchen.»

«Gibt es da sonst niemanden?»

«Doch. Da ist noch Rodney.»

«Wer ist Rodney?»

Selina blickte zu Boden. «Er ist mein... Anwalt.»

«Weiß irgend jemand, daß Sie hier sind?»

«Agnes weiß es.»

«Und der Anwalt?»

«Er ist auf Geschäftsreise.»

«Dann gibt es also niemanden, der sich um Sie Sorgen macht? Der sich fragt, wo Sie sind?»

«Nein.»

«Na so was.»

Die Suppe begann zu kochen. George Dyer ging zur Küche zurück, um einen Teller und einen Löffel zu holen.

«Ihr Haus gefällt mir», sagte Selina.

«Tatsächlich?»

«Ja. Es hat eine angenehme Ausstrahlung, als wäre es ganz zufällig entstanden. Als hätte niemand es geplant.»

Sie dachte an die Wohnung in London, wo sie und Rodney nach ihrer Hochzeit leben würden. An die Zeit und die Überlegungen, die in die Teppiche, die Vorhänge, das richtige Licht und die Kissen investiert worden waren, in die Papierkörbe, die Küche, die Töpfe und Pfannen. «Ich glaube, so sollte ein Haus auch sein. Es sollte sich langsam entfalten. Wie die Menschen, die in ihm wohnen.»

George Dyer goß sich einen Whisky ein und erwiderte nichts.

«Ein paar Dinge müssen natürlich dasein», fuhr sie fort, «ein Dach über dem Kopf und ein Kamin und... Ich nehme an, ein Ort, wo man schlafen kann.» Er kam mit einem Teller voll Suppe in der einen und seinem Glas Whisky in der anderen Hand aus der Küche zurück. Selina nahm ihm den Teller ab. «Wie haben Sie das Bett auf die Galerie hochbekommen?» fragte sie.

«In Einzelteilen. Wir haben es dort oben zusammengebaut.»

«Es ist sehr groß.»

«In Spanien wird es *cama matrimonial* genannt. Ehebett.»

Sie wurde verlegen. «Ich konnte mir nicht vorstellen, wie Sie es da hochbekommen haben. Ich... Ich hätte nicht nachschauen dürfen, entschuldigen Sie, aber ich wollte alles sehen, bevor Sie hier sind.»

«Was werden Sie jetzt tun?» fragte er.

Selina blickte auf ihre Suppe hinunter und rührte sie um. Es war eine Gemüsesuppe mit Buchstabennudeln darin. «Ich nehme an, ich fliege besser nach Hause», antwortete sie.

«Ohne Ticket und ohne Geld?»

«Wenn ich mir etwas leihen könnte, würde Toni mich mit dem Taxi nach San Antonio zurückfahren. Und dann könnte ich den nächsten Flug nach London zurück nehmen.»

«Ich habe Ihnen wirklich die Wahrheit gesagt, als ich meinte, ich hätte die sechshundert Peseten nicht. Einer der Gründe, warum ich gestern nach San Antonio gefahren bin, war, etwas Bargeld zu holen, es hat jedoch irgendeine Verzögerung bei der Bank in Barcelona gegeben, und im Augenblick bin ich ohne Barschaft.»

«Aber was mache ich mit dem Taxifahrer? Ich muß ihn bezahlen.»

«Vielleicht hilft uns Rodolfo vom Cala Fuerte-Hotel.»

«Ist das nicht ein bißchen viel verlangt?»

«Er ist daran gewöhnt.»

«Es sind ja nicht nur die sechshundert Peseten für das Taxi. Ich muß mir ja auch noch ein neues Ticket kaufen.»

«Ja, ich weiß.»

Die Suppe war immer noch zu heiß. Selina rührte sie weiter um: «Sie müssen mich für den allergrößten Trottel halten.» Da er das nicht abstritt, fuhr sie fort: «Natürlich hätte ich schreiben müssen oder so, aber ich konnte den Gedanken nicht ertragen, auf eine Antwort zu warten.» Er gab immer noch keinen Kommentar ab, und sie hatte das Gefühl, sie müßte sich rechtfertigen. «Sie denken wahrscheinlich, daß man sich daran gewöhnen müßte, keinen Vater zu haben, besonders dann, wenn man ihn nicht einmal gekannt hat. Aber ich habe mich nie daran gewöhnt. Ich habe früher unentwegt daran gedacht. Rodney sagte, ich wäre geradezu besessen davon.»

«Man kann von schlimmeren Dingen besessen sein.»

«Ich habe Agnes das Foto auf Ihrem Buch gezeigt, und sie war vollkommen sprachlos, weil Sie genauso aussehen wie mein Vater. Deshalb bin ich auch hergekommen, denn Agnes hat ihn sehr gut gekannt. Und wenn mir nicht die Brieftasche gestohlen worden wäre, hätte ich auch nicht einen ganz so albernen Eindruck gemacht. Bis dahin hatte alles gut geklappt. Ich hatte die richtigen Anschlußflüge gefunden, und es war nicht meine Schuld, daß mein Gepäck nach Madrid geschickt wurde.»

«Sind Sie denn noch nie vorher allein verreist?» fragte er ungläubig.

«O doch, oft. Aber nur mit dem Zug zur Schule und so.» Irgend etwas an seinem Gesichtsausdruck weckte den Wunsch in ihr, völlig ehrlich zu sein. «Und dann war immer jemand da, um mich abzuholen...» Sie zuckte mit den Schultern. «Sie wissen schon.»

«Nein, ich weiß nicht, aber ich glaube Ihnen.»

Sie begann die Suppe zu essen. «Wenn mein Vater wirklich Ihr Großcousin war, müssen Sie verwandt sein.»

«Großcousin zweiten Grades.»

«Das klingt schrecklich entfernt, nicht wahr? Und ziemlich aristokratisch. Haben Sie meinen Vater gekannt?»

«Nein, ich habe ihn nicht gekannt.» Er runzelte die Stirn. «Wie war noch mal Ihr Vorname?»

«Selina.»

«Selina. Nun, wenn ich jemals einen Beweis brauchte, daß Sie nicht meine Tochter sind, hier ist er.»

«Wie meinen Sie das?»

«Ich hätte keinem Mädchen einen solchen Namen zugemutet.»

«Wie würden Sie sie denn nennen?»

«Ein Mann stellt sich selten vor, Töchter zu haben. Er denkt nur an einen Sohn. George Dyer junior, vielleicht.» Er hob sein Glas, als wollte er seinem fiktiven Sohn zuprosten, und trank den Whisky aus. «Kommen Sie, essen Sie Ihre Suppe auf, damit wir Ihren Taxifahrer suchen können.»

Während er den Suppenteller und die Gläser in die Spüle stellte, wusch Selina sich Gesicht und Hände in dem kleinen Waschbecken im Badezimmer, kämmte sich und zog Schuhe und Strümpfe an. Als sie ins Zimmer zurückkehrte, war er wieder draußen auf der Terrasse, die Mütze auf dem Hinterkopf, und beobachtete den Hafen durch sein Fernglas.

Selina stellte sich neben ihn. «Welches ist Ihr Boot?»

«Das da.»

«Wie heißt es?»

«Eclipse.»

«Es sieht zu groß aus, um von einer einzigen Person gesegelt zu werden.»

«Ist es auch. Ich habe normalerweise eine Crew. Ich werde immer ein bißchen nervös, wenn das Wetter schlecht wird.» Er lächelte. «Es kommt ein ziemlicher Seegang auf, und ich hab schon erlebt, daß die *Eclipse* sich losgerissen hat.»

«Aber dort ist sie doch in Sicherheit.»

«Die Felsen ragen sehr tief ins Wasser, man weiß nie, ob nicht doch etwas passiert.»

Sie blickte in den Himmel. Er war bewölkt und bleiern. «Gibt es wieder ein Unwetter?»

«Ja, der Wind hat gedreht. Der Wetterbericht war miserabel.» Er ließ sein Fernglas sinken und sah sie an. «Haben Sie den Sturm letzte Nacht mitbekommen?»

«Er hat uns über die Pyrenäen gejagt. Wir konnten kaum in Barcelona landen.»

«Mir macht ein Sturm auf See nichts aus, aber ein Sturm in der Luft jagt mir Todesangst ein. Sind Sie soweit?»

«Ja.»

«Wir nehmen das Auto.»

Sie gingen ins Haus zurück, wo George das Fernglas wieder auf den Schreibtisch legte, während Selina ihre Tasche nahm und der Casa Barco ein stilles Lebewohl sagte. Sie hatte sich so genau vorgestellt, wie es wäre, hier zu sein, und nun verließ sie das Haus nach wenigen Stunden schon wieder. Für immer. Sie nahm ihren Mantel.

«Wofür zum Teufel brauchen Sie das?»

«Das ist mein Mantel. Es ist kalt in London.»

«Hatte ich ganz vergessen. Kommen Sie, geben Sie ihn mir.» Er warf ihn sich über die Schulter. «Ein Gutes hat es jedenfalls, daß Ihr Koffer verschwunden ist», sagte er. «So reisen Sie zumindest mit leichtem Gepäck.»

Sie verließen das Haus. Als Selina das Auto sah, glaubte sie zunächst an einen Scherz. Es sah aus wie ein Umzugswagen beim Karneval. Sie hätte George Dyer zu gerne gefragt, ob er die gelben Räder selbst angemalt hätte, doch irgendwie traute sie sich nicht.

Nachdem sie eingestiegen waren, legte er ihr den Mantel auf den Schoß, ließ den Motor an, schaltete und wendete den Wagen in mehreren haarsträubenden Vor- und Rückwärtsmanövern. Eine Katastrophe schien unvermeidlich. Einmal waren sie kurz davor, eine Mauer zu rammen. Im nächsten Moment hingen sie mit den Hinterrädern knapp über einer steilen Treppe. Selina schloß die Augen. Als der Wagen schließlich den Hügel hinaufschoß, roch es entsetzlich nach Auspuffgasen, und von irgendwoher unter ihren Füßen kamen seltsame Klopfgeräusche. Die Sitze hingen durch und waren vollkommen durchlöchert, und der Boden, der bereits vor Jahren seinen Teppichbelag eingebüßt hatte, glich einer Mülltonne. In Georges Interesse hoffte Selina, daß seine Yacht tüchtiger war als dieses Gefährt.

Aber trotz alledem machte es ungeheuren Spaß, in George Dyers Auto durch Cala Fuerte zu fahren. Die Kinder lachten laut, winkten und riefen ihnen fröhlich etwas zu. Die Frauen, die in den Gärten saßen oder vor ihren Türen miteinander plauderten, drehten sich lächelnd um und grüßten freundlich. Die Männer, die von der Arbeit nach Hause gingen, blieben stehen, um sie vorbeizulassen, und riefen irgend etwas Lustiges auf spanisch, das Selina nicht verstand.

«Was sagen sie?»

«Sie wollen wissen, wo ich meine neue Señorita gefunden habe.»

«Ist das alles?»

«Ist das nicht genug?»

Sie erreichten schwungvoll das Cala Fuerte-Hotel und hielten so plötzlich an, daß eine weiße Staubwolke unter ihren Rädern aufstieg und sich über die Tische und die Drinks der Gäste legte, die auf Rodolfos Terrasse saßen, um sich den ersten Aperitif des Abends zu gönnen. «Frechheit», schimpfte jemand auf englisch, doch George Dyer ignorierte ihn, stieg aus dem Wagen, ohne erst die Tür zu öffnen, und ging die Stufen zur Terrasse hoch und durch den Perlenvorhang. Selina folgte ihm.

«Rodolfo!»

Rodolfo stand hinter der Bar. Auf spanisch sagte er: «Du brauchst nicht so zu schreien.»

«Rodolfo, wo ist der Taxifahrer?»

Rodolfo lächelte nicht. Er goß ein paar Gläser voll und bemerkte: «Der Taxifahrer ist weg.»

«Weg? Wollte er nicht sein Geld haben?»

«Doch, das wollte er. Sechshundert Peseten.»

«Wer hat ihn bezahlt?»

«Ich», erwiderte Rodolfo. «Und ich möchte mit dir reden. Wenn ich meine Gäste bedient habe.»

Er trat hinter seiner Bar hervor, ging wortlos an ihnen vorbei und verschwand durch den Perlenvorhang. Selina starrte George an. «Ist er wütend?»

«Ich schätze, er ist über irgend etwas verstimmt.»

«Wo ist Toni?»

«Er ist weg. Rodolfo hat ihn bezahlt.»

Es dauerte ein paar Sekunden, bis Selina die Bedeutung dieser Information klar wurde. «Aber wenn er weg ist, wie soll ich dann nach San Antonio kommen?»

«Weiß der Himmel.»

«Sie müssen mich fahren.»

«Ich fahre heute abend nicht mehr nach San Antonio, und selbst wenn ich es täte, könnten wir Ihnen immer noch kein Ticket kaufen.»

Selina biß sich auf die Lippen. «Rodolfo schien vorhin so nett zu sein.»

«Wie wir alle hat auch er zwei Seiten.»

Der Perlenvorhang klirrte, und Rodolfo kehrte zurück. Er stellte sein leeres Tablett ab und begann auf spanisch auf George einzureden, was wahrscheinlich gut war, denn die Ausdrücke, die er benutzte, waren mit Sicherheit nicht für die Ohren einer wohlerzogenen englischen Señorita bestimmt. George verteidigte sich temperamentvoll. Als ihre Stimmen immer lauter wurden, wagte Selina, der klar war, daß sie der Grund für diese Auseinandersetzung war, ein paar Einwürfe wie «O bitte, lassen Sie mich alles erklären» oder «Könnten Sie nicht englisch sprechen, damit ich Sie verstehe?», doch keiner der beiden schenkte ihr auch nur die geringste Aufmerksamkeit.

Schließlich wurde der Streit durch die Ankunft eines dikken Deutschen unterbrochen, der ein Bier haben wollte. Während Rodolfo hinter die Bar ging, um ihn zu bedienen, nahm Selina die Gelegenheit wahr und zog George am Ärmel. «Was ist los? Sagen Sie mir, was los ist!»

«Rodolfo ist wütend, weil Sie sagten, Sie würden in der Casa Barco warten, und zwar zusammen mit dem Taxifahrer. Er mag keine Taxifahrer, die in seiner Bar herumsitzen und sich mit Bier vollschütten, und diesen scheint er ganz besonders wenig zu schätzen.»

«Oh.»

«Ja, oh.»

«Ist das alles?»

«Nein, natürlich nicht. Um den Mann loszuwerden, hat Rodolfo ihn schließlich bezahlt. Und jetzt sagt er, ich schulde ihm sechshundert Peseten, und kriegt kalte Füße, weil er glaubt, ich wäre nicht in der Lage, sie ihm zurückzuzahlen.»

«Aber ich zahle sie ihm zurück, ich verspreche es.»

«Das ist nicht der Punkt. Er will sie jetzt.»

Der dicke Deutsche, der die gespannte Atmosphäre spürte, trug sein Bier nach draußen. Kaum war er weg, fingen George und Rodolfo wieder an, doch Selina stellte sich zwischen sie.

«Bitte, Mr..., ich meine, Rodolfo. Es ist alles meine Schuld. Ich werde dafür sorgen, daß Sie Ihr Geld zurückbekommen. Aber verstehen Sie, mir ist mein ganzes Geld gestohlen worden…»

Das hatte Rodolfo schon gehört. «Sie sagten, Sie würden in der Casa Barco warten. Mit dem Taxifahrer.»

«Ich wußte ja nicht, daß er so lange hierbleiben würde.»

«Und du», wandte sich Rodolfo wieder an George. «Wo warst du überhaupt? Einfach nach San Antonio zu fahren und nicht zurückzukommen, und niemand weiß, wo du bist…»

«Was zum Teufel geht dich das an? Wohin ich fahre und was ich tue, ist ganz allein meine Sache.»

«Es geht mich schon etwas an, wenn ich deine Rechnungen bezahlen muß.»

«Niemand hat von dir verlangt, daß du zahlst. Außerdem war es nicht meine Rechnung. Und du hast alles vermasselt, denn jetzt kommt die Señorita nicht nach San Antonio zurück.»

«Dann fahr sie doch selber!»

«Den Teufel werd ich tun!» schrie George, stürmte aus der Bar, lief die Treppe hinunter und stieg in sein Auto.

«Und was ist mit mir?» rief Selina ihm nach.

«Nun, kommen Sie mit, oder wollen Sie hierbleiben?» fragte er und sah sie an.

«Ich möchte nicht hierbleiben.»

«Dann kommen Sie.»

Es gab keine Alternative. Das halbe Dorf und sämtliche Gäste Rodolfos schienen die Szene zu genießen. George öffnete die Beifahrertür, und Selina stieg ein.

Genau in diesem Augenblick, wie auf Befehl irgendeines himmlischen Regisseurs, brach das Unwetter los.

Ein Blitz zerriß den Himmel, es donnerte, und ein plötzlicher Wind ließ die Pinien erzittern. Die Tischdecken auf der Terrasse des Hotels wehten wie schlecht gesetzte Segel, ein Hut flog von dem Ständer vor Marias Laden und rollte wie ein rosafarbenes Rad die Hauptstraße entlang. Staub wirbelte auf, und nach dem Wind kam der Regen in so großen, schweren Tropfen, daß die Rinnsteine in Sekunden überflutet waren.

Alles rannte nach drinnen, Rodolfos Gäste, die plaudernden Frauen, die spielenden Kinder, die beiden Straßenarbeiter. Es herrschte eine Katastrophenstimmung, als wäre eine Luftschutzsirene losgegangen. Innerhalb kürzester Zeit war der Platz wie leergefegt, bis auf Selina und George und Georges kleines Auto.

Selina wollte aussteigen, doch George hatte den Motor bereits angelassen und hielt sie zurück.

«Können wir uns nicht unterstellen?» fragte sie.

«Wozu? Sie haben doch keine Angst vor so ein bißchen Regen, oder?»

«Bißchen Regen nennen Sie das?»

Seine Miene war eisig, er ließ sich nicht zu einer Antwort herab.

«Können wir das Verdeck nicht hochklappen?»

Er legte die Gangschaltung ein, und sie fuhren mit einem Satz los.

«Das läßt sich schon seit zehn Jahren nicht mehr hochklappen», rief er über den Motorenlärm und den Sturm hinweg. Die Fluten schienen ihnen schon bis zu den Radkappen zu reichen, und Selinas Füße standen im Wasser. Sie fragte sich, ob sie anfangen sollte zu schöpfen.

«Wozu ist ein Verdeck gut, wenn man es nicht hochklappen kann?» fragte sie.

«Ach, hören Sie schon auf zu quengeln.»

«Ich quengle nicht, aber...»

Er beschleunigte das Tempo derartig, daß sie vor Schreck verstummte. Sie rasten die Straße entlang, schnitten mit quietschenden Reifen die Kurven und spritzten Fontänen gelben Schlamms in die Luft. Das Meer lag bleiern vor ihnen, und die Gärten der reizenden kleinen Villen waren bereits vom Sturm verwüstet. Der Wind jagte Blätter, Stroh und Piniennadeln durch die Luft. Als sie schließlich über den Hügel und die schmale Straße zur Casa Barco herunterkamen, waren die Wassermassen zu einem reißenden Strom angeschwollen, so daß Selina sich fühlte wie auf einer Wildwasserfahrt.

Die Fluten stürzten zu beiden Seiten der Stufen hinunter, die zum Hafen führten, und auch der alte Netzschuppen, der George als Garage diente, stand unter Wasser.

Trotzdem fuhr George hinein und brachte den Wagen einen Millimeter vor der hinteren Wand zum Stehen. Er schaltete den Motor aus und sprang aus dem Auto. «Kommen Sie», sagte er, «steigen Sie aus und helfen Sie mir, die Türen zu schließen.»

Selina hatte zuviel Angst, um zu widersprechen. Sie watete durch zehn Zentimeter hohes, eiskaltes, schmutziges Wasser und half ihm, die schiefen Türen zu schließen. Schließlich hatten sie es geschafft. Sie lehnten sich mit ihrem ganzen Gewicht dagegen, bis es George gelang, mit brutaler Kraft den Riegel vorzuschieben. Er ergriff Selinas Handgelenk, und während sie zur Casa Barco rannten, erhellte ein Blitz den dunklen Himmel, gefolgt von einem Donnerschlag, der so nah klang, daß Selina glaubte, das Dach würde einbrechen.

Kaum waren sie im Haus, lief George auf die Terrasse und mühte sich mit den Fensterläden ab, die in dem starken Wind Gefahr liefen, an der Hauswand zu zerschellen. Von den Blumentöpfen, die der Wind teils über die Brüstung, teils auf den Terrassenboden geschleudert hatte, waren nur noch lehmverschmierte Scherbenhaufen übrig.

Als es George schließlich gelungen war, die Fensterläden und die Türen zu schließen, wirkte das Haus dunkel und fremd. Er versuchte das Licht einzuschalten, doch die Stromversorgung war unterbrochen. Der Regen, der durch den Schornstein gekommen war, hatte das Feuer gelöscht, und der Brunnen gab gurgelnde Geräusche von sich, als würde er jeden Moment überlaufen.

«Wird uns auch nichts passieren?» fragte Selina ängstlich.

«Warum sollte uns etwas passieren?»

«Ich fürchte mich vor Donner.»

«Der kann Ihnen nichts tun.»

«Aber Blitze können es.»

«Dann fürchten Sie sich lieber vor Blitzen.»

«Vor denen fürchte ich mich auch.»

Sie fand, daß er sich bei ihr entschuldigen müßte, doch er zog lediglich eine durchnäßte Zigarettenschachtel aus seiner Tasche, warf sie in den Kamin und machte sich auf die Suche nach einer neuen. In der Küche fand er schließlich eine. Er zog eine Zigarette heraus, zündete sie an und goß sich einen ordentlichen Whisky ein. Nachdem er das Glas neben dem Brunnen abgestellt hatte, ließ er den Eimer hinunter, zog ihn wieder hoch und schüttete sich mit einer Geschicklichkeit, die viel Übung verriet, aus dem randvollen Eimer etwas in sein Glas, ohne auch nur einen Tropfen zu verschütten.

«Wollen Sie auch einen Drink?» fragte er.

«Nein danke.»

Er trank einen Schluck, dann sah er sie an. Sie waren beide so naß, als wären sie in eine Badewanne gefallen. Selina hatte ihre ruinierten Schuhe ausgezogen und stand jetzt in einer Pfütze, die immer größer wurde, während es von ihrem Kleidersaum tropfte und ihr Haar an ihrem Gesicht und Hals klebte. Naß zu sein schien George Dyer nicht halb soviel auszumachen wie ihr. «Ich nehme an, Sie sind an solche Dinge gewöhnt», sagte sie und versuchte ihren Kleidersaum auszuwringen. «Dabei war das alles gar nicht nötig. Wir hätten uns sehr gut unterstellen können, bis das Unwetter vorbei ist. Rodolfo hätte uns bestimmt...»

Er stellte das Glas geräuschvoll ab, ging durch das Zimmer und stieg, immer zwei Stufen auf einmal nehmend, die Leiter hinauf.

«Hier», sagte er und warf einen Pyjama hinunter. «Und hier.» Es folgte ein Frotteebademantel. Das Geräusch einer Schublade, die auf- und wieder zugezogen wurde, war zu hören. «Und hier.» Ein Handtuch. Er stand auf der Galerie, die Hände auf die Brüstung gestützt, und sah auf sie herab. «Benutzen Sie das Badezimmer. Ziehen Sie sich das da aus, trocknen Sie sich ab und ziehen Sie sich um.»

Selina hob die Sachen auf. Als sie die Badezimmertür öffnete, kamen ein nasses Hemd und eine nasse Hose über die Brüstung geflogen. Schnell ging sie ins Badezimmer und schloß die Tür hinter sich ab.

Als sie in den viel zu großen Sachen, ihr Haar in ein trokkenes Handtuch gewickelt, aus dem Badezimmer kam, wirkte der Raum vollkommen verändert.

Im Kamin brannte wieder ein Feuer, und drei oder vier Kerzen, die in alten Weinflaschen steckten, verbreiteten anheimelndes Licht. Aus dem Kofferradio erklang Flamencomusik. George Dyer hatte sich nicht nur umgezogen, sondern auch rasiert. Er trug ein weißes Polohemd, dunkelblaue Hosen und Schuhe aus Naturwildleder. Er saß auf der Kaminsohle mit dem Rücken zum Feuer, las eine englische Zeitung und sah so entspannt aus wie ein Gentleman auf seinem Landsitz. Als Selina hereinkam, blickte er auf.

«Nun, da sind Sie ja.»

«Was soll ich mit all den nassen Sachen machen?» fragte Selina.

«Werfen Sie sie auf den Badezimmerboden. Juanita kann sich morgen früh darum kümmern.»

«Wer ist Juanita?»

«Meine Haushälterin. Marias Schwester. Wissen Sie, wer Maria ist? Sie hat den Lebensmittelladen im Dorf.»

«Die Mutter von Tomeu.»

«Dann haben Sie Tomeu also schon kennengelernt.»

«Er hat uns heute hierhergebracht. Er ist mit dem Fahrrad vorausgefahren.»

«Tomeu hat mir ein Huhn in seinem großen Korb mitgebracht. Es ist jetzt im Ofen. Kommen Sie, setzen Sie sich ans Feuer und wärmen Sie sich. Ich werde Ihnen etwas zu trinken machen.»

«Ich möchte nichts trinken.»

«Trinken Sie nie etwas?»

«Meine Großmutter mochte das nicht.»

«Ihre Großmutter klingt, entschuldigen Sie den Ausdruck, wie eine alte Hexe.»

Gegen ihren Willen mußte Selina lächeln. «Das war sie nicht.»

Er war überrascht von ihrem Lächeln. Ohne den Blick von ihr zu nehmen, fragte er: «In welchem Teil Londons wohnen Sie?»

«In Queen's Gate.»

«Queen's Gate, S. W. 7. Eine sehr hübsche Gegend. Ich nehme an, Ihr Kindermädchen ist immer mit Ihnen in den Kensington Gardens spazierengegangen?»

«Ja.»

«Haben Sie Geschwister?»

«Nein.»

«Onkel oder Tanten?»

«Nein. Niemanden.»

«Kein Wunder, daß Sie so verzweifelt einen Vater brauchten.»

«Ich brauchte nicht verzweifelt einen, ich wünschte mir einen.»

George schwenkte sein Glas und beobachtete, wie die goldene Flüssigkeit sich bewegte. «Wissen Sie, mir ist der Gedanke gekommen, daß Menschen, die... man mag... so lange leben, bis irgendein aufdringlicher Trottel kommt und einem sagt, sie seien tot.»

«Man hat mir schon vor Jahren erzählt, daß mein Vater tot ist», erwiderte Selina.

«Ich weiß, aber heute hat man es Ihnen zum zweitenmal gesagt. Und diesmal war ich es, der ihn getötet hat.»

«Es war nicht Ihre Schuld.»

«Trotzdem tut es mir leid. Wollen Sie nicht doch einen Drink?» fragte er etwas freundlicher. «Nur um sich aufzuwärmen?»

Sie schüttelte den Kopf, und er beließ es dabei, doch er fühlte sich unbehaglich. Er hatte sich einfach daran gewöhnt, mit Frances zu trinken, die wirklich eine ganze Menge vertrug, und auch wenn sie am Ende des Abends etwas undeutlicher sprach und sich beim geringsten Anlaß mit ihm stritt, hatte sie am nächsten Tag einen klaren Kopf wie immer, und man merkte ihr nicht das geringste an, abgesehen vielleicht von dem leichten Zittern ihrer Hand, wenn sie nach der zehnten Zigarette des Morgens griff.

Und nun dieses Kind. Er betrachtete Selina. Ihre Haut war wie Elfenbein, cremefarben und makellos. Während er sie ansah, nahm sie das Handtuch von ihrem Kopf und begann ihr Haar trockenzurubbeln. Ihre Ohren rührten ihn, sie kamen ihm verwundbar vor wie der Nacken eines Babys.

«Was machen wir jetzt?» fragte sie.

«Inwiefern?»

«Wegen des Geldes. Für Rodolfo und das Flugticket nach London.»

«Ich weiß es nicht. Ich muß erst darüber nachdenken.»

«Ich könnte meiner Bank in London telegrafieren, und sie könnten mir das Geld schicken.»

«Ja, das könnten Sie.»

«Würde das lange dauern?»

«Drei oder vier Tage.»

«Glauben Sie nicht, ich könnte versuchen, ein Zimmer im Cala Fuerte-Hotel zu bekommen?»

«Ich bezweifle, daß Rodolfo Sie aufnehmen wird.»

«Das kann ich ihm nicht mal übelnehmen. Schon im nüchternen Zustand war Toni ziemlich zwielichtig. Betrunken muß er wirklich furchterregend gewesen sein.»

«Ich glaube nicht, daß er Rodolfo Angst eingejagt hat.»

«Nun... Wo soll ich dann bleiben?»

«Hier, wo sonst? In der *cama matrimonial*. Ich würde ja auf die *Eclipse* ziehen, aber bei diesem Wetter geht das nicht. Außerdem wird es nicht das erste Mal sein, daß ich auf dem Sofa schlafe.»

«Wenn irgend jemand auf dem Sofa schläft, dann ich.»

«Wie Sie wollen. Mir ist es gleich. Tut mir leid, daß die Casa Barco nicht auf Gäste eingestellt ist, aber daran kann ich leider nichts ändern. Ich konnte ja nicht ahnen, daß meine Tochter mich besuchen würde.»

«Ich bin nicht Ihre Tochter.»

«Dann sagen wir einfach, Sie sind George Dyer junior.»

7

Als George Dyer vor sechs Jahren nach Cala Fuerte gezogen war, hatte Juanita eines Tages vor seiner Tür gestanden und mit großer Würde verkündet, daß sie gerne für ihn arbeiten würde. Ihr Mann war Bauer in San Esteban, sie hatten vier Kinder, die auf die Dorfschule gingen. Juanita brauchte die Arbeit, weil sie das Geld brauchte, aber nichts an ihrer aufrechten, stolzen Haltung verriet auch nur eine Spur davon. Sie war eine kleine Frau, stämmig, robust, mit dunklen Augen, kurzen Beinen und einem reizenden Lächeln, dessen Strahlen nur dadurch beeinträchtigt wurde, daß sie sich niemals die Zähne putzte.

Jeden Morgen stand sie um halb fünf auf, erledigte ihren Haushalt, machte Frühstück für die Familie und ging, nachdem alle das Haus verlassen hatten, den Hügel von San Esteban nach Cala Fuerte hinunter, wo sie um halb acht in der Casa Barco eintraf. Dort machte sie sauber und kochte für George, kümmerte sich um den Abwasch und die Bügelwäsche, bürstete die Katze, jätete den Garten und war sogar bereit, wenn es nötig war, mit dem Dinghi zur *Eclipse* hinauszufahren, um das Deck zu schrubben.

Als *Fiesta in Cala Fuerte* erschien, schenkte George ihr ein Freiexemplar mit der handgeschriebenen Widmung *Für Juanita von George Dyer, in Liebe und Hochachtung*. Es war ihr wertvollster Besitz nach dem Ehebett, das ihr von ihrer Großmutter vererbt worden war, und den Bettlaken aus Leinen, so schwer wie Leder, die sie selbst mit Stickereien verziert hatte. Sie sprach kein Englisch und konnte nicht lesen, doch das Buch bekam in ihrem Haus einen Ehrenplatz mit einem eigenen Zierdeckchen als Unterlage.

Juanita betrat niemals allein die Casa Barco, da sich das ihrer Meinung nach nicht schickte. Statt dessen saß sie draußen an der Wand, die Hände im Schoß und die Beine an den Knöcheln übereinandergeschlagen wie ein Mitglied des Königshauses, und wartete darauf, daß George ihr die Tür öffnete. Er sagte dann: *«Buenos días, Juanita»*, sie tauschten Höflichkeiten über das Wetter aus, und sie fragte ihn, wie der *Señor* geschlafen hatte. Er hatte nie den Grund für dieses seltsame Verhalten herausgefunden, fragte aber nicht danach. Vielleicht hatte es etwas damit zu tun, daß er keine Frau hatte.

Am Morgen nach dem Sturm wachte er um sieben Uhr auf. Er hatte doch auf dem Sofa geschlafen, weil er es nicht übers Herz gebracht hatte, das bequeme Bett für sich zu beanspruchen. Draußen herrschte Stille. Der Wind hatte sich gelegt, und als George aufstand, die Fensterläden öffnete und auf die Terrasse trat, empfing ihn ein klarer, wolkenloser Himmel. Die Luft roch süß und feucht nach dem Regen, auch wenn das Wasser im Hafen von dem Sturm trübe war und die Spuren der Verwüstung beseitigt werden mußten. Er fing gleich damit an, indem er seine wackligen Terrassenmöbel, die der Sturm umgeweht hatte, wieder aufstellte und eine Wasserpfütze vom Tisch wischte. Dann ging er zurück ins Haus, zündete sich eine Zigarette an und beschloß, Tee zu machen. Es war jedoch kein Wasser im Kessel, und er hatte Angst, Selina zu wecken, wenn er den Eimer in den Brunnen hinabließ.

Da die Hose und der Pullover, die er am Abend zuvor getragen hatte, für das, was er vorhatte, unpraktisch waren, stieg er zur Galerie hinauf. Selina schlief immer noch wie ein kleines Kind; in seinem Pyjama und dem riesigen Bett wirkte sie sehr jung und ein wenig verloren. So leise wie möglich griff er nach der erstbesten Hose und dem erstbesten Hemd und stieg die Leiter wieder hinunter. Er duschte – das Wasser war eisig nach dem Sturm –, zog sich an und öffnete die Tür für Juanita. Sie war noch nicht da, doch wenn die Tür offenstand, würde sie hereinkommen und ihm sein Frühstück machen. Dann ging er über die Terrasse die Stufen hinunter zum Schiffsanleger, stieg ins Dinghi und ruderte zur *Eclipse* hinaus.

Das Boot schien den Sturm heil überstanden zu haben. Er überprüfte die Taue, bevor er an Bord ging. Zum Glück hatte er vorsorglich die Persenning über dem Bootsdeck besonders gut befestigt, so daß es relativ trocken geblieben war, auch wenn die Persenning selbst vor Nässe tropfte. Er löste einige der strammgezogenen Falleinen und ging unter Deck, um sich zu vergewissern, daß die vorderen Luken kein Wasser durchgelassen hatten. Beruhigt kehrte er an Deck zurück, setzte sich auf den Lukenrand und zündete sich eine Zigarette an.

Es würde ein sehr warmer Tag werden. Schon stieg Dampf von den nassen Decksplanken und der Persenning auf, die er zum Trocknen ausgebreitet hatte. Die Luft war so klar, daß man bis tief ins Landesinnere, noch über das weit entfernte Kreuz von San Esteban hinaus sehen konnte. Es herrschte eine solche Stille, daß George jedes Wort verstand, als ein Fischer auf seinem Boot leise etwas zu seinem Begleiter sagte. Das Wasser bewegte sich kaum. Während der Bug des Dinghis leise gegen die winzigen Wellen klatschte, bewegte sich die Yacht sanft auf und ab, als atmete sie.

Eingelullt durch die vertraute Umgebung, die vertrauten Gerüche und Geräusche, fühlte George, wie er sich entspannte. Jetzt war er in der Lage, dem Tag, der vor ihm lag, ins Auge zu blicken und über die anstehenden Probleme nachzudenken.

Da war erst einmal Rodolfo. Der Streit war nicht das Schlimmste, es war nicht der erste gewesen, und es würde auch nicht der letzte sein. Aber Rodolfo war kein reicher Mann und mußte die sechshundert Peseten so schnell wie möglich zurückbekommen. George konnte es nicht riskieren zu warten, bis die Bank in Barcelona ihm endlich sein Geld auszahlte. Es hatte früher schon Verzögerungen gegeben, und einmal hatte es sogar fast einen ganzen Monat gedauert, bis sein Geld da war. Wenn sie jedoch Selinas Bank telegrafierten, konnte das Geld in drei oder vier Tagen in San Antonio sein, und Rodolfo würde Selina nur allzugerne in seinem Hotel aufnehmen, sobald er davon erfuhr. Auf diese Weise würden die Konventionen eingehalten, und niemandes Gefühle würden verletzt – was in Cala Fuerte sehr schnell passieren konnte.

Andererseits war da noch Frances. Frances würde ihm sofort sechshundert Peseten und das Geld für Selinas Rückflug leihen, wenn er sich nur dazu aufraffen könnte, sie darum zu bitten. Aber für Frances sprach Geld eine eigene Sprache. Wenn er sich in ihre Schuld begab, würde er es nicht für Rodolfo tun und auch nicht für ein Mädchen, das auf der Suche nach seinem Vater auf die Insel gekommen war, sondern ganz und gar auf eigene Kosten, denn er war der einzige, der diese Schuld begleichen konnte.

Eine Bewegung vor der Casa Barco weckte seine Aufmerksamkeit, und er sah, wie Juanita auf der Terrasse die rotweiße Decke vom Sofa zum Lüften auf die Leine hängte. Sie trug ein rosafarbenes Kleid mit einer Schürze. Jetzt ging sie ins Haus zurück, kam gleich darauf mit einem Besen in der Hand wieder auf die Terrasse und begann die Scherben der zerbrochenen Blumentöpfe zusammenzukehren.

George fragte sich, wie er die schlafende Selina in seinem Bett erklären sollte. Er hatte immer peinlich darauf geachtet, eine solche Situation zu vermeiden, deshalb hatte er keine Ahnung, wie Juanita darauf reagieren würde. Ihm gefiel der Gedanke nicht, sie zu hintergehen, andererseits wollte er sie auf keinen Fall verlieren. Er konnte ihr die Wahrheit sagen, aber die war so weither geholt, daß er bezweifelte, daß Juanita mit ihrem schlichten Gemüt ihm glauben würde. Er konnte ihr natürlich auch erzählen, Selina wäre eine Cousine, die ihn besuchte und wegen des Sturms bei ihm hatte übernachten müssen. Nach einiger Überlegung kam er zu dem Schluß, daß diese Version die beste war, außerdem hatte sie den Vorteil, fast wahr zu sein. Er warf die Zigarette über Bord, stieg in das Dinghi und ruderte langsam zur Casa Barco zurück.

Juanita war in der Küche, wo sie Wasser für seinen Kaffee kochte.

«Buenos días, Juanita.»

Sie drehte sich um und lächelte strahlend. *«Buenos días, Señor.»*

Er beschloß, sofort zur Sache zu kommen. «Ist die Señorita aufgewacht, als Sie Wasser aus dem Brunnen geholt haben?»

«Nein, Señor, sie schläft wie ein Baby.»

George beobachtete Juanita aufmerksam. Ihre Stimme klang weich, und ihre Augen glänzten. Das war eigentlich nicht die Reaktion, die er erwartet hatte. Er hatte nicht einmal Zeit gehabt, seine Geschichte von der Cousine auf Besuch loszuwerden, und trotzdem sah Juanita bereits ganz gerührt aus. Weshalb?

«Sie... waren also schon bei ihr oben?»

«Sí, Señor, ich habe nachgesehen, ob sie schon aufgewacht ist. Aber», und hier wurde ihre Stimme leicht vor-

wurfsvoll, «warum haben Sie mir denn nie gesagt, daß Sie eine Tochter haben?»

George griff nach der Sofalehne hinter sich und setzte sich hin. «Das habe ich nicht?» fragte er verwirrt.

«Nein, Sie haben Ihre Tochter mit keinem Wort erwähnt. Und als Maria mir heute morgen, als ich in Cala Fuerte war, erzählt hat, daß die Tochter von Señor in der Casa Barco ist, wollte ich es zuerst nicht glauben. Aber es stimmt.»

George schluckte. «Maria hat es Ihnen also erzählt», sagte er. «Und wer hat es Maria erzählt?»

«Tomeu.»

«Tomeu?»

«*Sí, Señor*. Da war ein Taxifahrer, der sie hergefahren hat. Er hat viele Stunden in Rodolfos Bar gewartet, und er hat Rosita, die dort arbeitet, erzählt, daß er die Tochter von Señor Dyer zur Casa Barco gebracht hat. Rosita hat es Tomeu erzählt, als sie Waschpulver gekauft hat, und Tomeu hat es Maria erzählt, und Maria hat es Juanita erzählt.»

«Und dem gesamten Dorf, wette ich», murmelte George auf englisch und verfluchte Selina im stillen.

«Señor?»

«Schon gut, Juanita.»

«Freuen Sie sich nicht, Ihre Tochter hier zu haben?»

«Doch, natürlich.»

«Ich wußte nicht, daß Señor verheiratet war.»

George überlegte einen Moment, dann sagte er: «Ihre Mutter ist tot.»

Juanita war entsetzt. «Señor, ich hatte ja keine Ahnung. Und wer hat sich um die Señorita gekümmert?»

«Ihre Großmutter», erwiderte George und fragte sich im stillen, wann er ihr endlich die Wahrheit würde erzählen müssen. «Sagen Sie, Juanita… Weiß Rodolfo, daß… die Señorita meine Tochter ist?»

«Ich habe Rodolfo heute noch nicht gesehen, Señor.»

Das Wasser kochte, und sie goß es in die Steingutkanne, die George, wie sie wußte, nur für Kaffee benutzte. Es duftete köstlich, doch davon wurde Georges Stimmung auch nicht besser. Juanita legte den Deckel auf die Kanne und sagte: «Señor, sie ist sehr schön.»

«Schön?» wiederholte er erstaunt.

«Aber natürlich ist sie schön.» Juanita trug sein Frühstückstablett auf die Terrasse. «Der Señor braucht mir nichts vorzumachen.»

Er aß sein Frühstück, das aus einer Orange, einer süßen *Ensaimada* und dem Kaffee bestand. Aus dem Haus waren leise Geräusche zu hören, die anzeigten, daß Juanita saubermachte. Schließlich kam sie mit dem vollen Wäschekorb unter dem Arm auf die Terrasse.

«Die Señorita ist gestern abend in dem Sturm ganz naß geworden», sagte er, «und ich habe ihr gesagt, sie soll ihre Sachen auf den Badezimmerboden legen.»

«*Sí, Señor*, ich habe sie schon gefunden.»

«Bring sie so schnell wie möglich wieder in Ordnung, Juanita. Sie hat sonst nichts zum Anziehen dabei.»

«*Sí, Señor.*»

Sie ging an ihm vorbei die Treppe hinunter zu ihrer winzigen Waschküche, wo sie Wasser in einem großen Zuber kochte, unbefangen Laken, Strümpfe und Hemden schrubbte und dazu ein Stück Seife benutzte, das so groß war wie ein Ziegelstein.

Als erstes mußte er mit Rodolfo reden. Im Haus warf George einen Blick zur Galerie hoch, aber dort rührte sich weder etwas, noch war ein Laut zu hören. Insgeheim verfluchte er seine Besucherin, doch er ließ sie schlafen und ging hinaus. Da er keine Lust hatte, die Garagentüren aufzumachen und den Wagen anzulassen, machte er sich zu Fuß auf den Weg ins Dorf.

Das sollte er bald bereuen, denn noch bevor er das Cala Fuerte-Hotel erreicht hatte, hatten ihm bereits sieben Leute dazu gratuliert, daß er seine Tochter bei sich zu Besuch hatte. Nach jeder Begegnung ging George etwas schneller, als hätte er etwas äußerst Dringendes zu erledigen, und gab sich den Anschein, in Eile zu sein, so gern er auch stehengeblieben wäre und sich über diese glückliche Neuigkeit unterhalten hätte. Daher war er schweißgebadet und außer Atem, als er schließlich in Rodolfos Bar ankam, und fühlte sich, als sei er in eine Falle geraten. Schwer atmend blieb er in der Tür mit dem Perlenvorhang stehen. «Rodolfo, darf ich hereinkommen?»

Rodolfo, der hinter der Bar dabei war, Gläser zu putzen, hielt inne, als er George entdeckte. Ein Lächeln breitete sich auf seinem Gesicht aus. «George, mein Freund!» Er stellte das Glas, das er gerade geputzt hatte, ab und kam mit ausgebreiteten Armen auf George zu, als wolle er ihn umarmen.

George beobachtete ihn voller Skepsis. «Du wirst mich nicht schlagen?»

«Wenn überhaupt, dann solltest du mich schlagen. Aber ich hatte ja keine Ahnung. Heute morgen erst hat Rosita mir erzählt, daß die Señorita deine Tochter ist. Warum hast du mir das nicht gestern abend schon gesagt? Daß sie dein Kind ist. Ich wußte ja nicht einmal, daß du überhaupt ein Kind hast. Und dazu noch ein so schönes...»

«Rodolfo, es ist ein Irrtum...»

«Und es ist alles meine Schuld. Was mußt du von einem Mann halten, der einem alten Freund und seiner Tochter einen Gefallen verweigert?»

«Aber...»

Rodolfo hob eine Hand. «Dafür gibt es keine Entschuldigung. Sechshundert Peseten, nun gut», er zuckte mit den Schultern, «sie wachsen nicht gerade an den Bäumen, aber sie werden mich auch nicht ruinieren.»

«Rodolfo…»

«Mein Freund, wenn du noch ein Wort sagst, muß ich annehmen, daß du mir nicht verziehen hast. Komm, wir wollen einen Cognac zusammen trinken…»

Es war sinnlos. Er weigerte sich zuzuhören, und George hatte keine Lust, es ihm mit Gewalt beizubringen. «Ich möchte lieber einen Kaffee», sagte er schwach. Während Rodolfo nach hinten ging und nach dem Kaffee rief, setzte George sich auf einen Barhocker und zündete sich eine Zigarette an. Als der Hotelier zurückkam, sagte George: «Du bekommst dein Geld zurück. Wir können nach London telegrafieren…»

«Dazu mußt du nach San Antonio fahren.»

«Nun, das ist nur recht und billig. Wie lange, glaubst du, würde es dauern, bis das Geld da ist?»

Rodolfo zuckte mit den Schultern. «Zwei oder drei Tage. Vielleicht eine Woche. Das ist ganz unwichtig. Ich kann wohl eine Woche auf sechshundert Peseten warten.»

«Du bist ein guter Mensch, Rodolfo.»

«Aber ich bin jähzornig. Du weißt, daß ich jähzornig bin.»

«Trotzdem bist du ein guter Mensch.»

Rosita, der nicht bewußt war, daß sie an dem ganzen Problem schuld war, brachte den Kaffee. Während George ihr zusah, wie sie die winzigen Tassen abstellte, wurde ihm klar, daß er sich mit seinem Betrug nur noch mehr Schwierigkeiten aufgehalst hatte. Denn jetzt gab es keinen Grund mehr, Rodolfo um einen zweiten Gefallen zu bitten. Wenn Selina wirklich Georges Tochter war, gab es keinerlei Anlaß dafür, sie im Cala Fuerte-Hotel einzuquartieren.

Es war Pearl, die Selina weckte. Sie war die ganze Nacht draußen gewesen, müde von der Jagd und brauchte einen weichen Platz zum Schlafen. Sie kam über die Terrasse in die Casa Barco, stieg lautlos die Leiter hinauf und sprang auf das Bett. Selina öffnete die Augen und blickte direkt in Pearls weißes Gesicht mit den Schnurrbarthaaren. Pearls Augen waren jadegrün und die Pupillen vor Zufriedenheit zu Schlitzen verengt. Sie trat sanft mit den Pfoten, bis sie sich eine Mulde geschaffen hatte, schmiegte ihren flauschigen Körper an Selinas und schlief sofort ein.

Selina drehte sich auf die andere Seite und tat das gleiche.

Beim zweitenmal wurde sie etwas unsanfter geweckt. «Los, Zeit zum Aufstehen. Es ist elf Uhr. Los, aufwachen.» Jemand schüttelte sie, und als sie die Augen öffnete, saß George Dyer auf dem Bettrand. «Zeit aufzustehen», wiederholte er.

«Hmmm?» Die Katze lag noch an ihrem Platz, angenehm warm und schwer. Selina zwang sich, die Augen offenzuhalten, und sah einen wütenden George in einem blauen Baumwollhemd auf sie herunterstarren. Ihr Mut sank. Die ersten Minuten nach dem Aufwachen waren nicht ihre beste Zeit.

«Es ist Zeit, daß Sie aufstehen.»

«Wie spät ist es?»

«Ich sagte es bereits. Fast elf. Ich muß mit Ihnen reden.»

«Oh.» Sie setzte sich auf und suchte nach den Kissen, die verschwunden waren. George bückte sich, um sie vom Boden aufzuheben, und stopfte sie ihr in den Rücken. «Also, hören Sie zu», sagte er. «Ich war bei Rodolfo...»

«Ist er noch böse?»

«Nein, das ist er nicht. Nicht mehr. Verstehen Sie, Rodolfo, und somit das gesamte Dorf, glaubt, daß Sie wirklich meine Tochter sind. Sie wissen, warum alle das glauben, nicht wahr? Weil Ihr betrunkener Taxifahrer, der Teufel soll ihn holen, es ihnen erzählt hat.»

«Oh», sagte Selina.

«Ja, oh! Haben Sie dem Taxifahrer erzählt, ich wäre Ihr Vater?»

«Ja», gab sie zu.

«Warum, um Himmels willen?»

«Das mußte ich, damit er mich hierherbringt. Ich habe gesagt, mein Vater werde ihm das Fahrgeld bezahlen, weil es das einzige war, womit ich ihn überzeugen konnte.»

«Dazu hatten Sie kein Recht. Unschuldige Menschen mit hineinzuziehen...»

«Zum Beispiel Sie?»

«Ja, mich. Jetzt stecke ich bis zum Hals in der Sache.»

«Ich hätte nie gedacht, daß er allen Leuten im Dorf davon erzählen würde.»

«Das hat er auch nicht. Er hat es Rosita erzählt, dem Mädchen, das in Rodolfos Bar arbeitet. Und Rosita hat es Tomeu erzählt. Und Tomeu seiner Mutter. Und Maria ist die offizielle Empfangs- und Übertragungsstation auf diesem Teil der Insel.»

«Verstehe», sagte Selina. «Es tut mir leid. Aber können wir ihnen nicht einfach die Wahrheit sagen?»

«Nicht jetzt.»

«Und warum nicht?»

«Weil die Leute hier...» er wählte seine Worte sorgfältig aus, «einen sehr strengen Moralkodex haben.»

«Warum haben Sie mich dann letzte Nacht hierbehalten?»

«Wegen des Sturms», erwiderte er aufgebracht. «Wegen des Streits mit Rodolfo. Weil es keine Alternative gab.»

«Und Sie haben gesagt, ich wäre Ihre Tochter?»

«Ich habe es zumindest nicht abgestritten.»

«Sie sind viel zu jung. Das haben wir doch gestern abend festgestellt.»

«Das darf niemand erfahren.»

«Es ist aber nicht wahr.»

«Das war es auch nicht, als Sie es dem Taxifahrer erzählten.»

«Nein, aber das wußte ich da noch nicht.»

«Während ich es weiß, wollen Sie damit sagen? Nun, es tut mir leid, wenn das Ihre moralischen Prinzipien verletzt, aber diese Menschen sind meine Freunde, und ich möchte sie nicht enttäuschen. Nicht daß sie viele Illusionen haben, was mich betrifft, doch zumindest halten sie mich nicht für einen Lügner.»

Sie sah immer noch beunruhigt aus, und so wechselte er das Thema. «Also, und nun zum Geld. Sie sagten, wir könnten Ihrer Bank telegrafieren...»

«Ja.»

«Aber nicht von Cala Fuerte aus. Wir müssen dazu nach San Antonio fahren. Entweder wir schicken das Telegramm direkt an Ihre Bank, oder, der Gedanke kam mir auf dem Heimweg, wir setzen uns mit Ihrem Anwalt in Verbindung...»

«O nein», wehrte Selina mit solcher Vehemenz ab, daß George überrascht die Augenbrauen hob.

«Warum nicht?»

«Lassen Sie uns einfach der Bank telegrafieren.»

«Aber Ihr Anwalt wäre in der Lage, das Geld viel schneller herzuschicken.»

«Ich möchte Rodney nicht telegrafieren.»

«Mögen Sie ihn nicht?»

«Das ist es nicht. Nur... Also, er hielt die ganze Geschichte hierherzukommen, um meinen Vater zu finden, für verrückt.»

«So, wie die Dinge sich entwickelt haben, hatte er nicht ganz unrecht.»

«Ich möchte nicht, daß er erfährt, was für ein Fiasko es geworden ist. Bitte – versuchen Sie, mich zu verstehen.»

«Nun, sicher verstehe ich Sie, aber wenn es doch bedeuten würde, daß das Geld schneller hier wäre...»

Sie schüttelte den Kopf, und George, der plötzlich von der ganzen Geschichte genug hatte, gab es auf, sie überzeugen zu wollen. «Also gut. Es ist Ihr Geld und Ihre Zeit. Und Ihr guter Ruf.»

Selina ignorierte die Bemerkung. «Wollen Sie heute nach San Antonio fahren?»

«Sobald Sie aufgestanden und angezogen sind. Haben Sie Hunger?»

«Nicht besonders.»

«Wie wär's mit einer Tasse Kaffee?»

«Wenn noch welcher da ist.»

«Ich mache Ihnen einen.»

Er war bereits die halbe Leiter hinuntergestiegen, als sie nach ihm rief.

«Mr. Dyer...»

Er blieb stehen, und sie konnte nur seinen Oberkörper sehen.

«Ich habe nichts anzuziehen», sagte sie.

«Ich rede mit Juanita.»

Er fand Juanita auf der Terrasse, wo sie bügelte, wobei die Bügelschnur aus dem offenen Fenster hing.

«Juanita?»

«Señor.»

«Die Sachen der Señorita, sind sie fertig?»

«Sí, Señor.» Sie strahlte, glücklich über ihre eigene Tüchtigkeit, und reichte ihm einen Stapel ordentlich gefalteter Kleidungsstücke. Er dankte ihr und ging ins Haus zurück,

wo Selina gerade die Leiter von der Galerie herunterstieg. Sie trug immer noch seinen Pyjama und sah zerzaust und verschlafen aus. «Hier», sagte er und reichte ihr den Kleiderstapel!

«Oh, wie wundervoll!»

«Nur ein Service des Hotels.»

«Wie schnell das ging. Ich hätte nie gedacht...» Sie hielt inne. George runzelte die Stirn. Selina nahm ihr Kleid, das zuoberst auf dem Stapel gelegen hatte. Oder besser gesagt das, was davon übriggeblieben war. Juanita hatte die gute britische Wolle genauso behandelt wie den Rest der Wäsche. Mit heißem Wasser, harter Seife und vielem Schrubben. Selina hielt es auf Armeslänge von sich gestreckt. Es hätte vielleicht einer sehr kleinen Sechsjährigen gepaßt, und das einzige, woran man es überhaupt noch wiedererkannte, war das Etikett von «Fortnum and Mason» auf der Innenseite des Kragens.

Lange Zeit sagten beide kein Wort. Schließlich brach George das Schweigen: «Es ist ein kleines braunes Kleid.»

«Sie hat es gewaschen!» brach es aus Selina heraus. «Warum mußte sie es waschen? Das war gar nicht nötig, es war nur naß...»

«Wenn irgend jemand schuld daran ist, dann ich. Ich habe Juanita gesagt, sie soll es waschen, und wenn ich Juanita etwas sage, dann tut sie es.» Er begann zu lachen.

«Ich finde, da gibt es überhaupt nichts zu lachen. Für Sie ist es vielleicht komisch, aber was soll ich jetzt anziehen?»

«Was kann man denn da tun, außer zu lachen?»

«Ich könnte weinen.»

«Das würde nichts nützen.»

«Ich kann doch nicht den ganzen Tag im Pyjama herumlaufen.»

«Warum nicht? Er steht Ihnen.»

«Ich kann unmöglich im Pyjama nach San Antonio fahren.»

George amüsierte sich köstlich, bemühte sich aber trotzdem, vernünftig zu sein. «Wie wär's mit Ihrem Mantel?»

«Ich würde in der Hitze umkommen. Oh, warum müssen nur all diese furchtbaren, furchtbaren Dinge passieren?»

Er versuchte sie zu trösten. «Hören Sie...»

«Nein, ich werde nicht zuhören!»

Es war ein typisches Beispiel dafür, wie man grundlos ins Unrecht gesetzt wurde, wenn man mit einer Frau diskutierte, und George verlor die Geduld. «Also gut, dann hören Sie eben nicht zu. Legen Sie sich wieder ins Bett und weinen Sie für den Rest des Tages, aber vorher kommen Sie mit und helfen mir, ein Telegramm an Ihre Bank aufzusetzen. Ich werde es allein nach San Antonio bringen, und Sie können hierbleiben und weiterschmollen.»

«Wie können Sie nur etwas so Schreckliches, Unfaires zu mir sagen...»

«Also gut, Junior, dann ist es eben schrecklich. Vielleicht sage ich schreckliche Sachen, weil ich ein schrecklicher Mensch bin. Nur gut, daß Sie es früh genug herausgefunden haben. Und jetzt kommen Sie her und setzen Sie Ihr Spatzenhirn in Gang, damit wir dieses Telegramm endlich schreiben können.»

«Ich habe kein Spatzenhirn», protestierte Selina. «Und selbst wenn ich eines hätte, kennen Sie mich noch nicht lange genug, um das zu wissen. Ich sage doch nur, daß ich nicht den ganzen Tag in Unterwäsche herumlaufen kann...»

«Hören Sie, dies hier ist Cala Fuerte auf San Antonio, nicht das vornehme Queen's Gate. Meinetwegen können Sie auch splitternackt herumlaufen, aber ich würde es vorziehen, so bald wie möglich dieses Geld zu bekommen und Sie postwendend nach Kensington Gardens zu Ihrem Kindermädchen zurückzuschicken.» Er beugte sich über den Tisch und nahm ein Blatt Papier und einen Stift in die Hand. Dann blickte er plötzlich auf und sah sie mit undurchdringlicher Miene an. «Wenn Sie älter und erfahrener wären, hätten Sie mir wahrscheinlich längst eine Ohrfeige verpaßt.»

Selina sagte sich, daß sie es sich nie im Leben verzeihen würde, wenn sie jetzt in Tränen ausbrach. «Der Gedanke ist mir nie gekommen», erwiderte sie mit einer Stimme, die nur ganz leicht schwankte.

«Gut. Passen Sie auf, daß es so bleibt.» Er setzte sich hin und zog das Blatt Papier zu sich heran. «Also, der Name Ihrer Bank ist...»

8

Nach der Stille von Cala Fuerte, das abseits von jedem Trubel im kühlen Schatten der Bäume lag, wirkte San Antonio an diesem Nachmittag ganz besonders heiß, staubig und voll. In den Straßen herrschte ein unglaublicher Verkehr, ein Durcheinander von hupenden Autos, Motorrollern, Eselskarren und Fahrrädern. Auf den Straßen drängten sich derartig viele Menschen, daß George keinen Zentimeter vorangekommen wäre, wenn er nicht ununterbrochen die Hand auf der Hupe gehabt hätte.

Das Telegrafenamt befand sich am Hauptplatz mit der baumgesäumten Promenade und den Brunnen, direkt gegenüber von Georges Bank. George parkte an einem schattigen Platz, zündete sich eine Zigarette an und ging als erstes in die Bank. Vielleicht war sein Geld ja inzwischen doch aus Barcelona überwiesen worden. Dann würde er es sich gleich auszahlen lassen, Selinas Telegramm zerreißen und ihr auf der Stelle ein Rückflugticket nach London kaufen.

Aber das Geld war noch nicht da. Der Kassierer schlug George freundlich vor, sich hinzusetzen und vielleicht vier oder fünf Stunden zu warten, während er, der Kassierer, sich bemühte, nach Barcelona durchzukommen, um herauszufinden, was mit dem Geld passiert war. George fragte fasziniert, warum er vier oder fünf Stunden würde warten müssen, und erfuhr, daß das Telefon gestört und noch nicht repariert sei.

Nachdem George nun schon sechs Jahre auf San Antonio lebte, wußte er immer noch nicht, ob er sich über den Zeitbegriff der Inselbewohner ärgern oder amüsieren sollte. Er bedankte sich bei dem Kassierer und verließ die Bank. Nachdem er den Platz überquert hatte, ging er die breite Treppe hinauf und betrat die imposante Marmorhalle des Telegrafenamtes.

Nachdem er das betreffende Formular ausgefüllt hatte, stellte er sich ans Ende einer Schlange, die sich nur sehr langsam vorwärtsbewegte. Als er endlich vor dem Schalter stand, war er mit seiner Geduld fast am Ende. Der Mann hinter dem Drahtgitter hatte eine Glatze und eine Warze auf der Nase und sprach kein Wort Englisch. Es dauerte endlos, bis er den Text gelesen und die Worte gezählt hatte, wobei er immer wieder irgendwelche Dienstvorschriften zu Rate zog. Schließlich stempelte er das Formular und verlangte fünfundneunzig Peseten.

George gab ihm das Geld. «Wann wird es in London sein?» fragte er.

Der Mann blickte auf die Uhr. «Heute abend... vielleicht.»

«Sie werden es doch gleich losschicken?»

Der Mann mit der Warze ließ sich nicht einmal zu einer Antwort herab. «Der nächste, bitte.»

George wußte, daß er sein möglichstes versucht hatte. Er ging nach draußen, zündete sich eine weitere Zigarette an und überlegte, was er als nächstes tun sollte. Schließlich beschloß er, zum Yachtclub zu gehen, um seine Post abzuholen. Für die kurze Strecke lohnte es sich nicht, ins Auto zu steigen, und so machte er sich zu Fuß auf den Weg.

Die Menschenmassen weckten geradezu klaustrophobische Gefühle in ihm. Er ging mitten auf der Straße, wobei er immer wieder dem brausenden Verkehr auswich. Über ihm auf den kleinen Balkons pulste das Leben. Alte, schwarzgekleidete Frauen saßen dort mit ihren Stickereien und genossen die Frühlingssonne. Kinder schauten durch die schmiedeeisernen Stäbe der Brüstungen, an denen Wäscheleinen wie bunte Feiertagsfahnen kreuz und quer über den Straßen hingen. Über allem lag der typische Duft von San Antonio. Es roch nach Abwässern und Fisch, nach Zedernholz und *Ideales*-Zigaretten, und der Wind trug die vielen nicht identifizierbaren Gerüche des Hafens herein.

George kam an eine kleine Kreuzung. Er blieb am Straßenrand stehen und wartete darauf, die Straße überqueren zu können. Ein Krüppel verkaufte in einer Bude Lotterielose, und an der Straßenecke bemerkte George ein Geschäft, das gestickte Blusen, Baumwollkleider, Strandhüte, Schuhe und Badeanzüge in der Auslage dekoriert hatte.

George dachte an Selina. Er konnte es kaum erwarten, sie ins nächste Flugzeug nach London zu setzen, um sie endlich loszuwerden, aber ohne etwas zum Anziehen würde sie nicht reisen können. Vielleicht sollte er ihr ein Kleid kaufen. Doch noch während er den Laden betrat, hatte er eine viel lustigere Idee.

«*Buenos días, Señor*», begrüßte ihn eine rothaarige Frau und trat hinter ihrem schmalen Glastresen hervor.

«*Buenos días*», erwiderte George und sagte ihr, was er wollte.

Fünf Minuten später trat er mit einem sorgfältig in rosaweiß gestreiftes Papier eingeschlagenen Päckchen unter dem Arm wieder auf die Straße. Er amüsierte sich immer noch königlich, als ihn plötzlich eine durchdringende Autohupe aus seinen Gedanken riß. Fluchend trat er beiseite. Die lange schwarze Kühlerhaube eines Citroën streifte ihn von hinten und hielt neben ihm.

«Nanu», sagte eine bekannte Stimme. «Sieh mal an, wer sich da in die Stadt verirrt hat.»

Es war Frances. Sie saß in ihrem offenen Wagen und sah sowohl überrascht als auch erfreut aus. Sie trug eine Sonnenbrille, einen Männerstrohhut und ein verblichenes rosa Hemd. «Steig ein», sagte sie und öffnete die Beifahrertür. «Ich nehme dich ein Stück mit.»

Er setzte sich neben sie. Das Lederpolster war so heiß, daß er das Gefühl hatte, geröstet zu werden, aber kaum hatte er die Tür geschlossen, fuhr Frances schon weiter, wobei sie sich vorsichtig einen Weg durch die Menschenmassen bahnte.

«Ich hatte nicht erwartet, dich so bald wiederzusehen», sagte sie.

«Ich hatte auch nicht vor herzukommen.»

«Wie lange bist du schon da?»

«Ungefähr eine halbe Stunde. Ich mußte ein Telegramm aufgeben.»

Frances sagte nichts. Eine Gruppe von Fußgängern versperrte ihnen den Weg, dicke Frauen in Sommerkleidern, die weiße Strickjacken und nagelneue Strohhüte trugen und einen schrecklichen Sonnenbrand im Gesicht hatten. Als Frances noch einmal hupte, blickten sie überrascht von den Postkarten auf, die sie gerade gekauft hatten, und traten ins Gedränge auf dem Bürgersteig zurück.

«Wo zum Teufel kommen die bloß alle her?» wollte George wissen.

«Von einem Kreuzfahrtschiff. Dem ersten der Saison.»

«O Gott, ist es schon wieder soweit?»

Frances zuckte mit den Schultern. «Man muß das Beste daraus machen. Zumindest bringen sie Geld in die Stadt.» Sie warf einen Blick auf das kleine Päckchen auf seinem Schoß. «Was hast du denn in Teresas Laden gekauft?»

«Woher weißt du, daß es aus Teresas Laden ist?»

«Das rosa-weiß gestreifte Papier. Ich bin neugierig.»

George dachte kurz nach. «Es sind Taschentücher», sagte er dann.

«Ich wußte gar nicht, daß du welche benutzt.» Sie hatten inzwischen die Hauptstraße erreicht, auf der eine schlechtgelaunte *Guardia Civil* den Verkehr regelte. Frances schaltete in den zweiten Gang hinunter und fragte: «Wohin soll ich dich bringen?»

«Es könnte Post für mich im Yachtclub sein.»

«Hast du die nicht gestern erst abgeholt?»

«Ja, aber vielleicht ist neue da.»

Sie warf ihm einen schnellen Blick zu. «Bist du gestern gut nach Hause gekommen?»

«Sicher.»

«Alles in Ordnung mit dem Boot?»

«Ja, alles in Ordnung. Hast du den Sturm gestern abend mitgekriegt?»

«Nein, uns hat er verschont.»

«Da hast du Glück gehabt. Er war ziemlich heftig.»

Sie warteten an einer Ampel, bis sie auf Grün schaltete, dann bog Frances in eine Gasse ein, die auf die breite Hafenstraße führte. George liebte den Hafen mit seinen vielen kleinen Bars und den Schiffsausrüstern, bei denen es nach Teer und Getreide und Paraffin roch. Es lagen viele Schiffe vor Anker, Inselschoner, die Fähre nach Barcelona, die gerade auslaufen wollte, und das Kreuzfahrtschiff aus Bremen, das am Nordpier festgemacht hatte.

George entdeckte eine Yacht, die er noch nie gesehen hatte und die am vorigen Tag noch nicht dagewesen war. «Sie fährt unter holländischer Flagge», bemerkte er.

«Gehört einem jungen Typen namens Van Trikker. Macht eine Weltumsegelung.» Es war Frances' Hobby, solche Dinge herauszufinden.

«Durch das Mittelmeer?»

«Warum nicht? Dafür ist der Suezkanal doch da.»

Er grinste. Frances lehnte sich vor, nahm eine Schachtel

Zigaretten vom Armaturenbrett und gab sie ihm. Er zündete zwei Zigaretten an, eine für sich und eine für Frances. Sie hielt vor dem Yachtclub, und George ging hinein, um nach seiner Post zu sehen, während Frances im Wagen auf ihn wartete. Als er mit zwei Briefen in der Hosentasche wieder herauskam, fragte sie: «Und wohin jetzt?»

«Ich könnte einen Drink vertragen.»

«Ich auch.»

«Solltest du nicht all diesen reizenden Touristen echte Olaf Svensens verkaufen?»

«Das erledigt die junge Studentin, die für mich arbeitet. Sie kann sich um die Deutschen kümmern.» Frances wendete geschickt den Wagen. «Ich kümmere mich viel lieber um dich.»

Sie gingen zu Pedro's, einer kleinen Bar in der Nähe des Yachtclubs. Pedro hatte ein paar Tische und Stühle auf den breiten Bürgersteig gestellt, und sie setzten sich unter einen schattigen Baum. George bestellte für sich ein Bier und für Frances einen Cognac.

«Liebling, du bist ja plötzlich unter die Abstinenzler gegangen», meinte sie.

«Ich habe einfach Durst.»

«Hoffentlich ist es nichts Ernstes.» Sie zog die beiden Briefe aus seiner Hosentasche und legte sie auf den Tisch. «Mach sie auf.»

«Warum?»

«Weil ich neugierig bin. Ich möchte gerne wissen, was in den Briefen anderer Leute steht. Hier...» Sie nahm ein Messer, das auf dem nachlässig gedeckten Tisch lag, und schlitzte die Umschläge auf. «Jetzt mußt du sie nur noch in die Hand nehmen und lesen.»

Er tat ihr den Gefallen. Der erste Brief war von einem Yacht-Magazin. Man teilte ihm mit, daß er achthundert

Pfund und zehn Schilling für den Artikel bekommen würde, den er ihnen geschickt hatte.

Er gab Frances den Brief, und sie las ihn lächelnd. «Was hab ich dir gesagt? Gute Neuigkeiten.»

«Besser als nichts.» Er nahm den zweiten Brief.

«Wovon handelte der Artikel?» fragte sie.

«Automatische Steuerung.»

Sie klopfte ihm auf den Rücken. «Was bist du doch für ein kluger Junge. Von wem ist der?»

Er war von seinem Verleger, doch George war bereits so in den Brief vertieft, daß er ihre Frage überhörte.

Herrn George Dyer
Club Nautico
San Antonio
Balearen
SPANIEN

Lieber Mr. Dyer,

ich habe Ihnen in den letzten vier Monaten nicht weniger als fünf Briefe geschrieben in der Hoffnung, Sie würden uns zumindest ein Exposé für ein neues Buch, sozusagen die Fortsetzung von *Fiesta in Cala Fuerte*, schicken. Ich habe auf keinen der Briefe eine Antwort erhalten. Sie waren sämtlich an den Club Nautico von San Antonio adressiert, und ich frage mich, ob dies vielleicht gar nicht mehr Ihre Postadresse ist.

Wie ich Ihnen bereits darlegte, als wir übereinkamen, *Fiesta in Cala Fuerte* zu veröffentlichen, ist eine Fortsetzung wichtig, wenn wir das Interesse des Publikums an Ihnen als Autor wachhalten wollen. *Cala Fuerte* hat sich gut verkauft, es erscheint bereits in der dritten Auflage, und wir verhandeln gerade über die Taschenbuchlizenz. Wir brauchen allerdings ein zweites Buch von Ihnen, wenn Ihre Verkaufszahlen nicht zurückgehen sollen.

Es ist bedauerlich, daß wir diese Angelegenheit nicht persönlich besprechen konnten, aber als wir die Veröffentlichung von *Fiesta in Cala Fuerte* beschlossen, habe ich, wie ich glaube, deutlich gemacht, daß dies nur möglich ist, wenn man das Buch als ersten Band einer Serie betrachtet. Ich hatte damals den Eindruck, Sie seien meiner Meinung.

Auf jeden Fall wäre ich Ihnen dankbar, wenn Sie diesen Brief beantworten wollten.

Hochachtungsvoll
Arthur Rutland

George las den Brief zweimal, dann warf er ihn aber auf den Tisch. Der Kellner hatte inzwischen ihre Getränke gebracht. Das Bier war so kalt, daß das Glas beschlagen war.

«Von wem ist er?» fragte Frances.

«Lies selbst.»

«Ich möchte ihn nicht lesen, wenn du es nicht willst.»

«Ach, lies schon.»

Während sie las, trank er sein Bier.

Schließlich hob sie den Kopf. «Also, das ist ein ganz schön unverschämter Brief. Was glaubt er, wer er ist?»

«Mein Verleger.»

«Verdammt noch mal, du hast keinen Vertrag unterschrieben!»

«Verleger mögen nun mal keine Autoren, die nur ein einziges Buch schreiben, Frances. Sie wollen entweder gar nichts oder eine kräftig sprudelnde Quelle.»

«Hat er dir früher schon geschrieben?»

«Natürlich hat er das. Er bombardiert mich seit vier, fünf

Monaten mit solchen Briefen. Deshalb habe ich auch aufgehört, meine Post zu öffnen.»

«Hast du denn schon versucht, ein neues Buch zu schreiben?»

«Versucht? Ich hab mich halb umgebracht. Worüber, zum Teufel, soll ich denn schreiben? Ich habe das erste Buch nur geschrieben, weil ich dachte, ich könnte das Geld brauchen, und es war ein langer, kalter Winter. Ich hätte niemals gedacht, daß es je veröffentlicht werden würde.»

«Aber du bist soviel herumgekommen, George, du hast soviel erlebt. Diese Kreuzfahrt in der Ägäis ...»

«Glaubst du, ich hätte nicht versucht, darüber zu schreiben? Ich habe drei Wochen damit verbracht, Wörter in meine Schreibmaschine zu hauen, und es las sich genauso langweilig, wie es sich geschrieben hatte. Außerdem gibt es bereits Literatur darüber. Über alles gibt es Literatur.»

Frances zog ein letztes Mal an ihrer Zigarette, dann drückte sie sie sorgfältig im Aschenbecher aus. Ihre Hände waren groß wie die eines Mannes, mit langen, rotlackierten Nägeln. Sie trug ein schweres Goldarmband am Handgelenk, und als sie den Arm bewegte, schlug es geräuschvoll gegen den Holztisch. «Ist es denn wirklich ein solches Unglück?» fragte sie vorsichtig. «Immerhin hast du ein erfolgreiches Buch geschrieben, und wenn du kein zweites schreiben kannst, dann eben nicht.»

Ein Boot verließ das Hafenbecken des Yachtclubs. Das Rasseln der Schäkel war zu hören, bevor das Segel den Mast hochglitt. Es war einen kurzen Moment schlaff, dann wendete der Junge an der Ruderpinne das Boot, und das Segel flatterte leicht, schüttelte seine Falten aus und blähte sich auf. Das Boot legte sich auf die Seite und gewann an Fahrt, kam noch näher an den Wind und legte sich noch schräger.

«Es gefällt mir nicht, ein Versprechen zu brechen», sagte George.

«Oh, Liebling, du klingst, als ob es etwas Persönliches wäre.»

«Ist es das denn nicht?»

«Nein, es ist ein reines Geschäft.»

«Würdest du ein geschäftliches Versprechen einfach so brechen?»

«Natürlich nicht. Aber Schreiben ist nicht das gleiche wie Aktien verkaufen oder wie Buchhaltung. Es ist kreativ und funktioniert nach anderen Regeln. Wenn du eine Schreibhemmung hast, kannst du nichts dagegen tun.»

«Eine Schreibhemmung», wiederholte George bitter. «Nennt man das so?»

Beschwichtigend legte sie ihm die Hand auf den Arm, die schwer war vom Gewicht des Goldarmbands. «Warum vergißt du die ganze Sache nicht? Schreib diesem Mr...», sie warf einen Blick auf die Unterschrift am Ende des Briefes, «... Mr. Rutland und sage ihm, in Ordnung, wenn Sie so denken, zum Teufel mit weiteren Büchern.»

«Du glaubst wirklich, daß ich das tun könnte, nicht wahr? Und was dann?»

Sie zuckte mit den Schultern. «Nun...» Sie zögerte. «Es gibt andere schöne Dinge im Leben», sagte sie gedehnt.

«Und zwar?»

«In zwei Wochen ist Ostern.» Sie nahm das Messer wieder in die Hand und begann die Muster der Holzmaserung auf dem Tisch mit der Spitze nachzuziehen. «Ich bin zur Corrida am Ostersonntag in Málaga eingeladen. Ich habe Freunde dort, Amerikaner. Sie sind große *aficionados*. In Málaga bekommst du die besten Stiere und die besten Toreros von ganz Spanien zu sehen. Und es wird Tag und Nacht gefeiert.»

«Klingt wie der Traum eines Reiseveranstalters.»

«Liebling, laß deine schlechte Laune nicht an mir aus. Ich habe den Brief nicht geschrieben, sondern nur gelesen.»

«Ich weiß, entschuldige.»

«Willst du nicht mit mir kommen? Nach Málaga?»

George rief den Kellner, der in der Nähe gewartet hatte, und zahlte die Getränke. Als der Junge die Gläser abräumte, gab ihm George ein Trinkgeld und nahm seine Mütze, das rosa-weiß gestreifte Päckchen und die beiden Briefe.

«Du hast meine Frage noch nicht beantwortet», sagte Frances.

Er stand auf. «Ich glaube, du hast vergessen, daß ich noch nie ein *aficionado* war. Beim Anblick von Blut falle ich in Ohnmacht.»

«Ich hätte dich aber gern bei mir», sagte sie mit einer Kleinmädchenstimme.

«Ich würde nur alles verderben.»

Sie blickte zur Seite, um ihre Enttäuschung zu verbergen, und fragte: «Wohin gehst du jetzt?»

«Ich fahre nach Cala Fuerte zurück.»

«Kannst du nicht hierbleiben?»

«Nein, ich muß nach Hause.»

«Erzähl mir nicht, daß du schon wieder deine Katze füttern mußt.»

«Ich habe noch mehr zu füttern als nur die Katze.» Er berührte kurz ihre Schulter. «Danke fürs Mitnehmen.»

Während George nach Cala Fuerte zurückfuhr, brach die Dämmerung herein. Wenn die Sonne erst einmal untergegangen war, wurde es empfindlich kühl, und George hielt in der Nähe eines einsamen Bauernhauses an und griff nach dem Pullover, der auf dem Rücksitz lag. Als er ihn sich über den Kopf gestreift hatte, sah er, wie die Bauersfrau aus dem Haus kam, um Wasser vom Brunnen zu holen. Aus der offenen Tür strömte gelbes Licht, und George erkannte nur ihre dunkle Silhouette. Er rief *Buenas tardes*, worauf sie zu ihm kam und ein wenig mit ihm plauderte, den Wasserkrug auf den Hüften.

Da er Durst hatte, trank er dankbar das Wasser, das sie ihm anbot. Dann fuhr er weiter, und die Scheinwerfer bohrten sich in die saphirblaue Dämmerung. Die ersten Sterne blinkten am Himmel. San Esteban war ein Lichtermeer im Schatten der Berge, und als George die Straße nach Cala Fuerte hinunterkam, wehte der Seewind den frischen harzigen Duft der Pinien herüber.

Seltsamerweise hob dieses Gefühl, nach Hause zu kommen, noch jedesmal seine Stimmung. Er spürte eine große Erleichterung, und erst jetzt wurde ihm klar, wie deprimiert er den ganzen Tag über gewesen war. Nichts hatte so recht geklappt. Der Brief von Mr. Rutland hatte ihm ein noch schlechteres Gewissen bereitet, und der Gedanke an Miss Queen's Gate war auch nicht gerade angenehm gewesen. Wie sie wohl den Tag verbracht hatte? Nicht daß es ihn wirklich interessiert hätte, aber während er die letzte Kurve der Straße zur Casa Barco hinabfuhr, hoffte er trotzdem, daß sie ihm nicht länger böse war.

Er fuhr den Wagen in die Garage, schaltete den Motor aus und warf einen Blick auf die Uhr. Es war kurz nach acht. Er stieg aus und betrat die Casa Barco. Es schien niemand dazusein, auch wenn das Haus zweifellos den Eindruck erweckte, als hätte sich jemand besondere Mühe gegeben. Das Feuer brannte, die Lampen verbreiteten anheimelndes Licht, und der niedrige Couchtisch vor dem Kamin war gedeckt mit einer blau-weißen Decke, von der George nicht einmal gewußt hatte, daß er sie besaß, sowie Besteck und Gläsern. In einer Vase stand ein Blumenstrauß, und es duftete köstlich nach Essen.

George legte seine Mütze hin und ging leise auf die Terrasse, doch dort war es dunkel, und es war keine Spur von Selina zu sehen. Er beugte sich über die Brüstung, aber auch der Anleger war menschenleer. Man hörte lediglich das sanfte Plätschern des Wassers und das Knarren des Dinghis, das an seiner Vertäuung zog. Da erklangen plötzlich aus einem der Hafencafés die warmen Töne einer Gitarre, und eine Frau begann zu singen, in dem eigenartigen Zweitongesang, den die Mauren der Insel hinterlassen hatten.

George runzelte verwirrt die Stirn und ging ins Haus zurück. Die Galerie lag im Dunkeln, nur in der Küche brannte Licht, und als er sich über den Tresen lehnte, entdeckte er überrascht Selina, die vor der offenen Ofentür kniete und mit großer Konzentration irgend etwas Eßbares in einer Kasserolle begoß.

«Guten Abend», sagte er.

Selina blickte auf. Er hatte sie nicht erschreckt, und ihm wurde klar, sie hatte die ganze Zeit gewußt, daß er da war. Irgendwie ärgerte ihn diese Erkenntnis. Sie schien dadurch im Vorteil zu sein.

«Hallo», begrüßte sie ihn.

«Was tun Sie da?»

«Ich koche das Abendessen.»

«Riecht gut.»

«Ich hoffe, es schmeckt auch gut. Ich bin keine große Köchin.»

«Was ist es?»

«Steaks und Zwiebeln und Paprika und so.»

«Ich dachte, wir hätten gar nichts Eßbares im Hause.»

«Hatten wir auch nicht. Ich war bei Maria und habe eingekauft.»

«Tatsächlich?» Er war beeindruckt. «Aber Maria spricht kein Englisch.»

«Nein, ich weiß. Ich habe ein Wörterbuch in Ihrem Schreibtisch gefunden.»

«Und womit haben Sie bezahlt?»

«Ich mußte es leider auf Ihren Namen anschreiben lassen. Für mich habe ich ein Paar Espadrilles gekauft, für acht Peseten. Ich hoffe, Sie haben nichts dagegen.»

«Ganz und gar nicht.»

Sie betrachtete die Kasserolle kritisch. «Finden Sie, daß es gut aussieht?»

«Es sieht phantastisch aus.»

«Ich wollte das Fleisch eigentlich braten, aber ich konnte kein Fett finden außer Olivenöl, und das funktioniert nicht, glaube ich.»

Sie nahm ein Handtuch, legte den Deckel wieder auf die Kasserolle und stellte den duftenden Topf in den Herd zurück. Dann schloß sie die Backofentür und stand auf. Sie sahen sich über den Tresen hinweg an.

«Hatten Sie einen guten Tag?» fragte Selina.

Im Bann der häuslichen Gemütlichkeit hatte George alles andere vergessen. «Was... oh, ja. Ja, alles in Ordnung.»

«Haben Sie das Telegramm abgeschickt?»

«Ja. Ja, das hab ich.» Sie hatte Sommersprossen auf der Nase, und in ihrem glatten Haar glänzten einige blonde Strähnen, die vorher noch nicht dagewesen waren.

«Was haben sie gesagt, wie lange es dauern wird?» fragte sie.

«Genau wie wir dachten, drei oder vier Tage.» Er verschränkte die Arme und beugte sich etwas vor. «Und wie haben Sie Ihren Tag verbracht?»

«Oh...» Sie wirkte plötzlich nervös und begann wie eine fleißige Barfrau den Tresen abzuwischen. «Also, ich habe mich mit Juanita angefreundet, ich habe mir die Haare gewaschen, und ich habe mich auf der Terrasse gesonnt...»

«Sie haben Sommersprossen.»

«Ja, ich weiß. Ist es nicht schrecklich? Und dann bin ich ins Dorf gegangen, um einzukaufen, und das hat eine Ewigkeit gedauert, weil alle mit mir reden wollten und ich natürlich kein einziges Wort verstanden habe. Und dann bin ich zurückgekommen und habe Gemüse geputzt...»

«Und das Feuer angemacht», unterbrach George ihren Redefluß. «Und ein paar Blumen gepflückt...»

«Das haben Sie gemerkt! Sie werden morgen verwelkt sein, es sind eben wildwachsende Blumen. Ich hab sie auf dem Weg aus dem Dorf gepflückt.» Er sagte dazu nichts, und so redete sie schnell weiter, als fürchte sie, es könne eine Pause in ihrem Gespräch geben. «Haben Sie heute schon etwas gegessen?»

«Nein, ich hab das Mittagessen ausfallen lassen. Um vier habe ich ein Bier getrunken, das ist alles.»

«Sind Sie hungrig?»

«Ich sterbe vor Hunger.»

«Ich muß nur noch den Salat machen. Er wird in zehn Minuten fertig sein.»

«Wollen Sie damit andeuten, ich hätte Zeit genug, mir ein Dinnerjackett anzuziehen und eine Fliege umzubinden?»

«Nein, so etwas würde ich nie wagen.»

Er grinste und streckte sich. «Ich mache Ihnen einen Vorschlag. Ich gehe und wasche mir den Staub aus den Ohren, und Sie machen mir inzwischen einen Drink.»

«Was für einen Drink?» fragte sie zweifelnd.

«Einen Scotch mit Soda und Eis.»

«Ich habe keine Ahnung, wieviel Whisky ich eingießen muß.»

«Zwei Finger hoch.» Er zeigte es ihr. «Oder bei Ihren Fingern vielleicht lieber drei. Kapiert?»

«Ich kann es versuchen.»

«Braves Mädchen. Tun Sie das.»

Er holte sich ein sauberes Hemd, duschte eiskalt, zog sich um und kämmte sich, als ihm der Spiegel deutlich machte, daß er dringend eine Rasur brauchte.

George schnitt seinem Spiegelbild eine Grimasse und sagte sich, er brauche den Drink ungleich dringender.

Sein Spiegelbild antwortete ihm stumm und scheinheilig: *Wenn sie schon den Tisch deckt und sich die Mühe macht, Blumen zu pflücken, wirst du dich wohl wenigstens rasieren können.*

Ich habe sie nicht darum gebeten, diese Blumen zu pflükken.

Du hast sie auch nicht gebeten, etwas zu kochen, und trotzdem wirst du mitessen.

«Ach, halt den Mund!» knurrte George und griff nach seinem Rasierapparat.

Er rasierte sich mit äußerster Sorgfalt und nahm sogar etwas von dem Rasierwasser, so selten benutzt, daß die Flasche sich nur unter Schwierigkeiten öffnen ließ.

Oh, sehr hübsch, sagte sein Spiegelbild und trat zurück, um ihn zu bewundern.

«Zufrieden?» fragte George, und sein Spiegelbild grinste ihn boshaft an.

Der Whisky war bereits auf dem Tisch am Kamin. Selina war in der Küche, wo sie einen Salat in einer großen Schüssel zubereitete.

George nahm das Transistorradio, setzte sich mit dem Rücken zum Kamin auf einen Stuhl und suchte nach passender Musik.

«Da läuft irgendeine Party unten am Hafen», sagte Selina. «Man kann den Gesang hören.»

«Ich weiß. Es ist faszinierend, nicht?»

«Es klingt gar nicht wie eine richtige Melodie.»

«Kann es auch nicht. Es ist maurisch.»

Aus dem Transistorradio kam nach Knistern und Krachen endlich einschmeichelnde Gitarrenmusik. George stellte das Radio hin und griff nach seinem Glas.

«Ich hoffe, Ihr Drink ist richtig so», sagte Selina.

Er probierte ihn. Er war zu stark. «Perfekt», erwiderte er.

«Ich hoffe nur, daß das Essen auch perfekt ist. Ich hätte bei Maria auch frisches Brot kaufen sollen, aber es schien noch soviel dazusein, deshalb hab ich es gelassen.»

«Juanita ist eine heimliche Brotsüchtige. Sie ißt jeden Tag Brot zum zweiten Frühstück, mit Schafskäse und einem Becher Rotwein. Wie sie dabei wach bleibt, ist mir ein Rätsel.»

Selina kam hinter dem Tresen hervor und stellte die Salatschüssel auf den Tisch. Sie trug sein blau-grün gestreiftes Hemd, das George bisher nie gemocht hatte, und eine perfekt sitzende dunkelblaue Hose mit einem schmalen Lederband als Gürtel.

George hatte vollkommen vergessen, worum es bei ihrem Streit an diesem Morgen überhaupt gegangen war; die ganze lächerliche Angelegenheit war aus seinem Gedächtnis gelöscht. Doch als er Selina so ansah, erkannte er plötzlich, daß sie seinen Gürtel trug. Als sie wieder in die Küche zurückgehen wollte, hielt er sie an dem schmalen Lederband fest. «Woher haben Sie diese Hose?» fragte er.

Selina, festgehalten wie ein Hundebaby am Schwanz, antwortete: «Es ist Ihre.»

Ihr lässiger Ton war absolut nicht überzeugend.

«Meine?» Es war tatsächlich seine. Seine allerbeste blaue Hose. Er stellte sein Glas ab und drehte Selina zu sich herum. «Aber sie paßt Ihnen.» Sie hielt seinem Blick stand. Fast. «Was haben Sie mit meiner besten Hose gemacht?»

«Nun... Als Sie heute morgen weg waren, hatte ich nichts zu tun. Ich hab ein bißchen herumgeräumt, und da fiel mir auf, daß die Hose, die Sie gestern abend anhatten, ganz schmutzig war. Ich meine, da waren Flecken an einem Hosenbein, wie von Soße oder so. Also habe ich sie Juanita gezeigt, und Juanita hat sie für Sie gewaschen. Und dabei ist die Hose eingelaufen.»

Nach dieser unglaublichen Enthüllung hatte sie wenigstens den Anstand, verlegen auszusehen. «Das ist eine verdammte Lüge, das wissen Sie genau», sagte George. «Diese Hose war gerade aus der Reinigung gekommen, und seit ich aus San Antonio zurück bin, sehen Sie aus wie eine Katze, die gerade eine Maus verspeist hat. Und ich armer Narr glaubte, das läge daran, daß Sie dem armen alten George ein gutes Essen gekocht haben. Doch das ist nicht der Grund, stimmt's?»

«Aber ich hatte überhaupt nichts anzuziehen», erwiderte Selina schmollend.

«Also haben Sie sich an meiner besten Hose gerächt.»

«Es war keine Rache.»

«Und das nur, weil Sie nicht über sich selbst lachen können.»

«Sie scheinen das auch nicht gerade sehr gut zu können.»

«Das ist etwas ganz anderes.»

«Inwiefern?»

Er starrte sie wütend an, merkte aber, wie seine Wut langsam verrauchte. Eigentlich war die Situation eher komisch, und er entdeckte ein Funkeln in Selinas Augen, eine ganz neue, unerwartete Seite an ihr. «Ich hätte nie gedacht, daß Sie so energisch sein können», sagte er.

«Sind Sie deshalb wütend?»

«Nein, natürlich nicht. Ich bin froh, daß Sie energisch sind. Ach, übrigens...» Plötzlich erinnerte er sich daran, daß er ihren Streich sogar noch übertrumpfen konnte. «Ich habe Ihnen etwas mitgebracht.»

«Wirklich?»

«Ja.» Er hatte das Päckchen neben seine Mütze gelegt und stand auf, um es zu holen. «Ich habe in San Antonio ein Geschenk für Sie gekauft. Hoffentlich gefällt es Ihnen.»

Sie betrachtete das winzige Päckchen mißtrauisch. «Zum Anziehen kann es ja wohl nicht sein.»

«Machen Sie es auf und sehen Sie selbst.» George griff nach seinem Glas.

Sie knotete sorgfältig den Bindfaden auf. Das Papier fiel herunter, und Selina hielt die zwei Hälften des winzigen rosafarbenen Bikinis in den Händen, den er ihr gekauft hatte.

«Sie waren heute morgen so aufgebracht darüber, daß Sie nichts zum Anziehen hatten», sagte er ernst. «Ich hoffe nur, die Farbe steht Ihnen.»

Selina fehlten die Worte. Der Bikini war geradezu schokkierend winzig. Und daß George Dyer ihn ihr geschenkt hatte, war so peinlich, daß es ihr die Sprache verschlug. Er dachte doch nicht im Ernst, daß sie so etwas jemals tragen würde?

«Danke», brachte sie mühsam hervor, rot bis unter die Haarwurzeln.

Er fing an zu lachen. Sie blickte stirnrunzelnd zu ihm hoch, und er sagte freundlich: «Hat Sie noch nie jemand geneckt?»

Selina fühlte sich wie ein Idiot. Sie schüttelte den Kopf.

«Nicht einmal Ihr Kindermädchen?» Er verstellte seine Stimme, und plötzlich war es nicht mehr peinlich, sondern nur noch komisch.

«Ach, seien Sie still», gab Selina zurück, aber seine gute Laune war so ansteckend wie die Masern.

«Hören Sie nicht auf zu lächeln», sagte George. «Sie sollten immer lächeln. Sie sind nämlich sehr hübsch, wenn Sie lächeln.»

9

Um halb sieben am nächsten Morgen öffnete George Dyer Juanita die Tür. Wie gewöhnlich saß sie an der Hauswand, die Hände im Schoß und einen Korb zu ihren Füßen. Der Korb war mit einem weißen Tuch bedeckt, und Juanita lächelte stolz, als sie ihn ins Haus trug.

«Was haben Sie denn da, Juanita?» fragte George.

«Das ist ein Geschenk für die Señorita. Ein paar Orangen, frisch gepflückt, von Maria.»

«Danke. Das ist wirklich sehr nett.»

«Schläft die Señorita noch?»

«Ich glaube, ja. Ich hab noch nicht nachgesehen.»

Während Juanita Wasser aus dem Brunnen holte, um Kaffee zu kochen, öffnete George die Fensterläden und ließ das Licht herein. Als er auf die Terrasse trat, fühlte er, wie kühl der Steinfußboden noch war. Die *Eclipse* lag ruhig da, der Mast zeichnete sich deutlich vor den Pinien am entfernten Ufer ab. Er beschloß, vielleicht heute die neue Schiffsschraube zum Boot zu bringen. Sonst gab es nichts für ihn zu tun. Er konnte mit diesem wunderbar unverplanten Tag machen, was er wollte. Der Himmel sah bis auf ein paar Wolken über San Esteban gut aus, doch der Regen sammelte sich immer um die Berggipfel herum, während es draußen auf dem Meer klar und wolkenlos blieb.

Das Scheppern des Eimers im Brunnen weckte Selina. Sie stand auf, ging nach unten und trat zu George auf die Terrasse, noch immer in dem Hemd, das er ihr letzte Nacht geborgt hatte. Ihre langen schlanken Beine waren nicht mehr weiß, sondern leicht gebräunt, und ihr Haar war zu einem lockeren Knoten hochgebunden, aus dem sich ein paar Strähnen gelöst hatten. Als sie sich neben ihm auf die Brüstung lehnte, sah er die dünne Goldkette, die sie um den Hals trug und an der zweifellos ein Medaillon aus ihrer Kindheit oder ein goldenes Konfirmationskreuz hing. Er hatte das Wort «Unschuld» nie gemocht, weil er damit dicke, rosige Babies verband und Glanzpostkarten von niedlichen Kätzchen; aber jetzt fiel es ihm unvermittelt ein.

Selina beobachtete Pearl, die auf einem kleinen sonnigen Fleck auf dem Anleger ihre Morgentoilette vornahm. Ab und zu, wenn ein Fisch in dem flachen Wasser vorbeischoß, hörte Pearl auf, sich zu putzen, und blieb reglos sitzen, das Hinterbein steil aufgerichtet wie einen Laternenpfahl, um gleich darauf ihre Morgentoilette fortzusetzen.

«An dem Tag, als Tomeu uns in die Casa Barco brachte», sagte Selina, «waren da unten zwei Fischer, die Fische säuberten. Tomeu hat mit ihnen gesprochen.»

«Das war Rafael, Tomeus Cousin», erwiderte George. «Er hat sein Boot in dem Bootshaus neben meinem.»

«Sind denn alle Dorfbewohner miteinander verwandt?»

«Mehr oder weniger. Juanita hat Ihnen ein Geschenk mitgebracht.»

Sie wandte ihm ihr Gesicht zu. «Wirklich? Was ist es?»

«Sehen Sie selbst.»

«Ich habe ihr schon guten Morgen gesagt, aber sie hat nichts von einem Geschenk erwähnt.» Sie verschwand im Haus. Man hörte Gemurmel, und schließlich kehrte Selina mit dem Korb zurück, von dem inzwischen das Tuch abgenommen worden war.

«Orangen.»

«Las naranjas», übersetzte George.

«So nennt man sie? Ich glaube, Juanita hat gesagt, sie seien von Maria.»

«Marias Mann hat sie selbst angebaut.»

«Was für ein nettes Geschenk.»

«Sie müssen zu ihr gehen und sich bedanken.»

«Das kann ich nicht, bevor ich nicht Spanisch gelernt habe. Wie lange hat es gedauert, bis Sie es konnten?»

Er zuckte mit den Schultern. «Vier Monate. Ich habe es erst hier gelernt. Vorher habe ich kein einziges Wort gesprochen.»

«Aber Französisch.»

«O ja. Und etwas Italienisch. Das war eine große Hilfe.»

«Ich muß versuchen, wenigstens ein paar Worte zu lernen.»

«Ich habe eine Grammatik da, die ich Ihnen gern leihe, damit können Sie außerdem ein paar Verben pauken.»

«Ich weiß doch schon, daß *buenos días* guten Morgen heißt...»

«Und *buenas tardes* guten Tag und *buenas noches* guten Abend.»

«Und *sí*. Das kenne ich auch. *Sí* heißt ja.»

«Und *no* heißt nein, ein Wort, das ein junges Mädchen viel eher kennen sollte.»

«Sogar ich mit meinem Spatzenhirn kann mir das merken.»

«Oh, da wäre ich nicht so sicher.»

Juanita kam mit dem Frühstückstablett auf die Terrasse und begann den Tisch zu decken. George erzählte ihr, die Señorita habe sich über Marias Geschenk sehr gefreut, und sie würde später ganz bestimmt ins Dorf gehen, um sich persönlich bei Maria zu bedanken. Juanita strahlte mehr denn je, warf den Kopf zurück und trug das Tablett wieder in die Küche.

Selina nahm sich eine *Ensaimada* und sagte: «Was ist das?»

Er sagte es ihr. «Der Bäcker von San Esteban backt sie, und Juanita bringt mir jeden Morgen frische zum Frühstück mit.»

«*Ensaimadas*», wiederholte Selina und biß in das weiche, mit Zucker bestreute Blätterteiggebäck. «Arbeitet Juanita auch noch für jemand anderen oder nur für Sie?»

«Sie arbeitet für ihren Mann und ihre Kinder. Auf den Feldern und im Haus. Sie hat in ihrem ganzen Leben immer nur gearbeitet. Gearbeitet, geheiratet, die Kirche besucht und Babies gekriegt.»

«Sie scheint so zufrieden zu sein, finden Sie nicht? Sie lächelt immer.»

«Sie hat die kürzesten Beine der Welt, ist Ihnen das schon aufgefallen?» fragte George.

«Aber kurze Beine zu haben hat doch nichts damit zu tun, wie zufrieden man ist», widersprach Selina.

«Das nicht, aber damit ist sie eine der wenigen Frauen auf der Welt, die sich nicht bücken müssen, wenn sie den Fußboden wischen.»

Gleich nach dem Frühstück, bevor es zu warm wurde, gingen sie zusammen ins Dorf, um einzukaufen. Selina hatte Georges eingelaufene blaue Hose und die Espadrilles an, die sie am Tag zuvor in Marias Laden gekauft hatte. George, der die Körbe trug, brachte ihr auf dem Weg dorthin den Satz «*Muchas gracias por las naranjas*» bei.

Sie betraten Marias Geschäft, gingen durch den Vorderraum, in dem sich die Strohhüte stapelten und die Sonnencremes und Filme und Badetücher, und kamen in das hohe, dunkle Hinterzimmer. Hier, wo es kühler war, gab es Weinfässer, Kisten mit süß duftenden Früchten und Gemüse und armlange Brote. Maria, ihr Mann Pepe und Tomeu waren gerade damit beschäftigt, Kunden zu bedienen. Einige weitere Dorfbewohner warteten, daß sie an der Reihe waren. Doch als George und Selina hereinkamen, hörten alle auf zu reden und drehten sich um. George schob Selina vor, und sie sagte: *«Maria, muchas gracias por las naranjas»*, woraufhin alle fröhlich lachten, Zahnlücken zeigten und ihr auf den Rücken klopften, als hätte sie etwas ganz besonders Kluges verkündet.

Nachdem Maria ihre Körbe mit Weinflaschen, Brot, Gemüse und sonstigen Lebensmitteln gefüllt hatte, wurde Tomeu beauftragt, alles auf seinem Fahrrad in die Casa Barco zu bringen. George trank noch einen Brandy mit Pepe. Die nächste Station war das Cala Fuerte-Hotel. George und Selina setzten sich an die Bar, tranken einen Kaffee und berichteten Rodolfo von dem Telegramm nach England. Doch er lachte nur und beteuerte, es sei ihm gleich, wie lange er auf sein Geld warten müsse. George trank noch einen Brandy, bevor sie sich verabschiedeten und wieder nach Hause gingen.

In der Casa Barco holte George die Grammatik hervor, die ihm über die ersten Schwierigkeiten beim Erlernen der spanischen Sprache hinweggeholfen hatte, und gab sie Selina.

«Ich werde sofort anfangen», sagte sie.

George lächelte. «Also, ich fahre auf die *Eclipse*. Wollen Sie nicht mitkommen?»

«Werden Sie mit ihr auf eine Segeltour gehen?»

«Auf eine Segeltour gehen? Wir sind hier nicht in Frinton.» Und in bestem Cockneydialekt fügte er hinzu: «Einmal um die Insel macht 'ne halbe Krone.»

«Ich dachte nur, Sie segeln vielleicht hinaus», sagte Selina, nicht im mindesten beleidigt.

«Nein, das habe ich nicht vor. Aber ich muß sowieso irgendwann die neue Schiffsschraube rüberbringen, und das kann ich genausogut heute tun. Sie könnten baden, wenn Sie Lust haben. Aber ich warne Sie. Das Wasser ist noch kalt.»

«Darf ich die Grammatik mitnehmen?»

«Sie können mitnehmen, was Sie wollen. Wir könnten ein Picknick machen.»

«Ein Picknick!»

«Juanita wird uns ganz bestimmt etwas zu essen in einen Korb packen. Es wird nicht ganz so vornehm sein wie ein Präsentkorb von Fortnum und Mason...»

«O ja, bitte fragen Sie sie», rief Selina begeistert. «Dann müssen wir zum Mittagessen nicht zurückkommen.»

Eine halbe Stunde später stiegen sie in das Dinghi. Selina saß im Heck, die Kiste mit der Schiffsschraube auf den Knien. Sie hatte die Grammatik und ein Handtuch mitgenommen für den Fall, daß sie Lust hatte zu baden. Der Picknickkorb stand zu Georges Füßen. Während George das Boot vom Anleger wegruderte, beugte Juanita sich über die Terrassenbrüstung und winkte heftig mit einem Staubwedel, als wollte sie ihnen für immer Lebewohl sagen, und Pearl lief am Ufer auf und ab und miaute vorwurfsvoll.

«Warum können wir sie nicht mitnehmen?» fragte Selina.

«Es würde ihr überhaupt nicht gefallen, wenn sie erst einmal an Bord wäre. Zuviel Wasser macht ihr angst.»

Selina ließ ihre Hand durch die Fluten gleiten und betrachtete die grünen Pflanzen, die sich in der Tiefe sanft bewegten. «Es ist wie Gras, nicht?» sagte sie. «Oder wie ein Wald im Wind.» Da das Wasser kalt war, zog sie ihre Hand zurück und drehte sich zur Casa Barco um. «Es hat eine ganz andere Form als die anderen Häuser», stellte sie fest.

«Es war einmal ein Bootshaus. *Barco* heißt Boot.»

«War es das auch noch, als Sie hierherkamen?»

George stützte seine Arme auf die Riemen. «Für eine Geschäftsführerin des George-Dyer-Fanclubs scheinen Sie mein Buch mit auffallend wenig Aufmerksamkeit gelesen zu haben. Oder haben Sie es etwa überhaupt nicht gelesen?»

«Doch, das habe ich, aber nur die Stellen, die von Ihnen handelten, weil ich dachte, Sie wären vielleicht mein Vater. Natürlich stand über Sie gar nichts drin. Es ging nur um das Dorf, den Hafen, die *Eclipse* und so.»

George ruderte weiter. «Ich habe die Casa Barco zum allerersten mal vom Meer aus gesehen. Ich kam gerade aus Marseille, allein, weil ich keine Mannschaft hatte auftreiben können, und ich hatte ein Mordsglück, diese Stelle zu finden. Ich brachte die *Eclipse* mit laufender Maschine herein und ging fast an der gleichen Stelle vor Anker, wo sie jetzt liegt.»

«Haben Sie da schon gewußt, daß dies einmal Ihr Zuhause werden würde?»

«Ich weiß nicht, was ich gedacht habe. Ich war viel zu müde zum Denken. Aber ich erinnere mich noch, wie gut die Pinien so früh am Morgen dufteten.»

Sie erreichten den Rumpf der *Eclipse*. George stand auf, griff nach der Reling, hielt die Fangleine fest, kletterte an Deck und vertäute das Dinghi. Selina reichte ihm Handtuch, Buch und Picknickkorb und kletterte ebenfalls an Bord, während George sich um die Kiste mit der schweren Schiffsschraube kümmerte.

Die Persenning, die George über das Vordeck gebreitet hatte, war inzwischen knochentrocken. Selina ging hinunter ins Cockpit, stellte den Picknickkorb auf einen der Sitze und sah sich um. «Es kommt mir schrecklich klein vor.»

«Was haben Sie denn erwartet? Etwa die *Queen Mary*? George ließ die Schiffsschraube auf den Boden des Cockpits fallen und schob sie unter einen der Lattensitze, wo sich niemand daran verletzen konnte.

Selina schüttelte den Kopf. «Nein, natürlich nicht.»

Er richtete sich auf. «Kommen Sie, ich führe Sie herum.»

Die Stufen hinter der Hauptluke führten in die Kajüte mit

einem Navigationstisch voller Schubladen für die Seekarten. Dahinter lag eine Kabine mit zwei Kojen und einem Klapptisch dazwischen. «Schlafen Sie hier?» fragte Selina.

«Ja.»

«Aber wie können Sie in diesen Dingern überhaupt liegen? Die sind doch höchstens einen Meter vierzig lang.»

Mit der geheimnisvollen Miene eines Zauberkünstlers zeigte er ihr die Verlängerung der Kojen unter den Seitenbrettern.

«Ah, ich vestehe. Sie schlafen also mit den Füßen in einem Loch.»

«Genauso ist es. Sehr gemütlich.»

Auf den Regalen standen eine Menge Bücher, gehalten von Stützgittern. Die Kissen auf den Kojen waren blau-rot gemustert, und an der niedrigen Decke hing eine Paraffinlampe an einem Kardanring. Es gab ein paar Fotos der *Eclipse* in voller Takelage, komplett mit dem buntgestreiften, geblähten Spinnakersegel, und einen offenen Spind, in dem gelbe Öljacken hingen. Schließlich ging er um den weißen Mast herum nach vorn, und Selina folgte ihm in den kleinen, dreieckigen Bug, wo sich die Toilette befand sowie die Ankerkette und die Segelkojen.

«Es kommt mir so klein vor», wiederholte Selina. «Ich kann mir gar nicht vorstellen, in so kleinen Räumen zu wohnen.»

«Man gewöhnt sich daran. Und wenn man allein segelt, wohnt man sowieso im Cockpit. Deshalb ist die Kajüte so praktisch, man kann während der Fahrt alles, was man braucht, mit einem Griff erreichen. Kommen Sie, gehen wir an Deck zurück.»

Während Selina voranging, öffnete George die Bullaugen. Von der Kajüte aus griff Selina durch die Luke nach dem Picknickkorb, um die Lebensmittel aus der Sonne zu holen.

Die Weinflasche fühlte sich warm an. George band kurzerhand eine Schnur um den schlanken Flaschenhals und hängte die Flasche über Bord. Dann ging er wieder nach unten und kam mit einer der Schaumstoffmatratzen wieder, die auf den Kajütenbetten gelegen hatten.

«Wofür ist die?» fragte Selina.

George hievte die Matratze auf das Vorderdeck. «Ich dachte, Sie würden gern ein Sonnenbad nehmen.»

«Was werden Sie inzwischen machen? Die Schiffsschraube einbauen?»

«Nein, ich warte, bis das Wasser etwas wärmer geworden ist, oder ich hole mir jemanden, der sie für mich einbaut.» Er verschwand wieder unter Deck, und Selina nahm ihr Grammatikbuch, kletterte auf das Vorderdeck und legte sich auf die Matratze. Sie öffnete das Buch und las: *Substantive sind entweder maskulin oder feminin. Man sollte sie immer mit den bestimmten Artikeln zusammen lernen.*

Es war inzwischen sehr warm geworden. Selina ließ den Kopf auf das offene Buch sinken und schloß die Augen. Sie hörte das leise Plätschern der Wellen, roch den würzigen Pinienduft und spürte die angenehme Wärme auf ihrer Haut. Genüßlich streckte sie die Arme aus, und der Rest der Welt verschwand, es gab nur noch die weiße Yacht, die in einer blauen Bucht vor Anker lag, und George Dyer, der sich unten in der Kajüte zu schaffen machte und ab und zu fluchte, wenn ihm etwas herunterfiel.

Irgendwann öffnete sie die Augen und hob den Kopf. «George?»

«Hmmm?» Er saß mit bloßem Oberkörper im Cockpit, rauchte eine Zigarette und war damit beschäftigt, ein Tau ordentlich aufzuschießen.

«Ich weiß jetzt über maskulin und feminin Bescheid.»

«Nun, das ist ein guter Anfang.»

«Ich dachte, ich gehe vielleicht schwimmen.»

«Dann tun Sie es doch.»

Sie setzte sich auf und strich ihr Haar zurück. «Wird es sehr kalt sein?»

«Nach Frinton kann nichts mehr kalt sein.»

«Woher wissen Sie, daß ich früher in Frinton war?»

«Das hat mir mein Instinkt gesagt. Ich sehe Sie, wie Sie den Sommer mit Ihrem Kindermädchen dort verbringen, zitternd und blau vor Kälte.»

«Sie haben tatsächlich recht. Da gab es Steine am Strand, und ich hatte immer einen riesigen Pullover über meinem Badeanzug an. Agnes haßte Frinton genauso wie ich. Der Himmel weiß, warum man uns dorthin schickte.» Sie stand auf und begann ihr Hemd aufzuknöpfen.

«Das Wasser ist hier sehr tief», sagte George. «Sie können doch schwimmen?»

«Natürlich kann ich schwimmen.»

«Ich werde die Harpune bereithalten, falls menschenfressende Haie vorbeikommen.»

«Sehr witzig!» Sie zog ihr Hemd aus. Darunter trug sie den Bikini, den er ihr mitgebracht hatte.

«Du lieber Gott!» rief George aus. Es hatte ein Scherz sein sollen; niemals hatte er gedacht, daß sie den Mut haben würde, den Bikini tatsächlich anzuziehen. Jetzt hatte er das deutliche Gefühl, der Schuß sei nach hinten losgegangen und er derjenige, der die Sahnetorte ins Gesicht bekommen hatte. Wieder traf ihn das Wort «Unschuld» wie ein Schlag, und er dachte unfairerweise an Frances mit ihrem wettergegerbten, braungebrannten Körper und den gewagten Bikinis, die an ihr nur vulgär aussehen konnten.

Er war sich nicht sicher, ob Selina ihn gehört hatte, denn im gleichen Moment sprang sie ins Meer, und er beobachtete, wie sie elegant durchs Wasser glitt, ohne einen Spritzer zu verursachen, wobei ihr langes Haar sich ausbreitete wie eine wunderschöne Seegrasart.

Zitternd vor Kälte kletterte sie schließlich wieder an Bord. Er warf ihr das Badetuch zu, ging in die Kombüse und kehrte mit einer Scheibe Brot mit Juanitas Ziegenkäse zurück. Selina hatte sich inzwischen wieder aufs Vordeck gesetzt und rieb sich das Haar trocken. Irgendwie erinnerte sie ihn an Pearl. Als er ihr das Brot reichte, sagte sie: «In Frinton gab es immer ein Ingwerplätzchen. Agnes nannte sie Zitterbissen.»

«Das sieht ihr ähnlich.»

«So etwas müssen Sie nicht sagen. Sie kennen sie doch gar nicht.»

«Entschuldigung.»

«Sie würden sie wahrscheinlich mögen. Sie sind sich in vielem ähnlich. Agnes sieht immer sehr böse aus, aber das hat gar nichts zu bedeuten. Hunde, die bellen, beißen nicht.»

«Vielen Dank.»

«Das ist als Kompliment gemeint. Ich mag Agnes sehr.»

«Wenn ich stricken lerne, mögen Sie mich vielleicht auch.»

«Ist noch Brot da? Ich habe immer noch Hunger.»

Er ging ein zweites Mal nach unten, und als er zurückkam, lag sie wieder auf dem Bauch, das aufgeschlagene Grammatikbuch vor sich. «*Yo* – ich», las sie vor, «*tu* – du, *Ustet* – Sie.»

«Nicht *Ustet*, sondern *Usted*», korrigierte er sie.

«*Usted*», wiederholte sie folgsam und nahm sich eine Scheibe Brot. «Wissen Sie, es ist komisch... obwohl Sie soviel über mich wissen – ich mußte es Ihnen natürlich erzählen, weil ich dachte, Sie sind mein Vater –, weiß ich eigentlich überhaupt nichts über Sie.»

Da er keine Antwort gab, drehte sie sich zu ihm um. Er stand im Cockpit, sein Kopf auf gleicher Höhe mit ihrem, und höchstens fünfzig Zentimeter von ihr entfernt, doch er sah sie nicht an, sondern beobachtete eines der Fischerboote, die in dem klaren blaugrünen Wasser aus dem Hafen kamen, und alles was Selina erkennen konnte, war die braune Linie von Stirn, Wangen und Kinn. Er drehte sich nicht einmal um, als er nach einiger Zeit sagte: «Nein, vermutlich nicht.»

«Und ich hatte recht, nicht wahr? *Fiesta in Cala Fuerte* handelt nicht von Ihnen. Sie kommen in dem Buch so gut wie gar nicht vor.»

Das Fischerboot bahnte sich zwischen den Markierungen der Fahrrinne seinen Weg. «Was möchten Sie denn so unbedingt gern wissen?» fragte George.

«Nichts.» Sie wünschte sich schon, sie hätte niemals von dem Thema angefangen. «Nichts Besonderes.» Sie knickte ein Eselsohr in die Grammatik und strich die Seite dann schnell wieder glatt. «Ich nehme an, ich bin nur neugierig. Rodney, mein Anwalt – ich hab Ihnen von ihm erzählt –, er war es, der mir Ihr Buch gegeben hat. Und als ich ihm sagte, ich glaube, Sie seien mein Vater und ich wolle nach Ihnen suchen, da hat er geantwortet, schlafende Hunde solle man nicht wecken.»

«Das klingt für einen Anwalt ja äußerst phantasievoll.» Das Fischerboot fuhr jetzt an ihnen vorbei ins tiefe Wasser, beschleunigte und nahm Richtung auf das offene Meer. «Mit den schlafenden Hunden meinte er mich?»

«Na ja, nicht direkt, würde ich sagen.» George hat wirklich nichts von einem Hund, dachte Selina. Viel eher glich er einem schlafenden Tiger. «Er wollte nur verhindern, daß ich einen Haufen Probleme heraufbeschwöre.»

«Sie haben seinen Rat nicht befolgt.»

«Nein, ich weiß.»

«Was versuchen Sie mir zu sagen?»

«Wahrscheinlich nur, daß ich von Natur aus neugierig bin. Schon gut, ich wollte Sie nicht verhören.»

«Ich habe nichts zu verbergen.»

«Ich weiß gern etwas über andere Menschen. Über ihre Familie, ihre Eltern.»

«Mein Vater ist neunzehnhundertvierzig gefallen.»

«Ihr Vater ist auch gefallen?»

«Sein Zerstörer wurde im Atlantik von einem U-Boot torpediert.»

«War er bei der Marine?»

George nickte.

«Wie alt waren Sie da?»

«Zwölf.»

«Haben Sie noch Geschwister?»

«Nein.»

«Was haben Sie dann gemacht?»

«Nun, lassen Sie mich nachdenken... Ich blieb in der Schule, dann absolvierte ich meinen Wehrdienst, und dann beschloß ich, noch etwas länger in der Armee zu bleiben und mich freiwillig zu verpflichten.»

«Wollten Sie nicht bei der Marine sein wie Ihr Vater?»

«Nein. Ich dachte, an Land wäre es lustiger.»

«Und war es das?»

«Einiges schon. Nicht alles. Und dann... schlug mein Onkel George vor, daß ich in sein Familienunternehmen einsteigen sollte, da er selbst keinen Sohn hatte.»

«Was war das für ein Unternehmen?»

«Wollspinnereien im Westen von Yorkshire.»

«Und taten Sie es?»

«Ja. Ich hielt es irgendwie für meine Pflicht.»

«Aber Sie wollten eigentlich nicht.»

«Nein, ich wollte nicht.»

«Und was geschah dann?»

Er machte eine unbestimmte Geste. «Nichts Besonderes. Ich blieb fünf Jahre in Bradderford, wie ich versprochen hatte, dann verkaufte ich meinen Anteil am Geschäft und stieg aus.»

«Hat das Ihrem Onkel George nichts ausgemacht?»

«Nun, begeistert war er nicht gerade.»

«Und was haben Sie dann gemacht?»

«Ich kaufte die *Eclipse* von dem Erlös, landete nach ein paar Jahren des Herumwanderns an diesem Flecken und lebte hier glücklich bis an mein Lebensende.»

«Und dann schrieben Sie Ihr Buch.»

«Ja, natürlich, dann schrieb ich mein Buch.»

«Und das ist das Wichtigste von allem.»

«Was ist daran so wichtig?»

«Weil es kreativ ist. Es kommt aus Ihrem Innern. Schreiben zu können ist eine Gabe. Ich kann überhaupt nichts.»

«Ich kann auch überhaupt nichts», sagte George, «deshalb hat mir Mr. Rutland auch mit Ihrer Hilfe diese mysteriöse Botschaft zukommen lassen.»

«Werden Sie kein zweites Buch schreiben?»

«Glauben Sie mir, ich würde, wenn ich könnte. Ich hatte sogar damit angefangen, aber die Sache ging so verdammt schief, daß ich es in kleine Stücke zerriß und damit eine Art rituelles Freudenfeuer anzündete. Es war entmutigend, milde ausgedrückt. Und ich hatte dem alten Knaben versprochen, daß ich innerhalb eines Jahres einen zweiten Versuch starten würde, selbst wenn es nur eine Idee wäre, aber natürlich habe ich das nicht getan. Man hat mir gesagt, ich litte an einer Schreibhemmung. Das ist so etwas wie die schlimmste Art von geistiger Verstopfung.»

«Wovon wollten Sie in Ihrem zweiten Buch schreiben?»

«Von einer Reise in die Ägäis, die ich mal unternommen habe, bevor ich hierherkam»

«Was ist schiefgegangen?»

«Es war total langweilig. Die Reise war phantastisch, aber als ich darüber schrieb, klang es so aufregend wie eine Busfahrt durch Leeds an einem regnerischen Sonntag im November. Es ist ja auch schon über alles geschrieben worden.»

«Aber darum geht es nicht. Sicher muß man einen originellen Aufhänger finden oder einen neuen Ansatz. Funktioniert es nicht so?»

«Natürlich.» Er lächelte. «Sie sind gar nicht so grün hinter den Ohren, wie Sie aussehen.»

«Sie haben eine schreckliche Art, nette Sache zu sagen.»

«Ich weiß. Ich bin ein verschrobener Kauz. Also, wie war das mit den Personalpronomen?»

Selina blickte wieder in ihr Buch. «*Usted.* Sie. *El.* Er. *Ella...*»

«Man spricht ein doppeltes ‹l› aus, als würde ein ‹j› dahinterstehen. *Elja.*»

«*Elja*», wiederholte Selina und sah ihn an. «Waren Sie niemals verheiratet?»

Er antwortete nicht sofort, aber seine Miene verzog sich, als hätte die Sonne ihn plötzlich geblendet. Nach einer Weile sagte er ziemlich ruhig: «Ich habe nie geheiratet. Aber ich war einmal verlobt.» Selina wartete, und er fuhr fort, vielleicht ermutigt durch ihr Schweigen. «Es war, als ich in Bradderford lebte. Ihre Eltern waren aus Bradderford, sehr reich, sehr freundlich, aus eigener Kraft aufgestiegen. Das Salz der Erde, o ja. Der Vater fuhr einen Bentley, die Mutter einen Jaguar, und Jenny hatte ein Jagdpferd, das ungefähr drei Meter groß war, und einen äußerst praktischen vollautomatischen Pferdetransporter, und sie fuhren immer zum Skilaufen nach Sankt Moritz und im Sommer nach Formentera und zum Musikfestival von Leeds, weil sie glaubten, man erwarte es von ihnen.»

«Ich weiß nicht, ob Sie freundlich oder grausam sind.»

«Das weiß ich auch nicht.»

«Aber warum hat sie die Verlobung gelöst?»

«Das hat sie nicht. Ich tat es. Zwei Wochen vor der größten Hochzeit, die Bradderford je erlebt hätte. Monatelang kam ich nicht an Jenny heran vor lauter Brautjungfern und Aussteuer und Menülieferanten und Fotografen und Hochzeitsgeschenken. Du lieber Himmel, diese Hochzeitsgeschenke! Sie wuchsen langsam zu einer Mauer zwischen uns, so daß ich ihr nicht mehr nahekam. Und als mir klar wurde, daß ihr diese Mauer nicht das geringste ausmachte, daß sie nicht einmal wußte, daß sie da war... Nun, ich hatte nie besonders viel Selbstachtung besessen, aber das bißchen, was ich hatte, wollte ich auch behalten.»

«Haben Sie ihr gesagt, daß Sie sie nicht heiraten würden?»

«Ja. Ich sagte es zuerst Jenny und dann ihren Eltern. Und das alles in einem Raum, der mit Kisten, Schachteln, Seidenpapier, silbernen Kerzenhaltern, Salatschüsseln, Teeservicen und Hunderten von Toastern angefüllt war. Es war grausam. Entsetzlich.» Er schüttelte sich. «Ich fühlte mich wie ein Mörder.»

Selina dachte an die neue Wohnung, an die Teppiche und Chintzstoffe, an das Ritual mit dem weißen Kleid und der kirchlichen Trauung und an Mr. Arthurstone als Brautführer. Plötzlich spürte sie so etwas wie Panik, als hätte sie irgendwo die falsche Abzweigung genommen und dahinter läge nichts als Unheil und namenlose Furcht. Sie wollte aufspringen, flüchten, weglaufen von allem, wozu sie sich jemals verpflichtet hatte.

«War … war das, als Sie Bradderford verließen?»

«Machen Sie nicht so ein entsetztes Gesicht. Nein, ich hatte noch zwei Jahre zu absolvieren. Ich verbrachte sie als persona non grata für die Mütter der Debütantinnen und wurde von allen möglichen Leuten geschnitten, von denen ich es nicht erwartet hatte. Es war irgendwie interessant zu entdecken, wer meine wahren Freunde waren …» Er stützte seine Ellbogen auf den Rand des Vordecks. «Aber all das trägt nicht dazu bei, Ihr fehlerfreies kastilisches Spanisch zu verbessern. Versuchen Sie, ob Sie das Präsens von *hablar* konjugieren können.»

«Hablo», begann Selina. «Ich spreche. *Usted habla*, Sie sprechen. Haben Sie sie geliebt?»

George hob plötzlich den Blick, doch sie sah keine Wut in seinen Augen, sondern nur Schmerz. Sanft legte er die Hand auf die offene Seite der spanischen Grammatik. «Ohne hinzusehen», sagte er. «Sie dürfen nicht schummeln.»

Der Citroën erreichte Cala Fuerte zur heißesten Zeit des Tages. Die Sonne brannte an einem wolkenlosen blauen Himmel, färbte die Schatten schwarz und den Staub und die Häuser schneeweiß. Das Dorf wirkte wie ausgestorben, sämtliche Fensterläden waren geschlossen. Als Frances vor dem Cala Fuerte-Hotel hielt und den Motor abstellte, herrschte Stille, nur das Rascheln der Pinien, die sich im kaum spürbaren Wind bewegten, war zu hören.

Sie stieg aus, schlug die Autotür zu, ging die Stufen zum Hotel hoch und betrat durch den Perlenvorhang Rodolfos Bar. Nach der grellen Sonne brauchten ihre Augen einen Moment, um sich an die Dunkelheit zu gewöhnen. Rodolfo, der auf einem der großen Korbstühle Siesta hielt, schreckte hoch, als sie hereinkam, und stand überrascht auf.

«Hallo, *Amigo*», begrüßte ihn Frances.

Er rieb sich die Augen. «Francesca! Was machst du hier?»

«Bin gerade aus San Antonio gekommen. Gibst du mir etwas zu trinken?»

Er ging hinter die Bar. «Was möchtest du?»

«Hast du kaltes Bier da?» Sie setzte sich auf einen Barhocker, holte sich eine Zigarette heraus und zündete sie mit den Streichhölzern an, die Rodolfo ihr hinschob. Er öffnete eine Flasche Bier und goß es vorsichtig in ein Glas. «Das ist nicht die beste Zeit des Tages, um in einem offenen Wagen herumzufahren», bemerkte er.

«Stört mich nicht.»

«Es ist für diese frühe Jahreszeit sehr heiß.»

«Dies ist der heißeste Tag bisher. San Antonio ist wie eine Sardinenbüchse, es ist eine Erleichterung, aufs Land zu kommen.»

«Bist du deshalb hier?»

«Nein, nicht nur. Ich wollte George besuchen.»

Rodolfo reagierte auf seine typische Art, indem er mit den Schultern zuckte und die Mundwinkel herunterzog. Frances runzelte die Stirn. «Ist er etwa nicht da?»

«Aber natürlich ist er da.» Rodolfos Miene zeigte eine Spur von Schadenfreude. «Wußtest du, daß er Besuch in der Casa Barco hat?»

«Besuch?»

«Seine Tochter.»

«Tochter?» Nach einer Schrecksekunde lachte Frances. «Bist du verrückt?»

«Ich bin nicht verrückt. Seine Tochter ist hier.»

«Aber... George war niemals verheiratet.»

Rodolfo zuckte die Achseln. «Davon weiß ich nichts.»

«Wie alt ist sie, verdammt noch mal?»

Wieder zuckte er mit den Schultern. «Siebzehn?»

«Aber das ist unmöglich...»

Rodolfo wurde langsam ärgerlich. «Francesca, ich schwöre dir, sie ist hier.»

«Ich habe George gestern noch in San Antonio getroffen. Warum hat er mir nichts davon gesagt?»

«Hat er keinerlei Andeutung gemacht?»

«Nein. Nein, das hat er nicht.»

Aber das stimmte nicht ganz, denn sein Verhalten am Tag zuvor war durchaus ungewöhnlich gewesen und damit, in Frances' Augen, irgendwie verdächtig. Diese plötzliche Eile, ein Telegramm abzuschicken, wo er doch erst am Tag zuvor in San Antonio gewesen war, sein Einkauf bei Teresa, dem Geschäft mit der schönsten Damenwäsche in der ganzen Stadt, und seine letzte Bemerkung, er hätte mehr zu füttern als nur die Katze, als er nach Cala Fuerte zurückfuhr. Den ganzen Abend und fast die ganze Nacht hatte sie über diese Auffälligkeiten nachgegrübelt, überzeugt, daß sie etwas bedeuteten, was sie unbedingt wissen mußte.

Schließlich konnte sie die Unwissenheit nicht länger ertragen und hatte am Morgen beschlossen, nach Cala Fuerte zu fahren, um herauszufinden, was los war. Selbst wenn es nichts herauszufinden gab, würde sie wenigstens George sehen. Außerdem begannen die verstopften Straßen und Fußwege von San Antonio tatsächlich, ihr auf die Nerven zu gehen; sie fand den Gedanken an die einsamen blauen Buchten und den frischen Piniendukt von Cala Fuerta äußerst verlockend.

Und jetzt das. Es war seine Tochter. George hatte eine Tochter. Sie drückte ihre Zigarette aus und sah, daß ihre Hand zitterte. So ruhig und lässig wie möglich sagte sie: «Wie heißt sie?»

«Die Señorita? Selina.»

«Selina.» Sie sprach den Namen aus, als würde er einen schlechten Geschmack in ihrem Mund hinterlassen.

«Sie ist ganz reizend.»

Frances trank ihr Bier aus und stellte das Glas ab. «Ich denke, ich fahre lieber hin und finde das selbst heraus.»

«Tu das.»

Sie glitt vom Barhocker, nahm ihre Handtasche und ging zur Tür. Am Perlenvorhang drehte sie sich noch einmal um, und Rodolfo beobachtete sie mit einem amüsierten Blinzeln in seinen Froschaugen.

«Rodolfo, wenn ich heute nacht hierbleiben möchte... Hättest du ein Zimmer für mich?»

«Natürlich, Francesca. Ich werde eins herrichten lassen.»

Frances fuhr in einer Staubwolke zur Casa Barco und parkte den Citroën an dem einzigen schattigen Platz, den sie finden konnte. Sie überquerte die Straße, öffnete die grüne Holztür und rief: «Ist jemand da?» Es kam keine Antwort, und so trat sie ein.

Offensichtlich war niemand da. Es duftete süßlich nach Holzasche und Früchten, und durch die offenen Fenster wehte ein kühler Seewind. Frances ließ ihre Tasche auf den nächstbesten Stuhl fallen und machte sich auf die Suche nach Zeichen weiblicher Anwesenheit, doch ihr fiel nichts Besonderes auf. Als sie ein Geräusch von der Galerie hörte und erschrocken hinaufsah, war es nur Georges alberne weiße Katze, die vom Bett gesprungen war und die Leiter herunterkam, um die Besucherin zu begrüßen.

Frances mochte keine Katzen, diese erst recht nicht, und gab Pearl einen Fußtritt, doch Pearls Würde wurde dadurch in keiner Weise angetastet. Ihr Hinterteil sprach Bände, als sie Frances stehenließ und mit erhobenem Schwanz auf die Terrasse ging.

Nachdem Frances das Fernglas von Georges Tisch genommen hatte, folgte sie ihr. Die *Eclipse* lag ruhig vor Anker. Frances hob das Fernglas und stellte es scharf, bis die Yacht und ihre Insassen klar zu sehen waren. George saß mit ausgestreckten Beinen auf einem der Sitze im Cockpit, die alte Mütze über die Augen gezogen und ein Buch auf der Brust. Das Mädchen lag hingegossen auf dem Vordeck und schien nur aus knochenlosen Gliedmaßen und einer rehbraunen Haarmähne zu bestehen. Es trug ein Hemd, das aussah, als gehörte es George. Die kleine Szene strahlte Zufriedenheit und Harmonie aus. Frances runzelte die Stirn, legte das Fernglas auf den Tisch zurück, ging in die kleine Küche und goß sich ein Glas von Georges süßem, kühlem Brunnenwasser ein. Sie trug das Glas auf die Terrasse, zog sich einen einigermaßen stabil aussehenden Stuhl in den Schatten der Markise, streckte sich gemütlich darauf aus und wartete.

«Sind Sie wach?» fragte George.

«Ja.»

«Ich glaube, wir sollten langsam einpacken und zurückfahren. Sie haben genug Sonne gehabt.»

Selina setzte sich auf und streckte sich. «Ich bin eingeschlafen.»

«Ich weiß.»

«Das kommt von dem köstlichen Wein.»

«Bestimmt.»

Während sie zur Casa Barco zurückruderten, schwebte das Dinghi wie eine Wolke über dem pfauenblauen Wasser. Die Luft war heiß und still, es schien nur sie beide auf der Welt zu geben.

Selina zog den Korb zwischen ihre Knie und sagte: «Das war ein phantastisches Picknick. Das schönste, das ich je erlebt habe.» Sie erwartete, daß George darauf mit irgendeinem Spruch über Frinton reagieren würde, doch zu ihrer

Überraschung sagte er nichts, sondern lächelte nur, als hätte er es auch genossen.

Er legte am Anleger an und sprang auf die Planken, um das Boot mit zwei Schlingen der Fangleine festzumachen. Nachdem Selina ihm ihre Sachen hochgereicht hatte, stieg sie ebenfalls auf die heißen Holzplanken. Sie kletterten über die Schienen der Slipanlage, und George ging als erster die Stufen zur Terrasse hoch, so daß Selina Frances Dongens Stimme hörte, bevor sie Frances selbst sah.

«Na, wen haben wir denn da?»

Für den Bruchteil einer Sekunde schien George zu erstarren, doch dann betrat er die Terrasse, als wäre nichts geschehen.

«Hallo, Frances», sagte er.

Selina folgte ihm langsam. Frances lag in dem alten Rohrstuhl, die Füße auf dem Tisch. Sie trug eine blau-weiß karierte Bluse, die vorn zusammengeknotet war, so daß man ihre braune Haut sehen konnte, und eine hautenge weiße Segeltuchhose. Die Schuhe hatte sie ausgezogen, und ihre Füße waren dunkelbraun und staubig, die Nägel knallrot lackiert. Sie machte keinerlei Anstalten sich aufzusetzen, geschweige denn aufzustehen, sondern blieb einfach liegen und betrachtete George mit einem süffisanten Lächeln.

«Ist das nicht eine nette Überraschung?» Sie sah an George vorbei und entdeckte Selina. «Hallo.»

Selina lächelte schwach. «Hallo.»

George stellte den Korb hin. «Was machst du denn hier?»

«Nun, San Antonio ist heiß, voll und laut, und da dachte ich, ich nehme mir ein paar Tage frei.»

«Du bleibst hier?»

«Rodolfo sagte, er hätte ein Zimmer für mich.»

«Du warst bei Rodolfo?»

«Ja, ich habe auf dem Weg hierher etwas mit ihm getrunken.» Sie beobachtete ihn mit einem boshaften Glitzern in den Augen, wohl wissend, daß er sich jetzt fragte, wieviel Rodolfo ihr verraten hatte.

George setzte sich auf den Tischrand. «Hat Rodolfo dir erzählt, daß Selina bei mir ist?»

«Aber sicher hat er mir das erzählt.» Sie lächelte Selina an. «Wissen Sie, Sie sind die größte Überraschung meines Lebens. George, willst du uns nicht miteinander bekannt machen?»

«Entschuldige. Selina, das ist Mrs. Dongen...»

«Frances», verbesserte ihn Frances schnell.

«Und das ist Selina Bruce.»

Selina trat vor und streckte die Hand aus, doch Frances ignorierte sie und fragte statt dessen: «Sie sind zu Besuch hier?»

«Ja, ich bin...»

«George, du hast mir nie erzählt, daß du eine Tochter hast.»

«Sie ist nicht meine Tochter.»

Frances verzog keine Miene. Sie setzte sich aufrecht hin und nahm ihre Füße vom Tisch. «Willst du damit sagen, daß...»

«Einen Moment. Selina...» Sie drehte sich zu ihm um, und er sah, daß sie verwirrt und verlegen und wahrscheinlich auch etwas verletzt war. «Würde es Ihnen etwas ausmachen, mich kurz mit Frances allein zu lassen?»

«Nein. Nein, natürlich nicht.» Sie versuchte zu lächeln, ihnen zu zeigen, daß es ihr nicht das geringste ausmachte, und legte hastig die spanische Grammatik und das Handtuch auf den Tisch, als wollte sie sich von diesen Lasten befreien, bevor sie so schnell wie möglich von hier verschwand.

«Nur für fünf Minuten...» sagte George.

«Ich werde zum Anleger hinuntergehen, dort ist es schön kühl.»

«Tun Sie das.»

Kaum hatte sie die Terrasse verlassen, da erhob sich Pearl, die auf der Brüstung gesessen hatte, streckte sich und folgte Selina. George drehte sich wieder zu Frances um. «Sie ist nicht meine Tochter», wiederholte er.

«Nun, wer zum Teufel ist sie dann?»

«Sie ist aus London und hat mich aus heiterem Himmel aufgesucht, weil sie dachte, ich wäre ihr Vater.»

«Wie kommt sie denn darauf?»

«Wegen des Fotos auf meinem Buch.»

«Siehst du etwa wie ihr Vater aus?»

«Ja, das tue ich. Er war sogar ein entfernter Verwandter von mir, aber das tut jetzt nichts zur Sache. Er lebt nicht mehr. Er fiel vor Jahren im Krieg.»

«Sie hat doch nicht ernsthaft geglaubt, er wäre wieder lebendig geworden, oder?»

«Ich nehme an, wenn man sich etwas ganz stark wünscht, glaubt man an Wunder.»

«Rodolfo hat mir geschworen, daß sie deine Tochter ist.»

«Ja, ich weiß. Das Gerücht ging sofort im Dorf herum, und um ihretwillen habe ich es nicht geleugnet. Immerhin ist sie schon seit zwei Tagen hier.»

«Sie wohnt hier? Mit dir? Du mußt vollkommen verrückt sein.»

«Es ging nicht anders. Ihr Gepäck war verlorengegangen, und auf dem Flughafen wurde ihr das Rückflugticket gestohlen.»

«Warum hast du mir gestern nichts davon erzählt?»

«Weil es dich nichts angeht.» Das klang härter, als er beabsichtigt hatte. «Tut mir leid, aber so liegen die Dinge nun mal.»

«Was werden deine Freunde in Cala Fuerte sagen, wenn sie erfahren, daß sie gar nicht deine Tochter ist?»

«Ich werde es ihnen eben erklären.»

«Und wann?»

«Wenn wir etwas Geld aus London bekommen haben. Wir schulden Rodolfo bereits sechshundert Peseten, und wir müssen ein zweites Rückflugticket kaufen, und mein Geld wird in Barcelona zurückgehalten...»

«Du meinst, es ist nur eine Geldfrage?» George starrte sie an. «Das ist der einzige Grund, weshalb sie noch hier ist? Der einzige Grund, weshalb du sie nicht sofort wieder nach Hause geschickt hast?»

«Das reicht doch wohl als Grund, oder?»

«Aber, verdammt noch mal, wieso bist du dann nicht zu mir gekommen?»

George wollte ihr schon sagen, wieso, doch dann schwieg er. Frances konnte es einfach nicht glauben. «Will sie hierbleiben? Willst du, daß sie hierbleibt?»

«Nein, natürlich nicht. Sie kann es kaum erwarten, wieder nach Hause zu kommen, und ich kann es kaum erwarten, sie loszuwerden. Aber bis es soweit ist, ist die Situation ganz harmlos.»

«Harmlos? Das ist das Naivste, was ich je von dir gehört habe. Diese Situation ist ungefähr so harmlos wie eine Tonne Dynamit.»

Er erwiderte darauf nichts, sondern saß mit hochgezogenen Schultern da, die Hände so fest um den Tischrand geklammert, daß die Knöchel weiß hervortraten. Als Frances verständnisvoll ihre Hand auf seine legte, versuchte er nicht, sie wegzuziehen.

«Jetzt hast du dich mir ja anvertraut, also laß mich dir helfen», sagte sie. «Um sieben Uhr heute abend fliegt eine Maschine von San Antonio nach Barcelona. Es gibt einen

Anschlußflug nach London, und um Mitternacht wird sie wieder zu Hause sein. Ich gebe ihr das Geld für den Flug und für ein Taxi bis zu ihrer Haustür.» Er sagte immer noch nichts, und so fügte sie sanft hinzu: «Liebling, da gibt es nichts zu überlegen. Ich habe recht, und du weißt es. Sie kann nicht länger hierbleiben.»

Selina saß mit dem Rücken zum Haus am Ende des Anlegers und ließ die Füße ins Wasser baumeln. George kam die Stufen von der Terrasse herunter, überquerte die Slipanlage und ging über die krummen Planken, wobei seine Schritte widerhallten, doch sie drehte sich nicht um. Als er ihren Namen sagte, antwortete sie nicht. Er hockte sich neben sie.

«Hören Sie. Ich möchte mit Ihnen reden.»

Sie beugte sich über das Wasser, von ihm weg, ihr Haar teilte sich im Nacken und fiel an den Seiten ihres Gesichtes herab.

«Selina, bitte versuchen Sie, mich zu verstehen.»

«Sie haben noch nichts gesagt.»

«Sie können nach London zurückfliegen, heute noch. Um sieben Uhr geht ein Flugzeug, dann sind Sie um Mitternacht zu Hause oder spätestens um eins. Frances sagt, sie zahlt Ihr Ticket...»

«Wollen Sie, daß ich abreise?»

«Es geht nicht darum, was ich will oder was Sie wollen. Wir müssen tun, was richtig und das Beste für Sie ist. Vermutlich hätte ich Sie überhaupt nicht erst hier behalten sollen, aber die Umstände haben uns irgendwie überrumpelt. Sehen wir den Tatsachen ins Auge: Cala Fuerte ist nicht gerade der richtige Ort für jemanden wie Sie, und die arme Agnes macht sich bestimmt schon Sorgen. Ich denke wirklich, Sie sollten nach Hause fliegen.»

Selina zog ihre langen Beine aus dem Wasser und um-

schlang die Knie, als versuche sie, ihren Körper zusammenzuhalten, um nicht auseinanderzubrechen.

«Ich schicke Sie nicht fort», sagte er, «es muß Ihre eigene Entscheidung sein...»

«Das ist sehr nett von Ihrer Freundin.»

«Sie will Ihnen nur helfen.»

«Wenn ich heute abend noch nach London zurückfliege, habe ich nicht mehr viel Zeit.»

«Ich werde Sie nach San Antonio bringen.»

«Nein!» Ihre Heftigkeit erschreckte ihn, und zum erstenmal während ihres Gesprächs drehte sie sich zu ihm um und sah ihn an. «Nein, ich möchte nicht, daß Sie mitkommen. Sicher kann mich irgend jemand anderes hinbringen. Rodolfo oder ein Taxi oder so. Es muß jemanden geben.»

Er versuchte nicht zu zeigen, wie verletzt er war. «Nun, natürlich, aber...»

«Ich will nicht, daß Sie mitfahren.»

«In Ordnung. Ist ja auch nicht so wichtig.»

«Und in London werde ich Agnes vom Flughafen aus anrufen. Sie ist bestimmt zu Hause. Ich kann mir ein Taxi nehmen, sie wird auf mich warten.»

Es war, als wäre sie bereits fort, und jeder von ihnen wäre wieder allein. Sie würde allein im Flugzeug sitzen, allein in London ankommen, frierend, denn nach San Antonio würde es sehr kalt sein. Sie würde versuchen, Agnes von einer Telefonzelle aus anzurufen. Es würde bereits nach Mitternacht sein, Agnes würde schon schlafen und nur langsam aufwachen. Das Telefon würde in der leeren Wohnung läuten; Agnes würde aufstehen, ihren Morgenmantel anziehen und das Licht einschalten, während sie zum Telefon ging. Und danach würde sie eine Wärmflasche mit heißem Wasser füllen, das Bett aufdecken und einen Topf Milch auf den Herd stellen.

Doch weiter in die Zukunft konnte er nicht sehen.

«Was werden Sie tun, wenn Sie wieder in London sind?» fragte er. «Ich meine, wenn all dies vorbei und vergessen ist?»

«Ich weiß nicht.»

«Haben Sie denn keine Pläne?»

Nach einer Weile schüttelte sie den Kopf.

«Machen Sie welche», sagte er sanft. «Und zwar gute.»

10

Es wurde beschlossen, Pepe, Marias Mann, zu fragen, ob er Selina zum Flughafen bringen würde. Pepe betrieb zwar kein offizielles Taxiunternehmen, befreite jedoch gelegentlich sein betagtes Auto von altem Stroh, Hühnermist und sonstigen Spuren landwirtschaftlicher Tätigkeit, mit denen es normalerweise übersät war, und beförderte verirrte Reisende, wohin immer sie wollten. George fuhr in Frances' Wagen zu Pepe, um ihn darum zu bitten, und Selina bereitete sich, allein mit Frances und Pearl in der Casa Barco, auf ihre Abreise vor.

Dazu brauchte sie nicht sehr lange. Sie duschte und zog Georges Hose an, die Juanita so liebevoll hatte einlaufen lassen, und das gestreifte Hemd und die Espadrilles, die sie in Marias Laden gekauft hatte. Ihr gutes Jerseykostüm war Juanita bereits als Staubtuch vermacht worden, und ihr Bikini war so klein, daß er problemlos in die Handtasche paßte. Das war alles. Sie kämmte sich das Haar und legte ihren Mantel über einen Stuhl, dann ging sie auf die Terrasse hinaus, wo Frances es sich wieder in ihrem Korbstuhl bequem gemacht hatte. Ihre Augen waren geschlossen, doch als sie Selinas Schritte hörte, wandte sie sich Selina zu.

«Fertig gepackt?» fragte sie.

«Ja.»

«Das hat ja nicht sehr lange gedauert.»

«Ich habe nicht viel Garderobe mit. Mein Koffer ging verloren. Er wurde fälschlicherweise nach Madrid geschickt.»

«Solche Sachen passieren oft.» Frances setzte sich auf und griff nach ihrer Zigarettenschachtel. «Rauchen Sie?»

«Nein, danke.»

Frances zündete sich eine Zigarette an. «Hoffentlich denken Sie nicht, daß ich mich eingemischt habe und Sie von hier verjagen will.»

«Nein. Ich mußte sowieso zurück. Je früher, desto besser.»

«Leben Sie in London?»

«Ja.» Selina zwang sich, es auszusprechen. «In Queen's Gate.»

«Wie nett. Hat Ihnen Ihr Besuch auf San Antonio gefallen?»

«Es war sehr interessant», erwiderte Selina.

«Sie dachten, George wäre Ihr Vater.»

«Ich dachte, er könnte es sein. Doch ich habe mich geirrt.»

«Haben Sie sein Buch gelesen?»

«Noch nicht richtig. Ich werde es nachholen, wenn ich wieder zu Hause bin. Dann hab ich genug Zeit dazu. Es ist ein großer Erfolg», fügte sie hinzu.

«Oh, sicher», sagte Frances, als sei das Thema damit erledigt.

«Halten Sie es nicht für gut?»

«O doch. Es ist spritzig und originell.» Sie nahm einen langen Zug von ihrer Zigarette und ließ die Asche auf den Terrassenboden fallen. «Aber er wird kein zweites schreiben.»

Selina runzelte die Stirn. «Wieso sagen Sie das?»

«Weil ich nicht glaube, daß er die Selbstdisziplin dazu aufbringt.»

«Irgend jemand hat ihm gesagt, er leide an einer Schreibhemmung.»

Frances lachte. «Hör mal, Schätzchen, das war ich, die ihm das gesagt hat.»

«Wenn Sie glauben, er wäre unfähig, ein zweites Buch zu schreiben, warum haben Sie ihm dann gesagt, er würde unter einer Schreibhemmung leiden?»

«Weil er deprimiert war und ich ihn aufheitern wollte. George hat es nicht nötig zu schreiben. Er hat genug Geld, und die ganze Anstrengung, ein Buch zu schreiben, ist die Mühe einfach nicht wert.»

«Aber er muß noch ein Buch schreiben.»

«Warum?»

«Weil er es versprochen hat. Weil der Verleger es erwartet. Weil er selbst es tun möchte.»

«Das ist alles nur dummes Gerede.»

«Wollen Sie denn nicht, daß er weiterschreibt?»

«Was ich will oder nicht will, ist völlig unwichtig. Ich sage nur, was ich denke. Sieh mal, Schätzchen, ich leite eine Kunstgalerie. Ich habe die ganze Zeit mit solchen spleenigen, launenhaften Künstlern zu tun. Ich glaube einfach nicht, daß George ein kreativer Künstler ist.»

«Aber wenn er nicht schreibt, was wird er dann tun?»

«Was er getan hat, bevor er *Fiesta in Cala Fuerte* geschrieben hat. Nichts. Es ist leicht, auf San Antonio nichts zu tun, zu allem *mañana* zu sagen.» Sie lächelte. «Schauen Sie nicht so schockiert. George und ich sind doppelt so alt wie Sie, und mit vierzig bekommen einige Ihrer Illusionen und Träume vom Glück ein paar Kratzer. Das Leben muß nicht mehr so wahrhaftig und ernsthaft sein wie mit achtzehn… oder wie alt Sie auch sein mögen…»

«Ich bin zwanzig», sagte Selina. Ihre Stimme klang plötzlich kühl, was Frances schadenfroh registrierte. Sie lag da und beobachtete das Mädchen ganz gelassen, ohne jede Angst, denn Selina würde abreisen; in einer halben Stunde würde sie auf dem Weg zum Flughafen sein und nach London zurückkehren, zurück zu ihrem Leben in Queen's Gate.

Das Geräusch des Citroën unterbrach die unbehagliche Stille, gefolgt von dem weniger eleganten Knattern von Pepes altem Auto. Selina stand auf. «Da kommt das Taxi.»

«Wunderbar.» Frances drückte ihre Zigarette auf dem Fußboden aus. «Hier haben Sie das Geld.»

Selina brachte es kaum über sich, das Geld anzunehmen, doch es wurde bereits in ihre Hand gezählt, als George zu ihnen auf die Terrasse trat. Ihm war die Situation offenbar genauso unangenehm wie Selina. Er bemerkte, daß Selina in London englisches Geld brauchen würde, worauf Frances einen American-Express-Scheck ausfüllte und ihn Selina ebenfalls überreichte.

«Den können Sie am Flughafen einlösen.»

«Das ist sehr freundlich von Ihnen.»

«Ist mir ein Vergnügen», sagte Frances. «Vergessen Sie's.»

«Ich ... ich werde dafür sorgen, daß Sie alles zurückbekommen ...»

«Ja, sicher werden Sie das.»

«Wo ist Ihre Tasche?» fragte George.

«Drinnen.»

George holte die Tasche, dann nahm er Selina das Geld ab und verstaute es in einem der Innenfächer.

«Verlieren Sie es nicht noch einmal», sagte er. «Ich könnte die Aufregungen nicht ertragen.» Es sollte ein Scherz sein, doch er bereute die Bemerkung sofort, denn es klang, als könne er den Gedanken nicht ertragen, sie wieder am Hals zu haben. Schnell fügte er hinzu: «Sie haben Ihren Paß?» Sie nickte. «Sind Sie sicher?»

«Ja, natürlich.»

«Ich glaube, Sie sollten sich langsam auf den Weg machen. So viel Zeit bleibt nicht mehr ...»

Sie wurde freundlich, aber bestimmt fortgeschickt. Und sie würde niemals zurückkommen. Langsam folgte sie George ins Haus. Er nahm ihren beigefarbenen Mantel und trat beiseite, als wolle er sie vorbeigehen lassen. Hinter ihr stand Frances Dongen in der offenen Terrassentür.

«Pepe wartet», sagte er sehr sanft.

Selina schluckte. «Ich habe auf einmal großen Durst», sagte sie. «Kann ich noch etwas trinken?»

«Aber natürlich.» Er ging in Richtung Brunnen, doch Selina sagte: «Nein, ich hätte lieber ein Sodawasser, das ist erfrischender und schön kalt. Machen Sie sich keine Mühe. Es steht welches im Kühlschrank. Ich brauche nicht lange.»

Sie warteten, während Selina sich hinter dem Küchentresen bückte, um eine eiskalte Flasche aus dem Kühlschrank zu holen. Einen Moment lang war sie nicht zu sehen, dann richtete sie sich mit der Flasche in der Hand wieder auf, öffnete sie, goß sich ein Glas ein und trank es so schnell aus, daß George die Befürchtung äußerte, sie werde einen Schluckauf bekommen.

«Ich kriege keinen Schluckauf.» Sie stellte das leere Glas ab und lächelte plötzlich. Es war, als hätte das Glas mit dem Sodawasser alle ihre Probleme gelöst. «Es hat köstlich geschmeckt.»

Sie traten in den Sonnenschein hinaus, wo Pepe auf sie wartete. Er nahm Selinas Mantel und legte ihn vorsichtig auf den notdürftig gesäuberten Rücksitz. Selina verabschiedete sich von Frances und dankte für ihre Hilfe, und dann wandte sie sich George zu. Sie hielt ihm nicht die Hand hin, und er konnte sie nicht küssen. Sie sagten einander auf Wiedersehen, ohne sich zu berühren, und er fühlte sich, als würde er entzweigerissen.

Schließlich stieg sie in das alte Auto, aufrecht, rührend und schrecklich verletzlich, und Pepe setzte sich neben sie. George gab ihm ein halbes Dutzend letzte Instruktionen und drohte, ihn umzubringen, falls irgend etwas schiefgehen sollte. Pepe verstand, nickte und lachte sein zahnloses Lachen, während er den ersten Gang einlegte.

Der alte Wagen fuhr stotternd den Hügel hoch, und George sah ihm nach, solange er das Motorengeräusch hören konnte, auch als der Wagen schon längst nicht mehr zu sehen war.

An diesem Abend gab es eine große Party im Cala Fuerte-Hotel. Sie war nicht geplant, sondern entwickelte sich spontan wie alle guten Parties, wobei die Zahl der Gäste verschiedenster Nationen ebenso gewaltig war wie die Menge dessen, was getrunken wurde. Die Stimmung wurde immer ausgelassener. Ein dickes Mädchen beschloß, auf dem Tisch zu tanzen, fiel jedoch herunter, mitten in die Arme eines Mannes, wo es einschlief und für den Rest des Abends blieb. Einer der Bootsführer aus dem Hafen holte seine Gitarre hervor, und eine Französin imitierte einen Flamenco, was, wie George fand, das Komischste war, was er in seinem ganzen Leben gesehen hatte.

Gegen ein Uhr morgens verkündete er jedoch plötzlich, er werde nach Hause in die Casa Barco gehen. Es gab ein großes Protestgeschrei. Man warf ihm vor, ein Spielverderber zu sein, und beschwerte sich, daß er dran war, die nächste Runde Drinks zu spendieren, doch er blieb eisern, denn ihm war klar, daß er verschwinden mußte, bevor ihm das Lachen verging und er anfangen würde zu heulen. Es gab nichts Schlimmeres als einen gefühlsduseligen Betrunkenen.

Er stand auf und schob seinen Stuhl mit einem lauten Krachen zurück. Frances sagte: «Ich komme mit.»

«Du übernachtest hier, vergiß das nicht.»

«Ich fahre dich nach Hause. Was für einen Sinn hat es, zu Fuß zu gehen, wenn vor der Tür ein Wagen steht, mit dem man genausogut fahren kann?»

Er gab nach, denn das war einfacher und kostete weniger Mühe, als sich zu streiten. Die Nacht war warm und sternenklar. Der Citroën stand mitten auf dem Dorfplatz, und als sie hinübergingen, ließ Frances die Autoschlüssel in Georges Hand gleiten und sagte: «Du fährst.»

Sie war durchaus noch in der Lage, selbst zu fahren, doch ab und zu gefiel es ihr, das hilflose Frauchen zu spielen, also nahm George die Schlüssel und setzte sich hinter das Steuerrad.

Während sein lächerliches kleines Auto mit den gelben Rädern lediglich ein Mittel war, um sich auf der Insel fortzubewegen, fand George, daß Frances' schneller Citroën mit seinem starken Motor wie eine ziemlich erotische Ergänzung ihrer eigenen Persönlichkeit wirkte. Sie saß jetzt neben ihm, ihr Gesicht den Sternen zugewandt, ihr braunes Dekolleté von dem tiefen Ausschnitt ihrer Bluse eingerahmt. Er wußte, sie wartete darauf, daß er sie küßte, doch er zündete sich statt dessen eine Zigarette an.

«Warum küßt du mich nicht?» fragte sie.

«Ich kann dich nicht küssen. Wer weiß, wo du dich herumgetrieben hast», erwiderte George.

«Warum mußt du alles ins Lächerliche ziehen?»

«Ein Teil meiner britischen Abwehrstrategien.»

Sie sah auf ihre Uhr. «Es ist gerade eins. Glaubst du, sie ist inzwischen in London angekommen?»

«Ich nehme es an.»

«Queen's Gate. Nicht gerade unsere Gegend, Liebling.»

Er begann leise eine Melodie zu pfeifen, die ihn im Unterbewußtsein den ganzen Abend nicht losgelassen hatte.

«Du machst dir doch keine Sorgen ihretwegen, oder?» fragte Frances.

«Nein. Ich hätte sie allerdings selbst zum Flughafen bringen sollen, anstatt sie mit Pepe in dieser Nähmaschine auf Rädern fahren zu lassen, die er ein Auto nennt.»

«Sie wollte nicht, daß du sie hinbringst. Sie hätte dir die ganze Zeit was vorgeheult und euch beide in eine peinliche Situation gebracht.» Er erwiderte darauf nichts, und sie lachte. «Du bist wie ein sturer Bär, der sich nicht ködern läßt.»

«Ich bin zu betrunken, um mich ködern zu lassen.»

«Laß uns nach Hause fahren.»

Die ganze Fahrt zurück pfiff er diese verdammte Melodie. Als sie vor der Casa Barco ankamen und George den Motor abstellte, stieg Frances aus. Als wäre es von Anfang an so geplant gewesen, ging sie mit ihm hinein. Im Haus war es angenehm kühl und dunkel. George schaltete die Lichter ein und ging in die Küche, um sich einen Drink einzuschenken, denn ohne einen Drink wäre er gestorben oder ins Bett gegangen und in Tränen ausgebrochen, und weder das eine noch das andere hätte er gern in Frances' Gegenwart getan.

Sie ließ sich aufs Sofa fallen, als wäre sie hier zu Hause, einen Arm um die Knie geschlungen, den Lockenkopf auf ein himmelblaues Kissen gestützt. Er hatte offenbar Probleme, ihre Drinks zuzubereiten, denn erst fiel ihm der Öffner herunter, und dann schüttete er die Eiswürfel daneben.

«Das ist eine schreckliche Melodie, die du da pfeifst», sagte Frances. «Kennst du keine andere?»

«Ich kenn ja diese nicht mal richtig.»

«Nun, hör trotzdem auf damit.»

Sein Kopf hämmerte, überall schienen sich Sturzbäche von Wasser und geschmolzenem Eis zu ergießen, und er konnte absolut nichts finden, um sie aufzuwischen. Er nahm die Drinks und trug sie zu Frances hinüber. Sie griff nach ihrem Glas, ohne ihn eine Sekunde aus den Augen zu lassen, während er sich auf die Kaminsohle setzte und sein Glas mit beiden Händen umschloß.

«Weißt du was, Liebling?» sagte Frances unbeschwert. «Du bist böse auf mich.»

«Bin ich das?»

«Und wie.»

«Warum?»

«Weil ich deine kleine Freundin weggeschickt habe. Und weil du tief in deinem Herzen weißt, daß du es selbst hättest tun müssen. Und zwar sofort.»

«Ich konnte ohne einen Pfennig Geld kein Flugticket kaufen.»

«Das ist, wenn ich das mal so sagen darf, die lahmste Ausrede, die ein Mann jemals vorgebracht hat.»

Er sah hinunter auf seinen Drink. «Ja», sagte er schließlich. «Vielleicht.»

Die Melodie in seinem Hinterkopf hörte nicht auf. Nach einer Weile sagte Frances: «Als du zu Pepe gefahren bist und die Kleine sich auf ihre Abreise vorbereitet hat, bin ich ein bißchen um deinen Schreibtisch herumgeschlichen. Du scheinst im Augenblick nicht gerade sehr produktiv zu sein.»

«Das bin ich auch nicht. Ich habe nicht ein Wort geschrieben.»

«Hast du dem lieben Mr. Rutland schon geantwortet?»

«Nein. Auch das habe ich nicht getan. Aber», fügte er in leicht gehässigem Ton hinzu, «dafür habe ich einen Spezialisten konsultiert, und der hat mir gesagt, ich litte unter einer Schreibhemmung.»

«Nun», meinte Frances mit einer gewissen Befriedigung, «das klingt zumindest schon wieder ein bißchen nach dem

George, den ich kenne. Und wenn du so frei von der Leber weg redest, kann ich das auch. Siehst du, Liebling, ich glaube nämlich nicht, daß du jemals ein zweites Buch schreiben wirst.»

«Wieso bist du da so sicher?»

«Weil ich dich kenne. Schreiben ist harte Arbeit, und du bist einer dieser typischen trägen Exil-Engländer, die dem Nichtstun so elegant frönen wie kein anderes Volk auf der Welt.»

Er grinste anerkennend, und Frances setzte sich ermutigt auf, froh, daß sie ihn wenigstens immer noch zum Lachen bringen konnte. «George, wenn du nicht nach Málaga willst, wenn du keine Stierkämpfe magst, dann hab ich auch keine Lust. Aber warum gehen wir nicht einfach zusammen fort? Wir könnten mit der *Eclipse* nach Sardinien segeln, oder auf dem Landweg nach Australien fahren, oder ... auf einem Kamel durch die Wüste Gobi reiten ...»

«Mit den Koffern auf dem vorderen Höcker.»

«Du machst schon wieder aus allem einen Witz. Es ist mein Ernst. Wir sind frei und haben so viel Zeit, wie wir wollen. Warum willst du dich an der Schreibmaschine herumquälen? Gibt es noch irgend etwas auf der Welt, worüber du wirklich gut schreiben könntest?»

«Frances, ich weiß es nicht.»

Sie lehnte sich in die Kissen zurück. Ihr Glas war leer, und sie stellte es auf den Fußboden neben sich. Ausgestreckt lag sie da, verführerisch, reizvoll und erschreckend vertraut. «Ich liebe dich», sagte sie. «Das weißt du.»

Es gab anscheinend keinen Grund, nicht mit ihr zu schlafen. Er stellte sein Glas ab, setzte sich neben sie, zog sie in die Arme und küßte sie, als wolle er sich ertränken. Sie seufzte leise und genußvoll und vergrub ihre Hände in seinem Haar. Als er seine Lippen von den ihren löste und seine

Wange an ihrer rieb, fühlte er, wie sein unrasiertes Gesicht ihre Haut kratzte. Sie schmiegte ihren Kopf an seine Schulter, die Arme um seinen Nacken geschlungen wie ein Schraubstock.

«Liebst du mich?» fragte sie, doch er konnte darauf nicht antworten, also fragte sie: «Magst du mich? Willst du mich?»

Er befreite sich aus ihrer Umarmung und hielt sie an den Handgelenken fest, als hätten sie miteinander gekämpft.

Sie lachte. Ihre gutmütige und absolut nicht nachtragende Art hatte ihm schon immer gefallen. «Also, ich glaube, du bist sturzbetrunken», stellte sie fest.

Er stand auf, um sich eine Zigarette zu holen. Frances erhob sich ebenfalls und fuhr sich mit den Händen durchs Haar. «Ich muß mich etwas zurechtmachen, bevor ich zu Rodolfo zurückfahre. Wie du weißt, ist er in manchen Dingen etwas altmodisch. Hast du was dagegen, wenn ich dein Schlafzimmer benutze?»

«Bitte», erwiderte George und schaltete das Oberlicht für sie ein.

Sie lief die Stufen hoch, wobei ihre Sandalen auf den Holzbohlen klapperten. Sie sang das Lied, das ihn den ganzen Abend gequält hatte, und immer noch fiel ihm der Text dazu nicht ein. Und auf einmal, als hätte jemand ein Radio ausgeschaltet, hörte sie auf zu singen. Die plötzliche Stille wirkte auf George genauso, als hätte Frances geschrien. Er hielt mitten in seiner Bewegung inne und spitzte die Ohren wie ein mißtrauischer Hund.

Gleich darauf kam Frances mit einem Gesichtsausdruck die Stufen wieder herunter, den er absolut nicht deuten konnte. «Was ist los?» fragte er naiv. «Kein Kamm da?»

«Ich weiß nicht», sagte Frances. «Ich habe nicht nachgesehen. Ich bin nur bis zum Bett gekommen...»

«Zum Bett?» Er hatte keine Ahnung, wovon sie sprach.

«Das ist doch nicht schon wieder einer deiner Scherze? Ein weiteres Beispiel deines unvergleichlichen britischen Humors?»

Erschrocken bemerkte er, daß sie wirklich wütend war. In ihrer sorgsam kontrollierten Stimme lag das Zittern einer nahenden Explosion.

«Frances, ich habe keine Ahnung, wovon du sprichst.»

«Das Mädchen. Deine Tochter. Selina. Wie immer du sie nennen willst. Weißt du, wo sie ist? Nicht in London. Nicht einmal auf dem Flughafen von San Antonio. Sie ist dort oben...» Sie zeigte in Richtung Schlafzimmer, wobei ihre Hand zitterte, und verlor plötzlich die Beherrschung, als risse ein überdehntes Gummiband. «In deinem Bett!»

«Das glaube ich nicht.»

«Nun, dann sieh doch nach. Geh nach oben und sieh nach!» Er rührte sich nicht von der Stelle. «Ich weiß nicht, was hier vorgeht, George, aber ich habe nicht eine beträchtliche Summe dafür ausgegeben, um dieses kleine Flittchen in deinem Bett vorzufinden...»

«Sie ist kein Flittchen.»

«...und wenn du versuchen solltest, mir irgendeine Erklärung dafür zu geben, dann laß dir etwas Gutes einfallen, denn ein zweites Mal falle ich auf dieses Geschwätz über verlorenes Gepäck und den vermißten Papi nicht herein...»

«Es war die Wahrheit.»

«Wahrheit? Hör mal, du Bastard, wen, glaubst du eigentlich, hältst du hier zum Narren?» Sie schrie jetzt, und er konnte es nicht ausstehen, wenn man ihn anschrie.

«Ich wußte nicht, daß sie zurückkommen würde...»

«Nun, dann wirf sie sofort hinaus!»

«Das werde ich nicht tun.»

«In Ordnung.» Frances griff nach ihrer Handtasche.

«Wenn es dir gefällt, dich mit diesem heuchlerischen kleinen Flittchen häuslich niederzulassen, bitteschön...»

«Schrei nicht herum!»

«...aber erwarte nicht von mir, daß ich dabei auch noch Zurückhaltung übe, um euren Ruf nicht zu ruinieren.» Sie ging zur Tür und riß sie weit auf. Dann drehte sie sich um, um ihm eine letzte Beleidigung an den Kopf zu werfen, doch leider störte Pearls würdevolles Eintreten die Wirkung ihres Abgangs. Die Katze hatte draußen gewartet, daß jemand sie hereinließ, und miaute dankbar.

«Du gehst jetzt lieber», sagte George, so ruhig er konnte.

«Keine Angst, ich bin schon weg!» Frances gab Pearl einen wütenden Tritt und stürmte hinaus, wobei sie die Tür mit einer solchen Wucht hinter sich zuschlug, daß das ganze Haus erbebte.

Kurz darauf wurde die nächtliche Stille vom Dröhnen des Citroëns zerrissen, der mit quietschenden Reifen anfuhr und in einem derartigen Tempo den Hügel hinaufjagte, daß George unwillkürlich die Zähne zusammenbiß.

Er bückte sich und nahm Pearl auf den Arm. Sie war tief gekränkt, aber unverletzt, und George setzte sie sanft auf ihr Lieblingskissen auf dem Sofa. Als er über sich eine Bewegung wahrnahm, blickte er hoch und sah Selina, die an der Brüstung der Galerie stand und ihn beobachtete. Sie trug ein weißes Nachthemd mit blauer Borte am Kragen. «Ist mit Pearl alles in Ordnung?» fragte sie ängstlich.

«Ja, ihr fehlt nichts. Was tun Sie hier?»

«Ich war im Bett und hab geschlafen.»

«Jetzt schlafen Sie aber nicht mehr. Ziehen Sie sich etwas an und kommen Sie herunter.»

Einen Augenblick später kam sie barfuß die Stufen herunter, wobei sie den Gürtel eines lächerlichen weißen Seidenmorgenmantels zuband, der zum Nachthemd paßte.

Er runzelte die Stirn. «Woher haben Sie das?»

«Mein Koffer ist angekommen. Aus Madrid.» Sie lächelte, als müßte er sich darüber freuen.

«Also sind Sie wenigstens bis zum Flughafen gekommen?»

«O ja.»

«Und was ist diesmal passiert? Wurde der Flug gestrichen? Gab es keinen Platz mehr in der Maschine? Hatte Pepe eine Panne?»

«Nein, nichts dergleichen.» Sie hatte die Augen so weit aufgerissen, daß das Blau ganz und gar von Weiß eingerahmt war. «Ich habe meinen Paß verloren.»

«Sie haben was?»

«Ja, es war äußerst seltsam. Bevor ich fuhr, haben Sie mich doch noch gefragt, ob ich meinen Paß hätte. Nun, da war er in meiner Handtasche, und ich kann mich nicht erinnern, daß ich sie irgendwann geöffnet hätte, aber als ich am Flughafen war und mein Ticket kaufen wollte, war er nicht mehr da.»

Sie versuchte, von seinem Gesicht abzulesen, wie George die Neuigkeit aufnahm. Er lehnte sich mit unbeweglicher Miene gegen das Sofa.

«Verstehe. Und was taten Sie da?»

«Nun, ich erzählte es natürlich der *Guardia Civil.*»

«Und was sagte die *Guardia Civil* dazu?»

«Oh, sie waren sehr nett und verständnisvoll. Und dann dachte ich, ich komme lieber hierher zurück und warte, bis sie ihn gefunden haben.»

«Wer ist ‹sie›?»

«Die *Guardia Civil.*»

Sie schwiegen und sahen einander an. Dann sagte George: «Selina.»

«Ja?»

«Wissen Sie, was die *Guardia Civil* mit Leuten macht, die ihren Paß verloren haben? Sie werfen sie ins Gefängnis. Sie sperren sie als politische Gefangene ein. Sie lassen sie in Zellen verrotten, bis sich der Paß wieder angefunden hat.»

«Nun, mit mir haben sie das nicht gemacht.»

«Sie lügen, nicht wahr? Wo haben Sie Ihren Paß hingetan?»

«Ich weiß es nicht. Ich habe ihn verloren.»

«Haben Sie ihn in Pepes Auto gelassen?»

«Ich habe es Ihnen doch schon gesagt, er ist weg.»

«Hör mal, Junior, in Spanien spielt man mit Pässen keine Spielchen.»

«Ich spiele kein Spielchen.»

«Haben Sie Pepe von dem Paß erzählt?»

«Ich kann kein Spanisch, wie sollte ich ihm davon erzählen?»

«Sie haben sich einfach von ihm zurückbringen lassen?»

Sie sah etwas beunruhigt aus, sagte aber nur tapfer: «Ja.»

«Wann sind Sie wieder hier gewesen?»

«Ungefähr um elf.»

«Sind Sie aufgewacht, als wir hereinkamen?»

Sie nickte.

«Dann haben Sie also unser Gespräch mitbekommen?»

«Nun, ich habe versucht, meinen Kopf unter die Decke zu stecken, aber Mrs. Dongen hat eine äußerst durchdringende Stimme. Es tut mir leid, daß sie mich nicht mag.» Dazu gab es nichts zu sagen, und sie fuhr in einem Plauderton fort, der ihrer Großmutter alle Ehre gemacht hätte: «Werden Sie sie heiraten?»

«Wissen Sie was? Sie machen mich krank.»

«Ist sie schon verheiratet?»

«Nicht mehr.»

«Was ist mit ihrem Mann passiert?»

«Ich weiß es nicht... Woher sollte ich auch? Vielleicht ist er tot.»

«Hat sie ihn umgebracht?»

Er schien plötzlich keine Kontrolle mehr über seine Hände zu haben. Sie zuckten förmlich vor Verlangen, Selina zu schütteln und diesen selbstgefälligen Ausdruck aus ihrem Gesicht zu schlagen. Er steckte die Hände in die Hosentaschen und ballte sie zu Fäusten, doch Selina schien von dem Aufruhr, der in seinem Innern tobte, nichts zu ahnen.

«Ich nehme an, es war ziemlich ärgerlich für Sie, mich hier vorzufinden, aber sie wollte ja nicht bleiben, um sich die Sache erklären zu lassen. Sie hat nur die arme Pearl getreten... Es wäre viel fairer gewesen, statt dessen mich zu treten.» Sie sah George direkt in die Augen. Ihre Unverfrorenheit war einfach nicht zu fassen. «Sie muß Sie sehr gut kennen. Um so mit Ihnen zu reden, meine ich. So wie heute abend. Sie wollte, daß Sie mit ihr schlafen.»

«Sie wollen unbedingt Ärger kriegen, Selina.»

«Außerdem scheint sie zu glauben, daß Sie nie wieder ein Buch schreiben werden.»

«Da mag sie nicht ganz unrecht haben.»

«Wollen Sie es denn nicht wenigstens versuchen?»

«Kümmern Sie sich um Ihre eigenen Angelegenheiten», sagte George langsam und drohend, doch selbst das schreckte sie nicht ab.

«Mir scheint, Sie haben Angst zu versagen, bevor Sie auch nur angefangen haben. Mrs. Dongen hatte recht, Sie sind aus demselben Holz geschnitzt wie diese trägen Exil-Engländer», fuhr Selina fort, wobei sie Frances' schleppenden Tonfall überraschend gekonnt imitierte, «die dem Nichtstun so elegant frönen. Vermutlich wäre es ein Jammer, dieses Image zu zerstören. Und außerdem, was macht es schon? Sie brauchen nicht zu schreiben. Es ist ja nicht Ihr Lebensunterhalt. Und was Mr. Rutland betrifft, was ist schon dabei, ein Versprechen nicht einzuhalten? Es ist vollkommen gleichgültig. Sie können ihm gegenüber Ihr Wort genauso brechen, wie Sie es diesem Mädchen gegenüber getan haben, daß Sie heiraten wollten.»

Bevor er nachdenken oder sich auch nur beherrschen konnte, hatte George seine Hand aus der Hosentasche genommen und Selina eine Ohrfeige gegeben. Es klang, als sei eine Papiertüte explodiert. Das Schweigen, das darauf folgte, legte sich bleiern über den Raum. Selina starrte George ungläubig, doch erstaunlicherweise überhaupt nicht vorwurfsvoll an, während er sich die schmerzende Handfläche rieb. Als er sich eine Zigarette ansteckte, stellte er erschrocken fest, daß seine Hände zitterten.

Schließlich drehte er sich wieder zu Selina um und sah zu seinem Entsetzen, daß sie verzweifelt mit den Tränen kämpfte. Der Gedanke an Weinkrämpfe, an die anschließenden Vorwürfe und Entschuldigungen war mehr, als er ertragen konnte. Außerdem war es zu spät für Entschuldigungen. «Nun verschwinden Sie schon», knurrte er. Als sie die Treppen hinauflief, wobei sich die weiße Seide des Morgenmantels um ihre bloßen Beine bauschte, rief er hinter ihr her: «Aber machen Sie die Tür gefälligst leise zu!» Doch der Witz war schal und ging ins Leere, wie er es verdiente.

11

Es war schon spät, als er aufwachte. Er erkannte es am Winkel der Sonnenstrahlen und an den leisen Geräuschen, die ihm sagten, daß Juanita die Terrasse fegte. Instinktiv wappnete er sich gegen den Kater, der ihn an diesem Morgen mit Sicherheit nicht verschonen würde, und griff nach seiner Uhr. Es war halb elf. So lange hatte er seit Jahren nicht mehr geschlafen.

Vorsichtig bewegte er den Kopf von einer Seite zur anderen und wartete auf das erste Anzeichen seiner wohlverdienten Qualen. Nichts geschah. Mutiger geworden, rollte er mit den Augen, und der Schmerz blieb aus. Er schlug die rot-weiße Decke zur Seite und setzte sich vorsichtig auf. Es war ein Wunder. Er fühlte sich fast normal, eigentlich sogar besser, wach und voller Energie.

Er hob seine Sachen auf und ging ins Bad, um zu duschen. Beim Rasieren fiel ihm die Melodie der letzten Nacht wieder ein, aber dieses Mal mit dem Text, und ihm wurde, wenn auch zu spät, klar, warum Frances so wütend gewesen war, als er sie dauernd vor sich hinpfiff.

I've grown accustomed to her face
She almost makes the day begin.

Nun, fragte er mit einem einfältigen Grinsen sein Spiegelbild, wie sentimental willst du eigentlich noch werden? Aber sobald er sich angezogen hatte, ging er nach unten, holte seinen alten Plattenspieler hervor, rieb den Staub von der Frank Sinatra-Platte und legte sie auf.

Juanita hatte inzwischen die Terrasse gewischt. Als sie die

Musik hörte, legte sie den Schrubber hin und kam ins Zimmer, wobei ihre nassen Füße Spuren auf den Fußbodenkacheln hinterließen.

«Señor», sagte sie.

«Juanita! Buenos días.»

«Hat der Señor gut geschlafen?»

«Vielleicht sogar zu gut.»

I've grown accustomed to the tune
She whistles night and noon.

«Wo ist die Señorita?»

«Sie ist zum Schiff von Señor hinausgefahren, um zu baden.»

«Wie ist sie dahin gekommen?»

«Mit dem kleinen Boot.»

Er hob überrascht die Augenbrauen. «Nun, schön für sie. Juanita, ist noch Kaffee da?»

«Ich werde welchen machen.»

Sie ging zum Brunnen, um frisches Wasser zu holen. George fühlte sich so wohl, daß er sogar Lust auf eine Zigarette hatte. Er fand eine und zündete sie an. «Juanita?» fragte er vorsichtig.

«Sí, Señor?»

«Gestern hat eine Amerikanerin im Cala Fuerte-Hotel übernachtet...»

«Nein, Señor.»

Er runzelte die Stirn. «Was wollen Sie damit sagen?»

Juanita setzte den Kessel auf. «Sie ist nicht geblieben, Señor. Sie ist gestern nacht nach San Antonio zurückgefahren. Sie hat das Hotelzimmer nicht benutzt. Rosita hat es Tomeu erzählt, und Tomeu hat es Maria erzählt, und...»

«Ich weiß, Maria hat es Ihnen erzählt.» Ihm fiel ein Stein vom Herzen, wofür er sich sofort schämte. Bei dem Gedanken daran, wie Frances in dieser Todesmaschine von einem Auto durch die Nacht raste, lief ihm eine Gänsehaut über den Rücken. Er betete heimlich, daß ihr nichts passiert war, daß sie keinen Unfall gehabt hatte und jetzt womöglich in irgendeinem Straßengraben lag, eingeklemmt in ihrem Wagen.

Mit der Miene eines Mannes, auf dessen Schultern schwere Sorgen lasten, kratzte er sich am Nacken und ging auf die Terrasse hinaus, um nach seinem Gast zu sehen. Er nahm das Fernglas und richtete es auf die *Eclipse*. Das Dinghi dümpelte friedlich am Heck des Segelschiffes, doch von Selina konnte er nirgends eine Spur entdecken.

Es war trotz allem ein schöner Tag. Genauso sonnig wie der vorige, jedoch kühler und mit einem ziemlichen Seegang von der Hafeneinfahrt her. Die Pinien warfen ihre Kronen dem Wind entgegen, und unten schlugen kleine Wellen fröhlich gegen die Slipanlage.

George genoß einfach alles um sich herum: den blauen Himmel, das blaue Meer, die *Eclipse*, die munter an ihrer Vertäuung zog, die weiße Terrasse, die roten Geranien – all das war ihm wohlvertraut, und trotzdem kam es ihm an diesem Morgen vor, als sähe er es zum erstenmal. Pearl saß am Ende des Anlegers und verspeiste ein delikates Stück Fischabfall, das sie gefunden hatte; Frances war wieder in San Antonio, und Juanita kochte ihm einen Kaffee. Lange hatte er sich nicht mehr so wohl gefühlt, so hoffnungsvoll und optimistisch. Es war, als hätte er monatelang in der düsteren Erwartung eines kommenden Unwetters gelebt. Jetzt war das Unwetter vorüber, der Druck war von ihm genommen, so daß er wieder frei atmen konnte.

Ein wenig wunderte er sich schon über seine gute Laune. Eigentlich hätte er sich mit Vorwürfen überschütten müssen, doch sein körperliches Wohlgefühl war stärker als sein

Gewissen. Die ganze Zeit hatte er die Hände auf die Terrassenbrüstung gestützt, und als er sich jetzt aufrichtete, sah er, daß seine Handflächen voller Kalk waren. Er wollte sie gerade instinktiv an seinen Jeans abwischen, da entdeckte er seine Fingerabdrücke, die unter dem weißen Kalk sichtbar wurden und sich so deutlich und fein abzeichneten wie ein mikroskopisches Bild. Ein Bild von ihm selbst, einzigartig und nur zu George Dyer gehörig, genauso wie das Leben, das er geführt hatte, und alles, was er gerade tat, einzigartig waren.

Er war nicht besonders stolz auf sich. Er hatte über die Jahre zu viele Menschen gekränkt und verletzt, und die gestrige Nacht war der Höhepunkt gewesen, er wagte nicht einmal, daran zu denken. Trotzdem konnte nichts von allem das Hochgefühl seiner ureigenen Persönlichkeit zerstören, das ihn in diesem Augenblick erfüllte.

I've grown accustomed to her face.

Die Platte war zu Ende. Er ging nach drinnen, um sie abzunehmen.

«Juanita!»

Sie füllte gerade Kaffeepulver in seine Kanne. *«Señor?»*

«Juanita, wußten Sie, daß Pepe, Marias Mann, die Señorita gestern nachmittag zum Flughafen gefahren hat?»

«Sí, Señor», erwiderte Juanita, sah ihn jedoch nicht an.

«Hat er Ihnen auch gesagt, daß er die Señorita wieder zurückgebracht hat?»

«Sí, Señor. Das ganze Dorf weiß es.»

Natürlich. George seufzte, fuhr jedoch mit seiner Befragung fort: «Und hat Pepe erzählt, daß die Señorita ihren Paß verloren hat?»

«Er wußte nicht, daß sie ihn verloren hat. Nur daß sie ihn nicht mehr hatte.»

«Aber sie hat es der *Guardia Civil* am Flughafen erzählt?»

«Das weiß ich nicht, Señor.» Sie goß kochendes Wasser in die Kanne.

«Juanita...» Er legte ihr die Hand auf den Arm. Sie wandte sich um, und zu seinem Erstaunen sah er, daß sie über ihn lachte. Sie schien sich köstlich zu amüsieren. «Juanita... Die Señorita ist nicht meine Tochter.»

«Nein, Señor», sagte Juanita ernst.

«Erzählen Sie mir nicht, daß Sie das schon wußten.»

«Señor», sie zuckte mit den Schultern, «Pepe hatte nicht das Gefühl, daß sie sich wie Ihre Tochter benimmt.»

«Wie hat sie sich denn benommen?»

«Sie war sehr unglücklich, Señor.»

«Juanita, sie ist nicht meine Tochter, sondern meine kleine Cousine.»

«Ja, Señor.»

«Werden Sie das Maria sagen? Und sagen Sie Maria, sie soll es Tomeu erzählen, und vielleicht wird Tomeu es Rosita erzählen, und Rosita wird es Rodolfo erzählen...» Sie lachten beide. «Ich habe nicht gelogen, Juanita. Aber ich habe auch nicht die Wahrheit gesagt.»

«Der Señor braucht sich keine Sorgen zu machen. Ob sie seine Tochter oder seine Cousine ist...» Juanita zuckte bedeutsam mit den Schultern, als wäre diese Frage zu belanglos, um auch nur darüber nachzudenken. «Aber für Cala Fuerte ist der Señor ein Freund. Nichts anderes zählt.»

Solche Beredsamkeit sah Juanita gar nicht ähnlich, und George war so gerührt, daß er sie hätte küssen können. Weil er wußte, daß sie das beide in Verlegenheit gebracht hätte, sagte er statt dessen, er sei hungrig und öffnete den Brotkasten, um sich eine Scheibe mit Butter und Aprikosenmarmelade zum Frühstück zu machen.

Wie gewöhnlich war der Brotkasten voll. Frisches Brot war auf das alte gelegt worden, und George deutete vorwurfsvoll auf die Unordnung. «Juanita, sehen Sie nur, wie schmutzig das ist. Das untere Brot hat einen blauen Bart.» Um ihr zu zeigen, daß er recht hatte, drehte er den Kasten um und schüttete das ganze Brot auf den Fußboden. Das letzte schimmelige Stück fiel heraus, dann das weiße Papier, mit dem Juanita den Kasten ausgelegt hatte, und als letztes ein dünnes dunkelblaues Büchlein.

Es lag auf dem Boden zwischen ihnen. Sie sahen einander fragend an.

«Was ist denn das?» fragte Juanita schließlich.

George hob es auf und drehte es um. «Es ist ein britischer Paß.»

«Aber wem gehört er?»

«Ich denke, der Señorita.»

Die Idee war, nicht mit dem Anfang der Reise zu beginnen, sondern in der Mitte – in der Woche, in der die *Eclipse* in den Hafen von Delos eingelaufen war. Und dann würde er an den Anfang zurückkehren, um in einer Folge von Rückblenden zu zeigen, wie die Reise langsam Form angenommen hatte, wie sie ursprünglich geplant gewesen war. Das Schreibmaschinenpapier fühlte sich dick und weich an, und seine Schreibmaschine lief schnurrend wie eine gutgeölte Maschine. Selina war noch beim Baden, und Juanita traktierte im Waschhaus Georges Laken mit einem Stück Seife und trällerte dabei ein einheimisches Liebeslied, weshalb George das Klopfen an der Tür zunächst nicht hörte. Er blickte von der Schreibmaschine auf, als sich die Tür öffnete.

Der Mann, der dort an der Tür stand, war jung, groß und sehr attraktiv. Er trug einen ganz normalen Geschäftsanzug, ein Hemd mit einem steifen weißen Kragen und eine Krawatte, und trotzdem schaffte er es, provozierend frisch und kühl zu wirken. «Verzeihen Sie, wenn ich störe», sagte er, «aber auf mein Klopfen hat niemand reagiert. Ist dies die Casa Barco?»

«Ja...»

«Dann müssen Sie George Dyer sein.»

«Das bin ich...» Er stand auf.

«Mein Name ist Rodney Ackland.» Offenbar war er der Meinung, daß sie ihr Gespräch nicht fortsetzen sollten, ohne sich vorher offiziell miteinander bekannt gemacht zu haben. Er schüttelte George die Hand. «Guten Tag.» Fester Händedruck, dachte George. Gerader, offener Blick. Ganz und gar vertrauenswürdig – und todlangweilig.

«Gehe ich recht in der Annahme, daß Selina Bruce sich hier aufhält?»

«Das stimmt.» Als Rodney sich fragend umblickte, fügte er hinzu: «Sie ist gerade schwimmen gegangen.»

«Verstehe. Nun, in diesem Falle ist es wohl besser, wenn ich Ihnen den Grund meines Hierseins erkläre. Ich bin Selinas Anwalt. Und leider war es, wenn auch indirekt, meine Schuld, daß sie diese Reise nach San Antonio überhaupt gemacht hat. Ich habe ihr nämlich Ihr Buch gegeben, sie sah Ihr Foto und war überzeugt davon, daß Sie ihr Vater wären. Sie hat mit mir darüber gesprochen, daß sie herkommen und Sie suchen wollte. Ich sollte sie begleiten, doch leider war ich gezwungen, geschäftlich nach Bournemouth zu reisen, um einen sehr wichtigen Kunden zu treffen, und als ich nach London zurückkehrte, war Selina bereits drei oder vier Tage fort. Also nahm ich natürlich das nächstbeste Flugzeug nach San Antonio und... nun, ich denke, ich sollte sie wieder mit zurücknehmen.» Sie musterten einander. «Sie sind natürlich nicht ihr Vater», fügte Rodney hinzu.

«Nein, das bin ich nicht. Ihr Vater ist tot.»

«Es gibt da allerdings eine seltsame Ähnlichkeit. Selbst ich kann das erkennen.»

«Gerry Dawson war ein entfernter Verwandter von mir.»

«Was für ein außergewöhnlicher Zufall!»

«Ja», sagte George. «Außergewöhnlich.»

Zum erstenmal wirkte Rodney ein wenig verunsichert.

«Mr. Dyer, ich weiß absolut nichts über die näheren Umstände von Selinas... ziemlich unkonventionellem Besuch, oder wieviel sie Ihnen von sich erzählt hat. Aber sie hatte immer eine große Sehnsucht nach ihrem Vater, ja, sie war geradezu besessen von dem Gedanken an ihn. Selina wurde von ihrer Großmutter aufgezogen, und ihre Kindheit war, gelinde gesagt, anders als die anderer Kinder...»

«Ja, das hat sie mir erzählt.»

«Nun, da Sie die Fakten kennen, bin ich sicher, daß wir einer Meinung sind.»

«Ja, ich nehme an, das sind wir.» George grinste. «Nur so aus Interesse, wie hätten Sie reagiert, wenn sich herausgestellt hätte, daß ich wirklich Selinas Vater bin?»

«Daß Sie...» Rodney traf diese Frage völlig unvorbereitet. «Also, ich... äh...» Er beschloß, das ganze als Scherz abzutun. «Vermutlich hätte ich Sie um die Hand Ihrer Tochter bitten müssen.»

«Die Hand meiner Tochter?»

«Ja. Ein bißchen spät natürlich, da wir bereits verlobt sind. Wir werden nächsten Monat heiraten.»

«Verzeihen Sie bitte?» fragte George. Die Frage war ein deutliches Zeichen seiner Entgeisterung, denn er hatte diese höfliche Formulierung seit den Diners und Jagdbällen in Bradderford nicht mehr verwendet und gedacht, er hätte sie längst vergessen. Doch hier war sie wieder, durch den Schock aus den Tiefen seines Unterbewußtseins herausgeschleudert.

«Wir sind bereits verlobt. Das wußten Sie doch sicher?»

«Nein, das wußte ich nicht.»

«Wollen Sie damit sagen, Selina hat es Ihnen nicht erzählt? Sie ist wirklich ein außergewöhnliches Mädchen.»

«Warum zum Teufel sollte sie mir das erzählen? Ob sie verlobt ist oder nicht, hat mit mir nichts zu tun.»

«Nein, aber man würde doch denken, daß es ihr wichtig ist. Das erste, worüber sie reden würde.» Eingebildeter Lackaffe, dachte George. «Aber das tut nichts zur Sache. Nun, da Sie im Bilde sind, ist Ihnen sicher auch klar, daß ich sie mit nach London zurücknehmen sollte, und zwar so schnell wie möglich.»

«Ja, natürlich.»

Rodney ging an ihm vorbei und trat auf die Terrasse hinaus. «Was für ein phantastischer Ausblick! Sagten Sie, Selina wäre schwimmen? Ich kann sie gar nicht sehen.»

George stellte sich neben ihn. «Nein, sie ist... sie ist draußen bei der Yacht. Ich werde sie holen...» Doch dann fiel ihm ein, daß er sie nicht holen konnte, da sie das Dinghi genommen hatte. Er mußte sich das Boot von Rafael, Tomeus Cousin, ausleihen. «Hören Sie... Können Sie hier kurz warten? Setzen Sie sich. Machen Sie es sich gemütlich. Es dauert nicht lange.»

«Soll ich Sie nicht begleiten?» Rodneys Frage klang nicht gerade begeistert, und George erwiderte: «Nein, das ist schon in Ordnung. Das Boot ist voller Fischschuppen, Sie würden sich nur Ihren Anzug ruinieren.»

«Nun, wenn Sie wirklich...» Und vor Georges Augen zog Rodney einen Rohrstuhl in die Sonne und ließ sich würdevoll darauf nieder, das typische Bild des wohlerzogenen Briten im Ausland.

Fluchend zog George das Boot von Tomeus Cousin Rafael die Slipanlage hinunter ins Wasser. Es war lang, schwer und unhandlich. Außerdem gab es nur einen Riemen, deshalb mußte er wriggen, eine Technik, die er keineswegs vollendet beherrschte, was um so unangenehmer war, als Rodney Ackland mit seinem glatten, langweiligen Gesicht, seiner glatten, langweiligen Stimme und seinem völlig unzerknitterten dunkelgrauen Anzug ihn von der Terrasse der Casa Barco aus beobachtete. Er ruderte schwitzend und fluchend zur *Eclipse*, doch als er nach Selina rief, erhielt er keine Antwort.

Mit einiger Mühe manövrierte er das schwerfällige Boot um die Heckvertäuung der *Eclipse* herum. Er entdeckte Selina sofort. Sie thronte wie eine Meerjungfrau auf einem Felsen an der entferntliegenden Küste. Offenbar war sie vom Wasser aus die Stufen zu einer der kleinen kitschigen Villen in den Pinienhainen hinaufgeklettert. Sie saß da, die Arme um die Knie geschlungen, das nasse Haar an ihren Kopf geschmiegt wie das Fell einer Robbe. Rafaels Boot glitt an die Backbordseite der *Eclipse*. George legte den Riemen ein, formte die Hände zu einem Trichter und rief: «Selina!» Es klang wie ein wütender Schrei, und sie sah sofort auf. «Kommen Sie her, ich muß mit Ihnen reden.»

Sie zögerte nur eine Sekunde, dann stand sie auf und ging die weißen Stufen hinunter, ließ sich ins Wasser gleiten und schwamm ihm entgegen. Als sie das Boot erreichte, war der Bootsrand zu hoch für sie, also mußte er sie an den Armen hochziehen, naß und tropfend wie einen frischgefangenen Fisch. Sie setzten sich auf die Ruderbänke. «Es tut mir leid», sagte sie. «Wollten Sie das Dinghi benutzen?»

Er dachte, daß jede andere Frau als allererstes eine Entschuldigung für sein Verhalten in der letzten Nacht verlangt hätte. Doch Selina war nicht wie jede andere Frau.

«Ich hoffe, es macht Ihnen nichts aus, daß ich es genommen habe...»

«Nein, natürlich nicht.»

«Sie haben noch geschlafen, als ich herunterkam. Ich mußte Juanita hereinlassen.» Er beobachtete sie, während sie sprach, ohne zu hören, was sie sagte, und versuchte sich mit dem niederschmetternden Gedanken anzufreunden, daß sie Rodney Ackland heiraten würde, daß sie die ganze Zeit mit ihm verlobt gewesen war, ohne ein Wort davon zu sagen.

«...und geht es Ihrer Freundin gut? Sie war nicht allzu böse, hoffe ich.»

«Meine Freundin? Ach so, Sie meinen Frances. Ich weiß nicht, ob sie böse ist. Sie ist noch gestern nacht nach San Antonio zurückgefahren. Sie wird sich wieder beruhigen, und alles ist vergessen.»

«Ich hätte nicht zur Casa Barco zurückkommen sollen, ich weiß das jetzt, aber...»

Er ertrug es nicht länger. «Selina!»

Sie runzelte die Stirn. «Stimmt irgend etwas nicht?»

«Hören Sie. Da wartet jemand in der Casa Barco auf Sie. Er ist gekommen, um Sie wieder mit nach London zu nehmen. Ein gewisser Rodney Ackland.»

Sie erstarrte und sah ihn mit weit aufgerissenen Augen an.

«Er ist letzte Nacht aus London hergeflogen. Als er aus Bournemouth zurückkam, stellte er fest, daß Sie allein nach San Antonio abgereist waren, also nahm er das nächstbeste Flugzeug. Ich habe ihm gesagt, daß ich nicht Ihr Vater bin, und ich muß gestehen, er schien nicht besonders überrascht zu sein. Er will mit Ihnen reden.»

Eine kühle Brise kam vom Meer her, und Selina zitterte. Er sah die dünne Goldkette, die im Oberteil des winzigen Bikinis verschwand, den er ihr gekauft hatte. Jetzt wußte er, daß daran kein Konfirmationskreuz hing, wie er gedacht hatte. Er griff danach, zog die Kette heraus und damit auch Rodney Acklands Verlobungsring. Der Saphir und die Diamanten glänzten in der Sonne.

«Selina. Warum haben Sie mir das nie gesagt?»

Ihre Augen waren in diesem Moment beinah genauso blau wie der Saphir, den er unter ihrem Kinn hin und her schwingen ließ. «Ich weiß es nicht.»

«Sie sind mit Rodney verlobt?»

Sie nickte.

«Sie werden ihn nächsten Monat heiraten.»

Wieder nickte sie.

«Aber warum haben Sie ein solches Geheimnis daraus gemacht?»

«Es ist kein Geheimnis. Ich habe Rodney von Ihnen erzählt. Ich sagte ihm, ich glaubte, George Dyer sei mein Vater. Und ich wollte, daß er mit mir kommt, um Sie zu suchen. Aber er konnte nicht. Er hatte geschäftlich in Bournemouth zu tun, und offenbar konnte er sich nicht vorstellen, daß ich allein herfliegen würde. Er sagte, wenn Sie wirklich mein Vater wären, würde mein plötzliches Auftauchen Sie in eine peinliche Lage versetzen. Und wenn Sie nicht mein Vater wären, wäre es sowieso vergebliche Mühe. Er schien nicht zu begreifen, wie wichtig es für mich war; eine Familie zu haben, richtig zu jemandem zu gehören.»

«Kennen Sie ihn schon lange?»

«Seit ich ein kleines Mädchen war. Seine Firma kümmerte sich um alle finanziellen Angelegenheiten meiner Großmutter. Sie mochte ihn sehr und hat immer gehofft, ich würde ihn eines Tages heiraten.»

«Und das werden Sie jetzt tun.»

«Ja. Ich habe am Ende immer getan, was sie wollte.» In Georges dunklen Augen konnte sie plötzlich Mitgefühl erkennen und erschrak. Bemitleidenswert wollte sie nun wirklich nicht erscheinen. «Wir ziehen aus Queen's Gate fort», sagte sie schnell. «Wir haben eine reizende Wohnung in einem Neubau gefunden. Ich wünschte, Sie könnten sie sehen. Sie ist sehr sonnig und hat einen wundervollen Ausblick. Agnes wird mit uns kommen und bei uns wohnen. Ich habe mir sogar schon ein Hochzeitskleid gekauft. Es ist weiß und ganz lang. Mit einer Schleppe.»

«Aber Sie tragen Ihren Verlobungsring nicht am Finger, sondern haben ihn versteckt.»

«Ich dachte, Sie wären mein Vater. Ich wollte Ihnen beim erstenmal nur als Ihre Tochter gegenübertreten und nicht zu irgendeinem anderen Menschen oder einem anderen Leben gehören.»

«Lieben Sie ihn?»

«Eine ähnliche Frage habe ich Ihnen gestern gestellt, und Sie haben sie nicht beantwortet.»

«Das ist etwas anderes. Wir sprachen über meine Vergangenheit, und dies betrifft Ihre Zukunft.»

«Ja, ich weiß. Das macht es ja so schwierig.»

Er erwiderte darauf nichts. Selina hob die Arme und öffnete den Verschluß ihrer Goldkette. Der Ring glitt herunter, sie fing ihn auf und steckte ihn an ihren Finger. Dann legte sie sich die Kette wieder um. Sie schien völlig ruhig und gelassen. «Ich sollte Rodney nicht warten lassen», sagte sie.

«Nein, natürlich nicht. Nehmen Sie das Dinghi, und ich werde Ihnen in Rafaels Holzkiste folgen. Aber stehlen Sie sich nicht davon, ohne mir auf Wiedersehen zu sagen.»

«So etwas würde ich niemals tun, das wissen Sie doch.»

Nach einer Weile war es Rodney auf der Terrasse zu heiß geworden. Er hätte sein Jackett ausziehen können, doch er trug Hosenträger, und es schien ihm unschicklich, in

Hosenträgern herumzusitzen, also erhob er sich aus dem Rohrstuhl und ging ins Haus, wo es kühler war. Er schlenderte ein wenig durch die Räume und bemerkte Selina erst, als sie schon in der Tür stand und seinen Namen sagte.

Rodney blieb abrupt stehen und starrte sie ungläubig an. Nie hätte er gedacht, daß sich ein Mensch in so kurzer Zeit derart verändern konnte. Er hatte sie immer für eine farblose Person gehalten mit ihrer blassen Haut und dem rehbraunen Haar. Doch jetzt war sie braungebrannt, und ihr Haar, das immer noch naß war vom Baden, hatte von der Sonne blonde Strähnen bekommen. Sie trug einen Bikini, der seiner Meinung nach die Grenzen des guten Geschmacks weit überschritt, stand da und sah ihn an, während die große weiße Katze, die sich auf der Terrasse gesonnt hatte, hereinkam und sich zärtlich an ihre nackten Beine schmiegte.

Die Situation machte beide seltsam verlegen. Dann brach Selina das Schweigen. «Hallo, Rodney. Was für eine Überraschung.» Sie versuchte, erfreut zu klingen, doch es gelang ihr nicht.

«Ja», sagte Rodney. Es war schwer zu glauben, daß er gerade die lange Reise aus London hinter sich hatte. Man sah ihm nicht an, daß er die ganze Nacht in seinem Anzug im Flugzeug gesessen hatte und zu Fuß den steinigen, staubigen Weg vom Dorf in die Casa Barco gegangen war. Lediglich auf seinen Schuhen lag eine zarte weiße Staubschicht, sonst sah er genauso untadelig aus wie zu Hause. Er trat auf sie zu, legte ihr die Hände auf die Schultern und gab ihr einen Kuß. Dann schob er sie etwas von sich und warf einen mißbilligenden Blick auf ihren Bikini. «Was trägst du denn da?»

Sie zuckte mit den Schultern. «Etwas anderes hatte ich nicht zum Baden.» Auf der Wäscheleine hing ein alter Frotteebademantel von George, und sie ging auf die Terrasse und zog ihn an. Der Stoff war hart vom Salz und von der Sonne und duftete nach George. Sie wickelte ihn fester um sich. Sofort fühlte sie sich auf eine unerklärliche Art getröstet und gestärkt.

Rodney räusperte sich. «Es war nicht sehr rücksichtsvoll von dir hierherzufahren, ohne mir etwas davon zu sagen. Ich hätte vor Sorgen umkommen können.»

«Ich wußte ja, daß du in Bournemouth bist.»

«Ich habe in der Wohnung angerufen, sobald ich wieder in London war, und Agnes sagte mir, wo du bist. Natürlich habe ich das nächste Flugzeug genommen und bin sofort hergekommen.»

«Das war sehr nett von dir, Rodney.»

«Was hältst du davon, wieder nach Hause zu fliegen?»

«Ich wäre schon viel früher zurückgekommen, aber mir wurde am Flughafen mein ganzes Geld gestohlen, und ich konnte das Rückflugticket nicht bezahlen.»

«Du hättest mich doch benachrichtigen können; ich hätte dir sofort telegraphisch Geld angewiesen.»

«Ich... Ich wollte dir keine Umstände machen. Außerdem», fügte sie in einem Anflug von Ehrlichkeit hinzu, «dachte ich, du würdest sagen, du hättest mich gewarnt. Das hast du ja auch, und ich habe mich geirrt, George Dyer war nicht mein Vater... ist nicht mein Vater...»

«Nein, das war mir schon vorher klar.»

«Aber du siehst doch ein, daß ich es selbst herausfinden mußte?»

Er seufzte. «Leider bin ich immer noch der Meinung, es wäre besser gewesen, du hättest mir die Angelegenheit überlassen.»

«Ich hatte dich gebeten, mit mir zu kommen. Ich wollte, daß du mich begleitest, aber du hast dich geweigert.»

«Ich habe mich nicht geweigert, ich konnte nicht. Das weißt du genau.»

«Du hättest diese Mrs. Wie-hieß-sie-noch vertrösten können.»

«Selina!» Erschrocken stellte er fest, daß sie sich noch mehr verändert hatte, als auf den ersten Blick zu erkennen war.

Sie holte tief Luft. «Jedenfalls bereue ich nichts. Ich bin froh, daß ich hergekommen bin, auch wenn George nicht mein Vater ist. Und ich würde alles genauso noch einmal machen.»

Es war eine Aufforderung zum Kampf, doch bevor Rodney sich eine Erwiderung überlegen konnte, kam George Dyer herein, die Katze auf dem Arm, und mischte sich fröhlich in die Unterhaltung.

«Also, ist das nicht nett? Sie haben einander wiedergefunden. Wie wäre es mit einem Drink, um sich abzukühlen?»

«Ich möchte nichts trinken, danke», sagte Rodney steif.

«Dann vielleicht eine Zigarette?»

«Nein, im Moment nicht.» Er räusperte sich. «Ich habe Selina gerade gesagt, daß ich denke, es ist am besten, wir fliegen so bald wie möglich nach London zurück. Mein Taxi wartet am Cala Fuerte-Hotel, wir können also sofort zum Flughafen fahren.»

«Gute Organisation», bemerkte George.

Rodney warf ihm einen raschen Blick zu, um zu sehen, ob George sich über ihn lustig machte, doch er konnte keine Spur von Humor in den dunklen Augen erkennen. Nicht ganz überzeugt wandte er sich wieder an Selina. «Vielleicht solltest du lieber packen. Wo hast du gewohnt?»

«Hier», antwortete Selina.

Rodney wurde sichtlich blaß. «Hier?»

«Ja. Hier. In der Casa Barco.»

«Du hast hier geschlafen?»

«Es gab keine andere Möglichkeit...»

Sie zitterte ein wenig, und George spürte, daß sie nervös war. «War das nicht ein ganz kleines bißchen unkonventionell?» Rodney klang jetzt eisig.

George setzte Pearl abrupt auf den nächsten Stuhl. «Das finde ich nicht. Immerhin dürfen wir nicht vergessen, daß Selina meine Cousine ist.»

«Und vergessen wir auch nicht, eine sehr entfernte. Außerdem geht es gar nicht darum.»

«Worum geht es dann?»

«Nun, Selina taucht hier unaufgefordert auf, ohne sich anzukündigen, eine völlig Fremde für Sie, und Sie behalten Sie hier, lassen Sie praktisch in diesem Haus wohnen und, soweit ich sehen kann, im selben Zimmer schlafen. Ich habe ja volles Verständnis dafür, daß Sie sich nicht unbedingt um Ihren eigenen Ruf sorgen, aber Selina zuliebe hätten Sie doch sicher eine andere Lösung finden können.»

«Vielleicht wollten wir das nicht», sagte George.

Rodney verlor die Geduld. «Verzeihen Sie, Mr. Dyer, aber wir sprechen offenbar nicht dieselbe Sprache. Ich finde Ihr Benehmen unerträglich.»

«Das tut mir leid.»

«Nehmen Sie immer so wenig Rücksicht auf die einfachsten Anstandsregeln?»

«Ja, immer. Ich pfeife drauf.»

Einen Moment lang spielte Rodney mit dem Gedanken, George einen Kinnhaken zu verpassen, doch dann entschied er, dieser Mann sei unter seiner Würde. Am besten ignorierte man ihn. Er wandte sich an Selina. «Selina...» Sie zuckte sichtlich zusammen. «Das alles tut mir leid, aber ich halte dir zugute, daß du geglaubt hast, es wäre nicht deine Schuld. Ich bin bereit, das alles zu vergessen, aber wir müssen dafür sorgen, daß nicht auch nur das geringste von dem, was hier geschehen ist, jemals nach London dringt.»

Selina musterte ihn ernst. Sein Gesicht war weich und glatt rasiert. Er schien keine einzige Falte zu haben, und es war unmöglich sich vorzustellen, daß er älter wurde, ein erfahrener Mann, dem man ansah, daß er gelebt hatte. Er würde mit achtzig immer noch so aussehen wie jetzt, genauso unpersönlich und glatt wie ein frischgebügeltes Hemd.

«Warum, Rodney?» fragte sie.

«Ich... Ich möchte nicht, daß Mr. Arthurstone davon erfährt.»

Das war eine derart alberne Antwort, daß sie am liebsten gelacht hätte. Mr. Arthurstone mit seiner Arthritis in den Knien, der sie zum Altar führen würde... Was um Himmels willen hatte Mr. Arthurstone damit zu tun? «Und jetzt», Rodney blickte auf seine Uhr, «wollen wir keine Zeit mehr verlieren. Zieh dir etwas an, und dann gehen wir.»

George zündete sich eine Zigarette an. Er machte das Streichholz aus, nahm die Zigarette aus dem Mund und sagte: «Sie kann nicht mit Ihnen nach London kommen. Sie hat ihren Paß verloren.»

«Sie hat was?»

«Ihren Paß verloren. Es ist gestern passiert. Äußerst merkwürdig.»

«Ist das wahr, Selina?»

«Oh. Ich... nun, ja...»

George ließ sie nicht weiterreden. «Natürlich ist das wahr. Mein lieber Mr. Ackland, Sie haben ja keine Ahnung von den Verhältnissen hierzulande. Man würde Ihnen das Gold aus den Zähnen stehlen, wenn man die Chance hätte.»

«Aber dein Paß. Selina, ist dir klar, wie ernst die Situation ist?»

«Nun... ich...» stotterte Selina.

«Hast du schon das britische Konsulat verständigt?»

«Nein», erwiderte George an Selinas Stelle, «aber sie hat es der *Guardia Civil* am Flughafen gesagt, und sie waren sehr hilfsbereit und verständnisvoll.»

«Es überrascht mich, daß sie sie nicht sofort ins Gefängnis geworfen haben.»

«Das hat mich auch ziemlich überrascht. Ist es nicht wundervoll, was ein hübsches Lächeln alles bewirken kann, sogar in Spanien?»

«Aber was unternehmen wir denn jetzt?»

«Nun, wenn Sie mich so fragen, würde ich vorschlagen, daß Sie sich in Ihr Taxi setzen, nach London zurückfliegen und Selina hier bei mir lassen... Nein», wehrte er Rodneys wütenden Protest ab, «ich denke wirklich, es ist das beste. Sie können wahrscheinlich einige Hebel in Bewegung setzen, und gemeinsam sollte es uns doch wohl gelingen, ihr das Gefängnis zu ersparen. Und machen Sie sich keine allzu großen Sorgen um die Konventionen, alter Junge. Immerhin bin ich offensichtlich Selinas engster Verwandter, und ich bin mehr als bereit, die Verantwortung für sie zu übernehmen...»

«Verantwortung? Sie?» Er versuchte es ein letztes Mal bei Selina. «Du willst doch nicht etwa hierbleiben, oder?» Bei dem Gedanken explodierte er fast.

«Nun...»

Ihr Zögern genügte ihm als Antwort. «Ich kann es einfach nicht glauben! Dieser Egoismus! Dir scheint nicht klarzusein, daß nicht nur dein guter Name auf dem Spiel steht. Ich habe ebenfalls einen gewissen Ruf zu verlieren, und ich finde dein Benehmen einfach unglaublich! Ich wage gar nicht daran zu denken, was Mr. Arthurstone dazu sagen wird.»

«Du wirst es Mr. Arthurstone bestimmt erklären können, Rodney, da bin ich mir sicher. Und ich denke … wenn du es ihm erklärst, sagst du ihm auch besser gleich, daß er mich nicht zum Altar führen muß. Es tut mir wirklich furchtbar leid, aber am Ende ist es doch am besten so. Immerhin wäre ich ja doch nur eine Belastung für dich, nach allem, was geschehen ist. Und … hier ist dein Ring …»

Sie hielt ihn Rodney in der ausgestreckten Hand hin, die blinkenden Diamanten und den dunkelblauen Saphir, dazu gedacht, Selina für immer an ihn zu binden. Er hatte Lust, den Ring in einer großartigen Geste über die Terrassenbrüstung ins Meer zu schleudern, doch er hatte eine Stange Geld gekostet, deshalb schluckte Rodney seinen Stolz herunter und nahm ihn an sich.

«Es tut mir leid, Rodney.»

Mannhaft zu schweigen schien die würdevollste Lösung. Rodney machte auf dem Absatz kehrt und ging auf die Tür zu, doch George war vor ihm da und hielt sie ihm auf. «Wie schade, daß Ihr Besuch so wenig erfreulich verlief. Sie sollten einmal später im Jahr nach Cala Fuerte kommen, wenn mehr los ist. Ich bin sicher, Wasserskifahren und Tauchen und Harpunieren würde Ihnen großen Spaß machen. Es war zu gütig von Ihnen herzukommen.»

«Glauben Sie nur nicht, Mr. Dyer, daß ich oder meine Partner Ihnen das durchgehen lassen.»

«Das glaube ich nicht eine Sekunde. Ich bin sicher, Mr. Arthurstone wird ein paar kluge Ideen aus dem Ärmel zaubern, und schon bald werde ich der glückliche Empfänger eines formvollendeten Schreibens sein. Sind Sie sicher, daß ich Sie nicht ins Dorf fahren soll?»

«Danke, ich ziehe es vor, zu Fuß zu gehen.»

«Nun ja, *chacun à son goût*. Es war mir ein ganz besonderes Vergnügen. Auf Wiedersehen.»

Rodney erwiderte darauf nichts, sondern verließ wütend das Haus. George sah ihm nach, bis er sicher die Straße erreicht hatte, und schloß die Tür.

Er drehte sich um. Selina stand immer noch an der gleichen Stelle. Sie sah aus, als erwartete sie eine weitere heftige Szene, doch er seufzte nur. «Sie müssen von Sinnen sein, daß Sie jemals auch nur daran gedacht haben, einen solchen Mann zu heiraten. Sie würden Ihr halbes Leben damit verbringen, sich zum Dinner umzuziehen, und die andere Hälfte, alle diese langen Wörter im Wörterbuch nachzusehen. Und wer ist überhaupt dieser Mr. Arthurstone?»

«Er ist der Seniorpartner der Kanzlei, für die Rodney arbeitet. Er ist schon sehr alt und hat Arthritis in den Knien.»

«Und er sollte Sie zum Altar führen?»

«Es gab niemand anderen.»

Ein trauriges Eingeständnis. «Sprechen Sie von Mr. Arthurstone oder von Rodney?» fragte George.

«Von beiden, nehme ich an.»

«Möglicherweise», bemerkte George sanft, «möglicherweise haben Sie an einem schlimmen Vaterkomplex gelitten.»

«Ja, vielleicht haben Sie recht.»

«Und jetzt?»

«Jetzt nicht mehr.»

Sie zitterte erneut, und er lächelte. «Wissen Sie, Selina, ich hätte es niemals für möglich gehalten, wieviel man in einer so lächerlich kurzen Zeit über einen anderen Menschen erfahren kann. Ich weiß schon ziemlich viel über Sie. Zum Beispiel, wie Sie aussehen, wenn Sie lügen, was leider häufiger vorkommt. Ihre Augen werden dann so groß, daß sie aussehen wie zwei blaue Teiche. Und wenn Sie versuchen, über irgendeine unverschämte Bemerkung von mir nicht zu lachen, ziehen Sie die Mundwinkel herunter und zaubern ein ganz und gar unerwartetes Grübchen auf Ihr Gesicht. Und wenn Sie nervös sind, zittern Sie. Jetzt sind Sie nervös.»

«Ich bin nicht nervös. Mir ist kalt vom Baden.»

«Dann gehen Sie und ziehen sich was an.»

«Aber zuerst muß ich Ihnen etwas sagen ...»

«Das kann warten. Nun laufen Sie schon.»

George trat auf die Terrasse und wartete auf sie. Er zündete sich eine Zigarette an. Rodney Ackland war fort, fort aus der Casa Barco, fort aus Selinas Leben. Genauso wie Jenny fort war, ihr Gespenst verbannt, die unglückliche Affäre für immer aus seinen Gedanken vertrieben – einfach dadurch, daß er Selina von ihr erzählt hatte. Jenny und Rodney gehörten beide der Vergangenheit an, die Gegenwart war gut und richtig, und die Zukunft barg so viele Hoffnungen und frohe Überraschungen wie ein Weihnachtspaket.

Im Garten unter ihm legte Juanita Laken zusammen. Sie summte immer noch fröhlich vor sich hin und hatte offenbar keine Ahnung von dem Drama, das sich abgespielt hatte, während sie sich um die Wäsche kümmerte. Eine Welle der Zuneigung erfaßte ihn. Niemand wußte besser als er selbst, daß der Weg zur Hölle immer mit guten Vorsätzen gepflastert war, doch jetzt faßte er einen Entschluß: Wenn das neue Buch veröffentlicht war, würde er ihr nicht nur ein Freiexemplar für ihr Spitzendeckchen schenken, sondern etwas Größeres. Irgend etwas, das sie sich sehr wünschte, aber niemals leisten konnte. Ein Seidenkleid, ein Schmuckstück oder einen neuen Gasherd.

Als er Selinas Schritte hinter sich hörte, drehte er sich um. Sie trug ein ärmelloses, apricotfarbenes Leinenkleid und Sandalen mit kleinen Absätzen, in denen sie fast so groß war wie er. Es erstaunte ihn, daß er so lange gebraucht hatte, um zu erkennen, daß sie eine Schönheit war. «Dies ist das erste

Mal, daß ich Sie anständig angezogen sehe», sagte er. «Ich bin froh, daß Sie Ihr Gepäck wiederhaben.»

Selina holte tief Luft. «George, ich muß mit Ihnen reden.»

«Worüber?»

«Über meinen Paß.»

«Was ist damit?»

«Nun, sehen Sie, ich habe ihn überhaupt nicht verloren.»

Er zuckte zusammen und runzelte die Stirn. «Nein?»

«Nein. Sehen Sie... also, gestern nachmittag, bevor ich mit Pepe wegfuhr... da hab ich ihn versteckt.»

«Selina!» Er klang völlig entgeistert. «Wieso haben Sie etwas so Schreckliches getan?»

«Ich weiß, es war schrecklich, aber ich wollte nicht weg. Ich wollte Sie nicht mit Mrs. Dongen zurücklassen. Ich wußte, sie will nicht, daß Sie ein zweites Buch schreiben. Sie will, daß Sie nach Australien fahren oder in die Wüste Gobi oder wohin auch immer. Mit ihr zusammen. Und als ich in die Küche ging, um mir das Sodawasser aus dem Eisschrank zu holen, da...» Sie schluckte. «Da habe ich meinen Paß im Brotkasten versteckt.»

«Wie konnten Sie nur so etwas tun!»

«Ja, ich weiß. Aber ich dachte nur an Sie, und was ich damit sagen will, ist, daß es jetzt keinen Grund mehr gibt, wieso ich nicht mit Rodney nach London zurückfliegen sollte. Ich meine, ich werde ihn natürlich nicht heiraten. Ich weiß jetzt, wie dumm es von mir war, auch nur zu denken, daß ich das könnte. Aber ich kann nicht ewig hierbleiben.»

Ihre Stimme versagte, doch George kam ihr kein bißchen zu Hilfe, sondern sah sie nur schweigend an.

«Das verstehen Sie doch, nicht wahr?»

«Oh, natürlich verstehe ich das.» Er setzte die Miene eines Mannes auf, der alles für den Sieg der Gerechtigkeit opfern würde. «Deshalb müssen wir auch das Richtige tun.»

«Ja... ja. Das meine ich auch.»

«Nun», fuhr er aufgeräumt fort und sah auf seine Uhr, «wenn Sie mit Rodney fliegen wollen, dann sollten Sie sich beeilen, sonst ist er mit seinem Taxi auf und davon, bevor Sie überhaupt das Cala Fuerte-Hotel erreicht haben...»

Während sie ihn ungläubig anstarrte, stand er auf, wischte sich den Kalk von den Jeans und saß im nächsten Moment wieder an seinem Schreibtisch, wo er auf die Tasten seiner Schreibmaschine einhämmerte, als hinge sein Leben davon ab.

Das war nicht gerade die Reaktion, die Selina sich erhofft hatte. Sie wartete einen Augenblick, ob er es sich nicht noch anders überlegte, doch nichts passierte, und so schluckte sie den Kloß in ihrem Hals herunter, versuchte, das lächerliche Brennen in ihren Augen zu ignorieren, und ging in die Küche. Dort öffnete sie den Brotkasten und legte ein Brot nach dem anderen auf den Tresen, bis sie schließlich zu dem Blatt Papier kam, unter dem sie ihren Paß versteckt hatte.

Er war nicht da. Tränen, Enttäuschung, alles wurde von einer Welle der Panik weggespült. Ihr Paß war wirklich weg.

«George!» Er tippte so laut, daß er sie nicht hörte. «George, ich... ich habe meinen Paß verloren.»

Er hörte auf zu schreiben und hob die Augenbrauen. «Schon wieder?» fragte er interessiert.

«Er ist nicht da! Ich hab ihn hier hineingetan, und er ist nicht da! Ich habe ihn verloren!»

George schüttelte fassungslos den Kopf. «Gütiger Himmel!»

«Wie kann das nur passiert sein?» jammerte sie. «Ob Juanita ihn gefunden hat? Vielleicht hat sie den Brotkasten saubergemacht und den Paß verbrannt. Oder weggeworfen! Vielleicht hat ihn jemand gestohlen. Oh, was wird jetzt mit mir geschehen?»

«Ich wage es mir gar nicht vorzustellen...»

«Hätte ich ihn bloß nie da versteckt!»

«Sie sind in Ihre eigene Falle gelaufen», sagte George scheinheilig und wandte sich wieder seiner Schreibmaschine zu.

Selina runzelte fragend die Stirn. Irgendwie verhielt er sich merkwürdig ruhig. Und dann war da ein Funkeln in seinen dunklen Augen, das sie mißtrauisch machte. Hatte er ihren Paß etwa gefunden? Hatte er ihn gefunden und versteckt und ihr nichts davon gesagt? Sie verließ die Küche und ging suchend durch das Zimmer.

Schließlich blieb sie hinter George stehen. Er trug seine abgetragenen, salzverkrusteten Jeans, und die rechte Gesäßtasche sah auffallend rechteckig aus, als enthielte sie ein kleines Buch oder eine große Karte... Er tippte immer noch mit aller Kraft, aber als Selina ihre Hand ausstreckte, um seine Hosentasche zu untersuchen, griff er hinter sich und gab ihr einen leichten Klaps.

Die Panik war vergessen. Sie lachte vor Erleichterung, vor Glück, vor Liebe, und schlang die Arme um seinen Hals. «Du hast ihn! Du hast ihn gefunden! Du hattest ihn schon die ganze Zeit, du Scheusal!»

«Möchtest du ihn wiederhaben?»

«Nur wenn du willst, daß ich mit Rodney nach London fliege.»

«Das will ich nicht.»

Sie küßte ihn und rieb ihre weiche Wange an seiner rauhen, kratzigen, die nicht weich war und nach Rasierwasser duftete, sondern wettergegerbt, braungebrannt und durchzogen von feinen Linien, so lebendig und vertraut wie eines seiner rauhen Arbeitshemden. «Ich möchte auch nicht mehr fort», sagte sie. Er hatte eine ganze Seite vollgeschrieben. Selina legte ihr Kinn auf seinen Kopf und fragte: «Was schreibst du da?»

«Ein kurzes Exposé.»

«Von dem neuen Buch? Wovon handelt es?»

«Von der Kreuzfahrt in der Ägäis.»

«Wie wird es heißen?»

«Ich habe nicht die geringste Ahnung, aber ich werde es dir widmen.»

«Wird es gut werden?»

«Ich hoffe es. Aber offengesagt habe ich bereits eine Idee für ein drittes Buch. Einen Roman...» Er nahm ihre Hand und zog Selina zu sich heran. Sie setzte sich auf die Ecke seines Schreibtischs und sah ihn gespannt an. «Ich dachte, es könnte von einem Kerl handeln, der an irgendeinem stillen Ort lebt, keiner Seele etwas zuleide tut und sich nur um seine eigenen Angelegenheiten kümmert. Und da kommt plötzlich dieses Mädchen. Sie ist von ihm besessen. Läßt ihn einfach nicht in Ruhe. Entfremdet ihn von allen seinen Freunden, bringt sein gesamtes Geld durch und macht ihn zum Alkoholiker. Er wird zu einem menschlichen Wrack, zu einem Ausgestoßenen.»

«Und wie endet es?»

«Natürlich heiratet er sie. Sie bewegt ihn durch einen miesen Trick dazu. Es gibt keinen Ausweg. Es ist eine Tragödie.»

«Für mich klingt es gar nicht wie eine Tragödie.»

«Nun, das sollte es aber.»

«George, soll das etwa ein Heiratsantrag sein?»

«Vermutlich ist es einer, auf meine verschrobene Art. Es tut mir leid wegen gestern nacht. Und ich liebe dich wirklich.»

«Das weiß ich.» Sie beugte sich vor und küßte ihn. «Und ich bin froh darüber.» Wieder küßte sie ihn, und er schob seine Schreibmaschine weg, stand auf und zog sie in seine Arme.

Schließlich sagte Selina: «Wir werden es Agnes sagen müssen.»

«Wird sie auch nicht hier auftauchen und versuchen, uns einen Strich durch die Rechnung zu machen?»

«Natürlich nicht. Sie wird dich lieben.»

«Wir werden ihr ein Telegramm schicken. Aus San Antonio. Heute nachmittag noch, wenn es vor Rodney Ackland ankommen soll. Und wenn wir schon in der Stadt sind, statten wir gleich dem englischen Padre einen Besuch ab und fragen ihn, warum es so lange dauert, bis er uns endlich traut. Und wir bitten Rodolfo, unser Trauzeuge zu sein...»

«Ich wünschte, ich könnte Juanita als Brautjungfer haben.»

Juanita. Sie hatten Juanita ganz vergessen. Hand in Hand traten sie auf die Terrasse, beugten sich über die Brüstung und riefen nach ihr, doch Juanita war nicht so einfältig, wie sie manchmal erschien. Ihr Instinkt ließ sie selten im Stich, und sie lief ihnen bereits entgegen, freudestrahlend und mit ausgestreckten Armen, als wollte sie sie alle beide umarmen.

Rosamunde Pilcher

Lichterspiele

Deutsch von
Margarete Längsfeld

1

Paris im Februar, und die Sonne schien. Am Flughafen Le Bourget funkelte sie kalt am eisblauen Himmel, der sich glitzernd in den vom nächtlichen Regen noch nassen Rollbahnen spiegelte. Von drinnen sah der Tag verlockend aus, und sie hatten sich auf die Terrasse hinausgewagt, mußten jedoch feststellen, daß die strahlende Sonne nicht richtig wärmte und die muntere Brise, die die Windsäcke rechtwinklig zur Seite blies, schneidend war wie ein Messer. Entmutigt hatten sie sich ins Restaurant zurückgezogen, um den Aufruf von Emmas Flug abzuwarten. Jetzt saßen sie an einem kleinen Tisch, tranken schwarzen Kaffee und rauchten Christophers Gauloises.

Sie waren ganz ineinander versunken; dennoch erregten sie zwangsläufig eine gewisse Aufmerksamkeit; denn sie gaben ein faszinierendes Paar ab. Emma war groß und sehr dunkel. Ihre Haare, mit einem Schildpattreifen aus der Stirn gehalten, fielen ihr wie eine glatte schwarze Quaste über die Schultern. Ihr Gesicht war nicht schön; es war zu scharfknochig und streng, um als schön zu gelten, mit der geraden Nase und dem kantigen, entschlossenen Kinn. Doch diese Züge wurden gemildert durch den Zauber, der großen, erstaunlich graublauen Augen, und den breiten Mund, der sich manchmal mißmutig verzog, wenn sie ihren Willen nicht bekam, der aber auch von einem Ohr zum anderen beinahe jungenhaft grinsen konnte, wenn sie glücklich war. Sie war jetzt glücklich. An diesem kalten, strahlenden Tag trug sie ein knallgrünes Kostüm und einen weißen Pullover, der die Bräune ihres Gesichts betonte, doch ihre elegante Erscheinung wurde beeinträchtigt durch die Gepäckstücke, die sie um sich herum aufgebaut hatte und die auf einen zufälligen Beobachter wirken mußten, als seien sie aus einem Taifun geborgen.

Es war tatsächlich alles, was sich während eines sechsjährigen Lebens im Ausland angesammelt hatte, doch das konnte niemand wissen. Drei Koffer hatte sie zu enormen Kosten schon aufgegeben. Aber da waren noch eine leinene Reisetasche, eine Prisunic-Papiertüte, der mehrere Baguettes entsprossen, ein Korb, prallvoll mit Büchern und Schallplatten, ein Regenmantel, ein Paar Skistiefel und ein riesengroßer Strohhut.

Christopher beäugte die zahllosen Utensilien und erwog beiläufig und ohne große Besorgnis, wie sie das alles ins Flugzeug befördern sollten.

«Du könntest den Hut, die Skistiefel und den Regenmantel anziehen. Dann hättest du drei Stücke weniger zu tragen.»

«Ich hab schon Schuhe an, und der Hut würde weggeweht. Der Regenmantel ist abscheulich. Ich seh darin wie eine Zwangsumsiedlerin aus. Ich weiß nicht, wieso ich ihn überhaupt mitgenommen habe.»

«Ich kann dir sagen, warum. Weil's in London regnen wird.»

«Nicht unbedingt.»

«Da regnet's immer.» Er zündete sich am Stummel der ersten Gauloise eine neue an. «Ein guter Grund mehr, bei mir in Paris zu bleiben.»

«Das haben wir schon hundertmal durchgesprochen. Und ich geh nach England zurück.»

Sein Grinsen zeigte keine Spur von Bitterkeit. Er hatte es nicht ernst gemeint. Wenn er lächelte, zogen sich seine gelbgefleckten Augen schräg nach oben, und in Verbindung mit seinem schlaksigen, trägen Körper verlieh ihm dies eine eigentümlich katzenhafte Erscheinung. Seine fröhlich bunte, lässige Kleidung hatte etwas Bohèmehaftes. Weite Kordhose, abgetragene knöchelhohe Schnürstiefel, ein blaues Baumwollhemd über einem gelben Pullover und eine Wildlederjacke, sehr alt und an Ellbogen und Kragen stark glänzend. Er sah französisch aus, dabei war er tatsächlich so englisch wie Emma und so gut wie mit ihr verwandt, denn vor Jahren, als Emma sechs und Christopher zehn war, hatte ihr Vater, Ben Litton, Christophers Mutter, Hester Ferris, geheiratet. Die Ehe hatte knapp achtzehn Monate gehalten, und in Emmas Erinnerung war dies bis heute die einzige Phase ihres Lebens, die entfernte Ähnlichkeit mit einem normalen Familienleben hatte.

Es war Hester gewesen, die auf dem Kauf des Cottages in Porthkerris bestanden hatte. Ben besaß seit Jahren dort ein Atelier; er hatte es schon lange vor dem Krieg gekauft, aber es wies keine Spur von Komfort auf, und nach einem Blick auf die Verwahrlosung, in der zu leben ihr zugemutet wurde, erwarb Hester sogleich zwei Fischerhütten und machte sich daran, sie mit Geschmack und Charme umzugestalten. Ben interessierte sich nicht für derlei Tätigkeiten, und so wurde es vorwiegend Hesters Haus. Sie bestand auf einer praktischen Küche, einem Boiler, der Wasser erhitzte, und einem großen Kamin, in dem stets ein Treibholzfeuer loderte, das Herz ihres Heims, der Mittelpunkt, um den sich die Kinder versammeln konnten.

Hester hatte die besten Absichten, nur waren ihre Methoden bei der Verwirklichung wenig erfolgreich. Sie bemühte sich, Rücksicht auf Ben zu nehmen. Schließlich hatte sie ein Genie geheiratet; sie kannte seinen Ruf und war bereit, bei seinen Liebesaffären, seinen verrufenen Freunden und seinem Verhältnis zum Geld ein Auge zuzudrücken. Doch wie es so oft geschieht in ganz normalen Ehen, waren es am Ende die Kleinigkeiten, die sie zermürbten: die vergessenen, unverzehrten Mahlzeiten. Die läppischen, monatelang unbezahlten Rechnungen. Die Tatsache, daß Ben es vorzog, in der Kneipe zu trinken statt auf zivilisierte Art und Weise zu Hause, bei ihr. Seine Weigerung, ein Telefon anzuschaffen, sich ein Auto zuzulegen; der Strom offensichtlich gestrandeter Menschen, die er einlud, auf ihrem Sofa zu nächtigen, und zu guter Letzt seine völlige Unfähigkeit, zu irgendeiner Zeit irgendeine Form von Zuneigung zu zeigen.

Am Ende verließ sie ihn, nahm Christopher mit und reichte bald darauf die Scheidung ein. Ben war froh darüber. Er war auch froh, den kleinen Jungen los zu sein. Die beiden waren nicht gut miteinander ausgekommen. Ben wachte eifersüchtig über seine männliche Überlegenheit, er wollte der einzige Mann von Bedeutung in seinem Haus sein, und Christopher war schon mit zehn Jahren eine Persönlichkeit, die sich nicht übergehen ließ. Trotz Hesters Bemühungen hielt diese Feindschaft an. Sogar das gute Aussehen des Jungen, von dem Hester aufrichtig glaubte, daß es Bens Malerauge entzücken würde, hatte genau die umgekehrte Wirkung, und als Hester Ben zu überreden versuchte, ihn zu portraitieren, weigerte er sich.

Nach ihrer Abreise glitt das Leben in Porthkerris wie selbstverständlich in sein altes düsteres Einerlei zurück. Emma und Ben wurden von einer Reihe schlampiger junger Frauen versorgt, entweder Modelle oder Malerei-Studentinnen, die mit der monotonen Gleichmäßigkeit einer geordneten Kinoschlange in, durch und aus Ben Littons Leben traten. Das einzige, was sie verband, waren die aufdringlich schmeichelnde Bewunderung für Ben und eine hochmütige Verachtung für Hausarbeiten. Von Emma nahmen sie so wenig Notiz wie möglich, dennoch vermißte sie Hester nicht so sehr, wie die Leute dachten. Es war ihr, ebenso wie Ben, lästig, ein geregeltes Leben zu führen und unaufhörlich in saubere Kleider gesteckt zu werden, doch die Trennung von Christopher hinterließ eine große Leere in ihrem Leben, die sich nicht füllen lassen wollte. Sie hatte eine kleine Weile um ihn getrauert, sie versuchte ihm Briefe zu schreiben, traute sich aber nicht, Ben nach seiner Adresse zu fragen. Einmal war sie in verzweifelter Einsamkeit fortgelaufen, um ihn zu suchen. Das endete damit, daß sie zum Bahnhof ging und eine Fahrkarte nach London lösen wollte. Wenn sie Christopher suchen wollte, konnte sie dort so gut wie in jeder anderen Stadt beginnen. Aber ein Penny und ein Neunpencestück waren alles, was sie besaß, und der Stationsvorsteher, der sie kannte, hatte sie mit in sein Büro genommen, das nach Petroleumlampen und der schwarzen Lokomotivkohle roch, mit der er seinen Kamin heizte, hatte ihr aus einer Emaillekanne eine Tasse Tee eingeschenkt und sie nach Hause gebracht. Ben arbeitete und hatte ihre Abwesenheit gar nicht bemerkt. Sie versuchte nie wieder, Christopher zu finden.

Als Emma dreizehn war, wurde Ben für zwei Jahre ein Lehrstuhl an der Universität von Texas angeboten, den er ohne einen einzigen Gedanken an Emma sofort annahm. In der kurzen Zwischenzeit wurde Emmas Zukunft erörtert. Vor die Frage nach seiner Tochter gestellt, verkündete er, er würde sie einfach mit nach Texas nehmen, aber irgend jemand – vermutlich Marcus Bernstein – überzeugte Ben, daß sie ohne ihn besser dran wäre, und sie wurde auf eine Schule in der Schweiz geschickt. Sie blieb drei Jahre in Lausanne, ohne auch nur einmal nach England zurückzukehren, und ging anschließend noch für ein Jahr nach Florenz, um die italienische Kunst der Renaissance zu studieren. Nach Ablauf dieser Zeit war Ben in Japan. Als sie den Vorschlag machte, zu ihm zu kommen, antwortete er mit einem Telegramm: *Einziges Gästebett belegt von bezaubernder Geisha – versuch doch in Paris zu leben.*

Gleichmütig, denn sie war nun siebzehn, und das Leben bot keine Überraschungen mehr, befolgte Emma seinen Vorschlag. Sie fand eine Anstellung bei einer Familie namens Duprés, die in einem großen Haus in St. Germain lebte. Es war ein sehr akademischer Haushalt: Der Vater war Medizinprofessor, die Mutter Lehrerin. Emma versorgte die drei wohlerzogenen Kinder, unterrichtete sie in Englisch und Italienisch und fuhr im August mit ihnen in die bescheidene Villa in La Baule, die der Familie gehörte. Und die ganze Zeit wartete sie geduldig, bis Ben wieder nach England kam. Er blieb achtzehn Monate in Japan, und als er zurückkehrte, nahm er den Weg über die Vereinigten Staaten, wo er einen Monat in New York verbrachte. Marcus Bernstein flog dorthin, um sich mit ihm zu treffen, und es war typisch, daß Emma den Grund für dieses Wiedersehen nicht von Ben selbst erfuhr, auch nicht von Leo, der gewöhnlich ihre Informationsquelle war, sondern aus einem langen, reichlich bebilderten Artikel in der französischen Zeitschrift *Réalités*, der sich mit einem neuerbauten Museum in Queenstown, Virginia, befaßte. Dieses Museum war zum Gedenken an einen reichen Virginier namens Kenneth Ryan von seiner Witwe eingerichtet worden, und die Kunstabteilung sollte mit einer Retrospektive der Gemälde von Ben Litton, angefangen bei seinen Vorkriegslandschaften bis hin zu seinen neuesten abstrakten Werken, eröffnet werden.

Eine derartige Ausstellung war sowohl eine Ehre als auch eine Huldigung und legte nahe, daß der Maler ein verehrter großer alter Mann der Kunst sei. Als Emma eine Fotografie von Ben betrachtete, voller Kanten und Kontraste, braungebranntes Gesicht, vorspringendes Kinn und schneeweiße Haare, da fragte sie sich, was er bei so viel Verehrung empfinden mochte. Er hatte sich sein Leben lang gegen Konventionen gesperrt, und sie konnte sich nicht vorstellen, daß er sich folgsam darein schickte, ein großer alter Irgendwas zu sein.

«Was für ein Mann!» sagte Madame Duprés, als Emma ihr die Fotografie zeigte. «Er ist sehr attraktiv.»

«Ja», sagte Emma seufzend. Genau das war immer das Problem gewesen.

Er kehrte im Januar mit Marcus nach London zurück und begab sich schnurstracks nach Porthkerris, um zu malen. Das wurde durch einen Brief von Marcus bestätigt. An dem Tag, als der Brief kam, ging Emma zu Madame Duprés und kündigte. Die Familie versuchte sie zu überreden, zu umschmeicheln, zu bestechen, um sie umzustimmen, aber sie war unerbittlich. Sie hatte ihren Vater seit sechs Jahren kaum gesehen. Es wurde Zeit, daß sie sich neu kennenlernten. Sie wollte zurück nach Porthkerris, um bei ihm zu leben.

Am Ende ließen die Duprés' sie ziehen, weil ihnen nichts anderes übrigblieb. Ihr Flug wurde gebucht, und sie fing an zu packen. Einiges von dem, was sich in sechs Jahren angesammelt hatte, warf sie weg, den Rest stopfte sie in diverse ramponierte, weitgereiste Koffer. Doch die reichten leider nicht aus, und Emma sah sich am Ende gezwungen, einen Korb zu kaufen, einen riesigen französischen Marktkorb, der die zahlreichen bizarr geformten Gegenstände aufnehmen konnte, die nirgendwo sonst hineinpassen wollten.

Es war ein grauer, kalter Nachmittag, zwei Tage vor ihrem Heimflug. Madame Duprés war zu Hause, daher erklärte Emma ihr, was sie vorhatte, ließ die Kinder bei ihr und ging allein fort. Überrascht stellte sie fest, daß es regnete, ein leichtes, kaltes Nieseln. Das Kopfsteinpflaster der schmalen Straße glänzte vor Nässe, und die hohen Häuser mit ihren verblaßten Farben standen still und verschlossen vor der Düsternis wie Gesichter, die nichts preisgaben. Auf dem Fluß tutete ein Schleppkahn, und eine einsame Möwe schwebte trübsinnig kreischend hoch oben im Nebel. Die Illusion von Porthkerris war plötzlich wirklicher als die Realität von Paris. Der Entschluß zur Rückkehr, den sie so lange mit sich herumgetragen hatte, verdichtete sich jetzt zu dem Eindruck, sie sei bereits dort.

Diese Straße führte – nein, nicht auf die belebte Rue St. Germain, sondern zum Hafen hin. Jetzt würde die Flut hereinkommen, das Hafenbecken war dann angefüllt mit grauer See und tanzenden Booten, das Wasser schwappte bis jenseits der Nordpier, weiße Schaumköpfe krönten den Atlantik. Und dann die vertrauten Gerüche – Fisch vom Markt und heiße, safrangelbe Brötchen vom Bäkker; die vielen kleinen Sommergeschäfte waren in dieser Jahreszeit geschlossen, die Rolläden heruntergelassen. Und hinten im Atelier würde Ben arbeiten, die Hände mit Wollhandschuhen vor der Kälte geschützt; die grellen Farben seiner leuchtenden Palette hoben sich von den vorbeifegenden grauen Wolken ab, die von dem hohen Nordfenster des Ateliers eingerahmt wurden.

Sie kehrte heim. In zwei Tagen würde sie zu Hause sein. Der Regen näßte ihr Gesicht, und auf einmal hatte sie das Gefühl, nicht warten zu können, und die Vorfreude durchströmte sie wie eine Welle von Energie, so daß sie rennen mußte. Sie rannte den ganzen Weg zu der kleinen Épicerie in der Rue St. Germain, wo es große Einkaufskörbe gab.

Es war ein winziges Lädchen, duftend nach frischem Brot und mit Knoblauch gewürzten Würsten, nach Zwiebeln, die wie weiße Perlen aufgereiht von der Decke herabhingen, und nach Wein in Krügen, den die hiesigen Arbeiter literweise kauften. Die Körbe hingen an der Tür, zusammengebunden und an einem Stück Tau aufgehängt. Emma traute sich nicht, es aufzuknoten und sich einen Korb auszusuchen, aus Angst, der ganze Haufen könnte aufs Pflaster fallen; deshalb ging sie in den Laden, um sich nach Hilfe umzusehen. Drinnen stand nur die dicke Frau mit dem Leberfleck im Gesicht, und sie war mit einem Kunden beschäftigt. Emma wartete. Der Kunde war ein blonder junger Mann, sein Regenmantel hatte feuchte Streifen. Er kaufte eine Baguette und ein Stück Landbutter. Emma musterte ihn und fand ihn zumindest von hinten attraktiv.

«*Combien?*» fragte er.

Die dicke Frau addierte mit einem Bleistiftstummel und nannte ihm die Summe. Er griff in die Tasche und bezahlte, drehte sich um, lächelte Emma an und steuerte auf die Tür zu.

Und dort blieb er stehen. Die Hand an der Türkante, drehte er sich langsam um, um genauer hinzusehen. Sie sah die bernsteinfarbenen Augen, das langsame, ungläubige Lächeln.

Das Gesicht war dasselbe, das bekannte Jungengesicht auf der unbekannten Männergestalt. Er schien einfach eine Fortsetzung der Illusion von Porthkerris zu sein, ein Produkt ihrer sehnsüchtigen Phantasie. Das war nicht er. Das konnte er nicht...

Sie hörte sich «Christo» sagen, und es war das Natürlichste auf der Welt, den Namen zu nennen, bei dem nur sie allein ihn genannt hatte. Er sagte ruhig: «Ich glaub's einfach nicht», und dann ließ er seine Päckchen fallen und streckte die Arme aus. Emma warf sich hinein und drückte sich eng an die glänzende Nässe seines Regenmantels.

Ihnen blieben zwei gemeinsame Tage. Emma sagte zu Madame Duprés: «Mein Bruder ist in Paris», und Madame, die gutherzig war und sich ohnehin damit abgefunden hatte, auf Emma verzichten zu müssen, gab Emma frei, damit sie die Zeit mit Christopher verbringen konnte. Sie nutzten die zwei Tage für gemächliche Spaziergänge durch die Straßen der Stadt; sie beugten sich über die Brücken, um die Kähne zu beobachten, die unter ihnen dahinglitten, nach Süden und zur Sonne hin; sie saßen im spärlichen Sonnenschein und tranken Kaffee an kleinen runden Eisentischen, und wenn es regnete, suchten sie Schutz in Notre-Dame oder im Louvre, auf der Treppe unterhalb der Nike hockend, der geflügelten Siegesgöttin. Und sie redeten immerzu. Sie hatten so viel zu fragen und so viel zu erzählen. Emma erfuhr, daß Christopher nach einigen beruflichen Fehlschlägen beschlossen hatte, Schauspieler zu werden. Das verursachte einigen Widerstand von seiner Mutter – in achtzehn Monaten mit Ben Litton hatte sie ein lebenslanges Mißtrauen gegen künstlerische Ambitionen entwickelt –, aber er war fest geblieben und hatte es sogar geschafft, ein Stipendium an der Royal Academy of Dramatic Arts zu bekommen. Er hatte zwei Jahre an einem Repertoiretheater in Schottland gespielt, war nach London gezogen und erfolglos geblieben, hatte ein bißchen fürs Fernsehen gearbeitet und war dann durch die Einladung eines Bekannten, dessen Mutter ein Haus in St. Tropez besaß, abgelenkt worden.

«St. Tropez im Winter?» fragte Emma prompt.

«Es hieß jetzt oder nie. Im Sommer hat man es uns nie angeboten.»

«Aber war es denn nicht kalt?»

«Eisig. Es hat ununterbrochen geregnet. Und wenn Wind aufkam, klapperten sämtliche Jalousien. Es war wie in einem Gruselfilm.»

Im Januar war er nach London zurückgekehrt, um seinen Agenten aufzusuchen, und man hatte ihm ein Zwölfmonats-Engagement an einem kleinen Repertoiretheater in Südengland angeboten. Es war nicht die Art Arbeit, die er sich wünschte, aber besser als nichts, denn ihm ging allmählich das Geld aus. Und es war nicht allzu weit von London. Die Arbeit begann jedoch erst Anfang März, deswegen war er nach Frankreich zurückgekehrt, in Paris gelandet und hatte schließlich Emma getroffen. Es begeisterte ihn keineswegs, daß sie so bald nach England heimkehrte, und er setzte alles daran, sie umzustimmen, damit sie ihren Flug verschob und bei ihm in Paris blieb. Doch Emma war unerbittlich.

«Du verstehst das nicht. Ich muß einfach hin.»

«Der alte Knabe hat dich ja nicht mal darum gebeten. Du wirst ihm bloß lästig sein und ihn bei seinen Liebesabenteuern stören.»

«Das hab ich nie gemacht – gestört, meine ich.» Sie lachte über seinen finsteren Gesichtsausdruck. «Außerdem hat es keinen Sinn, daß ich bleibe, wenn du nächsten Monat wieder nach England kommst.»

Er verzog das Gesicht. «Ich hab gar keine Lust. Dieses miese kleine Theater in Brookford. Ich werde mich im Dschungel des

Vierzehntage-Repertoires verlieren. Außerdem muß ich erst in zwei Wochen dort sein. Wenn du doch nur in Paris bleiben könntest...»

«Nein, Christo.»

«Paris im Frühling... blauer Himmel, Blüten und das ganze Drum und Dran?»

«Es ist noch nicht Frühling. Es ist noch Winter.»

«Warum mußt du immer so halsstarrig sein?»

Es half nichts, sie war nicht bereit zu bleiben, und am Ende gab er sich geschlagen. «Na gut, wenn ich dich nicht überreden kann, mir Gesellschaft zu leisten, werde ich mich einfach sehr wohlerzogen und britisch benehmen und dich zum Flugzeug bringen.»

«Das wäre großartig.»

«Es ist ein ziemliches Opfer. Ich hasse Abschiede.»

Hierin war Emma mit ihm einer Meinung. Manchmal hatte sie das Gefühl, als hätte sie ihr Leben lang von Menschen Abschied genommen, und das Geräusch eines Zuges, der aus dem Bahnhof fuhr und sein Tempo beschleunigte, genügte, um sie in Tränen ausbrechen zu lassen. «Aber dieser Abschied ist anders.»

«Wieso ist er anders?» wollte er wissen.

«Es ist kein richtiger Abschied. Es ist ein ‹Auf Wiedersehen›. Eine Brücke zwischen zwei Hallos.»

«Meiner Mutter und deinem Vater wird es nicht passen.»

«Es spielt keine Rolle, ob es ihnen paßt oder nicht», sagte Emma. «Wir haben uns wiedergefunden. Das ist im Moment das einzige, was zählt.»

Über ihnen knackten die Lautsprecher und begannen mit weiblicher Stimme zu sprechen.

«Meine Damen und Herren, erster Aufruf für Air France Flug Nummer 402 nach London...»

«Das bin ich», sagte Emma.

Sie drückten ihre Zigaretten aus, standen auf, begannen das Gepäck einzusammeln. Christopher nahm die Leinentasche, die Prisunic-Papiertüte und den großen bauchigen Korb. Emma warf sich den Regenmantel über die Schultern und ergriff ihre Handtasche, die Skistiefel und den Hut.

«Ich wünschte, du würdest den Hut aufsetzen», sagte Christopher. «Er würde deinem Auftritt den letzten Pfiff geben.»

«Er würde wegfliegen. Außerdem sähe es komisch aus.»

Sie gingen nach unten, überquerten den glänzenden Fußboden bis zur Sperre, wo sich schon eine kleine Passagierschlange bildete.

«Emma, fährst du heute noch bis Porthkerris?»

«Ja, ich nehme den ersten Zug, den ich kriegen kann.»

«Hast du überhaupt Geld? Ich meine Pfund, Schillinge und Pence?»

Daran hatte sie nicht gedacht. «Nein. Aber das macht nichts. Ich kann irgendwo einen Scheck einlösen.»

Sie stellten sich hinter einem englischen Geschäftsmann an, der nur seinen Paß und eine schmale Aktenmappe bei sich trug. Christopher beugte sich nach vorn.

«Oh, Sir, ob Sie uns wohl helfen können?»

Der Mann drehte sich um und sah zu seiner Verwunderung Christophers Gesicht nur wenige Zentimeter von seinem entfernt. Christopher hatte eine beeindruckende Unschuldsmiene aufgesetzt. «Verzeihen Sie, aber wir haben ein kleines Problem. Meine Schwester fliegt nach London zurück, sie war sechs Jahre nicht zu Hause, sie hat so viel Handgepäck, und sie ist gerade erst von einer schweren Operation genesen...»

Emma erinnerte sich, daß Ben gesagt hatte, Christopher würde nie Zuflucht zu einer kleinen Lüge nehmen, wenn er mit einer größeren aufwarten könnte. Als sie ihn ansah, wie er dieses unerhörte Märchen vorbrachte, fand sie, daß er seinen Beruf klug gewählt hatte. Er war ein großartiger Schauspieler.

Der Geschäftsmann konnte denn auch so schnell keine Ausflucht finden.

«Hm, ja, ich denke...»

«Das ist furchtbar nett von Ihnen...» Die Leinentasche und die Tüte mit dem Brot wanderten unter einen Arm, der Korb kam zu der schmalen Aktenmappe in den anderen. Der Mann begann Emma leid zu tun.

«Es ist bloß, bis wir in der Maschine sind... es ist so nett von Ihnen, und sehen Sie, mein Bruder kommt nicht mit...»

Die Schlange rückte vor, sie waren an der Sperre angelangt.

«Wiedersehen, liebste Emma», sagte Christo.

«Wiedersehen, Christo.» Sie gaben sich einen Kuß. Eine Hand entriß ihr den Paß, blätterte ihn durch, stempelte ihn.

«Auf Wiedersehen.»

Sie wurden getrennt durch die Sperre, durch die Formalitäten der französischen Behörde, durch andere Reisende, die vorwärts drängten.

«Auf Wiedersehen.»

Es hätte sie gefreut, wenn er gewartet hätte, bis sie heil im Flugzeug war, doch schon als sie den Sonnenhut in seine Richtung schwenken wollte, hatte er sich umgedreht und ging davon; das Licht schimmerte auf seinem Haar, und er hatte die Hände tief in den Taschen seiner Lederjacke vergraben.

2

London im Februar – es regnete. Es hatte um sieben Uhr morgens begonnen, und seitdem hatte es ohne Unterlaß geregnet. Bis halb zwölf hatten nur eine Handvoll Leute die Ausstellung besucht, und diese Enthusiasten waren, wie jemand mutmaßte, nur gekommen, um dem Regen zu entgehen. Sie schüttelten nasse Regenmäntel und triefende Regenschirme, sie standen herum und klagten über das Wetter, bevor sie sich bequemten, einen Katalog zu kaufen.

Um halb zwölf kam der Mann herein, der ein Bild kaufen wollte. Er war Amerikaner, im Hilton abgestiegen, und fragte nach Mr. Bernstein. Peggy, die Empfangsdame, nahm die Karte, die er ihr reichte, erkundigte sich höflich, ob es ihm etwas ausmache, einen Moment zu warten, und kam dann nach hinten ins Büro, um mit Robert zu sprechen.

«Mr. Morrow, da draußen ist ein Amerikaner namens...» Sie warf einen Blick auf die Karte. «Lowell Cheeke. Er war vor einer Woche schon mal hier, und Mr. Bernstein hat ihm den Ben Litton mit den Hirschen gezeigt. Es sah ganz so aus, als würde er das Bild kaufen, aber dann konnte er sich wohl doch nicht entschließen. Er wollte es sich überlegen, sagte er.»

«Haben Sie ihm gesagt, daß Mr. Bernstein in Edinburgh ist?»

«Ja, aber er kann nicht warten. Er kehrt übermorgen in die Staaten zurück.»

«Dann spreche ich wohl am besten mit ihm», sagte Robert.

Er stand auf, und während Peggy die Tür aufhielt, um den Amerikaner hereinzubitten, erledigte er rasch den fälligen Frühjahrsputz auf seinem Schreibtisch, ordnete ein paar Briefe, leerte den Aschenbecher in den Papierkorb und schob den Korb mit der Schuhspitze unter den Schreibtisch.

«Mr. Cheeke.» Peggy meldete den Besucher wie ein gut geschultes Dienstmädchen.

Robert kam um den Schreibtisch herum, um ihm die Hand zu reichen.

«Guten Morgen, Mr. Cheeke. Ich bin Robert Morrow, Mr. Bernsteins Partner. Ich bedaure, er ist leider heute in Edinburgh, aber vielleicht kann ich Ihnen dienen …?»

Lowell Cheeke war ein kleiner, sehr selbstbewußter Mann, der einen Regenmantel und einen schmalkrempigen Hut trug. Beides war klatschnaß, was darauf hindeutete, daß Mr. Cheeke nicht mit dem Taxi gekommen war. Mit Roberts Hilfe entledigte er sich der durchweichten Kleidungsstücke, und zum Vorschein kamen ein marineblauer Anzug aus garantiert knitterfreiem Material, und ein nadelgestreiftes Nylonhemd. Er trug eine randlose Brille, die Augen dahinter waren kalt und grau. Es war schwer einzuschätzen, was er zu bieten hatte – sowohl in finanzieller wie in künstlerischer Hinsicht.

«Vielen Dank», sagte Mr. Cheeke. «Ein gräßlicher Morgen …»

«Sieht auch nicht danach aus, daß es aufhört … Zigarette, Mr. Cheeke?»

«Nein danke, ich rauche nicht mehr.» Er hustete verlegen. «Meine Frau hat es mir abgewöhnt.»

Sie schmunzelten über die weibliche Empfindsamkeit. Mr. Cheekes Augen schmunzelten nicht mit. Er griff sich einen Stuhl und setzte sich zurecht, indem er einen polierten schwarzen Schuh über das andere Knie legte. Es sah ganz so aus, als fühle er sich bereits zu Hause.

«Ich war vor einer Woche schon mal hier, Mr. Morrow, und Mr. Bernstein hat mir ein Bild von Ben Litton gezeigt – Ihre Empfangsdame hat Sie vermutlich informiert.»

«Ja. Das Hirschgemälde.»

«Ich möchte es mir gern noch einmal ansehen, wenn ich darf. Ich kehre übermorgen in die Staaten zurück und muß mich entscheiden.»

«Aber selbstverständlich …!»

Das Bild, das auf Mr. Cheekes Entscheidung wartete, lehnte immer noch an der Wand des Büros. Robert zog die Staffelei in die Mitte des Raumes, drehte sie zum Licht und hob den Ben Litton vorsichtig hinauf. Es war ein großes Bild, ein Ölgemälde, drei Hirsche in einem Wald. Licht sickerte durch die kaum angedeuteten Zweige, und der Künstler hatte viel Weiß verwendet, was dem Bild etwas Ätherisches verlieh. Doch das Interessanteste war, daß es nicht auf Leinwand, sondern auf Jute gemalt war. Die rauhe Struktur des Stoffes hatte den Pinselstrich des Malers verwischt wie die

Konturen einer bei hoher Geschwindigkeit aufgenommenen Fotografie.

Der Amerikaner brachte seinen Stuhl mit einer Drehung in die richtige Position und richtete das kalte Funkeln seiner Brille auf das Gemälde. Robert zog sich diskret in den Hintergrund des Raumes zurück, um Mr. Cheekes Urteil in keiner Weise zu beeinträchtigen; ihm selbst war der Blick auf das Bild von dem runden Bürstenschnittkopf seines potentiellen Kunden verdeckt. Er persönlich mochte das Bild, obwohl er eigentlich kein Fan von Ben Litton war. Er fand seine Arbeiten gekünstelt und nicht immer leicht zu verstehen – möglicherweise eine Spiegelung der Persönlichkeit des Künstlers –, doch diese rasch hingeworfene Waldimpression konnte man immer wieder betrachten, ohne sie jemals leid zu werden.

Mr. Cheeke erhob sich von seinem Stuhl, trat vor das Gemälde, betrachtete es eingehend, trat wieder zurück und lehnte sich schließlich an Roberts Schreibtisch.

«Was, glauben Sie, Mr. Morrow», fragte er, ohne sich umzudrehen, «hat Litton veranlaßt, es auf Sackleinen zu malen?»

Bei dem Wort Sackleinen hätte Robert beinahe gelacht. Am liebsten hätte er etwas Respektloses gesagt – *vermutlich hatte er gerade einen alten Sack herumliegen* –, aber Mr. Cheeke sah nicht so aus, als würde er Despektierlichkeiten dulden. Mr. Cheeke war hier, um Geld auszugeben – und das war stets ein ernsthaftes Geschäft. Robert wurde jetzt klar, daß er den Litton als Kapitalanlage kaufte, in der Hoffnung, es würde sich für ihn auszahlen.

Also sagte Robert: «Ich habe leider keine Ahnung, Mr. Cheeke, aber es verleiht der Arbeit einen höchst ungewöhnlichen Charakter.»

Mr. Cheeke wandte den Kopf und schenkte Robert ein kühles Lächeln.

«Sie sind über solche Aspekte nicht so gut informiert wie Mr. Bernstein.»

«Nein», sagte Robert, «leider.»

Mr. Cheeke versenkte sich noch einmal in die Betrachtung des Bildes. Stille breitete sich aus. Roberts Aufmerksamkeit begann abzuschweifen. Hintergrundgeräusche waren plötzlich deutlich zu hören: das Ticken seiner Armbanduhr. Stimmengemurmel jenseits der Tür. Donnerndes Grollen wie eine ferne Brandung: der Verkehr auf dem Piccadilly.

Der Amerikaner seufzte tief. Er kramte in seinen Taschen, einer nach der anderen, und suchte etwas. Ein Taschentuch vielleicht. Kleingeld für die Taxifahrt zurück zum Hilton. Robert hatte ihn nicht überzeugt, daß es sich lohnte, den Litton zu kaufen. Er würde eine Entschuldigung vorbringen und gehen.

Mr. Cheeke suchte jedoch nur nach seinem Stift. Als er sich umdrehte, sah Robert, daß er sein Scheckheft schon in der anderen Hand hielt.

Als das Geschäft schließlich abgeschlossen war, entspannte sich Mr. Cheeke. Er wurde richtig menschlich und setzte sogar seine Brille ab, die er in einem geprägten Lederetui verstaute. Er nahm das Angebot eines Drinks an, und so saßen sie bei einem Sherry eine Weile zusammen und sprachen über Marcus Bernstein und Ben Litton und über die zwei oder drei Gemälde, die Mr. Cheeke bei seinem letzten Besuch in London erstanden hatte. Zusammen mit seiner neuesten Erwerbung sollten sie den Grundstein einer kleinen Privatsammlung bilden. Robert erzählte ihm von der Ben Litton-Retrospektive, die im April in Queenstown, Virginia, gezeigt werden sollte, und Mr. Cheeke notierte es in seinem Kalender; dann standen beide auf, Robert half Mr. Cheeke in den Regenmantel, reichte ihm den Hut, und sie verabschiedeten sich.

«Es hat mich gefreut, Sie kennenzulernen, Mr. Morrow, und das Geschäft mit Ihnen zu machen.»

«Ich hoffe, wir werden Sie wiedersehen, wenn Sie das nächste Mal nach London kommen.»

«Ich werde Sie ganz bestimmt aufsuchen...»

Robert hielt die Tür auf, und sie traten in die Galerie hinaus. Bernstein zeigte in diesen vierzehn Tagen eine Sammlung von Vogel- und Tiergemälden eines obskuren Südamerikaners mit einem unaussprechlichen Namen, ein Mann von bescheidener Herkunft, der sich unglaublicherweise irgendwie, irgendwann selbst das Malen beigebracht hatte. Marcus hatte ihn letztes Jahr in New York kennengelernt, war von seinen Arbeiten augenblicklich beeindruckt gewesen und hatte ihn stehenden Fußes eingeladen, in London auszustellen. Jetzt hingen seine prachtvollen Bilder an den strohgrünen Wänden der Galerie Bernstein, und an diesem düsteren Morgen schienen sie den Raum mit dem Grün und dem Sonnenschein eines gesünderen Klimas zu erfüllen. Die Kritiker liebten ihn. Seit der Ausstellungseröffnung vor zehn Tagen war die Galerie nicht ein einziges Mal leer gewesen, und am ersten Tag waren sämtliche Bilder verkauft.

In diesem Augenblick jedoch befanden sich nur drei Personen in der Galerie. Eine davon war Peggy, adrett und unaufdringlich hinter ihrem nierenförmigen Schreibtisch, mit den Druckfahnen eines neuen Kataloges beschäftigt. Dann war da ein Mann mit einem schwarzen Hut, geduckt wie eine Krähe, der gemächlich eine Besichtigungsrunde drehte. Die dritte Person war eine junge Frau, die auf dem mit Knöpfen verzierten Rundsofa mitten im Raum saß. Sie trug ein knallgrünes Kostüm und war von Gepäck umringt; anscheinend hatte sie die Galerie Bernstein in der irrigen Annahme betreten, daß es sich um den Wartesaal eines Bahnhofs handelte.

Robert gelang es mit beachtlicher Selbstbeherrschung, so zu tun, als wäre sie nicht da. Er ging mit Mr. Cheeke über den dicken Teppich zum Haupteingang; Robert hielt den Kopf gesenkt, um die letzten Worte von Mr. Cheekes Geplauder mitzubekommen. Die Glastür öffnete sich und fiel hinter ihnen zu, dann wurden sie von der Düsternis des trostlosen Vormittages verschluckt.

Emma Litton fragte: «War das Mr. Morrow?»

Peggy sah auf. «Ganz recht.»

Emma war es nicht gewöhnt, ignoriert zu werden. Morrows flüchtiger Blick hatte ihr Unbehagen bereitet. Sie wünschte, Marcus wäre nicht in Edinburgh. Sie schlug die Beine übereinander und stellte dann wieder beide Füße auf den Boden. Draußen hörte man das Geräusch eines abfahrenden Taxis. Gleich darauf öffnete die Glastür sich erneut, und Robert Morrow kam in die Galerie zurück. Er sagte kein Wort, steckte nur die Hände in die Taschen und betrachtete gelassen Emma und das Chaos, das sie umringte.

Nie in ihrem Leben hatte sie einen Mann gesehen, der weniger nach einem Kunsthändler aussah. Er war der Typ, der erschöpft und unrasiert nach einer Einhand-Weltumsegelung von seinem kleinen Boot geholt wird oder der mit dunkler Schutzbrille vom Gipfel eines bis dahin unbezwungenen Berges blickt. Aber hier, in die edle, schöngeistige Atmosphäre der Galerie Bernstein, paßte er überhaupt nicht hinein. Er war sehr groß, breitschultrig, langbeinig; all dies wurde durch seinen tadellos geschneiderten dunkelgrauen Anzug noch betont – und stand gleichzeitig im Widerspruch dazu. Seine Haare mochten einmal rot gewesen sein, aber die Jahre hatten sie zu einem sanften Goldbraun gemildert; im Kontrast dazu wirkten seine grauen Augen blaß wie Stahl. Er hatte hohe Backenknochen und ein kräftiges, eigensinniges Kinn. Emma fand diese merkwürdige Kombination von Gesichtszügen durchaus attraktiv, doch dann fiel ihr ein, daß Ben immer behauptete, der Charakter eines Menschen zeige sich nicht in seinen Augen, wo Emotionen flüchtig aufflackern und jederzeit verdeckt werden könnten, sondern in der Form seines Mundes. Und der Mund dieses Mannes war breit, mit einer geschwungenen Unterlippe, und sah jetzt aus, als gebe er sich alle Mühe, nicht zu lachen.

Die Stille wurde ungemütlich. Emma versuchte ein Lächeln. «Hallo», sagte sie.

Robert wandte sich hilfesuchend an Peggy. Peggy grinste. «Die junge Dame möchte zu Mr. Bernstein.»

«Bedaure», sagte Robert, «er ist in Edinburgh.»

«Ja, ich weiß, das hat man mir gesagt. Es geht bloß darum, also ich wollte, daß er mir einen Scheck einlöst.» Er wirkte noch verblüffter als vorher. Emma fand, es sei Zeit für eine Erklärung. «Ich bin Emma Litton. Ben Litton ist mein Vater.»

Seine Verblüffung schwand. «Aber warum haben Sie das nicht gleich gesagt? Verzeihen Sie, ich hatte keine Ahnung.» Er kam näher. «Guten Tag...»

Emma stand auf. Der Strohhut, der auf ihrem Knie lag, flog auf den Teppich, und da blieb er liegen und vergrößerte das Tohuwabohu, das sie bereits in dem elegant ausgestatteten Raum angerichtet hatte.

Sie reichte ihm die Hand. «Ich... woher sollten Sie wissen, wer ich bin. Und es tut mir schrecklich leid wegen der ganzen Sachen, aber wissen Sie, ich war sechs Jahre nicht zu Hause, da kommt eben einiges zusammen.»

«Ja, das sehe ich.»

Emma war verlegen. «Wenn Sie mir bloß eben einen Scheck einlösen können, räume ich Ihnen alles wieder aus dem Weg. Ich brauche nur genug, um bis Porthkerris zu kommen. Ich hab vergessen, mir in Paris englisches Geld zu besorgen, und meine Reiseschecks sind alle.»

Er runzelte die Stirn. «Wie sind Sie bis hierher gekommen? Vom Flughafen, meine ich?»

«Oh.» Sie hatte es schon vergessen. «Ach, da war so ein netter

Herr im Flugzeug, der mir geholfen hat, meine Sachen in die Maschine zu tragen. Beim Aussteigen in London half er mir wieder tragen, und dann hat er mir ein Pfund geliehen. Ich muß es ihm zurückschicken. Ich hab seine Adresse hier... irgendwo.» Sie kramte hektisch in diversen Taschen, konnte aber die Karte des Mannes nicht finden. «Egal, irgendwo hab ich sie.» Sie lächelte entwaffnend.

«Und wann wollen Sie nach Porthkerris?»

«Ich glaube, um halb eins geht ein Zug.»

Er sah auf seine Armbanduhr. «Den kriegen Sie nicht mehr. Wann geht der nächste?»

Emma machte ein verdutztes Gesicht. Peggy schaltete sich auf ihre höfliche, praktische Art in das Gespräch ein. «Ich glaube, es gibt einen um halb drei, Mr. Morrow, aber ich kann mich erkundigen.»

«Ja, tun Sie das, Peggy. Wäre Ihnen der um halb drei recht?»

«Ja, natürlich. Es ist egal, um welche Zeit ich ankomme.»

«Erwartet Ihr Vater Sie?»

«Ich hab ihm geschrieben, daß ich komme. Aber das heißt nicht, daß er mich *erwartet*...»

Robert lächelte. «Ja. Hm...» Er sah wieder auf seine Uhr. Es war Viertel nach zwölf. Peggy erkundigte sich bereits am Telefon nach den Abfahrtzeiten der Züge. Seine Augen kehrten zu dem Sammelsurium von Gepäckstücken zurück. Um wenigstens etwas zu tun, bückte Emma sich und hob ihren Sonnenhut auf.

«Hm», sagte er. «Ich glaube, wir räumen am besten einfach alles aus dem Weg... wir stapeln es im Büro, und dann... Haben Sie schon gegessen?»

«Ich hab in Le Bourget einen Kaffee getrunken.»

«Wenn Sie den Zug um halb drei nehmen, bleibt mir Zeit, Ihnen ein Mittagessen zu spendieren, bevor Sie gehen.»

«Oh, Sie müssen sich keine Umstände machen.»

«Es macht keine Umstände. Essen muß ich sowieso, da können Sie genausogut mitkommen. Gehen wir.»

Er nahm zwei Koffer und ging voran ins Büro. Emma sammelte auf, soviel sie tragen konnte, und folgte ihm. Das Hirschgemälde lehnte noch auf der Staffelei, sie bemerkte es sofort.

«Das ist von Ben.»

«Ja, ich habe es gerade verkauft...»

«An den kleinen Mann im Regenmantel? Es ist gut, nicht?» Sie trat näher heran, während Robert den Rest ihres Gepäcks schleppte. «Warum hat er es auf Sackleinen gemalt?»

«Das müssen Sie ihn selbst fragen, wenn Sie ihn heute abend sehen.»

Sie drehte sich um und grinste ihn über die Schulter an. «Meinen Sie, das ist der Einfluß der japanischen Schule?»

Robert seufzte. «Ich wünschte, das wäre mir für Mr. Cheeke eingefallen. So, wollen wir jetzt essen gehen?»

Er nahm einen riesigen schwarzen Regenschirm aus einem Ständer und trat beiseite, um Emma an der Tür den Vortritt zu lassen. Peggy blieb zurück, um die Stellung zu halten. Emma und Robert traten in den Regen hinaus und bahnten sich zusammen unter dem schwarzen Schirm ihren Weg durch das Mittagsgedränge auf der Kent Street, London, W. 1.

Er ging mit ihr zu Marcello, wo er meistens aß, wenn nicht von ihm erwartet wurde, einen wichtigen, wohlhabenden Kunden zu bewirten. Marcello war ein Italiener, der ein kleines, im ersten Stock gelegenes Restaurant betrieb, zwei Straßen von der Galerie Bernstein entfernt, und ein Tisch war stets für Marcus oder Robert reserviert oder, an den seltenen Tagen, an denen sie gemeinsam zu Mittag essen konnten, für alle beide. Es war ein bescheidener Tisch in einer stillen Ecke, aber als Robert heute mit Emma die Treppe heraufkam, warf Marcello einen Blick auf sie, sah ihre lange schwarze Haarquaste und das grüne Kostüm und äußerte die Vermutung, daß sie vielleicht lieber am Fenster sitzen würden.

Robert lächelte amüsiert. «Möchten Sie gerne am Fenster sitzen?» fragte er Emma.

«Wo sitzen Sie sonst immer?» Er zeigte auf den kleinen Ecktisch. «Warum setzen wir uns nicht einfach da hin?»

Marcello war hingerissen von Emma. Er ging voran zu dem kleineren Tisch, rückte ihr den Stuhl zurecht, gab jedem eine riesige Speisekarte, die mit Tinte in einem undefinierbaren Lila geschrieben war, und ging zwei Gläser Tio Pepe holen, während sie aussuchten, was sie essen wollten.

Robert sagte: «Meine Aktien bei Marcello dürften gestiegen sein. Ich glaube, ich habe noch nie mit einem Mädchen hier gegessen.»

«Mit wem kommen Sie sonst immer her?»

«Allein. Oder mit Marcus.»

«Wie geht's Marcus?» Ihre Stimme war herzlich.

«Gut geht's ihm. Er wird es bestimmt bedauern, Sie verpaßt zu haben.»

«Es ist meine Schuld. Ich hätte ihm schreiben sollen, daß ich komme. Aber wie Sie vermutlich schon gemerkt haben, verstehen wir Littons uns nicht besonders gut darauf, irgendwen rechtzeitig über irgendwas zu informieren.»

«Aber Sie wußten, daß Ben wieder in Porthkerris ist.»

«Ja. Marcus hat es mir geschrieben. Und ich weiß alles über die Ausstellung, weil ich in *Réalités* einen Artikel darüber gelesen habe.» Sie lächelte gequält. «Die Tochter eines berühmten Vaters zu sein hat durchaus einige Vorteile. Auch wenn er nie was anderes schickt als Telegramme, kann man meistens in der einen oder anderen Zeitung lesen, was er so treibt.»

«Wann haben Sie ihn zuletzt gesehen?»

«Oh», sagte sie achselzuckend. «Vor zwei Jahren. Ich war in Florenz, und er hat dort auf dem Weg nach Japan kurz Station gemacht.»

«Ich wußte gar nicht, daß man über Florenz kommt, wenn man nach Japan will.»

«O ja, wenn man zufällig eine Tochter hat, die dort lebt.» Sie stützte die Ellbogen auf den Tisch und legte das Kinn in die Hand. «Ich nehme an, Sie wußten nicht mal, daß Ben eine Tochter hat.»

«Doch, natürlich wußte ich das.»

«Aber ich wußte nichts von Ihnen. Ich meine, ich wußte nicht, daß Marcus einen Partner hat. Er war noch allein, als Ben nach Texas ging und ich in die Schweiz verfrachtet wurde.»

«Ungefähr um die Zeit bin ich bei Bernstein eingestiegen.»

«Ich... ich bin noch nie jemandem begegnet, der weniger nach einem Kunsthändler aussieht. Als Sie, meine ich.»

«Vielleicht, weil ich kein Kunsthändler bin.»

«Aber... Sie haben doch eben diesem Mann Bens Bild verkauft.»

«Nein», korrigierte er sie. «Ich habe bloß den Scheck entgegengenommen. Marcus hatte es ihm schon vor einer Woche verkauft, aber das hat nicht mal Mr. Cheeke gemerkt.»

«Aber Sie müssen doch was von Malerei verstehen.»

«Ja, sicher. Man kann nicht all die Jahre mit Marcus arbeiten, ohne daß etwas von seinem profunden Wissen abfärbt. Aber eigentlich bin ich Geschäftsmann, und deswegen hat Marcus mich aufgefordert, mich mit ihm zusammenzutun.»

«Aber Marcus ist der erfolgreichste Geschäftsmann, den ich kenne.»

«Genau. So erfolgreich, daß der ganze Galeriebetrieb ihm zu groß wurde, um allein damit fertig zu werden.»

Emma betrachtete ihn mit einer leichten Falte zwischen ihren markanten Brauen.

«Noch weitere Fragen?»

Sie ließ sich nicht aus der Ruhe bringen. «Waren Sie schon immer ein guter Freund von Marcus?»

«In Wirklichkeit wollen Sie fragen, warum hat er mich in die Firma aufgenommen? Und die Antwort ist, Marcus ist nicht nur mein Partner, sondern auch mein Schwager. Er ist mit meiner älteren Schwester verheiratet.»

«Helen Bernstein ist Ihre Schwester?»

«Sie kennen Helen?»

«Aber natürlich. Und den kleinen David. Wie geht es ihnen? Grüßen Sie sie von mir, ja? Ich bin früher immer bei ihnen gewesen, wenn Ben nach London kam und er mich in Porthkerris bei niemandem unterbringen konnte. Und als ich in die Schweiz ging, haben Marcus und Helen mich ins Flugzeug gesetzt, weil Ben schon nach Texas abgereist war. Werden Sie Helen erzählen, daß ich zu Hause bin und daß Sie mich zum Mittagessen eingeladen haben?»

«Ja, natürlich.»

«Haben sie noch die kleine Wohnung in der Brompton Road?»

«Nein. Als mein Vater starb, sind sie zu mir gezogen. Wir wohnen alle in dem alten Haus unserer Familie in Kensington.»

«Sie wohnen alle zusammen?»

«Zusammen und getrennt. Marcus, Helen und David bewohnen die ersten zwei Etagen, die alte Haushälterin meines Vaters wohnt im Souterrain, und ich hause im Dachgeschoß.»

«Sie sind nicht verheiratet?»

Er wirkte einen Moment verblüfft. «Hm, nein, bin ich nicht.»

«Ich war überzeugt, daß Sie verheiratet sind. Sie sehen ausgesprochen verheiratet aus.»

«Ich weiß nicht recht, wie ich das verstehen soll.»

«Oh, es war überhaupt nicht abfällig gemeint. Es ist vielmehr ein

Kompliment. Ich wünschte nur, Ben sähe auch so aus. Es würde das Leben für alle Beteiligten leichter machen. Besonders für mich.»

«Wollen Sie nicht zurück, um bei ihm zu leben?»

«Doch, natürlich, mehr als alles andere. Aber ich will nicht, daß es schiefgeht. Ich bin nie gut mit Ben zu Rande gekommen, und ich nehme nicht an, daß es jetzt besser wird.»

«Warum gehen Sie dann hin?»

«Tja...» Unter Robert Morrows kühl-grauem Blick war es wirklich schwer zu erklären. Sie nahm eine Gabel und malte Muster auf das weiße Damasttischtuch. «Ich weiß nicht. Man hat nur eine Familie. Wenn Menschen zusammengehören, sollten sie zumindest imstande sein, zusammen zu leben. Ich möchte etwas zum Erinnern haben. Wenn ich alt bin, möchte ich mich erinnern können, daß mein Vater und ich, und sei es nur für ein paar Wochen an einem Stück, so etwas wie Familienleben zustande gebracht haben. Hört sich das verrückt an?»

«Nein, verrückt hört es sich nicht an, aber es klingt, als könnten Sie eine Enttäuschung erleben.»

«Ich habe als kleines Mädchen jede Art von Enttäuschung kennengelernt. Das ist ein Luxus, auf den ich gut verzichten kann. Im übrigen habe ich vor, nur so lange zu bleiben, bis es schmerzlich spürbar wird, daß wir unsere gegenseitige Gesellschaft keine weitere Stunde mehr ertragen können.»

«Oder», sagte Robert sanft, «bis er die Gesellschaft eines anderen Menschen vorzieht.»

Emma fuhr hoch, ihre Augen zeigten plötzlich ein zorniges blaues Glitzern. Sie war in diesem Augenblick ganz ihr Vater in seiner skrupellosesten Stimmung, wenn keine Antwort zu gemein oder zu bissig war. Doch ihr Zorn zog keinen Ausbruch nach sich, und nach einer kühlen Pause senkte sie den Blick wieder, fuhr fort, Muster auf das Tischtuch zu malen und sagte nur: «Na schön. Bis dahin.»

Die leichte Spannung wurde von Marcellos Rückkehr gelöst, der den Sherry brachte und ihre Bestellung entgegennahm. Emma wählte ein Dutzend Austern und gebratenes Hähnchen; Robert entschied sich konservativer und nahm eine Consommé und ein Steak. Dann nahm er die Unterbrechung zum Anlaß, taktvoll das Thema zu wechseln.

«Erzählen Sie mir von Paris. Wie war es dort?»

«Naß. Naß, kalt und sonnig, alles auf einmal. Sagt Ihnen das was?»

«Alles.»

«Sie kennen Paris?»

«Ich muß manchmal geschäftlich hin. Ich war letzten Monat dort.»

«Geschäftlich?»

«Nein, auf dem Rückweg von Österreich. Ich war drei Wochen Skilaufen, es war herrlich.»

«Wo waren Sie?»

«In Obergurgl.»

«Deswegen sind Sie so braun. Das ist auch ein Grund, weswegen Sie nicht wie ein Kunsthändler aussehen.»

«Wenn meine Bräune verblaßt, sehe ich vielleicht kompetenter aus und kann höhere Preise verlangen. Wie lange waren Sie in Paris?»

«Zwei Jahre. Es wird mir fehlen. Es ist so schön, und jetzt doppelt, nachdem sämtliche Gebäude gereinigt wurden. Und irgendwie herrscht um diese Jahreszeit so eine besondere Stimmung in Paris. Der Winter ist bald vorbei, die Sonne ist nur noch ein, zwei Tage weg, und dann ist wieder Frühling...»

Die ersten Knospen an den Zweigen, die Schreie der Möwen, die über das wellige braune Wasser der Seine flitzen. Kähne, die aufgereiht wie Halsketten unter den Brücken hindurchgleiten, und der Geruch der Metro und das Aroma von Knoblauch und Gauloises. Und mit Christopher zusammensein.

Ganz plötzlich wurde es ihr wichtig, von ihm zu sprechen, seinen Namen zu sagen, sich seiner Existenz zu vergewissern. Sie sagte beiläufig: «Sie haben Hester nie kennengelernt, oder? Meine Stiefmutter? Zumindest war sie achtzehn Monate lang meine Stiefmutter.»

«Ich habe von ihr gehört.»

«Und von Christopher? Ihrem Sohn? Wissen Sie etwas von Christopher? Wir sind uns nämlich ganz zufällig in Paris wiederbegegnet, Christopher und ich. Erst vor zwei Tagen. Und er hat mich heute morgen nach Le Bourget begleitet.»

«Sie meinen... Sie sind sich einfach so über den Weg gelaufen?»

«Ja, wirklich... in einem Lebensmittelgeschäft. Das konnte nur in Paris passieren.»

«Was hat er dort gemacht?»

«Ach, sich die Zeit vertrieben. Er war in St. Tropez, aber im März kommt er wieder nach England, um an irgendeinem Repertoiretheater zu spielen.»

«Er ist Schauspieler?»

«Ja. Hab ich Ihnen das nicht gesagt? Bloß... ich werde Ben nichts erzählen. Ben konnte Christopher nie leiden, und ich glaube nicht, daß Christopher viel für ihn übrig hatte. Ehrlich gesagt, ich vermute, sie waren ein bißchen eifersüchtig aufeinander. Aber da spielten auch noch andere Dinge eine Rolle, und Ben und Hester haben sich nicht gerade im besten Einvernehmen getrennt. Ich möchte nicht gleich am Anfang Krach mit Ben kriegen wegen Christopher, deshalb werde ich gar nichts sagen. Jedenfalls vorerst nicht.»

«Ich verstehe.»

Emma seufzte. «Sie machen ein sehr strenges Gesicht. Sie denken bestimmt, ich bin hinterhältig.»

«Ich denke nichts dergleichen. Und wenn Sie mit Ihren Mustern auf der Tischdecke fertig sind – Ihre Austern sind da.»

Als ihr Mittagessen beendet und ihr Kaffee getrunken war und Robert die Rechnung bezahlt hatte, war es halb zwei. Sie verabschiedeten sich von Marcello, kehrten zur Galerie zurück und baten den Portier, Emma ein Taxi zu besorgen.

«Ich würde ja mit Ihnen kommen und Sie in den Zug setzen, aber Peggy muß jetzt Mittag essen gehen.»

«Ich schaff das schon.»

Er ging mit ihr ins Büro und schloß den Tresor auf.

«Genügen Ihnen zwanzig Pfund?»

Sie hatte längst vergessen, weswegen sie ursprünglich in die Galerie gekommen war. «Was? O ja, natürlich...» Sie tastete nach ihrem Scheckheft, aber Robert hielt sie zurück.

«Lassen Sie nur. Ihr Vater hat ein kleines Konto bei uns. Ihm geht jedesmal das Kleingeld aus, wenn er in London ist. Wir verbuchen Ihre zwanzig Pfund darauf.»

«Wenn Sie sicher sind, daß das...»

«Sicher bin ich sicher. Und Emma, noch etwas. Der Mann, der Ihnen das Pfund geliehen hat. Sie haben irgendwo seine Adresse. Wenn Sie sie jetzt finden und mir geben, sorge ich dafür, daß er das Geld zurückbekommt.»

Emma lächelte. Während sie nach der Karte suchte und sie schließlich fand, verknüllt mit einem französischen Busfahrschein und einem Streichholzbriefchen, fing sie an zu lachen, und als Robert sie fragte, was so komisch sei, sagte sie nur: «Wie gut Sie meinen Vater kennen!»

3

Um die Teezeit hörte es auf zu regnen. Die Wolken verzogen sich, die Luft war angenehm frisch. Ein Sonnenstrahl verirrte sich sogar in die Galerie, und als Robert um halb sechs sein Büro abschloß und hinausging, um sich in den Feierabendstrom der heimwärts strebenden Menschheit einzureihen, stellte er fest, daß ein leichter Wind auch die letzten Wolken fortgeweht hatte, so daß die Stadt unter einem blassen, klarblauen Himmel glitzerte.

Ihm graute davor, in die unterirdische Stickigkeit der U-Bahn abzutauchen, deshalb ging er zu Fuß bis Knightsbridge, stieg dort in einen Bus und fuhr den restlichen Weg nach Hause.

Sein Haus in Milton Gardens war durch ein Gewirr von engen Straßen und Plätzen von der belebten Verkehrsader Kensington High Street abgetrennt. Es war eine hübsche Gegend, kleine frühviktorianische, cremefarben gestrichene Häuser mit hellen Eingangstüren und kleinen Gärten, wo im Sommer Flieder und Magnolien blühten. Die Straßen hatten breite Bürgersteige, auf denen Kindermädchen Kinderwagen schoben, kleine, adrett gekleidete Kinder in ihre teuren Schulen gingen und die Hunde der Nachbarschaft emsig ausgeführt wurden. Im Gegensatz dazu wirkte Milton Gardens ein wenig heruntergekommen. Es war eine Häuserzeile mit großen, schäbigen Bauten, und Nummer 23, das Haus von Robert – es war das mittlere und daher mit dem Hauptgiebel der Zeile gekrönt –, sah fast immer am schäbigsten aus. Die schwarze Eingangstür mit einem Messingbriefkasten, den Helen immer zu polieren vergaß, war eingerahmt von zwei vertrockneten Lorbeerbäumen in Kübeln. Die Autos der Bewohner parkten am Straßenrand – ein großes, dunkelgrünes Alvis-Coupé, das Robert, und ein verstaubter roter Mini, der Helen gehörte. Marcus besaß kein Auto, weil er nie Zeit gefunden hatte, den Führerschein zu machen.

Robert ging die Treppe hinauf, tastete in seiner Tasche nach dem Schlüssel, schloß auf und ging hinein. Die Diele war groß und geräumig. Eine erstaunlich breite, flache Treppe wand sich zur ersten Etage hinauf. Hinter dem Treppenhaus mündete die Diele in einen schmalen Flur, der zu einer verglasten Tür und in den Garten führte. Der Blick auf grünes Gras und sonnenbeschienene Kastanien hatte etwas von einer ländlichen Idylle und gehörte zu den liebenswertesten Seiten des Hauses.

Die Haustür fiel hinter ihm zu. Aus der Küche rief seine Schwester Helen seinen Namen.

«Robert?»

«Hallo!»

Er warf seinen Hut auf den Dielentisch und trat durch die Tür rechts von der Diele. Früher war dieser zur Straße gelegene Raum das Speisezimmer der Familie gewesen, doch nachdem Roberts Vater gestorben war und Marcus, Helen und David eingezogen waren, hatte Helen ihn in eine Eßküche verwandelt mit einem gescheuerten Landhaustisch, einer Anrichte aus Kiefernholz, vollgestellt mit gemustertem Porzellan, und einer barähnlichen Theke, hinter der sie arbeiten konnte. Eine Menge Topfpflanzen standen herum, wuchernde Geranien und Kräuter sowie Schalen mit Knollen. Zwiebelbunde und Einkaufskörbe hingen an Haken, daneben gab es Kochbücher, Behälter mit Holzlöffeln sowie fröhliche bunte Teppiche und Kissen.

Helen stand in einer blauweißen Metzgerschürze hinter ihrer Theke und putzte Champignons. Die Luft war von Wohlgerüchen erfüllt – es duftete nach Gebratenem und Zitronen, nach zerlassener Butter und einer winzigen Spur Knoblauch. Helen war eine vorzügliche Köchin.

«Marcus hat aus Edinburgh angerufen», sagte sie. «Er kommt heute abend nach Hause. Wußtest du das?»

«Um wieviel Uhr?»

«Um Viertel nach fünf geht ein Flugzeug. Er wollte versuchen, einen Platz zu bekommen. Es landet um halb acht.»

Robert zog sich einen hohen Hocker an die Theke und setzte sich darauf wie in einer Bar.

«Soll ich ihn am Flughafen abholen?»

«Nein, er nimmt den Bus in die Stadt. Ich dachte, einer von uns holt ihn dort ab. Bist du heute abend zum Essen da, oder gehst du aus?»

«Es riecht so gut, ich glaube, ich bleibe hier.»

Sie lächelte. Wenn man sie so nebeneinander sah, konnte einem die Familienähnlichkeit unmöglich entgehen. Helen war eine kräftige Frau, groß und grobknochig, aber wenn sie lächelte, leuchteten ihr Gesicht und ihre Augen wie bei einem jungen Mädchen. Ihre Haare waren rötlich wie Roberts, doch das Rot war von grauen Strähnen gemildert, und sie trug sie straff zu einem Knoten zurückgekämmt, so daß die kleinen, unvermutet zierlichen Ohren freilagen. Sie war stolz auf ihre hübschen Ohren und trug stets Ohrringe. In der Schublade ihres Schminktisches hatte sie eine ganze Schachtel voll, und wenn man nicht wußte, was man ihr schenken sollte, kaufte man einfach ein Paar Ohrringe. Heute abend waren es grüne, in einem schmalen Band aus gekordeltem Gold gefaßte Halbedelsteine, deren Farbe den grünen Schimmer in Helens undefinierbaren, gefleckten Augen unterstrich.

Sie war zweiundvierzig, sechs Jahre älter als Robert, und seit zehn Jahren mit Marcus verheiratet. Davor hatte sie bei ihm gearbeitet als Sekretärin, Empfangsdame, Buchhalterin und gelegentlich, wenn die Finanzen auf der Kippe standen, auch als Büroputzfrau, und es war nicht zuletzt ihrem Eifer sowie ihrem Glauben an Marcus zu verdanken, daß die Galerie nicht nur die anfänglichen Durststrekken überlebt, sondern sich ihren gegenwärtigen internationalen Ruf erworben hatte.

Robert fragte: «Hat Marcus dir was erzählt... wie es gelaufen ist?»

«Nicht viel, dazu blieb keine Zeit. Aber der alte Lord of the Glens, wer immer das ist, hat drei Raeburns, einen Constable und einen Turner. Das sollte euch zu denken geben.»

«Will er sie verkaufen?»

«Sieht so aus. Er sagt, bei den augenblicklichen Whiskypreisen kann er es sich nicht mehr leisten, sie an der Wand hängen zu haben. Nun, wir werden alles Weitere erfahren, wenn Marcus zurück ist. Und du? Was hast du heute gemacht?»

«Nicht viel. Ein Amerikaner namens Lowell Cheeke ist gekommen und hat einen Scheck für einen Ben Litton ausgestellt.»

«Wie schön!»

«Und...» er sah seiner Schwester ins Gesicht «...Emma Litton ist wieder zu Hause.»

Helen hatte begonnen, die Champignons in Scheiben zu schneiden. Jetzt hielt sie inne und sah rasch auf.

«Emma. Du meinst Bens Emma?»

«Sie ist heute von Paris hergeflogen. Sie war in der Galerie, um sich Geld zu holen, damit sie nach Porthkerris weiterfahren konnte.»

«Hat Marcus gewußt, daß sie zurückkommt?»

«Nein, ich glaube nicht. Ich glaube nicht, daß sie es jemandem geschrieben hat, außer ihrem Vater.»

«Und Ben hat natürlich kein Wort gesagt.» Helens Miene drückte Empörung aus. «Manchmal könnte ich den Kerl glatt erwürgen.»

Robert war amüsiert. «Was hättest du getan, wenn du gewußt hättest, daß sie kommt?»

«Sie am Flughafen abgeholt. Zum Mittagessen eingeladen. Alles mögliche.»

«Wenn es dich beruhigt, ich habe sie zum Mittagessen eingeladen.»

«Das war lieb von dir.» Sie schnitt den nächsten Pilz in Scheiben, während sie überlegte. «Wie sieht sie aus?»

«Attraktiv, sehr ungewöhnlich.»

«Ungewöhnlich», wiederholte Helen trocken. «Wenn du mir erzählst, sie ist ungewöhnlich, sagst du mir nichts Neues.»

Robert nahm eine rohe Pilzscheibe und probierte sie. «Weißt du was über ihre Mutter?»

«Natürlich.» Helen rettete ihre Champignons, indem sie sie schleunigst aus seiner Reichweite zum Herd entführte, wo zerlassene Butter in einer Pfanne brutzelte. Mit einer ebenso flinken Bewegung schüttete sie die Pilze in die Butter, was ein leises Zischen und einen köstlichen Duft erzeugte. Sie blieb am Herd stehen und rührte die Pilze mit einem Holzspatel; ihre strengen Züge waren im Profil zu sehen.

«Wer war sie?»

«Ach, eine kleine Kunststudentin, halb so alt wie Ben.»

«Waren sie verheiratet?»

«Ja, er hat sie geheiratet. Ich glaube, er hatte sie auf seine Art sehr gern. Aber sie war einfach noch ein Kind.»

«Hat sie ihn verlassen?»

«Nein, sie ist bei Emmas Geburt gestorben.»

«Und später hat er dann eine Frau namens Hester geheiratet.»

Helen drehte sich um und sah ihn stirnrunzelnd an. «Woher weißt du das?»

«Das hat Emma mir heute beim Mittagessen erzählt.»

«Sieh mal einer an! Ja, Hester Ferris. Das ist Jahre her.»

«Aber hatte sie nicht einen Jungen? Einen Sohn namens Christopher?»

«Sag bloß nicht, der ist wieder aufgetaucht.»

«Warum klingst du so entsetzt?»

«Du würdest auch entsetzt klingen, wenn du die achtzehn Monate miterlebt hättest, die Ben Litton mit Hester verheiratet war...»

«Erzähl.»

«Also, das war eine mörderische Zeit. Für Marcus, für Ben... ich nehme an, auch für Hester, und ganz bestimmt für mich. Wenn Marcus nicht bei einem widerwärtigen Familienkrach vermitteln mußte, dann wurde er mit lächerlichen kleinen Rechnungen überschüttet, die Ben partout nicht bezahlen wollte, wie Hester behauptete. Und dann, du kennst ja Bens Telefon-Phobie; Hester hat eins im Haus installieren lassen, und Ben hat es rausgerissen. Und dann bekam Ben eine Art Denkhemmung und konnte nicht arbeiten, er verbrachte seine gesamte Zeit in der Kneipe, und Hester hat sich Marcus geschnappt und gesagt, Marcus müsse kommen, weil er der einzige Mensch sei, der mit Ben umgehen könne, und so weiter und so fort. Marcus hat in der Zeit die ersten grauen Haare bekommen, man konnte mitansehen, wie er von Tag zu Tag älter wurde. Kannst du dir so was vorstellen?»

«Ja. Aber ich sehe nicht, was das mit dem Jungen zu tun hat.»

«Der Junge war ein Grund der Streitereien. Ben konnte ihn nicht ausstehen.»

«Emma sagte, er war eifersüchtig.»

«Das hat Emma gesagt? Sie war immer ein scharfsichtiges Kind. Ich nehme an, in gewisser Weise war Ben eifersüchtig auf Christopher, aber Christopher war ein Teufel. Er sah aus wie ein Heiliger, aber seine Mutter hat ihn heillos verwöhnt.» Sie zog ihre Champignonpfanne von der Kochplatte, kam zurück und stützte sich mit den Ellbogen auf die Theke. «Was hat Emma über Christopher gesagt?»

«Nur daß sie sich in Paris getroffen haben.»

«Was hat er dort gemacht?»

«Ich weiß nicht. Urlaub, nehme ich an. Er ist Schauspieler. Hast du das gewußt?»

«Nein, aber ich kann es mir gut vorstellen. Hat sie sehr gestrahlt, als sie von ihm sprach?»

«Ich würde sagen, ja. Es sei denn, es war der Gedanke an die Rückkehr zu ihrem Vater, der sie in Hochstimmung versetzte.»

«Das wäre das letzte auf der Welt, weswegen sie strahlen würde.»

«Das hab ich gemerkt. Aber als ich das Thema anschnitt, war ich verdammt nahe daran, eins über den Schädel zu kriegen.»

«Das kann ich mir denken. Die halten zusammen wie Pech und Schwefel.» Sie berührte seine Hand. «Laß dich da nicht hineinverwickeln, Robert, ich könnte die Strapazen nicht ertragen.»

«Ich bin nicht verwickelt, bloß neugierig.»

«Um deines Seelenfriedens willen, folg meinem Rat und laß es dabei. Und da wir schon beim Thema Verwicklungen sind, Jane Marshall hat heute mittag angerufen, du möchtest zurückrufen.»

«Weißt du, weshalb?»

«Hat sie nicht gesagt. Bloß, daß sie ab sechs zu Hause ist. Du vergißt es nicht, nein?»

«Nein, ich werd's nicht vergessen. Aber vergiß du auch nicht, daß Jane keine Verwicklung ist.»

«Ich weiß nicht, weshalb du dich so sträubst», sagte Helen, die noch nie, bei ihrem Bruder schon gar nicht, ein Blatt vor den Mund genommen hatte. «Sie ist charmant, attraktiv und tüchtig.»

Robert erwiderte nichts darauf, und aufgebracht über sein Schweigen fuhr sie trotzig fort: «Ihr habt alles mögliche gemeinsam, Interessen, Freunde, Lebensstil. Außerdem sollte ein Mann in deinem Alter verheiratet sein. Nichts ist so jämmerlich wie ein ältlicher Junggeselle.»

Sie verstummte. Es entstand eine Pause. Robert fragte höflich: «Bist du fertig?»

Helen seufzte tief. Es war hoffnungslos. Sie wußte, hatte immer gewußt, daß keine Worte Robert zu etwas bewegen konnten, das er nicht aus freien Stücken tat. Er hatte sich in seinem ganzen Leben nie zu etwas überreden lassen. Ihr Ausbruch war reine Atemverschwendung gewesen, und sie bereute ihn bereits.

«Ja, sicher, ich bin fertig. Und ich entschuldige mich. Es geht mich nichts an, und ich habe kein Recht, mich einzumischen. Es ist bloß – ich habe Jane gern, und ich möchte, daß du glücklich bist. Ich weiß nicht, Robert. Ich komm einfach nicht dahinter, wonach du suchst.»

«Ich weiß es auch nicht», sagte Robert. Er lächelte seine Schwester an und fuhr sich mit der Hand durchs Haar, eine vertraute Geste, die er immer machte, wenn er durcheinander oder müde war.

«Aber ich glaube, es hat etwas mit dem zu tun, was zwischen dir und Marcus besteht.»

«Ich hoffe, du findest es, bevor du vor Altersschwäche tot umfällst.»

Er überließ sie ihrer Kochkunst, nahm seinen Hut, die Abendzeitung und eine Handvoll Briefe und ging nach oben in seine Wohnung. Sein Wohnzimmer, das auf den großen Garten und die Kastanie hinausging, war früher das Kinderzimmer gewesen. Es hatte eine niedrige Decke, einen Teppichboden, war ringsum mit Büchern vollgestellt und mit so vielen Sachen seines Vaters möbliert, wie er die Treppe hatte hinaufschaffen können. Er warf Hut, Zeitung und Briefe auf einen Sessel, ging an den antiken bauchigen Schrank, wo er seine Getränke aufbewahrte, und schenkte sich einen Whisky-Soda ein. Dann nahm er eine Zigarette aus der Dose auf dem Couchtisch, zündete sie an, setzte sich mit dem Glas in der Hand an den Schreibtisch, hob den Telefonhörer ab und wählte Jane Marshalls Nummer.

Sie nahm sich Zeit, bis sie sich meldete. Während er wartete, kritzelte er mit einem Bleistift auf dem Löschpapier herum, sah auf die Uhr und beschloß, ein Bad zu nehmen und sich umzuziehen, bevor er Marcus am Busbahnhof an der Cromwell Road abholte. Und als Versöhnungsangebot an Helen wollte er eine Flasche Wein mit nach unten nehmen, die sie zum Abendessen trinken würden, wenn sie an dem gescheuerten Tisch in Helens Küche saßen und unvermeidlich vom Geschäft sprachen. Er merkte, daß er sehr müde war; die Aussicht auf einen solchen Abend war angenehm.

Der Klingelton verstummte. Eine kalte Stimme sagte: «Hier Jane Marshall.»

Sie meldete sich immer so am Telefon, und es machte Robert nach wie vor frösteln, obwohl er den Grund kannte. Mit sechsundzwanzig sah sich Jane, nachdem sie eine gescheiterte Ehe hinter sich hatte, gezwungen, ihren Lebensunterhalt zu verdienen, und sie gründete eine kleine Inneneinrichtungsfirma, die sie von zu Hause aus betrieb. Daher mußte eine einzige Telefonnummer einem doppelten Zweck dienen, und sie hatte längst erkannt, daß es klug war, jeden Anruf zunächst wie ein potentielles Geschäft zu behandeln. Das hatte sie Robert erklärt, als er sich über ihre kühle Art beklagte.

«Das verstehst du nicht. Es könnte ein Kunde sein, der anruft. Was soll er denken, wenn ich mich ganz sexy anhöre und mit schmalziger Stimme ins Telefon flöte?»

«Du mußt dich nicht sexy anhören. Nur ein bißchen freundlich und gut gelaunt. Warum versuchst du es nicht mal? Du würdest Wände rausreißen und Vorhänge aufhängen und Überwürfe drapieren, ehe du dich's versiehst.»

«Denkste. Eher würde ich ihn mit einer Polsternadel abwehren.»

Jetzt sagte er: «Jane?»

«Oh, Robert.» Ihre Stimme wurde augenblicklich normal, sie klang warm und erfreut, ihn zu hören. «Entschuldige. Hat Helen es dir ausgerichtet?»

«Sie bat mich, dich anzurufen.»

«Ich hatte mich nur gefragt... hör mal, ich hab zwei Karten fürs Ballett am Freitag geschenkt bekommen, für La Fille Mal Gardée, und ich dachte, du würdest vielleicht gern mitgehen. Wenn du nicht wegfährst oder so.»

Er sah auf seine Hand, die Schachteln in vollendeter Perspektive auf die Schreibunterlage zeichnete. Er hörte Helens Stimme. *Ihr habt alles mögliche gemeinsam. Interessen, Freunde, Lebensstil.*

«Robert?»

«Ja. Verzeihung. Nein, ich fahr nicht weg, und ich komme gern mit.»

«Wollen wir vorher bei mir essen?»

«Nein, wir gehen aus. Ich bestelle einen Tisch.»

«Ich freu mich, daß du's einrichten kannst.» Er wußte, daß sie lächelte. «Ist Marcus schon zurück?»

«Nein, ich werde ihn gleich abholen.»

«Grüß ihn und Helen von mir.»

«Mach ich.»

«Dann bis Freitag. Wiedersehen.»

«Wiedersehen, Jane.»

Als er eingehängt hatte, stand er nicht von seinem Schreibtisch auf, sondern blieb sitzen, das Kinn in die Hand gestützt, und vollendete die letzte Schachtel. Als sie fertig war, legte er den Bleistift beiseite, griff nach seinem Glas, betrachtete die Zeichnung und fragte sich, wieso er dabei an eine lange Reihe Koffer denken mußte.

Marcus Bernstein kam durch die Glastür des Busbahnhofs und sah aus wie immer, wie ein Flüchtling oder Straßenmusikant. Sein Mantel hatte jede Fasson verloren, sein altmodischer schwarzer Hut hatte sich auf der Vorderseite aufwärts gebogen, sein langes, faltiges

Gesicht war fahl vor Müdigkeit. Er trug seine ausgebeulte Aktentasche bei sich, aber seine Reisetasche war vom Flughafen im Gepäckraum des Busses mitgefahren. Als Robert ihn entdeckte, stand er geduldig an dem zirkulierenden Gepäckband und wartete auf die Tasche.

Marcus brachte es fertig, ärmlich und bedrückt auszusehen, und für einen zufälligen Passanten wäre es schwer zu glauben gewesen, daß dieser bescheidene, anspruchslose Mann in Wirklichkeit einen beachtlichen Einfluß in der Welt der Kunst beiderseits des Atlantiks besaß. Der gebürtige Österreicher hatte seine Heimatstadt Wien 1937 verlassen und war nach den Schrecken eines fremden Krieges wie eine helle Flamme über die Kunstwelt der Nachkriegszeit hereingebrochen. Seine offenkundigen Kenntnisse und sein Gespür fanden rasch Beachtung, und mit seiner Unterstützung junger Künstler gab er ein Beispiel, dem andere Händler alsbald folgten. Doch dem Laienpublikum wurde er eigentlich erst bekannt, als er 1949 seine eigene Galerie in der Kent Street mit einer Ausstellung abstrakter Werke von Ben Litton eröffnete. Ben, durch seine Vorkriegslandschaften und -portraits schon berühmt, hatte sich seit geraumer Zeit auf diese neue Kunstrichtung zubewegt, und die Ausstellung von 1949 war der Beginn einer beständigen Freundschaft, die allen persönlichen Stürmen und Querelen trotzte. Sie bezeichnete außerdem das Ende von Marcus' anfänglichen Kämpfen und den Start eines allmählichen, stetigen Aufstiegs zum Erfolg.

«Marcus!»

Er fuhr zusammen, drehte sich um, sah Robert auf sich zukommen und machte ein überraschtes Gesicht, als hätte er nicht damit gerechnet, abgeholt zu werden.

«Hallo, Robert. Das ist sehr lieb von dir.»

Nach dreißig Jahren in England hatte er immer noch einen starken Akzent, den Robert allerdings nicht mehr bemerkte.

«Ich wäre zum Flughafen gekommen, aber wir waren nicht sicher, ob du die Maschine gekriegt hast. Hattest du einen guten Flug?»

«In Edinburgh hat es geschneit.»

«Hier hat es den ganzen Tag geregnet. Ah, da ist deine Tasche.» Robert schnappte sie vom Gepäckband. «Komm jetzt...»

Als sie im Auto warteten, daß die Ampel an der Cromwell Road umsprang, berichtete er Marcus, daß Mr. Lowell Cheeke wiedergekommen war, um den Litton mit den Hirschen zu kaufen. Marcus registrierte es mit einem Grunzen. Er machte den Eindruck, als hätte er von vornherein gewußt, daß der Verkauf lediglich eine Frage der Zeit sei. Die Ampel wechselte von Rot auf Gelb auf Grün, der Wagen fuhr an, und Robert sagte: «Und Emma Litton ist aus Paris zurück. Sie ist heute morgen herübergeflogen. Sie hatte kein englisches Geld, deshalb kam sie in die Galerie, um sich von dir einen Scheck einlösen zu lassen. Ich habe sie zum Mittagessen eingeladen, ihr zwanzig Pfund gegeben und sie in ein Taxi zum Bahnhof gesetzt.»

«Wohin will sie denn?»

«Nach Porthkerris, zu Ben.»

«Ich vermute, er ist dort.»

«Sie schien anzunehmen, daß er da ist. Jedenfalls vorübergehend.»

«Armes Kind», sagte Marcus.

Robert erwiderte nichts darauf. Sie fuhren schweigend nach Hause, jeder in seine eigenen Gedanken vertieft. In Milton Gardens stieg Marcus aus, ging die Treppe hinauf und fummelte nach seinem Schlüssel, doch bevor er ihn ausfindig gemacht hatte, wurde die Tür von Helen geöffnet, und Marcus mit seinem ausgebeulten Mantel und dem Komödiantenhut hob sich als Silhouette gegen das Licht der Diele ab.

Helen sagte: «Wie schön!» Weil er so viel kleiner war als sie, bückte sie sich, um ihn zu umarmen, und Robert, der Marcus' Reisetasche aus dem Kofferraum des Alvis nahm, fragte sich, warum sie nie lächerlich wirkten.

Es mußte schon seit längerer Zeit dunkel sein. Aber als der London Express in den Bahnhof einfuhr, wo sie nach Porthkerris umsteigen mußte, und Emma aus dem Zug stieg, stellte sie fest, daß es eigentlich gar nicht richtig dunkel war. Der Himmel war von Sternen erhellt, die Nacht durchweht von einem lebhaften Wind, der nach See roch. Als sie ihr gesamtes Gepäck ausgeladen hatte, blieb sie auf dem Bahnsteig stehen und wartete, bis der Expreßzug abfuhr. Über ihr raschelten die zerfledderten Blätter einer Palme grotesk im rastlosen Wind.

Der Zug fuhr weiter, und sie sah den einzigen Gepäckträger auf dem gegenüberliegenden Bahnsteig gemächlich mit einem Handkarren voll Päckchen beschäftigt. Als er sie endlich bemerkte, ließ er die Handgriffe seines Karrens los und rief über die Schienen: «Brauchen Sie Hilfe?»

«Ja, bitte.»

Er sprang auf die Gleise hinunter und kam zu ihr herüber. Irgendwie schaffte er es, sich ihre gesamte Habe auf seine beiden Arme zu laden. Emma folgte ihm über die Schienen, und er half ihr auf den anderen Bahnsteig hinauf.

«Wo wollen Sie hin?»

«Nach Porthkerris.»

«Mit dem Zug?»

«Ja.»

Der kleinere Zug wartete auf dem einen Streckengleis, das um die Küste herum nach Porthkerris führte. Emma war offenbar der einzige Fahrgast. Sie bedankte sich bei dem Träger, gab ihm ein Trinkgeld und ließ sich auf einen Sitz fallen. Die Erschöpfung verzehrte sie. Nie war ihr ein Tag so lang vorgekommen. Nach kurzer Zeit stieg eine Bauersfrau zu ihr, mit einem braunen Topfhut. Vielleicht war sie einkaufen gewesen, denn sie trug eine ausgebeulte karierte Ledertasche bei sich. Minuten vergingen; das einzige Geräusch war der Wind, der an den geschlossenen Zugfenstern rüttelte. Schließlich stieß die Lokomotive einen schrillen Pfiff aus, und sie setzten sich in Bewegung.

Es war unmöglich, nicht aufgeregt zu sein, als vertraute Wahrzeichen in der Landschaft auftauchten, erkannt wurden und vorüberflogen. Vor Porthkerris hielt der Zug nur an zwei kleinen Stationen, und dann kam endlich das tiefe Tal, das im Frühling mit Schlüsselblumen übersät war, dann der Tunnel, und dann lag die See unter ihnen. Es war Ebbe, der nasse Sand glänzte wie Satin. Porthkerris war ein Nest aus Lichtern, die Hafenkurve sah aus wie mit einer Kette behängt, und die Ankerlichter der Fischerboote spiegelten sich in einem Labyrinth aus schillerndem schwarzgoldenem Wasser.

Sie fuhren jetzt langsamer. Der Bahnsteig kam in Sicht. Der Name PORTHKERRIS zog vorbei und blieb zurück. Schließlich hielten sie an einer blanken Blechreklame für Schuhcreme, die dort gewesen war, seit Emma zurückdenken konnte. Ihre Reisegefährtin, die während der ganzen Fahrt kein Wort gesprochen hatte, stand auf, öffnete die Tür, stieg gemächlich aus und verschwand in der Nacht. Emma stand in der offenen Tür und hielt nach einem Gepäckträger

Ausschau, aber der einzige sichtbare Beamte stand am andere Ende des Zuges und rief überflüssigerweise «Porthkerris! Porthkerris!» Sie sah ihn mit dem Lokomotivführer plaudern; er schob seine Mütze aus der Stirn und stand da, die Arme in die Seiten gestemmt.

Neben der Schuhcremereklame stand ein leerer Karren. Sie lud ihr Gepäck darauf, ließ ihn stehen und nahm nur eine kleine Reisetasche mit. So ging sie den Bahnsteig entlang. Im Büro des Stationsvorstehers brannte Licht, es warf warme gelbe Flecken nach draußen, und auf einer Bank saß ein Mann und las Zeitung. Emma ging an ihm vorbei, ihre Schritte hallten auf den Steinplatten. Als sie vorüberging, ließ der Mann die Zeitung sinken und sprach ihren Namen.

Emma blieb stehen und drehte sich langsam um. Er faltete die Zeitung zusammen und stand auf, und das Licht schien seine weißen Haare in einen Heiligenschein zu verwandeln.

«Ich dachte, du würdest nie ankommen.»

«Hallo Ben», sagte Emma.

«Hatte der Zug Verspätung, oder hab ich mich mit der Zeit vertan?»

«Ich glaube nicht, daß wir Verspätung hatten. Vielleicht sind wir am Umsteigebahnhof verspätet abgefahren. Wir haben dort ziemlich lange gewartet. Woher wußtest du, mit welchem Zug ich komme?»

«Die Galerie Bernstein hat mir ein Telegramm geschickt.» *Robert Morrow*, dachte Emma. *Wie nett.* Ben warf einen Blick auf ihre Tasche. «Du hast nicht viel Gepäck.»

«Ich hab eine Wagenladung voll am anderen Ende des Bahnsteigs.»

Er drehte sich um und blickte kurz in die Richtung, die Emma wies. «Macht nichts. Wir holen es ein andermal. Komm, gehen wir.»

«Aber es könnte gestohlen werden», protestierte Emma. «Oder es könnte regnen. Laß uns lieber dem Träger Bescheid sagen.»

Der Träger hatte unterdessen sein Schwätzchen mit dem Lokomotivführer beendet. Ben erklärte ihm die Situation. «Stellen Sie's irgendwohin, ja, wir holen es morgen ab.» Er gab ihm ein Geldstück. Der Träger nickte. «Ja, Mr. Litton, keine Sorge, das mach ich schon», und ging pfeifend den Bahnsteig entlang, während er das Geld in seine Westentasche steckte.

«So», sagte Ben, «worauf warten wir noch? Komm, gehen wir.»

Keine Spur von einem Wagen oder Taxi, sie gingen einfach zu Fuß nach Hause. Sie nahmen eine Reihe kleiner Abkürzungen über eine steile Steintreppe, durch winzige abfallende Gassen, immer bergab, bis sie schließlich auf der hellerleuchteten Hafenstraße landeten.

Emma, die neben ihrem Vater hertrottete, immer noch ihre Reisetasche in der Hand, da es ihm nicht in den Sinn gekommen war, sie ihr abzunehmen, sah Ben lange von der Seite an. Es war das erste Mal, daß sie ihn seit nahezu zwei Jahren sah, und sie fand, daß sich kein Mensch so wenig veränderte wie er. Er war weder dicker noch dünner geworden. Seine Haare, die schneeweiß gewesen waren, seit Emma zurückdenken konnte, waren weder gelichtet noch zurückgewichen. Sein vom jahrelangen Arbeiten in der Sonne, im Freien, am Meer gegerbtes Gesicht war tiefgebräunt und mit einem Netz feiner Linien durchzogen, die man keinesfalls als etwas so Prosaisches wie Falten bezeichnen konnte. Von ihm hatte Emma die starken Backenknochen und das kantige Kinn, aber die blassen Augen mußte sie von ihrer Mutter haben, denn Bens Augen unter den struppigen Brauen waren tiefdunkel, von einem so dunklen Braun, daß sie bei bestimmtem Licht schwarz aussahen.

Selbst seine Kleidung schien sich nicht verändert zu haben. Die ausgebeulte Kordjacke, die schmal geschnittene Hose, die Wildlederschuhe, ungeheuer elegant und uralt – sie hätten niemand anderem gehören können. Heute abend trug er ein Hemd aus verblichener orangegelber Wolle; ein Baumwolltuch mit Paisleymuster diente als Krawatte. Eine Weste hatte er nie besessen.

Sie kamen zu seiner Kneipe «The Sliding Tackle», und Emma war halbwegs darauf gefaßt, daß er vorschlagen würde, auf ein Glas hineinzugehen. Sie wollte nichts trinken, aber sie war heißhungrig. Sie fragte sich, ob im Cottage wohl irgendwas zu essen vorhanden wäre. Sie fragte sich tatsächlich, ob sie überhaupt zum Cottage gingen. Es war durchaus im Bereich des Möglichen, daß Ben in seinem Atelier wohnte und erwartete, daß Emma sich dort bei ihm einquartierte.

Sie sagte vorsichtig: «Ich weiß nicht mal, wo wir hingehen.»

«Zum Cottage natürlich. Was dachtest du denn?»

«Ich hatte keine Ahnung. Ich dachte, du wohnst vielleicht im Atelier.»

«Nein, ich wohne eigentlich im Sliding Tackle. Ins Cottage geh ich jetzt zum erstenmal.»

«Oh», sagte Emma bedrückt.

Er merkte die Veränderung in ihrer Stimme und beruhigte sie. «Es ist alles in Ordnung. Als sie im Sliding Tackle hörten, daß du kommst, meldete sich ein ansehnliches Aufgebot eifriger Damen, die das Haus für deine Ankunft vorbereiten wollten. Am Ende hat es Daniels Frau für mich besorgt.» Daniel war der Mann an der Bar des Sliding Tackle. «Sie nahm offenbar an, daß nach so vielen Jahren alles mit Blauschimmel überzogen sein würde wie Gorgonzola.»

«Und? War es so?»

«Nein, natürlich nicht. Ein paar Spinnweben vielleicht, aber vollständig bewohnbar.»

«Das war lieb von ihr... ich muß mich bei ihr bedanken.»

«Ja, das würde sie freuen.»

Die kopfsteingepflasterte Straße stieg vom Hafen her steil an. Emmas müde Beine schmerzten. Plötzlich und ohne ein Wort der Erklärung nahm Ben ihr die Tasche ab.

«Was hast du da drin, um Himmels willen?»

«Eine Zahnbürste.»

«Die wiegt so viel wie Roheisen. Wann bist du aus Paris abgeflogen, Emma?»

«Heute morgen.» Es schien ein Leben lang her zu sein.

«Und wieso wußten sie bei Bernstein von dir?»

«Ich mußte hin, um an etwas Geld zu kommen. Englisches Geld. Sie haben mir zwanzig Pfund von deinem Konto gegeben. Ich hoffe, du hast nichts dagegen.»

«Ist mir völlig schnuppe.»

Sie kamen an seinem Atelier vorbei, die Läden waren herabgelassen und dunkel. «Hast du schon wieder zu malen angefangen?» fragte Emma.

«Natürlich. Deswegen bin ich zurückgekommen.»

«Und die Arbeiten, die du in Japan gemacht hast?»

«Die hab ich in Amerika gelassen, für die Ausstellung.»

Jetzt war die Luft vom Rauschen der Brandung erfüllt, von den Brechern, die an den Strand rollten. Der große Strand. Ihr Strand. Und dann kam das schiefe Dach ihres Hauses in Sicht, beleuchtet von der Straßenlaterne, die neben der blauen Gartenpforte stand. Als sie näher kamen, suchte Ben in seiner Jacke nach dem Schlüssel. Er ging Emma voran durch die Pforte und die Treppe hinunter, schloß die Tür auf, trat ein und machte Licht, so daß im Nu alle Fenster strahlten.

Emma folgte langsamer. Sie sah mit einem Blick das helle Flakkern des Kaminfeuers und die nahezu unmenschliche Sauberkeit und Ordnung, die Daniels Frau aus dem Urzustand völliger Verwahrlosung geschaffen hatte. Alles glänzte, war geschrubbt, getüncht und gewienert, daß es kaum wiederzuerkennen war. Kissen waren aufgeschüttelt und mit geometrischer Präzision verteilt worden. Blumen standen nicht da, dafür durchdrang ein starker Karbolgeruch das Haus.

Ben schnupperte und zog ein Gesicht. «Wie ein Krankenhaus», sagte er. Er hatte Emmas Tasche abgestellt und verschwand jetzt in Richtung Küche. Emma durchquerte das Zimmer, stellte sich an den Kamin und wärmte sich die Hände am Feuer. Ganz allmählich schöpfte sie Hoffnung. Sie hatte befürchtet, es würde kein Willkommen geben. Doch Ben hatte sie am Bahnhof abgeholt, und im Kamin brannte ein Feuer. Mehr konnte kein Mensch verlangen.

Über dem Kamin hing das einzige Bild des Zimmers, das Gemälde, das Ben von Emma gemalt hatte, als sie sechs Jahre alt war. Zum erstenmal in ihrem Leben – und, wie ihr bewußt wurde, zum letztenmal – hatte sie im Mittelpunkt seiner Aufmerksamkeit gestanden, und allein aus diesem Grund hatte sie klaglos die stundenlangen Sitzungen ertragen, die Langeweile, die Krämpfe und seine ungezügelte Wut, wenn sie sich bewegte. Für das Bild hatte sie einen Kranz aus Margeriten getragen, und jeder Tag hatte aufs neue die Freude gebracht, Bens geschickten Händen beim Flechten eines frischen Kranzes zuzusehen, und dann den Stolz, wenn er ihn ihr aufsetzte, als ob er eine Königin krönte.

Er kam wieder ins Zimmer. «Sie ist eine brave Seele, Daniels Frau. Das werde ich ihm sagen. Ich hatte sie gebeten, ein paar Vorräte einzulagern.» Emma drehte sich um und sah, daß er eine Flasche Haigs und ein Wasserglas gefunden hatte. «Hol mir einen Krug Wasser Emma, ja?» Ihm kam ein Gedanke. «Und noch ein Glas, wenn du auch was trinken möchtest.»

«Ich will nichts trinken. Aber ich hab Hunger.»

«Ich weiß nicht, ob sie *diese* Art von Vorräten eingelagert hat.»

«Ich sehe nach.»

Auch die Küche war gescheuert, geschrubbt und gefegt. Emma öffnete den Kühlschrank und fand Eier, Speck und eine Flasche Milch, und Brot war im Kasten. Sie nahm einen Krug von einem Haken an der Anrichte, füllte ihn mit kaltem Wasser und brachte ihn ins Wohnzimmer. Ben wanderte hin und her, fummelte an den Lampen, versuchte etwas zu finden, woran er herummäkeln konnte. Er hatte dieses Haus immer gehaßt.

Sie fragte: «Soll ich dir Rühreier machen?»

«Was? O nein, ich möchte nichts. Weißt du, es ist komisch, wieder hier zu sein. Ich habe dauernd das Gefühl, daß Hester gleich erscheint und uns sagt, wir sollen mit etwas anfangen, das wir gar nicht tun wollen.»

Emma dachte an Christopher. Sie sagte: «Oh. Arme Hester.»

«Von wegen, arm. Streitsüchtige Zicke.»

Sie ging wieder in die Küche, förderte eine Pfanne zutage, eine Schüssel, Butter. Aus dem Wohnzimmer konnte sie die unentwegten Geräusche hören, die Bens Rastlosigkeit verursachte. Er öffnete und schloß Türen, zog an einem Vorhang, beförderte mit dem Fuß ein Holzscheit ins Feuer. Gleich darauf erschien er in der Küchentür, eine Zigarette in der einen Hand, das Glas in der anderen. Er sah Emma zu, wie sie Eier verrührte, und sagte: «Du bist erwachsen geworden, wie?»

«Ich bin neunzehn. Ob ich erwachsen geworden bin oder nicht, weiß ich wirklich nicht.»

«Komisch, daß du kein kleines Mädchen mehr bist.»

«Du wirst dich daran gewöhnen.»

«Ja, vermutlich. Wie lange bleibst du?»

«Sagen wir, ich habe keine Pläne, wieder wegzugehen.»

«Du meinst, du willst hier leben?»

«Vorläufig.»

«Bei mir?»

Emma sah ihn über die Schulter an. «Wäre das so schrecklich?»

«Ich weiß nicht», sagte Ben. «Ich hab's nie probiert.»

«Deswegen bin ich zurückgekommen. Ich dachte, es ist vielleicht Zeit, daß du's probierst.»

«Du machst mir doch nicht etwa Vorwürfe?»

«Warum sollte ich dir Vorwürfe machen?»

«Weil ich dich vernachlässigt habe und nach Texas gegangen bin, um zu unterrichten. Weil ich dich in der Schweiz nie besucht habe. Weil ich dich nicht nach Japan kommen lassen wollte.»

«Wenn mir das alles wirklich etwas ausmachte, wäre ich nicht zurückgekommen.»

«Und angenommen, ich beschließe, wieder wegzugehen?»

«Hast du das vor?»

«Nein.» Er sah auf sein Glas hinunter. «Im Augenblick nicht. Im Augenblick bin ich müde. Ich bin zurückgekehrt, um ein bißchen Ruhe zu haben.» Er sah wieder auf. «Aber ich kann nicht ewig hierbleiben.»

«Ich werde auch nicht ewig hierbleiben», sagte Emma. Sie legte den Toast auf einen Teller, ließ die Eier auf den Toast gleiten und öffnete eine Schublade auf der Suche nach Messer und Gabel.

Ben beobachtete das alles mit ziemlicher Beunruhigung. «Du willst doch keine tüchtige kleine Hausfrau sein, oder? Eine zweite Hester? Wenn ja, werf ich dich raus.»

«Ich könnte nicht tüchtig sein, und wenn ich mir noch so viel Mühe gäbe. Wenn es dich beruhigt, ich verpasse Züge, lasse Essen anbrennen, verliere Geld, werfe Sachen herunter. Heute morgen in Paris hatte ich einen Sonnenhut, aber bis ich in Porthkerris ankam, war er weg. Wie kann man in diesem Land, im Februar, einen Sonnenhut verlieren?»

Er war noch nicht überzeugt. «Willst du nicht die ganze Zeit im Auto rumfahren?»

«Ich kann nicht Auto fahren.»

«Und Fernsehen und Telefon und der ganze Quatsch?»

«Die haben in meinem Leben nie eine große Rolle gespielt.»

Er lachte, und Emma fragte sich, ob es unpassend sei, seinen eigenen Vater so attraktiv zu finden.

«Weißt du, ich war nicht sicher, wie gut es funktionieren würde», sagte er. «Aber unter so günstigen Umständen kann ich nur sagen, ich bin froh, daß du zurückgekommen bist. Willkommen daheim.»

Er prostete Emma zu, trank aus und ging zurück ins Wohnzimmer, um die Flasche zu holen und sich den nächsten Whisky halb und halb einzuschenken.

4

Die Bar im Sliding Tackle war klein und gemütlich, schwarz getäfelt, sehr alt. Sie hatte nur ein einziges winziges Fenster aufzuweisen, das auf den Hafen hinausging, so daß ein Gast, der aus dem flimmernden Licht draußen hereintrat, zuerst den Eindruck völliger Finsternis hatte. Später, wenn die Augen sich an das Dunkel gewöhnt hatten, wurden andere Absonderlichkeiten sichtbar: So gab es etwa nirgends zwei parallele Linien; im Laufe der Jahrhunderte hatte sich das kleine Wirtshaus in seine Fundamente genistet wie ein Schläfer in ein behagliches Bett, und die Schrägen und Unebenheiten des Raumes konnten, optischen Täuschungen gleich, bewirken, daß Gäste sich schon berauscht fühlten, bevor sie ihr erstes Glas geleert hatten. Der geflieste Fußboden sackte zu einer Seite ab und ließ zwischen Steinen und Wandtäfelung eine finstere Lücke klaffen. Der geschwärzte Balken, der den Rahmen für die eigentliche Bar bildete, senkte sich in die andere Richtung. Und die weiß getünchte Decke hatte eine dermaßen unvorstellbare Neigung, daß der Wirt sich genötigt sah, Zettel anzubringen, auf denen stand: *Achtung Balken* oder *Kopf einziehen*.

Über die Jahre hatte sich das Sliding Tackle stur behauptet. Im alten, unmodernen Teil von Porthkerris direkt am Hafen gelegen, ohne jeglichen Platz für schicke Terrassen oder ein Gartenrestaurant, war es dem Pub gelungen, den Schwall der Sommertouristen fernzuhalten, die den Rest der Stadt überschwemmten. Er hatte seine Stammgäste, die kamen, um zu trinken, sich behaglich zu unterhalten und *Shove-ha'penny** zu spielen. Es gab ein Dartbrett und einen kleinen, rußigen Kamin, wo winters wie sommers stets ein Feuer brannte. Es gab Daniel, den Barmann, und Fred, einen blassen, schielenden Burschen, der im Sommer Liegestühle vermietete, und den Rest des Jahres damit verbrachte, seine Einkünfte glücklich zu versaufen. Und es gab Ben Litton.

* Das englische Spiel «Shove-ha'penny» wird in Kneipen am Tisch gespielt, die Spielregeln sind ähnlich wie beim Boccia, nur daß es mit Pennystücken gespielt wird, die man schnippt wie hierzulande beim Flohspiel.

«Es ist bloß eine Frage der Prioritäten», sagte Marcus, als er und Robert sich im Alvis aufmachten, um Ben Litton zu suchen. Das Wetter war so schön, daß Robert das Verdeck aufgeklappt hatte, weswegen Marcus zu seinem gewohnten schwarzen Mantel eine pilzförmige Tweedmütze trug, die aussah, als wäre sie für jemand anders gekauft worden.

«Prioritäten und zeitliche Koordinierung. Sonntagmittag muß man als erstes im Sliding Tackle nachsehen. Und wenn er da nicht ist, was ich mir nicht vorstellen kann, gehen wir zum Atelier, oder er ist im Cottage.»

«Oder an einem so herrlichen Morgen vielleicht einfach draußen unterwegs?»

«Das glaube ich nicht. Jetzt ist Frühschoppenzeit, und was das betrifft, war er immer ein Gewohnheitstier.»

Obwohl erst März, war es ein Tag von unglaublicher Schönheit. Der Himmel war wolkenlos. Die See, von einem lebhaften Nordwestwind schräg in die Biegung der Bucht getrieben, lag vor ihnen, gestreift in allen Schattierungen der Farbe Blau, von tiefem Indigo bis zu hellem Türkis. Von der Hügelkuppe aus konnte man bis in die Unendlichkeit sehen, ferne Landspitzen verschwammen in seinem Dunst, der an die Hitze des Hochsommers denken ließ. Ein Stück weiter unten, die gewundene Straße hinunter, fiel die Stadt steil ab, ein Gewirr von engen, kopfsteingepflasterten Gassen, weißgetünchten Häusern und gebleichten, schiefen Dächern, das sich um den Hafen drängte.

Alljährlich in den drei Sommermonaten verwandelte sich Porthkerris in eine kleine Hölle auf Erden. Die viel zu engen Straßen waren mit Autos verstopft, das Pflaster überschwemmt mit spärlich bekleideten Menschen, die Geschäfte quollen über von Postkarten, Sonnenhüten, Strandschuhen, Garnelennetzen, Surfbrettern und aufblasbaren Plastikkissen. Auf dem großen Strand wurden Zelte und Badehütten aufgestellt, die Cafés öffneten, die Terrassen waren vollgestellt mit runden Eisentischchen, gespickt mit Sonnenschirmen. Orangegelbe Wimpel flatterten im Wind und warben für Himbeereis am Stiel, halbgefrorene Kugeln mit Schokoladeüberzug und andere Scheußlichkeiten, und als wären die nicht nahrhaft genug, gab es *Cornish Splits* zu kaufen und kleine Pasteten mit einer matschigen grauen Kartoffelfüllung.

Um Pfingsten öffnete der Spielsalon mit Flipper- und plärrenden

Musikautomaten, und vielleicht mußte wieder eine Gruppe baufälliger, aber pittoresker Häuser den Bulldozern weichen, um Platz für einen weiteren Parkplatz zu schaffen. Die Einwohner, die Leute, die die Stadt liebten, und die Künstler wurden entsetzte Zeugen dieser Vergewaltigung und sagten: «Es ist schlimmer denn je. Die Stadt ist ruiniert. Wir können hier nicht mehr bleiben.» Aber in jedem Herbst, sobald der letzte Zug den letzten pellnasigen Eindringling fortgetragen hatte, fiel Porthkerris wunderbarerweise wieder in sein normales Tempo zurück. Die Geschäfte schlossen, die Zelte wurden abgebaut, die Winterstürme kamen und wuschen die Strände rein. Die einzigen Fahnen, die wehten, waren Wäscheleinen, die von Haus zu Haus flatterten wie pastellfarbene Wimpel oder hoch über die Rasenflächen gespannt waren, auf denen die Fischer ihre Netze zum Trocknen ausbreiteten.

Und dann stellte der alte Zauber sich wieder ein, und es war leicht zu verstehen, daß ein Mann wie Ben Litton immer wiederkehrte wie eine Brieftaube, der Erholung wegen, der vertrauten Umgebung wegen und um sich von neuem in einem Meer von Farbe und Licht zu verlieren.

Das Sliding Tackle lag ganz am Ende der Hafenstraße. Robert hielt vor der schiefen Veranda und stellte den Motor ab. Der Tag war sehr warm; Stille lag über dem Ort. Es war Ebbe, der Hafen voll mit reinem Sand, Seetang und kreischenden Möwen. Ein paar Kinder, vom Sonnenschein ins Freie gelockt, spielten mit Eimern und Schaufeln, beaufsichtigt von mehreren strickenden Großmüttern in Schürzen und Haarnetzen, und auf den Kopfsteinen saß eine dürre schwarze Katze und putzte sich die Ohren.

Marcus stieg aus dem Wagen. «Ich geh rein und seh nach, ob er da ist. Du wartest hier.»

Robert nahm eine Zigarette aus dem Päckchen auf dem Armaturenbrett, zündete sie an und beobachtete die Katze. Über seinem Kopf knarrte das Wirtshausschild im Wind, eine Möwe flog heran, setzte sich darauf, beäugte Robert mit feindseliger Herausforderung und kreischte aufgeregt. Zwei Männer kamen die Straße entlang, mit dem gemächlichen, rechtschaffenen Gang, der einem geruhsamen Sonntag vorbehalten ist. Sie trugen marineblaue Seemannspullover und weiße Stoffmützen.

«Morgen», sagten sie im Vorübergehen.

«Herrlicher Tag», sagte Robert.

«Ja. Herrlich.»

Kurz darauf erschien Marcus wieder. «Alles klar. Ich hab ihn gefunden.»

«Und Emma?»

«Er sagt, sie ist im Atelier. Sie streicht die Wände.»

«Soll ich sie holen?»

«Wenn du willst. Es ist...» er sah auf seine Uhr, «Viertel nach zwölf. Schätze, du bist bis eins wieder hier. Ich hab ihm gesagt, daß wir um halb zwei essen.»

«Gut. Ich geh zu Fuß. Es lohnt sich nicht, den Wagen zu nehmen.»

«Weißt du den Weg noch?»

«Natürlich.» Er war schon zweimal allein in Porthkerris gewesen, um Ben Litton aus dem einen oder anderen Grund aufzuspüren, wenn Marcus nicht abkömmlich war. Bens Horror vor Telefonen, Autos und jeder Art von Kommunikation führte dann und wann zu den fürchterlichsten Komplikationen, und Marcus hatte sich längst damit abgefunden, daß es schneller ging, die Fahrt von London nach Cornwall zu machen und sich in die Höhle des Löwen zu wagen, als auf eine Antwort auf überaus dringliche Telegramme zu warten.

Er stieg aus und schlug die Wagentür zu. «Soll ich ihr sagen, worum es geht, oder soll ich dir die angenehme Aufgabe überlassen?»

Marcus grinste. «Sag du's ihr.»

Robert nahm seine schmale Tweedmütze ab und warf sie auf den Fahrersitz. Er sagte liebenswürdig: «Du Mistkerl.»

Ungefähr zwei Wochen nachdem Emma in London gewesen war, hatte er einen Brief von ihr bekommen:

Lieber Robert,

wenn ich Marcus Marcus nenne, kann ich Sie unmöglich Mr. Morrow nennen, nicht wahr? Nein, natürlich nicht, unmöglich. Ich hätte Ihnen gleich schreiben sollen, um Ihnen ganz herzlich zu danken für das Mittagessen und dafür, daß Sie mir das Geld gegeben haben, und auch dafür, daß Sie Ben benachrichtigt haben, mit welchem Zug ich kam. Er hat mich tatsächlich am Bahnhof abgeholt. Alles läuft ganz großartig, bis jetzt hatten wir keinen Krach, und Ben arbeitet wie der Teufel an vier Leinwänden auf einmal.

Ich habe nichts von meinem Gepäck verloren, nur den Sonnenhut, den mir bestimmt jemand gestohlen hat.

Liebe Grüße an Marcus. Und an Sie.
Emma

Jetzt ging er durch das verwirrende Labyrinth aus engen, verwinkelten Straßen, die zum Nordufer der Stadt führten. Hier gab es noch einen Strand, eine windige, ungeschützte Bucht, die nur von Surfern geschätzt wurde, wegen der kräftigen, langen Wellen, die direkt vom Atlantik heranrollten. Ben Littons Atelier ging auf diesen Strand hinaus. Ursprünglich war es einmal ein Lager für Fischernetze gewesen; man mußte über eine kopfsteingepflasterte Rampe gehen, die von der Straße abwärts zu einer schwarzgeteerten Tür führte, mit Bens Namensschild und einem riesigen eisernen Türklopfer. Robert klopfte und rief: «Emma?»

Es kam keine Antwort. Als er die Tür vorsichtig öffnen wollte, wurde sie ihm von einem Windstoß, der wie ein Wasserschwall durch das offene Fenster auf der anderen Seite des Ateliers hereinstürzte, fast aus der Hand gerissen. Sobald die Tür hinter ihm zugefallen war, legte sich der Durchzug. Das Atelier war leer und bitter kalt. Von Emma war nichts zu sehen, aber eine Trittleiter, ein Malerpinsel und ein Eimer deuteten auf ihre augenblickliche Beschäftigung hin. Eine Wand war ganz fertig, aber als Robert sie mit der Hand berührte, fühlte sie sich noch kalt und feucht an.

Mitten vor dieser Wand stand ein häßlicher altmodischer Ofen, jetzt leer und kalt, daneben befanden sich ein Gasbrenner, ein zerbeulter Wasserkessel, eine umgedrehte Apfelsinenkiste mit blauweiß gestreiften Bechern und einem Glas mit Würfelzucker. An der gegenüberliegenden Seite des Raumes stand Bens Arbeitstisch, darauf verstreut Zeichnungen und Papiere, Farbtuben sowie Hunderte von Bleistiften und Pinseln, die alle auf mehreren Bögen Wellpappe ausgelegt waren. Die Wand über diesem Tisch war dunkel, schmutzig vom Alter und beschmiert mit unzähligen Spachtelkratzern, die im Laufe der Jahre eine verkrustete Farbschicht gebildet hatten. Unmittelbar über dem Tisch war ein schmales Bord und darauf aufgereiht eine Sammlung von *objets trouvés*, die Ben hier und da ins Auge gefallen waren. Eine Muschel vom Strand, ein versteinerter Seestern. Ein blauer Krug mit getrockneten Gräsern. Die Postkartenreproduktion eines Picasso-Gemäldes, ein Stück ausgebleichtes

Treibholz, von See und Wind zu einer abstrakten Skulptur geschnitzt. Fotografien, wellig gewordene Schnappschüsse, fächerartig in einem alten silbernen Speisekartenständer angeordnet, eine Einladung zu einer Vernissage, die vor sechs Jahren stattgefunden hatte, und schließlich ein schwerer, altmodischer Feldstecher.

In Bodenhöhe lehnten unzählige Leinwände an der Wand, und mitten im Raum stand auf einer Staffelei das Bild, an dem Ben im Augenblick arbeitete, verdeckt mit einem verblichenen rosa Tuch. Vor dem leeren Ofen stand ein durchgesessenes Sofa, drapiert mit etwas, das wie Überreste eines arabischen Teppichs aussah. Auch ein alter Küchentisch mit abgesägten Beinen war vorhanden, und darauf befanden sich eine Zigarettendose, ein überquellender Aschenbecher, ein Stapel *Studio*-Ausgaben und eine grüne Glasschale mit bemalten Porzellaneiern.

Die Nordwand war ganz aus Glas, mit schmalen Holzleisten quadratisch unterteilt und so gestaltet, daß sich die unteren Segmente zur Seite schieben ließen. Davor stand eine lange Bank mit einem Haufen Kissen, und unter ihr lugten die Ausläufer eines weiteren Sammelsuriums von Treibgut hervor: Spieren von einem Boot, ein Stapel Surfbretter und eine Kiste mit leeren Flaschen. In der Mitte, unter einem offenen Fenster, waren zwei Eisenhaken in den Fußboden geschraubt worden, an denen eine Strickleiter befestigt war. Die Leiter verschwand aus dem Fenster; neugierig ging Robert hin und sah, daß sie direkt auf den Sand hinunterfiel, sechs Meter tief.

Bei Ebbe verwandelte sich der Strand in eine weite Fläche aus hartem, sauberem Sand, vom Himmel getrennt durch eine schmale Linie schäumender weißer Brecher. Näher zur Küste hin erhob sich eine Felsengruppe, überkrustet mit Schalentieren und Seetang; darüber schwebten Möwen, die gelegentlich herabstürzten, um sich kreischend um eine Beute zu balgen. Robert setzte sich auf die Fensterbank und zündete sich eine Zigarette an. Als er wieder aufsah, war eine Gestalt am Horizont erschienen, direkt am Rand des Wassers. Sie trug ein langes weißes Gewand wie ein Araber, und als sie auf das Atelier zugeschritten kam, schien es, als mühe sie sich mit einem großen, undefinierbaren roten Paket ab.

Robert erinnerte sich an den Feldstecher auf Bens Tisch. Er holte ihn, und in der Vergrößerung wurde die Gestalt deutlich und entpuppte sich als Emma Litton, die langen Haare wehend, angetan mit einem riesigen weißen Frotteebademantel. Mit einiger Mühe, weil der Wind es ständig auf der Breitseite packte und ihr entreißen wollte, schleppte sie ein scharlachrotes Surfbrett.

«Sie waren doch nicht etwa schwimmen?»

Emma, die sich mit dem Surfbrett abmühte, hatte ihn am Fenster nicht gesehen. Jetzt, mit einer Hand an der Strickleiter, hätte sie beim Klang seiner Stimme vor Schreck beinahe das Gleichgewicht verloren. Sie blickte hoch, das Surfbrett im Arm, die nassen schwarzen Haare vom Wind durcheinandergewühlt.

«Doch. Haben Sie mich erschreckt. Wie lange sind Sie hier?»

«Ungefähr zehn Minuten. Wie wollen Sie das Surfbrett die Leiter raufkriegen?»

«Das habe ich mich auch schon gefragt, aber nachdem Sie aufgekreuzt sind, ist das kein Problem mehr. Unter der Bank ist ein Seil. Wenn Sie das eine Ende runterwerfen, binde ich das Brett an, und Sie können es raufziehen.»

Dies wurde weisungsgemäß ausgeführt. Robert hievte das Brett durchs Fenster, und dann folgte Emma selber, Gesicht, Hände und Füße mit trockenem Sand überkrustet, die schwarzen Wimpern gespickt wie Seesterne.

Sie kniete sich auf die Fensterbank und lachte ihn an. «Na, wenn das kein Glücksfall war! Was hätte ich sonst angefangen? Ich konnte es kaum über den Strand kriegen, geschweige denn die Leiter rauf.»

Unter dem Sand war ihr Gesicht blau vor Kälte. Er schüttelte den Kopf. «Kommen Sie rein, und machen Sie das Fenster zu... der Wind ist eisig. Wie haben Sie das bloß ausgehalten, schwimmen zu gehen? Sie werden an Lungenentzündung sterben.»

«Nein, bestimmt nicht.» Sie stieg auf den Fußboden hinunter und sah zu, wie er die Leiter aufrollte und das Fenster zuschob. Es ließ sich nicht richtig schließen, immer noch drang ein eisiger Luftzug ins Zimmer. «Ich bin daran gewöhnt. Als Kinder sind wir immer im April schwimmen gegangen.»

«Jetzt ist nicht April. Es ist März. Es ist Winter. Was würde Ihr Vater dazu sagen?»

«Oh, nichts würde er sagen. Es ist so ein wunderschöner Tag, und ich hatte das Anstreichen satt... Haben Sie meine herrliche saubere Wand gesehen? Das Dumme ist bloß, daß dadurch der Rest des

Ateliers wie ein Dreckloch aussieht. Übrigens, ich war nicht schwimmen, ich war surfen, und die Brecher haben mich gewärmt.» Und dann, ohne merklichen Wechsel des Tonfalls: «Wollten Sie zu Ben? Er ist im Sliding Tackle.»

«Ja, ich weiß.»

«Woher wissen Sie das?»

«Weil ich Marcus dort bei ihm abgesetzt habe.»

«Marcus.» Emma hob ihre markanten Augenbrauen und überlegte. «Marcus ist auch mitgekommen? Meine Güte, das muß ein wichtiges Geschäft sein!»

Sie schauderte leicht.

«Ziehen Sie sich was an», mahnte Robert.

«Ach, brauch ich nicht.» Sie trat an den Tisch, nahm sich eine Zigarette, zündete sie an und ließ sich dann auf das alte Sofa fallen, flach auf den Rücken, die Füße auf der Armlehne abgestützt.

«Haben Sie meinen Brief bekommen?»

«Ja.» Da Emma das ganze Sofa einnahm, blieb ihm nur der Tisch zum Sitzen, deshalb legte er den Zeitschriftenstapel vorsichtig auf die Erde und setzte sich auf die Tischkante. «Tut mir leid, das mit Ihrem Sonnenhut.»

Emma lachte. «Aber das mit Ben hat Sie gefreut?»

«Natürlich.»

«Es klappt erstaunlich gut. Unglaublich. Und er hat mich wirklich gern um sich.»

«Ich hätte nicht eine Sekunde gedacht, daß es anders wäre.»

«Ach, bloß keine Komplimente. Natürlich haben Sie das gedacht. Neulich beim Mittagessen waren Sie nichts als fragende Augenbrauen und Skepsis. Aber es ist wirklich ein perfektes Abkommen. Ben muß mich nicht dafür bezahlen, daß ich ihm den Haushalt führe, er braucht sich nicht mit lästigen Kleinigkeiten wie freien Tagen und Sozialversicherung abzugeben, und er muß keine Gefühle zeigen. Ich glaube, er hätte nie gedacht, daß das Leben so unkompliziert sein kann.»

«Haben Sie was von Christopher gehört?»

Emma drehte den Kopf zur Seite, um ihn anzusehen. «Woher wissen Sie von Christopher?»

«Sie haben es mir selbst erzählt. Bei Marcello, erinnern Sie sich?»

«Ach ja. Nein, ich hab nichts von ihm gehört. Aber er dürfte inzwischen in Brookford sein, mitten in den Proben. Er hatte bestimmt keine Zeit zum Schreiben. Außerdem gab es hier so viel zu tun. Uns im Cottage einrichten, kochen und so weiter. Glauben Sie den Leuten bloß nicht, wenn sie sagen, daß Künstler nichts essen. Bens Magen ist unersättlich.»

«Haben Sie ihm erzählt, daß Sie Christopher getroffen haben?»

«Himmel, nein! Hätte ich unseren reibungslosen Tagesablauf stören sollen? Ich hab nicht mal seinen Namen erwähnt. Wissen Sie was, in den Tweedsachen sehen Sie viel netter aus als in den Londoner Klamotten. Als ich Sie das erste Mal sah, dachte ich gleich, daß Sie nicht der Typ sind, der seine Tage zugeknöpft in einem anthrazitgrauen Anzug verbringt. Wann sind Sie hier angekommen?»

«Wir sind gestern nachmittag losgefahren. Wir haben im Hotel Castle übernachtet.»

Emma zog ein Gesicht. «Umringt von einem Haufen Topfpalmen und Kaschmirstrickjacken. Igitt!»

«Es ist sehr komfortabel.»

«Von der Zentralheizung krieg ich Heuschnupfen. Da kann ich nicht mal atmen.»

Sie drückte ihre halbgerauchte Zigarette in dem überquellenden Aschenbecher aus, schwang die Füße vom Sofa und ging zum Fenster. Im Gehen löste sie den Gürtel ihres Bademantels. Sie kramte einen Stapel Kleidungsstücke unter einem Kissen hervor und begann sich mit dem Rücken zu ihm anzuziehen.

«Warum sind Sie und Marcus zusammen gekommen?» fragte sie schließlich.

«Marcus fährt nicht Auto.»

«Es gibt Züge. Und das hab ich auch nicht gemeint.»

«Ich weiß.» Er nahm eins von den bemalten Porzellaneiern und spielte damit wie ein Araber mit den Kugeln einer Gebetskette. «Wir sind hergekommen, um Ben zu überreden, wieder nach Amerika zu fliegen.»

Plötzlich brach ein heftiger Windstoß durch das Glasfenster des Ateliers und toste gleichzeitig wie das Donnern eines vorbeifahrenden Zuges über das Dach. Ein Schwarm Möwen stieg kreischend von den Felsen auf und wurde am Himmel entlanggejagt. Dann legte sich der Wind genauso plötzlich wieder.

Emma fragte: «Warum soll er wieder hin?»

«Wegen der Ausstellung.»

Als sie den weißen Frotteemantel fallen ließ, stand sie in Jeans da und zog sich einen marineblauen Pullover über den Kopf.

«Aber ich dachte, er und Marcus hätten das alles schon im Januar in New York geregelt.»

Das dachten wir auch. Aber sehen Sie, diese Ausstellung wird von einer Privatperson finanziert.»

«Ich weiß», sagte Emma, als sie sich umdrehte und ihre dunklen Haare mit einer ruckartigen Bewegung aus dem Rollkragen des Pullovers befreite. «Ich habe in *Réalités* alles darüber gelesen. Mrs. Kenneth Ryan. Die Witwe des reichen Mannes, dessen Denkmal das Queenstown Museum of Fine Arts ist. Sie sehen, ich bin gut informiert. Ich hoffe, Sie sind beeindruckt.»

«Und Mrs. Kenneth Ryan wünscht eine Vernissage.»

«Warum hat sie das nicht gleich gesagt?»

«Weil sie nicht in New York war. Sie hat sich in Nassau auf den Bahamas oder in Palm Beach oder sonstwo gesonnt. Ben hat sie nie gesehen. Er hat nur den Museumsdirektor gesprochen.»

«Und jetzt wünscht Mrs. Ryan, daß Ben Litton zurückkommt, damit sie eine nette kleine Champagnerparty veranstalten und ihn ihren vielen einflußreichen Freuden vorzeigen kann wie eine Trophäe. Das macht mich krank.»

«Sie hat es nicht nur beschlossen, Emma, sie ist gekommen, um ihn zu überreden.»

«Gekommen? Sie meinen, nach England?»

«Ich meine nach England, in die Galerie Bernstein, und nach Porthkerris. Sie ist gestern mit Marcus und mir hergefahren und sitzt in diesem Augenblick im Castle an der Bar, trinkt sehr kalte Martinins und wartet, daß wir alle mit ihr Mittag essen.»

«Also, ich gehe bestimmt nicht mit.»

«Sie müssen. Sie rechnet mit uns allen.» Er sah auf seine Armbanduhr. «Und wir sind spät dran. Beeilen Sie sich.»

«Weiß Ben von der Vernissage?»

«Er dürfte es inzwischen wissen. Marcus wird es ihm gesagt haben.»

Sie hob einen braunen Segeltuchkittel vom Boden auf und zog ihn über ihren Pullover. Als sie den Kopf durch den Halsausschnitt steckte, sagte sie: «Ben will vielleicht nicht weg.»

«Sie meinen, Sie wollen nicht, daß er weggeht?»

«Ich meine, er hat sich hier wieder eingelebt. Er treibt sich nicht herum, er ist nicht unruhig, er trinkt nicht mal besonders viel. Er arbeitet wie ein Berserker, und was er macht, ist frisch, neu und besser denn je. Ben ist immerhin sechzig. Wenn man ihn ansieht, ist es kaum zu glauben, aber er ist wirklich fast sechzig. Ist es nicht denkbar, daß dieses ewige Herumschwirren in aller Welt ihn nicht mehr anregt, sondern schlichtweg auslaugt?» Sie kam wieder zum Sofa und setzte sich Robert gegenüber, ihr ernstes Gesicht auf gleicher Höhe mit seinem. «Bitte, wenn er nicht weg will, versuchen Sie nicht, ihn zu überreden.»

Robert hielt immer noch das Porzellanei in der Hand. Er betrachtete es aufmerksam, als würden seine blaugrünen Windungen auf wundersame Weise die Lösung aller Probleme enthalten. Dann legte er es vorsichtig zurück in die Glasschale zu den anderen. «Sie tun, als wäre dies eine große Sache, so als würde er in die Staaten zurückkehren, um wieder zu unterrichten, und jahrelang nicht wiederkommen. Aber so ist es ja nicht. Es ist bloß eine Party. Er muß höchstens ein paar Tage wegbleiben.» Sie öffnete den Mund zu einem neuerlichen Protest, aber er fiel ihr ins Wort. «Und Sie dürfen nicht vergessen, daß diese Ausstellung eine große Huldigung an Ben ist. Da wurde eine Menge an Geld und Organisation reingesteckt, und das mindeste, was er tun kann, ist vielleicht...»

Emma unterbrach ihn wütend. «Das mindeste, was er tun kann, ist für eine fette alte Amerikanerin auf und ab stolzieren wie ein Schoßäffchen. Und das Schreckliche dabei ist, daß ihm so was auch noch gefällt. Das hasse ich, daß es ihm gefällt.»

«Nun gut, es gefällt ihm eben. Wenn er hin will, wird er also fliegen.»

Sie saß da, stumm, die Augen niedergeschlagen, der Mund schmollend wie bei einem Kind. Robert rauchte seine Zigarette zu Ende und drückte sie aus, dann stand er auf und sagte, sanfter jetzt: «Kommen Sie, sonst verspäten wir uns. Haben Sie einen Mantel?»

«Nein.»

«Aber Schuhe, Sie müssen doch Schuhe haben.»

Emma griff unter das Sofa, zog ein Paar Riemensandalen hervor, stand auf und fuhr mit bloßen Füßen hinein. Ihre Füße waren noch mit Sand bedeckt, und der Segeltuchkittel hatte Flecken von weißer Tünche.

Sie seufzte. «In diesem Aufzug kann ich nicht zum Mittagessen ins Castle gehen.»

«Unsinn», sagte er in bemüht aufmunterndem Ton. «Sie geben den Einwohnern was zu tratschen. Das hellt ihr eintöniges Leben unendlich auf.»

«Hab ich keine Zeit mehr, vorher ins Cottage zu gehen? Ich hab nicht mal einen Kamm.»

«Einen Kamm kriegen Sie im Hotel.»

«Aber...»

«Wir haben einfach keine Zeit mehr. Wir sind sowieso schon spät dran. Kommen Sie jetzt?»

Sie gingen zusammen aus dem Atelier, die Rampe hinauf und auf die sonnenbeschienene Straße hinaus und machten sich auf den Weg zum Hafen. Nach der Kälte des Ateliers fühlte die Luft sich warm an, das Leuchten des Meeres wurde von den weißgetünchten Mauern der Häuser reflektiert und schmerzte im Auge wie gleißender Schnee.

5

Emma wollte auf gar keinen Fall ins Sliding Tackle. «Ich warte hier. Gehen Sie rein und eisen Sie sie los.»

«Na gut.»

Sie beobachtete, wie er unter der Veranda den Kopf einziehen mußte, um hineinzugelangen. Die Tür der Kneipe fiel hinter ihm zu. Emma schlenderte zu seinem Wagen hinüber und begutachtete ihn interessiert, schließlich gehörte er Robert und konnte deshalb weitere Aufschlüsse über seinen Charakter liefern, wie ein Bücherregal oder die Bilder, die sich jemand an die Wand hängt. Doch abgesehen davon, daß er dunkelgrün und mit Nebelscheinwerfern, Speichenrädern und mehreren Autoclubplaketten ausgestattet war, gab der Alvis wenig preis. Im Handschuhfach sah sie Zigaretten und einen Straßenatlas. Auf dem Fahrersitz lag eine Tweedmütze, auf dem Rücksitz, ordentlich zusammengefaltet, eine dicke, teuer aussehende karierte Decke. Emma dachte, daß er entweder vertrauensvoll oder sorglos sein mußte. Aber offensichtlich hatte er auch Glück, immerhin war die Decke noch nicht gestohlen worden.

Ein Windstoß kam von der See her, und Emma fröstelte. Nach dem Surfen und dem Aufenthalt in dem zugigen Atelier war ihr noch arg kalt. Ihre Hände waren taub und völlig farblos geworden, die Fingernägel blau gefärbt. Aber das Metall des Wagens war warm, und sie lehnte sich behaglich vornüber auf die Kühlerhaube, die Hände gespreizt wie Seesterne.

Die Tür der Kneipe ging auf, und Robert Morrow erschien wieder, sich vorsichtig duckend.

«Sind sie nicht da?»

«Nein. Wir sind spät dran, und sie hatten keine Lust zu warten, deshalb haben sie sich von jemandem mit zum Hotel nehmen lassen.» Er öffnete die Tür an der Fahrerseite, setzte die Mütze auf und zog sie bis an die Nase herunter, was seinem eindrucksvollen Profil zusätzliche Schärfe verlieh. «Kommen Sie... Er beugte sich hinüber und öffnete die Beifahrertür, und Emma löste sich von der Kühlerhaube und stieg neben ihm ein.

Sie ließen den Hafen hinter sich, brausten durch die Stadt, die steilen engen Straßen hinauf, zwischen schmucken Häuserzeilen mit Schildern, die Übernachtung und Frühstück versprachen, und Vorgärten, in denen traurige Palmen die Köpfe in dem fremden Wind hin und her warfen. Sie kamen auf die Hauptstraße, immer noch ansteigend, bogen in die Zufahrt zum Hotel Castle ein, fuhren weiter bergauf, zwischen Hortensiensträuchern und landwärts geneigten Ulmen, und gelangten schließlich oben auf dem Hügel auf ein freies Gelände mit Tennisplätzen, Rasenflächen und einem Minigolfplatz. Das Hotel war ein ehemaliges Landhaus und rühmte sich seiner authentischen Atmosphäre. Eine an Pfosten befestigte weiße Kette verhinderte, daß Autos auf den geschwungenen Kiesweg vor dem Hotel fuhren, und hier saß eine Handvoll abgehärteter Gäste in Liegestühlen, mit Schals, Handschuhen und in Decken gewickelt wie Passagiere auf einem Ozeandampfer. Sie lasen Bücher oder Zeitungen, doch als der Alvis die Zufahrt hinaufbrauste und unter lautem Kiesknirschen vorfuhr, ließ man die diverse Lektüre sinken. Roberts und Emmas Ankunft wurde beobachtet und kommentiert, als handele es sich um Besucher von einem anderen Stern.

Robert grinste: «Wir sind vermutlich das erste aufregende Ereignis, seit der Direktor in den Swimmingpool gefallen ist.»

Als sie durch die Drehtür kamen, umfing sie die Wärme des Hauses wie in einem großen Ofen. Emma behauptete, derartigen Komfort zu verachten, aber heute war sie ausgesprochen dankbar dafür.

«Ich nehme an, die anderen sind in der Bar», sagte sie. «Gehen Sie schon vor, ich komme in einer Minute nach. Ich muß versuchen, den Sand runterzukriegen.»

In der Damentoilette wusch sie sich Hände und Gesicht und rieb die Füße hinten an den Hosenbeinen ihrer Jeans, um den Sand abzustreifen wie ein Schuljunge, der sich die Schuhe zu putzen versucht. Auf einem rüschenverzierten Toilettentisch lag eine protzige Kamm- und Bürsten-Garnitur, und sie fuhr sich mit dem Kamm durch ihre verfilzten Haare, wobei sie die Hälfte der Zinken abbrach, aber die wirre Masse einigermaßen in Form brachte. Als sie sich zur Tür umdrehte, erblickte sie sich in dem hohen Spiegel. Kein Make-up, verblichene Jeans, Farbflecken. Sie zog den unmöglichen Kittel aus, wurde wütend auf sich selbst, weil sie sich mit etwas so Lächerlichem wie ihrem Äußeren abgab, und zog ihn wieder an. Die

Leute würden sie für eine Hippie-Kunststudentin halten. Ein Modell. Ben Littons Geliebte. Sollten sie. Wie Robert Morrow richtig gesagt hatte, es würde ihnen etwas zu tratschen geben.

Aber als sie aus der Damentoilette kam und über den dicken Teppich des Foyers ging, sah sie dankbar, daß Robert Morrow sie nicht, wie sie ihm gesagt hatte, allein gelassen hatte, um sich zu den anderen zu gesellen, sondern an der Rezeption auf sie wartete. Er las ein Sonntagsblatt, das jemand auf einem Sessel liegengelassen hatte. Als er sie kommen sah, faltete er die Zeitung zusammen und bedachte Emma mit einem aufmunternden Grinsen.

«Alle Achtung», sagte er.

«Ich hab den Hotelkamm zerbrochen. Ausgerechnet einen so schönen, er gehörte zu einer Garnitur. Sie hätten nicht warten müssen. Ich war schon mal hier und kenne den Weg...»

«Dann kommen Sie.»

Es war Viertel vor zwei, die Mittagszeit war vorüber. Nur ein paar ernsthafte Zecher saßen noch an der Bar, hielten ihre Gin Tonics umklammert und wurden schon ein bißchen rot im Gesicht. Ben Litton, Marcus Bernstein und Mrs. Kenneth Ryan saßen auf der anderen Seite des Raumes in der Nische, die von einem großen Panoramafenster gebildet wurde. Mrs. Ryan nahm den Platz am Fenster ein, vor einem Hintergrund, der wie das Plakat eines Reisebüros aussah – knallblaues Meer, ein Stück Himmel und das gepflegte Grün des Minigolfplatzes. Die beiden Männer, Ben in seinem Blaumann und Marcus in seinem dunklen Anzug, saßen seitlich von ihr, so daß Mrs. Ryan es war, die Emma und Robert zuerst sah.

«Sieh mal an, wer da ist...» sagte sie.

Sie drehten sich um. Ben blieb sitzen, aber Marcus stand auf und trat mit ausgestreckten Armen auf Emma zu, um sie zu begrüßen; seine Freude, sie zu sehen, war echt und demonstrativ zugleich, sehr unbritisch. Er konnte gelegentlich nahezu peinlich österreichisch sein.

«Emma, mein liebes Kind. Endlich bist du da.» Er legte ihr die Hände auf die Schultern und küßte sie feierlich auf beide Wangen. «Welche Freude, dich wiederzusehen, nach so langer, langer Zeit. Wie lange ist es her? Fünf Jahre? Sechs Jahre? Wir haben uns eine Menge zu erzählen. Komm, ich stell dir Mrs. Ryan vor.» Er nahm sie bei der Hand. « Aber deine Hand ist wie ein Eisblock. Was hast du gemacht?»

«Nichts», sagte Emma. Sie fing Roberts Blick auf und beschwor ihn stumm, sie nicht zu verraten.

«Und mit bloßen Füßen… wie hältst du das aus? Mrs. Ryan, das ist Bens Tochter Emma, aber geben Sie ihr nicht die Hand, sonst sterben Sie an einem Schock.»

«Ich kann mir schlimmere Todesarten vorstellen», sagte Mrs. Ryan und streckte ihre Hand aus. «Guten Tag.» Sie zuckte unwillkürlich zusammen. «Ich muß schon sagen, Sie sind sehr kalt.»

In einer plötzlichen Eingebung sagte Emma: «Ich war schwimmen. Deswegen haben wir uns verspätet. Und deshalb seh ich so schlampig aus. Mir blieb keine Zeit mehr, nach Hause zu gehen und mich umzuziehen.»

«Oh, Sie sehen nicht schlampig aus, Sie sehen reizend aus. Nehmen Sie Platz… wir haben doch noch Zeit für einen Drink? Das Restaurant wird sicher nicht vor unserer Nase zumachen oder sowas. Robert, seien Sie ein Schatz, und bestellen Sie noch eine Runde für uns. Was möchten Sie, Emma?»

«Ich… ich möchte eigentlich gar nichts.» Ben hüstelte leise. «Hm… einen Sherry.»

«Und wir anderen trinken alle Martini. Robert, möchten Sie auch einen?» Emma ließ sich bedächtig auf dem Stuhl nieder, den Marcus freigemacht hatte. Sie merkte, daß ihr Vater sie von der anderen Seite des Tisches beobachtete.

«Ich glaube einfach nicht», sagte Mrs. Ryan, «daß Sie wirklich schwimmen waren.»

«Nicht richtig. Ich bin bloß reingegangen und wieder raus. Die Wellen waren riesig.»

«Aber holen Sie sich denn nicht einen furchtbaren Schnupfen? Das kann Ihnen nicht guttun.» Sie wandte sich an Ben. «Sie werden doch nicht dulden, daß sie bei dieser Kälte schwimmen geht? Haben Sie denn keinen Einfluß auf Ihre Tochter?»

Ihr Tonfall war munter und scherzhaft. Sie fuhr fort, Ben aufzuziehen, aber Emma hörte nicht zu. Sie war zu sehr mit Schauen beschäftigt. Denn Mrs. Ryan war nicht alt und dick, sondern jung, schön und sehr attraktiv, und vom Scheitel ihres glatt frisierten goldblonden Kopfes bis zu den Spitzen ihrer glänzenden Pumps gab es kein einziges Detail, das nicht ungemein anziehend war. Ihre Augen waren riesengroß und blau wie Veilchen, ihr Mund war voll und sanft und ließ, wenn sie lächelte wie jetzt, zwei vollendete Reihen gleichmäßiger weißer amerikanischer Zähne sehen. Sie trug ein sehr kleidsames Kostüm aus altrosa Tweed, Kragen und Manschetten mit gestärktem weißem Pikee eingefaßt. Diamanten funkelten an ihren Ohren, ihrem Revers, ihren tadellos manikürten Händen. Sie hatte nichts Vulgäres an sich, nichts Aufdringliches. Selbst ihr Parfüm roch sanft und blumig.

«...daß sie sechs Jahre von Ihnen fort war, ist ein Grund, sich jetzt um so mehr um sie zu kümmern.»

«Ich kümmere mich nicht um sie... sie kümmert sich um mich.»

«Da spricht ein echter Mann...» Ihre sanfte Stimme mit dem Südstaatenakzent ließ die Worte klingen wie eine Liebkosung.

Emmas Augen wanderten zu ihrem Vater. Seine Haltung war typisch für ihn, die Beine übereinandergeschlagen, der rechte Ellbogen auf dem Knie, das Kinn vom Daumen gestützt, zwischen den Fingern eine Zigarette, deren Rauch vor seinen Augen aufstieg. Die Augen waren dunkel wie schwarzer Kaffee, mit tiefen Schatten, und sie betrachteten Mrs. Ryan, als sei sie ein faszinierendes neues Lebewesen unter dem Mikroskop.

«Emma, dein Sherry.»

Es war Marcus. Sie riß ihre Augen von Ben los, und Mrs. Ryan wandte sich ihm erfreut zu.

«Oh, vielen Dank...»

Er setzte sich neben sie. «Hat Robert dir von der Vernissage erzählt?»

«Ja.»

«Bist du uns böse?»

«Nein.» Und das war die Wahrheit. Einem so aufrichtigen Menschen, der sofort zur Sache kam, konnte man nicht böse sein.

«Aber du möchtest nicht, daß er weggeht?»

«Hat Robert das gesagt?»

«Nein. Ich kenne dich nur sehr gut. Und ich weiß, wie lange du gewartet hast, um bei Ben zu sein. Aber es ist ja nur für kurze Zeit.»

«Ja.» Sie sah auf ihr Glas hinunter. «Er geht also wirklich?»

«Ja, er geht wirklich. Aber erst Ende des Monats.»

«Aha.»

«Wenn du ihn begleiten möchtest...» begann Marcus sanft.

«Nein. Nein, ich will nicht nach Amerika.»

«Macht es dir nichts aus, allein zu sein?»

«Nein. Ich hab nichts dagegen. Und, wie du gesagt hast, es ist ja keine lange Zeit.»

«Du könntest nach London kommen und bei Helen und mir wohnen. Du kannst Davids Zimmer haben.»

«Und wo schläft David dann?»

«Es ist so traurig, er ist im Internat. Es hat mir das Herz gebrochen, aber ich bin jetzt Engländer, und so wurde mein Sohn mir mit acht Jahren entrissen. Komm zu uns, Emma. In London gibt es eine Menge zu besichtigen. Die Tate Gallery hat umgehängt, eine Meisterleistung...»

Emma mußte unwillkürlich lächeln.

«Worüber lächelst du, du schreckliches Kind?»

«Ich lache über deine Unverschämtheit. Du nimmst mir mit der einen Hand meinen Vater und bietest mir mit der anderen die Tate Gallery. Und», fügte sie mit gesenkter Stimme hinzu, «niemand hat es für nötig gehalten, mir zu sagen, daß Mrs. Kenneth Ryan Schönheitskönigin von Süd-Virginia war.»

«Das wußten wir nicht», sagte Marcus. «Wir hatten sie vorher nie gesehen. Sie ist vorgestern spontan nach England geflogen, in die Galerie Bernstein marschiert und hat gesagt, sie wollte zu Ben Litton, und da habe ich sie zum erstenmal zu Gesicht bekommen.»

«Es lohnt sich, sie zu Gesicht bekommen.»

«Ja», sagte Marcus. Er schaute mit seinen traurigen Hundeaugen zu Mrs. Ryan hinüber. Er schaute zu Ben. Dann schaute er wieder in sein Martiniglas und berührte mit dem Zeigefinger den Zitronenschalenschnitz. «Ja», sagte er noch einmal.

Die späte Ankunft im Speisesaal verursachte einigen Aufruhr. Der beste Tisch war für sie reserviert, der runde am Fenster, und um hinzugelangen, mußten sie den ganzen Saal durchqueren. Mrs. Ryan ging voran, sich der Bewunderung aller Augen im Raum bewußt und scheinbar unempfänglich dafür. Sie war daran gewöhnt. Hinter ihr Marcus, schäbig, aber seltsam distinguiert und eine ausgesprochen interessante Figur. Dann Robert und Emma und schließlich Ben. Ben blieb etwas zurück, um seine Zigarette auszudrücken, was jedoch in einem Starauftritt gipfelte: Er verhielt einen Moment an der Tür, um mit dem Oberkellner zu sprechen, so daß er, als er den Raum betrat, der alleinige Mittelpunkt der Aufmerksamkeit war.

Ben Litton… Das ist Ben Litton, flüsterten sie, als er zwischen den Tischen hindurchschritt, prächtig anzuschauen in seinem Monteuranzug, das rot-weiße Tuch um den Hals geknotet, die weißen Haare so dicht wie die eines jungen Mannes, mit einer Locke, die ihm wie ein Komma in die Stirn fiel.

Ben Litton… du weißt doch, der Maler.

Es war aufregend. Jedermann wußte, daß Ben Litton in Porthkerris ein Atelier hatte, aber wenn man entschlossen war, ihn leibhaftig zu sehen, mußte man hinunter in die Stadt gehen, eine Fischerkneipe namens Sliding Tackle aufsuchen, sich dort in die stickige Finsternis setzen, so lange wie möglich mit einem Glas warmem Bier auskommen und auf ihn warten. Es war so etwas wie eine seltsame Abart der Vogelbeobachtung.

Aber heute hatte Ben Litton seine gewohnten Schlupfwinkel verlassen und war hier im Hotel Castle, um Mittag zu essen wie ein ganz gewöhnlicher Mensch. Der Berg war zum Propheten gekommen. Eine ältere Dame starrte ihn ungeniert durch ihr Lorgnon an, und ein Gast aus Texas bedauerte lauthals, daß er sein Blitzlicht auf dem Zimmer gelassen hatte.

Emma fing Robert Morrows Blick auf und konnte gerade noch ein Prusten unterdrücken.

Ben kam schließlich an den Tisch, ließ sich auf dem Ehrenplatz neben Mrs. Ryan nieder, griff nach der Speisekarte und gab nur durch das Heben eines Fingers zu verstehen, man möge den Weinkellner holen. Allmählich legte sich die Aufregung im Speisesaal, aber es war offensichtlich, daß ihnen für den Rest der Mahlzeit die Aufmerksamkeit aller Anwesenden sicher sein würde.

Emma schüttelte den Kopf. «Ich weiß, ich sollte das nicht gutheißen – ich sollte mich schämen für diesen unverfrorenen Exhibitionismus, aber irgendwie läßt man es ihm jedesmal durchgehen.»

Robert lächelte. «Nun, es hat Sie wenigstens zum Lachen gebracht, und Sie machen nicht mehr so ein verkniffenes und nervöses Gesicht.»

«Sie hätten mir sagen sollen, daß Mrs. Ryan jung und schön ist.»

«Schön ist sie allerdings. Aber ich glaube nicht, daß sie so jung ist, wie sie scheint. Eher gut erhalten.»

«Das ist die Art gehässiger Bemerkung, die eine Frau machen würde.»

«Verzeihung. Es war in der allerbesten Absicht gesagt.»

«Sie hätten es mir trotzdem vorher erzählen können.»

«Sie haben mich ja nicht gefragt.»

«Nein, aber ich habe eine Bemerkung über fette alte Amerikanerinnen gemacht, und Sie haben mich nicht korrigiert.»

«Vielleicht war mir nicht klargeworden, daß das so wichtig für Sie ist.»

«Eine schöne Frau und Ben Litton, und Ihnen war nicht klar, daß es wichtig ist? Und nicht nur das; es ist tödlich. Eins steht fest, Sie und Marcus brauchen ihn nicht zu überreden. Ben geht nach Amerika. Ein Wimpernschlag von ihr, und er ist schon mitten über dem Atlantik.»

«Ich finde, Sie sind nicht ganz fair. Die längsten Wimpern der Welt würden ihn nicht zu etwas bewegen, was er nicht will.»

«Nein, aber er konnte einer Herausforderung noch nie widerstehen.»

Ihre Stimme war kalt.

«Emma», sagte Robert.

Sie drehte sich zu ihm um. «Was?»

«In Ihren Worten klingt eine gewisse Feindseligkeit an.» Er maß zwischen Zeigefinger und Daumen ab. «Bloß ein klitzekleines bißchen.»

«Ja... also...» Sie beschloß, das Thema zu wechseln. «Wann fahren Sie nach London zurück?»

«Heute nachmittag.» Er sah auf die Uhr. «Wir sind ohnehin schon spät dran. Wir müssen aufbrechen, sobald ich Madame Millionärin weglocken kann.»

Aber Mrs. Ryan ließ sich nicht zur Eile antreiben. Das Mittagessen zog sich über vier Gänge hin, nebst Wein, Kognak und Kaffee, in dem jetzt leeren Speisesaal serviert, weil sie ihren Tisch nicht verlassen wollte. Schließlich machte Robert sich eine Gesprächspause zunutze, er räusperte sich und sagte: «Marcus, es tut mir leid, euch zu unterbrechen, aber ich glaube wirklich, wir sollten los. Immerhin haben wir eine Fahrt von fast fünfhundert Kilometern vor uns.»

Mrs. Ryan wirkte erstaunt. «Aber wie spät ist es denn?»

«Fast vier Uhr.»

Sie lachte. «Schon! Es ist wie in Spanien. Einmal bin ich in Spanien zu einem Mittagessen gegangen, und wir sind erst abends um halb acht vom Tisch aufgestanden. Warum muß die Zeit so schnell vergehen, wenn man sich richtig amüsiert?»

«Ursache und Wirkung», sagte Ben.

Sie lächelte Robert über den Tisch hinweg an. «Sie wollen doch nicht sofort losfahren, oder?»

«Nun ja... so bald wie möglich.»

«Aber ich wollte mir das Atelier ansehen. Ich kann doch nicht den ganzen Weg über den Atlantik kommen und dann den ganzen Weg bis nach Porthkerris, ohne Bens Atelier zu sehen. Können wir auf dem Rückweg nach London nicht bloß mal schnell vorbeischauen?»

Niemand sagte etwas. Robert und Marcus wirkten einen Moment ratlos; Robert, weil er keine weitere Zeit verlieren wollte, und Marcus, weil er wußte, daß es Ben ausgesprochen zuwider war, sein Atelier besichtigen zu lassen. Auch Emma war nicht gerade begeistert. Im Atelier herrschte Chaos – es war nicht Bens Chaos, das spielte keine Rolle, sondern ihr persönliches Chaos. Sie dachte an die Leitern, den Farbeimer, den nassen Frotteemantel, den Badeanzug, den sie auf dem Fußboden liegengelassen hatte, die randvollen Aschenbecher, das durchgesessene Sofa und den Sand, der überall verstreut war. Sie sah Ben an, beschwor ihn, abzulehnen. Aller Augen waren auf Ben gerichtet, sie warteten wie Marionetten, in welche Richtung er die Fäden ziehen würde.

Aber ausnahmsweise ließ er sie nicht im Stich.

«Meine liebe Mrs. Ryan, obwohl ich Ihnen mein Atelier mit Vergnügen zeigen würde, muß ich doch darauf hinweisen, daß es nicht auf dem Weg nach London liegt.»

Alle sahen sie an, gespannt, wie sie es aufnehmen würde. Sie verdrehte theatralisch die Augen und seufzte schwer. Alle lachten erleichtert, und Mrs. Ryan lachte mit.

«Schön, ich gebe mich geschlagen.» Sie nahm ihre Handtasche und Handschuhe an sich. «Aber eins lassen Sie mich noch sagen. Sie waren alle so lieb zu mir, und ich will mir nicht mehr wie eine Fremde vorkommen. Ich heiße Melissa. Ob Sie mich wohl so nennen könnten?»

Während sie zum Auto gingen, nahm sie Emma beiseite.

«Sie waren besonders lieb», sagte sie. «Marcus hat mir erzählt, daß Sie aus Paris gekommen sind, um bei Ihrem Vater zu sein, und jetzt komme ich und nehme ihn Ihnen wieder weg.»

Emma, die wußte, daß sie nicht besonders lieb gewesen war, hatte ein schlechtes Gewissen. «Die Ausstellung geht vor...»

«Ich passe gut auf ihn auf», versprach Melissa Ryan.

Ja, dachte Emma, *davon bin ich überzeugt*. Dennoch war ihr die Amerikanerin sympathisch. Und etwas in ihrer Haltung und der Klarheit ihrer veilchenblauen Augen weckte in Emma leise Zweifel daran, daß Ben diesmal so leichtes Spiel haben würde wie sonst. Und wenn bei ihm etwas nicht von Anfang an nach Wunsch lief, gab er schnell auf. Lächelnd sagte sie: «Ich nehme an, es dauert nicht lange, bis er wieder zu Hause ist.» Dann nahm sie den honigfarbenen Nerz von Mrs. Ryans Stuhllehne und half ihr hinein. Sie gingen zusammen aus dem Hotel. Es war kälter geworden. Die Wärme der Sonne hatte den Himmel verlassen, und frostige Kühle stieg von der See herauf. Robert hatte das Verdeck des Alvis hochgeklappt, und Melissa, in den Nerz gehüllt, ging zu Ben, um Lebewohl zu sagen.

«Aber es ist kein Lebewohl», sagte er zu ihr, während er ihre Hand hielt und sie mit seinen dunklen Augen ansah. «Es gibt ein Wiedersehen.»

«Natürlich. Und wenn Sie mir mitteilen, wann Ihre Maschine auf dem Kennedy Flughafen landet, lasse ich Sie abholen.»

Marcus seufzte. «Das erledige ich. Ben hat seit Menschengedenken nie irgendwem irgendwas mitgeteilt, schon gar nicht seine Ankunftszeiten. Leb wohl, Emma, mein liebes Kind, und vergiß nicht, daß ich dich eingeladen habe, bei uns zu wohnen, solange du willst, während Ben in Amerika ist.»

«Vielen Dank, Marcus. Man kann nie wissen. Vielleicht komme ich.»

Sie gaben sich einen Kuß. Er stieg hinten in den Wagen, und Melissa Ryan setzte sich nach vorn, die eleganten Beine in Roberts Reiseplaid gehüllt. Ben schloß die Tür, dann blieb er dort stehen und setzte sein Gespräch mit ihr durch das offene Wagenfenster fort.

«Emma.» Es war Robert.

Sie drehte sich um. «Oh, Wiedersehen, Robert.»

Zu ihrer Überraschung nahm er seine Mütze ab und beugte sich hinunter, um ihr einen Kuß zu geben. «Machen Sie's gut, ja?»

Sie war gerührt. «Ja, sicher.»

«Wenn Sie irgendwas brauchen, rufen Sie mich in der Galerie Bernstein an.»

«Was sollte ich brauchen?»

«Ich weiß nicht, war nur so ein Gedanke. Wiedersehen, Emma.»

Sie und Ben blieben stehen und sahen ihnen nach, bis der Wagen in einem Tunnel aus Bäumen verschwand. Einen Moment lang sagte keiner von ihnen etwas, doch dann räusperte sich Ben. «Einen interessanten Kopf hat dieser junge Mann. Der schmale Schädel und die starken Gesichtsknochen. Ich würde ihn gerne mit Bart sehen. Er würde einen guten Heiligen abgeben – oder vielleicht einen Sünder. Magst du ihn, Emma?»

Sie zuckte die Achseln. «Ich denke schon. Ich kenne ihn kaum.»

Er wandte sich zum Gehen und bemerkte die kleine Ansammlung von Hotelgästen, die, begierig nach der kleinsten Abwechslung, stehengeblieben waren, um Melissas Abfahrt zu beobachten. Als Ben sie kühl ansah, wandten sie sich ab und gingen verlegen weiter.

Ben schüttelte verwundert den Kopf. «Ich glaube, ich habe genug davon, angestarrt zu werden wie ein zweiköpfiger Schimpanse», sagte er mißbilligend. «Komm, wir gehen nach Hause.»

6

Ben Litton reiste Ende März nach Amerika ab. Er fuhr mit dem Zug von Porthkerris nach London und flog vor dort aus nach New York. Im letzten Moment beschloß Marcus Bernstein, ihn zu begleiten, und die Abendzeitungen brachten Fotos von ihrer Abreise: Ben mit seinen weißen Haaren wie ein Gockel im Wind und Marcus fast unkenntlich durch seinen schwarzen Hut. Beide wirkten ein bißchen verlegen.

Marcus war es dann, von dem Emma das Luftpostpaket mit amerikanischen Zeitungen erhielt. Sämtliche namhaften Kunstkritiker hatten der Ausstellung längere Artikel gewidmet. Einhellig lobten sie das Queenstown Museum of Fine Arts und hoben das Zusammenspiel von Architektur, Beleuchtung und tadelloser Präsentation hervor. Die Ben Litton-Ausstellung dürfe man auf keinen Fall versäumen. Nie wieder würden die Werke des Künstlers dem Publikum in dieser Vielfalt zugänglich sein. Allein die zwei, drei Vorkriegsportraits, private Leihgaben, lohnten schon einen Besuch, und sei es nur, um zu sehen, wie ein einziger Mann zugleich Maler, Psychiater und verzeihender Priester sein konnte.

Ben Litton gebraucht seinen Pinsel wie ein Chirurg das Skalpell, indem er zuerst die versteckte Krankheit bloßlegt und sie dann mit größter Einfühlsamkeit behandelt.

Das Wort Einfühlsamkeit wurde auch für seine Kriegszeichnungen verwendet, die Menschen im Bunker, die Feuerwehrmänner sowie eine Handvoll erhaltener Skizzen aus der Zeit des Vormarsches der Alliierten in Italien. Und über seine Nachkriegsarbeiten hieß es: Andere Maler abstrahieren von der Natur. Ben Litton abstrahiert von der Einbildungskraft, und zwar einer überaus lebhaften Einbildungskraft – es ist in der Tat schwer zu glauben, daß diese vitalen Gemälde nicht von einem Mann geschaffen wurden, der halb so alt ist wie er.

Emma las es und war stolz auf Ben. Die Vernissage hatte am 3. April stattgefunden, und bis eine Woche später war noch keine Rede von seiner Rückkehr. Sie verbrachte die Tage mit allen möglichen Hausarbeiten und kehrte schließlich ins Atelier zurück, um es fertig zu streichen. Dies erforderte wenig geistige Aufmerksamkeit, und ihre Gedanken wanderten ziellos in die Zukunft und ergingen sich in Tagträumen, die sie sich vor einem Monat niemals erlaubt hätte. Jetzt aber fühlte sie, daß sich tatsächlich etwas verändert hatte. Am Zug in London hatte Ben ihr zum Abschied einen Kuß gegeben – mit Sicherheit geistesabwesend, als hätte er momentan vergessen, wer sie war, aber immerhin, er hatte sie geküßt, und damit war ein Meilenstein erreicht. Und wenn er sich endlich von der Bewunderung des amerikanischen Publikums losreißen und nach Porthkerris zurückkehren würde, sah sie sich am einfahrenden Zug stehen, kühl und gefaßt, die perfekte Privatsekretärin. Und wenn er das nächste Mal eine spannende Reise ans andere Ende der Welt unternahm, würde er Emma vielleicht mitnehmen, und sie würde die Flüge buchen und dafür sorgen, daß er die Anschlüsse erreichte, und Marcus über seine Schritte auf dem laufenden halten.

Und dann, ein paar Tage später, kam ein Brief von Marcus, in London abgestempelt. Sie öffnete ihn hoffnungsvoll, weil sie dachte, er würde Bens Rückkehr ankündigen, aber Marcus teilte ihr lediglich mit, daß er allein nach London zurückgekehrt und Ben in Queenstown geblieben war.

Das Ryan Memorial Museum ist faszinierend, und wenn ich gekonnt hätte, wäre ich auch geblieben. Es umfaßt alle Kunstarten, es hat ein kleines Theater, einen Konzertsaal und eine Sammlung von russischem Schmuck, die man gesehen haben muß, um sie für möglich zu halten. Queenstown selbst ist reizend, lauter rote Backsteinhäuser im georgianischen Stil, von grünem Rasen umgeben und hinter blühenden Büschen verborgen... Sie sehen alle aus, als stünden sie hier seit mindestens zweihundert Jahren, aber ich habe tatsächlich eins im Bau gesehen, der Fertigrasen wurde sodenweise ausgelegt, die Büsche voll ausgewachsen gepflanzt. Ein warmes, mildes Klima schafft eben ungeahnte Möglichkeiten.

Redlands (der Wohnsitz der Ryans) ist ein großes weißes Haus mit einer säulenbestandenen Veranda, wo Ben im Liegestuhl sitzt und sich von einem farbigen Butler namens Henry Mint Juleps servieren läßt. Henry kommt täglich in einem lila Chevrolet zur Arbeit und hofft in nicht allzu ferner Zukunft Rechtsanwalt zu werden. Er ist ein intelligenter junger Mann und dürfte sein Ziel wohl erreichen. Mehrere Tennisplätze sind auch vorhanden, eine Koppel voll temperamentvoller Pferde und der unvermeidliche Swimmingpool. Wie Du Dir denken kannst, reitet Ben nicht und spielt auch nicht Tennis, sondern schwimmt stundenlang auf einer Luftmatratze im Pool herum. Nebenher ist er damit beschäftigt, die Ausstellung durch ein bißchen Lokalkolorit zu ergänzen. Ich bedaure, daß er so lange von Dir wegbleibt, meine aber, daß er diese Erholung sehr nötig hat. Er hat die letzten Jahre hart gearbeitet, und ein wenig Entspannung wird ihm nicht schaden. Wenn Du Dich einsam fühlst – unsere Einladung gilt nach wie vor. Wir würden uns wirklich freuen, Dich bei uns zu haben.

Alles Liebe – immer Dein
Marcus

Das Anstreichen war erledigt, der Fußboden des Ateliers geschrubbt. Bens Zeichnungen waren in numerierten Mappen verstaut. Seine Stifte und Pinsel waren sortiert und diverse Tuben eingetrockneter Ölfarbe, einmal benutzt und dann vergessen, heimlich in den Abfalleimer geworfen worden.

Es gab nichts mehr zu tun.

Er war zwei Wochen fort, als die Postkarte von Christopher kam. Emma stand in der Küche, kochte Kaffee und preßte Orangen aus, noch im Morgenrock, die Haare zum Pferdeschwanz gebunden, als der Briefträger, ein frecher junger Mann mit offenem Hemdkragen, den Kopf zur Tür hereinsteckte und sagte: «Na, wie geht's uns heute morgen, meine Süße?»

«Bestens, danke», sagte Emma, die sich mit seinen Vertraulichkeiten mittlerweile abgefunden hatte.

Er warf ihr einen Packen Briefe zu. «Alle für Ihren alten Herrn. Aber... hier ist eine Postkarte für Sie.» Er betrachtete das Bild, bevor Emma sie ihm entriß. «Diese Dinger sind so ordinär; ich versteh nicht, warum die Leute so was kaufen.»

«Das glaub ich Ihnen gern», sagte Emma barsch. Sie warf kaum einen Blick auf die füllige Frau im Bikini, bevor sie die Karte umdrehte, um zu sehen, von wem sie kam. Sie war in Brookford abgestempelt.

Emma, Liebling, wann kommst Du mich besuchen? Ich kann nicht zu Dir kommen, weil wir bis über die Ohren in den Proben für *Dead on Time* stecken. Ruf mich in Brookford an, Tel. 678, am besten gegen zehn Uhr morgens, bevor wir mit der Arbeit anfangen. Der Regisseur ist ein netter Kerl, der Inspizient ein Ekel, alle Mädchen haben Pickel und sind nicht so hübsch wie Du.

In Liebe, Liebe, Liebe,
Christo

Die nächste Telefonzelle war anderthalb Kilometer entfernt, deshalb ging Emma die Straße hinunter zu der windschiefen Lebensmittelhandlung, wo sie Zigaretten, Konserven und Seifenflocken kaufte, und benutzte dort das Telefon.

Es war ein altmodischer Apparat, der aus zwei separaten Teilen bestand, mit einer Gabel, an der man rütteln mußte, um die Vermittlung zu bekommen. Sie setzte sich auf einen Bierkasten und wartete, während das Gespräch durchgestellt wurde. Eine grauweiße Katze, dick wie ein Polsterkissen, schlich heran und legte sich erschöpft auf Emmas Knie.

Endlich meldete sich eine mürrische Frauenstimme.

«Theater Brookford.»

«Kann ich Christopher Ferris sprechen?»

«Ich weiß nicht, ob er schon da ist.»

«Könnten Sie mal nachsehen?»

«Oh, ich denke schon. Wer ist denn dran?»

«Sagen Sie ihm, es ist Emma.»

Die mürrische Frau entfernte sich. Verschiedene plappernde Stimmen waren zu hören. Irgendwo rief eine Männerstimme: *«Hier habe ich gesagt, du Trottel, nicht da drüben.»* Dann hörte sie Schritte, jemand nahm den Hörer auf.

«Emma.»

«Du bist da. Sie wußten nicht, ob du da bist.»

«Natürlich bin ich da... Wir proben in fünf Minuten... Hast du meine Postkarte gekriegt?»

«Heute morgen.»

«Hat Ben sie gelesen?» Er klang hoffnungsvoll.

«Ben ist nicht hier. Er ist in Amerika. Ich dachte, das wüßtest du.»

«Woher sollte ich das wissen?»

«Es stand in allen Zeitungen.»

«Schauspieler lesen keine Zeitung, und wenn, dann nur *The Stage*. Aber wenn der alte Knabe in Amerika ist, warum hast du's mir nicht geschrieben und bist zu mir gekommen?»

«Aus hundert Gründen.»

«Nenn mir zwei.»

«Er wollte bloß höchstens eine Woche wegbleiben. Und ich wußte nicht, wo du bist.»

«Hab ich dir doch gesagt. In Brookford.»

«Ich weiß nicht mal, wo Brookford ist.»

«Fünfunddreißig Minuten von London, die Züge fahren alle halbe Stunde. Hör mal, komm doch her. Ich bin in einem düsteren Kellerloch untergekrochen. Riecht nach Moder und alten Katzen, ist aber urgemütlich.»

«Christo, ich kann nicht. Ich muß hierbleiben. Ben kann jetzt jeden Tag nach Hause kommen, und...»

«Hast du ihm erzählt, daß du mich getroffen hast?»

«Nein.»

«Warum nicht?»

«Das Thema ist nie zur Sprache gekommen.»

«Du meinst, du hattest Angst?»

«Ach was. Es war einfach – nicht wichtig.»

«Mich hat noch nie jemand ungestraft als ‹nicht wichtig› bezeichnet. Ach, komm doch, Emma. Mein kleines Kellernest braucht eine weibliche Hand. Du weißt schon, scheuern und der ganze Krampf.»

«Ich kann nicht kommen, bevor Ben zu Hause ist. Dann will ich's versuchen.»

«Dann ist es zu spät. Bis dahin hab ich selber saubergemacht. Bitte. Ich besorg dir eine Freikarte für die Aufführung. Oder zwei Karten, dann kannst du einen Freund mitbringen. Oder drei Karten, dann kannst du alle deine Freunde mitbringen.»

Er lachte. Christo hatte schon immer über seine eigenen Witze gelacht.

«Sehr komisch», sagte Emma, aber sie lachte auch.

«Du willst dich bloß rar machen. Du wolltest nicht bei mir in Paris bleiben, und du willst mir nicht in der Wildnis von Surrey den Haushalt führen. Was muß ich tun, um dein Herz zu erobern?»

«Du hast es vor einer Ewigkeit erobert und seitdem immer besessen. Ehrlich, ich sehne mich nach dir. Aber ich kann nicht kommen. Ich kann einfach nicht weg, bevor Ben zurück ist.»

Christo sagte etwas Unhöfliches. Das Telefon piepte.

«Das wär's dann», sagte Christo. «Sag mir Bescheid, wenn du's dir überlegt hast. Wiedersehen.»

«Wiedersehen, Christo.» Aber er hatte schon aufgelegt. Mit einem verklärten Lächeln legte sie den Hörer auf die Gabel. Die Katze auf ihrem Knie schnurrte heftig, und Emma merkte, daß sie im Begriff war, eine Familie zu gründen. Ein alter Mann kam in den Laden, um fünfzig Gramm Kautabak zu kaufen. Als er fort war, nahm Emma die Katze, setzte sie behutsam auf den Boden und suchte in ihrer Tasche nach Geld, um das Gespräch zu bezahlen.

«Wann sind die Kätzchen fällig?» fragte sie.

Die alte Frau hinter der Theke hieß Gertie, und sie trug drinnen wie draußen eine riesige braune Baskenmütze, die sie bis über die Augenbrauen zog.

«Das weiß nur die Zeit zu sagen, meine Liebe.» Sie legte Emmas Geld in ihre Kasse, eine alte Blechbüchse, und gab ihr das Wechselgeld. «Das weiß nur die Zeit zu sagen.»

«Danke, daß ich Ihr Telefon benutzen durfte.»

«War mir ein Vergnügen», sagte Gertie, die nur zu gern lauschte und jedes Wort weitererzählte, das sie hörte.

Im März war das Wetter wie im Hochsommer gewesen. Jetzt, im Mai, war es kalt wie im November, und es regnete in Strömen. Er hatte sich Porthkerris nie im Regen vorgestellt, immer nur in strahlendem Sommerblau, heiter, mit den weißen Schwingen der Möwen und den Segeln der Jachten, alles glitzernd im blendenden Sonnenlicht. Jetzt aber schlugen heftige, von einem schneidenden Ostwind herangetragene Böen an die Fenster des Hotels; es hörte sich an, als werfe jemand Kieselsteine gegen das Fenster. Die Windstöße rüttelten an den Fensterläden, blähten Vorhänge, fuhren heulend unter Türen hindurch und Schornsteine hinunter, eisig, erbarmungslos.

Es war Samstag, und Robert hatte flach auf dem Bett gelegen und geschlafen. Er sah auf seine Uhr. Es war fünf vor drei; er nahm sich eine Zigarette, zündete sie an und blieb liegen, beobachtete den bleiernen Wolkenhimmel, der am Fenster vorbeifegte, und wartete auf das Klingeln des Telefons.

Es klingelte um Punkt drei Uhr. Er nahm den Hörer ab.

«Drei Uhr, Sir», sagte der Portier.

«Vielen Dank.»

«Sind Sie auch ganz bestimmt wach, Sir?»

«Ja, ich bin wach.»

Er drückte die Zigarette aus, stand auf, zog seinen weißen Frotteemantel an und ging ins Bad, um eine heiße Dusche zu nehmen. Er haßte es, nachmittags zu schlafen, haßte es, mit dem Gefühl aufzuwachen, daß seine Zähne schmerzten und ihn gleich rasende Kopfschmerzen befallen würden, aber nachdem er die ganze Nacht von London durchgefahren war, war es ihm unmöglich gewesen, wach zu bleiben. Er hatte früh zu Mittag gegessen und dem Portier gesagt, daß er geweckt werden wolle. Aber der Wind, der aufgekommen war, während er schlief, hatte ihn vorzeitig geweckt.

Er zog ein frisches Hemd an, band seine Krawatte, griff nach seiner Anzugjacke, überlegte es sich dann anders und zog statt dessen einen Rollkragenpullover an. Er kämmte sich, schob seine Habseligkeiten vom Toilettentisch in die Hosentaschen, nahm seinen Regenmantel von der Tür und ging nach unten.

Über der Hotelhalle lastete nachmittägliche Stille. Ältere Gäste dösten leise schnarchend in der trockenen Heizungsluft. Enttäuschte Golfer beobachteten den Regen, klimperten mit dem Kleingeld in den Taschen ihrer Tweedknickerbocker, gespannt, ob es sich aufklären und noch Zeit für neun Löcher bleiben würde, bevor es dunkelte.

Der Portier nahm Roberts Schlüssel und hängte ihn auf.

«Sie gehen aus, Sir?»

«Ja, und vielleicht können Sie mir helfen. Ich möchte zur Galerie des Künstlervereins. Ich glaube, es ist eine alte umgebaute Kapelle. Haben Sie eine Ahnung, wo das ist?»

«Das ist in der Altstadt. Kennen Sie den Weg?»

«Ich kenne das Sliding Tackle», sagte Robert, und der Portier grinste. Ihm gefielen Männer, denen Kneipen als Orientierungspunkte dienten.

«Gut... dann nehmen Sie den Weg zum Sliding Tackle, aber biegen Sie eine Straße vorher ab, aufwärts, weg vom Hafen. Eine schmale Gasse, sehr steil, am Ende ist ein Platz. Die Galerie ist auf der gegenüberliegenden Seite des Platzes. Sie können sie nicht verfehlen. Draußen hängen große Plakate... aus denen wird allerdings kein normaler Mensch schlau.»

«Nun, das wird sich zeigen. Haben Sie vielen Dank.»

«Keine Ursache.» Der Portier bediente die Drehtür, und Robert wurde in die eisige Kälte hinausgeschoben. Regen prasselte auf seinen ungeschützten Kopf, er schlug den Mantelkragen hoch und lief über den Kies, bemüht, den schlimmsten Pfützen auszuweichen.

Das Innere seines Wagens roch feucht und muffig, ein fremder Geruch neben dem gewohnten nach Leder und Zigaretten. Er ließ den Motor an, und die Heizung begann zu summen. Ein Blatt klemmte im Scheibenwischer; als er einschaltete, wurde es vom Wind davongewirbelt.

Er fuhr in die Stadt, die ausgestorben wirkte; die Bewohner sahen sich vom Wetter in eine Art Belagerungszustand versetzt. Nur ein triefender Polizist patrouillierte am Fuß des Hügels, und eine alte Dame kämpfte mit einem Regenschirm. Der Wind fuhr heulend durch die engen Straßen, kalt und wild wie ein Wasserfall, und als Robert zum Hafen kam, sah er, daß Flut war. Im Hafenbecken schwappte das Wasser grau und kabbelig, bedeckt mit weißgekrönten Wellen.

Er fand die Straße, die der Portier beschrieben hatte. Sie stieg zwischen dichten Häuserzeilen an, die Kopfsteine naß und glänzend wie die Schuppen eines frischgefangenen Fisches. Sie erklomm den Hügel und öffnete sich auf einen malerischen Platz. Dort stand tatsächlich die alte Kapelle, ein solides, düsteres Gebäude, ein krasser Gegensatz zu dem Plakat an der Tür.

KÜNSTLERVEREIN PORTHKERRIS
FRÜHJAHRSAUSSTELLUNG
EINTRITT 25 p

Darunter prangte ein merkwürdiges Motiv in Lila – ein stilisiertes starr blickendes Auge, eine sechsfingrige Hand; Robert konnte die Ansicht des Portiers verstehen.

Er parkte den Wagen, ging die nassen Stufen hinauf, trat durch die Tür und nahm als erstes den Geruch eines Ölofens wahr. Er sah, daß die alte Kapelle gekalkt worden war; die Wände stiegen zu hohen, uneinsehbaren Fenstern auf und waren mit Bildern aller Art und Größen vollgehängt.

Gleich hinter der Tür saß, eine Decke auf den Knien, eine Frau mit einem Filzhut. Neben ihr stand ein Holztisch mit Katalogen und einer Schale für das Geld, an der anderen Seite stand der Ölofen, an dem sie sich die Hände, deren Knöchel lila gefärbt waren, zu wärmen versuchte.

«Oh, schließen Sie die Tür, bitte schließen Sie die Tür», flehte sie, als Robert mit einem Windstoß hereingefegt kam. Er lehnte sich gegen die Tür, schloß sie und fingerte ein paar Münzen aus der Hosentasche. «So ein eisiger Tag», fuhr sie fort, «und das soll nun Sommer sein. Sie sind mein erster Besucher heute nachmittag. Sie sind doch ein Besucher? Ihr Gesicht hab ich hier noch nie gesehen.»

«Nein, ich war noch nie hier.»

«Wir haben eine hochinteressante Sammlung hier – Sie nehmen natürlich einen Katalog. Noch einmal fünfundzwanzig Pence, bitte. Aber Sie werden mir gewiß zustimmen, die Investition lohnt sich.»

«Danke», sagte Robert matt.

Er nahm den Katalog, den dasselbe Hand-Auge-Motiv zierte wie das Plakat draußen, schlug ihn auf und ließ seinen Blick über die Liste der Künstler gleiten.

«Suchen Sie… äh… einen bestimmten Künstler?» Der Frau am Tisch gelang es, zaghaft zu klingen, aber sie hatte ein neugieriges Leuchten in den Augen.

«Nein… eigentlich nicht.»

«Nur allgemein interessiert, nehme ich an. Wohnen Sie in Porthkerris?»

«Ja.» Bloß keine längere Unterhaltung. «Vorübergehend.»

Er ließ sich Zeit, schlenderte durch den langgestreckten Raum, heuchelte Interesse für jedes Bild. Er hatte den Namen gefunden, Pat Farnaby. Nummer 24. Die Reise, von Pat Farnaby. Er blieb lange vor Nummer 23 stehen, dann ging er weiter.

Die Farbe sprang ihn förmlich an. Er hatte das Gefühl, auf einem Berggipfel zu stehen und hinunterzuschauen, ein Gefühl wie ein Schwindelanfall. Und gleichzeitig ein erhebendes Gefühl, als wäre er über den Wolken, gefangen, schwebend zwischen dem Blau und dem Weiß.

Du mußt hin, hatte Marcus gesagt. *Ich möchte, daß du dir selbst ein Urteil bildest. Du kannst nicht den Rest deines Lebens bloß die Bücher führen. Außerdem würde ich gerne deine Reaktion sehen.*

Und dies war sie nun. Diese reine, erhabene Empfindung purer Farbe.

Bald darauf kehrte er zu der aufdringlichen Frau zurück. Er war sich bewußt, daß sie ihn die ganze Zeit beobachtet hatte. Jetzt sah sie ihn mit glänzenden Augen an wie ein gieriges Rotkehlchen, das auf einen Brotkrümel wartet.

«Haben Sie nur ein Exponat von Pat Farnaby?»

«Leider ja. Es war alles, was wir ihm abschwatzen konnten.»

«Er wohnt hier in der Gegend, nicht?»

«O ja. Draußen in Gollan.»

«Gollan?»

«Ungefähr zehn Kilometer von hier, an der Straße, die durch die Heide führt. Auf einem Bauernhof.»

«Sie meinen, er ist Bauer?»

«O nein.» Sie lachte. *Ausgelassen*, dachte Robert, als befolge sie die Regieanweisungen in einem altmodischen Theaterstück. «Er wohnt auf dem Heuboden über der Scheune.» Sie nahm ein Stück Papier und schrieb eine Adresse auf. «Wenn Sie ihn besuchen wollen, werden Sie ihn sicher hier antreffen.»

Er nahm den Zettel an sich. «Haben Sie vielen Dank.» Er steuerte auf die Tür zu.

«Aber wollen Sie sich den Rest der Ausstellung nicht ansehen?»

«Vielleicht ein andermal.»

«Sie ist wirklich sehr interessant.» Sie hörte sich an, als würde es ihr das Herz brechen, wenn er sich nicht noch ein paar Bilder ansähe.

«Ja, sicher. Aber ein andermal.» In diesem Moment fiel ihm Emma Litton ein. Die Tür am Türknauf, drehte er sich um. «Sagen Sie, Ben Littons Haus … ist es hier in der Nähe? Das Haus, meine ich, nicht das Atelier?»

«O ja, es ist gleich um die Ecke. Etwa hundert Meter die Straße hinunter. Es hat ein blaues Tor. Sie können es nicht verfehlen. Aber Sie wissen, daß Mr. Litton nicht zu Hause ist?»

«Ja, das weiß ich.»

«Er ist in Amerika.»

«Ja, das weiß ich auch.»

Es regnete noch immer in Strömen. Robert stieg wieder ins Auto, ließ den Motor an und lenkte den Wagen vorsichtig eine Straße hinunter, die so schmal war wie ein Graben. Vor dem blauen Tor stieg er aus, ging durch das Tor und eine Treppe hinunter, die zu einem gepflasterten Hof führte, wo Kübel mit überfluteten Pflanzen standen und eine Holzbank sich langsam in der Feuchtigkeit auflöste. Das Haus selbst war langgestreckt und niedrig, einstöckig, aber die schiefen Dächer und ungleichen Schornsteinkappen ließen darauf schließen, daß es einmal zwei oder sogar drei kleine Cottages gewesen waren. Die Haustür war passend zum Tor blau gestrichen und hatte einen kupfernen Delphin als Klopfer.

Robert klopfte. Von oben ergoß sich aus einer defekten Dachrinne ein Wasserschwall über ihn. Er trat zurück und sah hoch, um zu sehen, wo er herkam. Währenddessen wurde die Tür geöffnet.

«Guten Tag», sagte Robert, «Ihre Dachrinne leckt.»

«Um Himmels willen, wo kommen Sie denn so plötzlich her?»

«Aus London. Sie sollten sie reparieren lassen, sonst rostet sie Ihnen weg.»

«Sind Sie den ganzen Weg von London gekommen, um mir das zu sagen?»

«Nein, natürlich nicht. Darf ich reinkommen?»

«Ja, sicher...» Sie trat zurück und hielt ihm die Tür auf. «Aber Sie können einen wirklich völlig aus der Fassung bringen. Dauernd tauchen Sie einfach unangemeldet auf.»

«Wie kann man sich anmelden, wenn Sie kein Telefon haben? Und zum Schreiben war keine Zeit.»

«Ist es wegen Ben?»

Robert ging ins Haus und knöpfte seinen Regenmantel auf.

«Nein. Wieso?»

«Ich dachte, er ist vielleicht zurück.»

«Soviel ich weiß, badet er noch in der milden Sonne von Virginia.»

«Worum geht es dann?»

Er wandte sich zu ihr um. Ihm kam der Gedanke, daß sie auf absonderliche Art so unberechenbar war wie das Wetter. Jedesmal, wenn er ihr begegnete, schien sie ein anderer Mensch zu sein. Heute trug sie ein rot und orange gestreiftes Kleid und lange schwarze Strümpfe. Die Haare hatte sie im Nacken mit einer Schildpattspange zusammengefaßt, und ihr Pony war gewachsen. Er war zu lang, fiel ihr in die Augen, so daß sie blinzeln mußte. Als Robert sie betrachtete, schob sie den Pony mit der Hand aus dem Gesicht. Es war eine zugleich abwehrende und entwaffnende Geste, die sie sehr jung wirken ließ.

Er holte den Zettel aus seiner Tasche und reichte ihn ihr. Emma las ihn laut.

«Pat Farnaby, Gollan Home Farm.» Sie sah Robert an. «Wo haben Sie das her?»

«Von der Frau in der Kunstgalerie.»

«Pat Farnaby?»

«Marcus hat Interesse.»

«Warum ist er nicht selbst gekommen?»

«Er wollte ein zweites Urteil hören. Meins.»

«Haben Sie sich eins gebildet?»

«Das ist schwer zu sagen, wenn man erst ein einziges Bild gesehen hat. Ich dachte, ich könnte mir vielleicht noch ein paar anschauen.»

Emma sagte warnend: «Er ist ein sehr eigenwilliger junger Mann.»

«Das kann ich mir denken. Wissen Sie, wo Gollan ist?»

«Natürlich. Es gehört Mr. und Mrs. Stevens. Früher waren wir öfter im Sommer dort, um auf den Klippen zu picknicken. Aber in letzter Zeit bin ich nicht wieder da gewesen.»

«Möchten Sie jetzt mit mir kommen? Mir den Weg zeigen?»

«Wie kommen wir hin?»

«Mein Wagen steht draußen. Ich bin gestern nacht von London hergefahren.»

«Sie müssen todmüde sein.»

«Nein, ich hab geschlafen.»

«Wo sind Sie abgestiegen?»

«Im Hotel. Können Sie mitkommen? Jetzt gleich?»

«Na klar.»

«Sie brauchen einen Mantel.»

Emma lächelte ihn an. «Wenn Sie dreißig Sekunden warten können, hole ich einen.»

Als sie fort war und ihre Schritte klappernd in einem teppichlosen Flur verhallten, zündete Robert sich eine Zigarette an und sah sich um. Das war also die unbekannte häusliche Seite von Ben Littons stürmischer Persönlichkeit.

Die blaue Eingangstür führte direkt in ein Wohnzimmer mit niedriger Decke und dunklen Balken. Es hatte ein großes Fenster mit Blick aufs Meer, die breite Fensterbank war vollgestellt mit Zimmerpflanzen – Geranien, Efeu und ein viktorianischer Krug mit rosa Rosen. Der Fußboden war mit Schieferplatten belegt, darauf lagen bunte Teppiche, und überall standen Bücher und Zeitschriften und jede Menge blau-weißer spanischer Keramiken. In einem Granitkamin auf ebener Erde schwelte ein Holzfeuer, flankiert von Körben mit verwittertem Treibholz, und darüber hing ein Bild.

Roberts geübter Blick hatte es wahrgenommen, sobald er ins Haus kam, aber jetzt ging er hin, um es näher in Augenschein zu nehmen. Es war ein großes Ölgemälde, das ein Kind auf einem Esel darstellte. Es trug ein rotes Kleid, einen Strauß weißer Margeriten in der Hand und einen Kranz davon im dunklen Haar. Der Esel stand knietief in üppigem Sommergras, und weit hinten waren Meer und Himmel von Schönwetterdunst überzogen. Die bloßen Füße des Kindes baumelten an den Seiten herunter, die Augen wirkten hell im braunen Schmelz des Gesichts.

Emma Litton, gemalt von ihrem Vater. Robert fragte sich, wann das Bild entstanden war.

Der Wind erhob sich mit plötzlichem Hexengekreisch und klatschte einen Regenschwall ans Fenster. Es war ein unheimliches Geräusch, und Robert wurde klar, daß dies ein einsames Heim sein konnte; er fragte sich, was Emma an so einem Tag zu tun fand. Als sie wiederkam, mit ihrem Mantel und einem Paar Gummistiefel, fragte er sie danach.

«Ach, ich putze das Haus, ich koche und gehe einkaufen. Das braucht ziemlich viel Zeit.»

«Und heute nachmittag? Was haben Sie heute nachmittag gemacht, als ich an die Tür klopfte?»

Emma zerrte an einem Gummistiefel. «Ich hab gebügelt.»

«Und abends? Was machen Sie abends?»

«Meistens geh ich raus. Spazieren und so. Ich beobachte die Möwen und die Kormorane. Schau mir den Sonnenuntergang an, sammle Treibholz fürs Feuer.»

«Allein? Haben Sie gar keine Freunde?»

«O doch, aber die Kinder, die hier lebten, als ich klein war, sind alle erwachsen und weggezogen.»

Es klang traurig. Robert sagte spontan: «Sie könnten mit mir nach London kommen. Helen würde sich freuen.»

«Ja, ich weiß, aber es lohnt sich kaum, nicht? Ben kann schließlich jeden Tag zurückkommen. Es kann sich nur noch um Tage handeln.»

Sie zog ihren Mantel an. Er war marineblau, und mit den schwarzen Strümpfen und den Gummistiefeln sah sie darin wie ein Schulmädchen aus.

«Haben Sie was von Ben gehört?» fragte Robert.

«Von Ben? Das soll wohl ein Witz sein.»

«Allmählich wünschte ich, wir hätten ihm nie geraten, wieder nach Amerika zu gehen.»

«Warum?»

«Weil es Ihnen gegenüber nicht ganz fair war.»

«Ach du lieber Himmel, mir geht's gut.» Sie lächelte. «Gehen wir?»

Der Hof der Stevens lag in einem grauen Heidestreifen, der zu den Klippen abfiel. Grau, mit Flechten bewachsen, wie ein Findling ins Land gebettet, hätte man ihn für einen großen Granitblock halten können. Der Feldweg, der von der Straße hinführte, wand sich zwischen hohen Steinzäunen, gekrönt mit Weißdorn und Brombeeren. Das Auto rumpelte und holperte den Weg hinab, über eine kleine Brücke, vorbei an den ersten Cottages, einer Herde weißer Gänse, und hielt schließlich vor dem Bauernhof, wo die Stimme eines krähenden Junghahnes schrillte.

Robert stellte den Motor ab. Der Wind hatte nachgelassen, der Regen schien zu einem Seenebel geronnen, dick wie Rauch. Verschiedene Bauernhofgeräusche waren zu hören, muhende Kühe, gackernde Hühner, das ferne Tuckern eines Traktors.

«So», sagte Robert, «und wie finde ich den Mann?»

«Er wohnt auf dem Heuboden über der Scheune da drüben. Sie gehen einfach die Steintreppe rauf zu seiner Tür.»

Die Steintreppe war schon von einer Anzahl nasser Hühner, die Getreidereste pickten, und einer gelangweilt dreinblickenden, gescheckten Katze besetzt. Davor wühlte eine kolossale Sau im Schlamm des Hofes. Es roch stark nach Mist. Robert seufzte. «Nun denn, im Namen der Kunst.» Er öffnete den Wagenschlag und stieg aus. «Wollen Sie nicht mitkommen?»

«Ich denke, ich nütze Ihnen mehr, wenn ich nicht im Weg bin.»

«Ich werde versuchen, es kurz zu machen.»

Sie sah, wie er sich seinen Weg durch den durchweichten Hof bahnte, das Schwein mit einem Fußtritt zur Seite stieß, vorsichtig die Treppe hinaufging. Er klopfte an die Tür, und als keine Antwort kam, öffnete er sie und trat ein. Die Tür fiel hinter ihm zu. Fast gleichzeitig öffnete sich die Tür des Bauernhauses, und die Bäuerin erschien, in Stiefeln, einem Regenmantel, der ihr bis zu den Fesseln reichte, und einem schwarzen Südwester. Sie hatte einen kräftigen Stock in der Hand und kam den Gartenweg entlang, um zu sehen, wer in dem großen grünen Wagen saß.

Emma kurbelte das Fenster herunter. «Hallo, Mrs. Stevens. Ich bin's.»

«Wer?»

«Emma Litton.»

Mrs. Stevens riß die Augen auf und ließ vor Überraschung ihren Stock fallen. «Emma! Das ist doch nicht möglich! Ich hab dich Gott weiß wie lange nicht gesehen. Was machst du hier?»

«Ich bin mit einem Herrn gekommen, der zu Pat Farnaby will. Er ist jetzt oben.»

«Ist dein Vater wieder zu Hause?»

«Nein, er ist noch in Amerika.»

«Dann bist du ganz allein?»

«Ja. Wie geht's Ernie?» Ernie war Mr. Stevens.

«Soweit ganz gut, aber er mußte in die Stadt zum Zahnarzt. Sein Gebiß macht ihm furchtbar zu schaffen, er kann es kaum im Mund aushalten. Darum hol ich die Kühe für ihn rein...»

Emma sagte spontan: «Ich komme mit.»

«Zu naß für dich.»

«Ich hab Stiefel... außerdem mag ich den Weg gern.» Sie mochte auch Mrs. Stevens gern, eine Frau, die in jeder Lebenslage unverändert fröhlich blieb. Sie kletterten über einen Zauntritt und machten sich auf den Weg über die durchweichten Felder. «Du warst im Ausland?» fragte Mrs. Stevens. «Ja, das dachte ich mir. Ich wußte gar nicht, daß du wieder zu Hause bist. Schade, daß dein Daddy einfach so auf und davon mußte. Aber da kann man wohl nichts machen, er ist nun mal, wie er ist.»

Das Gespräch mit Pat Farnaby war schwierig, gelinde ausgedrückt. Er war ein leidenschaftlicher junger Mann, blaß und unterernährt, mit karottenrotem Haarschopf und Bart. Seine Augen waren grün und mißtrauisch wie die einer hungrigen Katze, und er wirkte ausgesprochen schmutzig. Seine Behausung war ebenfalls schmutzig, aber damit hatte Robert gerechnet, deshalb sah er darüber hinweg.

Womit er allerdings nicht gerechnet hatte, war eine derartig ablehnende Haltung. Pat Farnaby hatte es nicht gern, daß Fremde ungebeten und unangemeldet hereinspazierten, wenn er arbeitete. Robert entschuldigte sich und erklärte, er sei geschäftlich gekommen, worauf der junge Mann fragte, was er denn verkaufen wolle.

Robert unterdrückte seinen Ärger und versuchte es anders. Er kramte eine Karte mit der Geschäftsadresse von Marcus Bernstein hervor. «Mr. Bernstein bat mich, Sie aufzusuchen, mir vielleicht Ihre Werke anzusehen und mich nach Ihren Plänen zu erkundigen.»

«Ich habe keine Pläne», sagte Farnaby. Er beäugte die Karte, als sei sie vergiftet und dürfe nicht berührt werden, so daß Robert sich gezwungen sah, sie auf die Ecke eines übervollen Tisches zu legen.

«Ich habe Ihr Bild in der Galerie in Porthkerris gesehen, aber es ist nur ein einziges.»

«Na und?»

Robert räusperte sich. Marcus konnte unendlich viel besser mit so etwas fertig werden, und Marcus verlor nie die Beherrschung. Robert wußte, man brauchte einige Erfahrung, um eine solche Geduld zu entwickeln. Nun, er war entschlossen, sein Bestes zu tun.

«Ich würde gerne mehr von Ihren Arbeiten sehen.»

Pat Farnaby runzelte die Stirn. «Wie haben Sie mich bloß gefunden?» fragte er. Er hörte sich an wie ein in die Enge getriebener Verbrecher.

«In der Galerie hat man mir Ihre Adresse gegeben. Emma Litton ist mitgekommen, um mir den Weg zu zeigen. Vielleicht kennen Sie Emma.»

«Vom Sehen.»

Offensichtlich kamen sie so nicht weiter. In dem Schweigen, das nun einsetzte, ließ Robert seine Augen über das unappetitliche Atelier schweifen: Er sah ein Bett, zerwühlt wie ein Vogelnest im Stadium der Auflösung; eine schmierige Bratpfanne, etliche in einem Eimer eingeweichte Socken, eine geöffnete Dose Bohnen, deren gezackter Deckelrand hochstand. Aber es standen auch zahlreiche Leinwände herum, gestapelt, auf Stühlen, an Wände gelehnt. Eine potentielle Goldgrube. Robert hätte alles darum gegeben, einen Blick darauf werfen zu können. Er sah Farnaby an, der ihn immer noch mißtrauisch musterte.

Schließlich sagte er freundlich: «Mr. Farnaby, ich habe nicht unbegrenzt Zeit.»

Pat Farnabys Widerstand sank unvermittelt in sich zusammen. Arroganz und Grobheit waren seine einzigen Waffen gegen die Launen einer überlegenen Welt. Er kratzte sich am Kopf, runzelte die Stirn, machte ein resigniertes Gesicht, hob schließlich wahllos eine Leinwand auf und hielt sie ans Licht.

«Hier», sagte er unsicher, dann trat er von dem Bild zurück und stellte sich neben Robert. Robert zog eine unangebrochene Schachtel Zigaretten aus der Tasche und reichte sie dem jungen Mann. In der darauffolgenden Stille riß Pat Farnaby vorsichtig die Zellophanhülle auf, nahm eine Zigarette heraus und zündete sie an. Mit der verstohlenen Bewegung eines Mannes, der nicht beobachtet werden will, schob er die Schachtel in seine Hosentasche.

Eine Stunde später kehrte Robert zum Wagen zurück. Emma, die auf ihn wartete, sah ihn die Scheunentreppe hinunter und durch den Hof kommen. Sie beugte sich hinüber, um ihm die Tür zu öffnen. «Wie ist es gelaufen?» erkundigte sie sich.

«Ganz gut, glaube ich.» Er klang zurückhaltend, aber aufgeregt.

«Hat er Ihnen seine Arbeiten gezeigt?»

«Die meisten.»

«Und sind sie gut?»

«Ich denke schon. Wir sind vielleicht einem großen Talent auf der Spur, aber alles ist eine solche Schlamperei, daß es sich nicht mit Sicherheit sagen läßt. Nichts ist gerahmt, es gibt keine Reihenfolge, keine Ordnung...»

«Ich hatte recht, nicht? Er ist ein sonderbarer Kauz?»

«Verrückt.» Robert grinste. «Aber ein Genie.»

Er wendete den Wagen im Hof und fuhr über den Feldweg zurück auf die Straße. Er pfiff leise durch die Zähne, und Emma spürte seine Befriedigung über die geglückte Aufgabe.

«Sie wollen jetzt bestimmt mit Marcus sprechen», sagte sie.

«Ich habe ihm gesagt, daß ich ihn sofort anrufe.» Er sah auf die Uhr. «Viertel nach sechs. Er hat gesagt, er wartet bis sieben in der Galerie und geht dann nach Hause.»

«Wenn Sie wollen, können Sie mich an der Kreuzung absetzen, und ich gehe zu Fuß nach Hause.»

«Warum sollte ich?»

«Ich habe kein Telefon, und Sie möchten sicher schleunigst zurück ins Hotel.»

Er lächelte. «So dringend ist es nun auch wieder nicht. Und ohne Sie würde ich Pat Farnaby vermutlich jetzt noch suchen. Das mindeste, was ich tun kann, ist, Sie nach Hause zu bringen.»

Sie waren jetzt in der Heide, hoch über der See. Der Wind hatte merklich nachgelassen und war nach Westen abgedreht, und vor ihnen schien der Himmel aufzureißen; unerwartet zeigten sich blaue Flächen, die mit jedem Moment größer wurden, und wäßrige Streifen Sonnenlicht.

«Das wird ein schöner Abend», sagte Emma, und als sie es aussprach, wurde ihr bewußt, daß sie wünschte, Robert würde nicht ins Hotel zurückkehren und sie den Abend allein verbringen lassen. Er war unvermutet in den trüben Tag hineingeweht, hatte ihm Gestalt und Sinn verliehen, und nun wollte sie nicht, daß dieser Tag so plötzlich endete.

«Wann fahren Sie nach London zurück?» fragte sie.

«Morgen früh. Sonntag. Montag morgen bin ich wieder in der Galerie. Das war ein randvolles Wochenende.»

Blieb also nur dieser Abend. Sie stellte sich vor, wie er Marcus vom Telefon an seinem Bett anrief. Danach würde er ein Bad nehmen, vielleicht einen Drink, und zum Essen hinuntergehen. Samstag abends veranstaltete das Hotel Castle kleine Dinner-Tanzabende; eine Kapelle in weißen Uniformjacken spielte, und eine Tanzfläche wurde freigeräumt. Unter dem Einfluß von Ben war Emma dazu erzogen worden, derartige Veranstaltungen als unerträglich affektiert und langweilig anzusehen, aber heute abend hatte sie das Gefühl, es würde ihr Spaß machen, Bens strikte Ansichten zum Teufel zu jagen. Sie sehnte sich nach den gestärkten weißen Tischtüchern, altmodischen Schlagern, einer zeremoniell dargebotenen Weinkarte, der gekünstelten Eleganz rosabeschirmter Lampen.

Neben ihr unterbrach Robert unvermittelt ihren Gedankengang.

«Wann hat Ihr Vater das Bild von Ihnen auf dem Esel gemalt?»

«Warum fragen Sie das plötzlich?»

«Ich habe darüber nachgedacht. Es ist zauberhaft. Sie machen so ein feierliches und bedeutendes Gesicht.»

«So war mir auch zumute. Feierlich und bedeutend. Ich war sechs, und es ist das einzige Bild, das er je von mir gemalt hat. Der Esel hieß Mokey. Er hat uns immer zum Strand rauf und runter getragen, mit Picknickkörben und allem Drum und Dran.»

«Haben Sie immer in dem Häuschen gewohnt?»

«Nicht immer. Erst nachdem Ben Hester geheiratet hatte. Davor haben wir überall gewohnt – in Pensionen oder bei Freunden. Manchmal haben wir einfach im Atelier kampiert. Das war ganz lustig. Aber Hester sagte, sie beabsichtige nicht, wie eine Zigeunerin zu leben; deshalb hat sie die Cottages gekauft und umgebaut.»

«Das hat sie wunderbar gemacht.»

«Ja, sie war sehr geschickt. Aber Ben hat dieses Haus nie als sein Heim gesehen. Sein Heim ist sein Atelier, und wenn er nach Porthkerris kommt, ist er so selten wie möglich im Cottage. Ich glaube, die Verbindung mit Hester bedrückt ihn ein bißchen. Er erwartet immer, daß sie hereinspaziert und ihm sagt, daß er zu irgendwas zu spät kommt oder daß er eine Dreckspur auf dem Fußboden hinterläßt oder Farbe auf die Sofakissen...»

«Offenbar braucht der schöpferische Geist eine gewisse Unordnung.»

Emma lachte. «Meinen Sie, daß Pat Farnaby, nachdem Sie und Marcus ihn reich und berühmt gemacht haben, weiterhin bei Mrs. Stevens Hühnern hausen will?»

«Das bleibt abzuwarten. Jedenfalls, sollte er nach London kommen, gibt es gar keinen Zweifel, daß jemand ihn abschrubben und den Staub von Jahren aus seinem verfilzten Bart kämmen muß.» Er lächelte. «Egal – es wird sich lohnen.»

Sie hatten den Hügel erklommen und fuhren jetzt die lange Straße hinunter, die nach Porthkerris führte. Das Meer hatte in dem ruhigen Abendlicht das durchscheinende Blau von Schmetterlingsflügeln angenommen; es war Ebbe, die Bucht ein weitläufiger Bogen aus frisch gewaschenem Sand. Nach dem Regen glitzerten Bäume und Büsche im Sonnenlicht, und als sie Heide und Felder hinter sich ließen und durch die engen Straßen fuhren, waren überall Fenster geöffnet, um die frische Abendluft einzulassen, und aus winzigen, handtuchgroßen Gärten drang der betäubende Duft von Rosen und Flieder.

Und da waren noch andere Gerüche. Samstagabendgerüche nach gebratenem Fisch und billigem Parfüm. Die Leute flanierten in ihren besten Kleidern auf den Bürgersteigen, ein paar frühe Sommergäste waren schon da, junge Pärchen steuerten Hand in Hand das Kino an und die kleinen Cafés, die die Hafenstraße säumten.

Robert beobachtete sie, als er an der Straßenkreuzung von dem diensttuenden Polizisten angehalten wurde.

«Was unternehmen junge Verliebte in Porthkerris am Samstagabend, Emma?»

«Kommt aufs Wetter an.»

Der Polizist winkte sie weiter.

«Was unternehmen wir?» fragte Robert.

«Wir?»

«Ja. Sie und ich. Wollen Sie essen gehen?»

Eine verrückte Sekunde lang fragte sich Emma, ob sie sich laut gesehnt hatte. «Hm, ja... ich... Sie sollen nicht denken, Sie müssen...»

«Ich denke nicht, daß ich muß. Ich will. Ich möchte gern. Wo gehen wir hin? In mein Hotel? Oder wäre Ihnen das unangenehm?»

«Nein... natürlich... es wäre mir nicht unangenehm...»

«Vielleicht gibt es hier irgendwo ein amüsantes kleines italienisches Lokal, das Ihnen lieber ist.»

«Es gibt keine amüsanten kleinen italienischen Lokale in Porthkerris.»

«Nein, das habe ich befürchtet. Also bleibt uns nur der Palmenhof und die Zentralheizung.»

«Es gibt da auch eine Kapelle», sagte Emma, die meinte, ihn warnen zu müssen. «Die spielt Samstag abends. Und die Leute tanzen.»

«Sie sagen das, als ob es etwas Unanständiges wäre.»

«Ich dachte, vielleicht ist Ihnen so was zuwider. Ben kann es nicht ausstehen.»

«Es ist mir überhaupt nicht zuwider. Wie die meisten Dinge, kann es sehr lustig sein, wenn man es in der richtigen Begleitung unternimmt.»

«So hab ich das nie gesehen.»

Robert lachte und sah wieder auf seine Uhr. «Halb sieben. Ich bringe Sie nach Hause, fahre ins Hotel, ziehe mich um und spreche mit Marcus, dann komme ich Sie wieder abholen. Ist halb acht zu früh?»

«Ich werde Ihnen einen Drink anbieten», sagte Emma. «Wir haben eine Flasche Uncle Remus' Genuine Ole Rye Whisky im Haus, die Ben vor zehn Jahren geschenkt bekam, und sie ist noch nicht angebrochen. Ich wollte schon immer gerne sehen, was da drin ist.»

Robert sah sie skeptisch an. «Okay», seufzte sie. «Vielleicht mache ich lieber bloß einen Martini.»

Im Hotel nahm er seinen Schlüssel in Empfang und mit ihm drei Benachrichtigungen.

«Wann sind die gekommen?»

«Die Uhrzeit ist notiert, Sir. Viertel vor vier, fünf Uhr, halb sechs. Ein Mr. Bernstein hat aus London angerufen. Sie möchten umgehend zurückrufen.»

«Das hatte ich sowieso vor; trotzdem vielen Dank.»

Mit leichtem Stirnrunzeln, denn solche Ungeduld sah Marcus gar nicht ähnlich, ging Robert in sein Zimmer hinauf. Die wiederholten Anrufe waren beunruhigend. Er fragte sich, ob Marcus Gerüchte gehört hatte, daß eine andere Galerie hinter dem jungen Künstler her sei. Vielleicht hatte er auch noch einmal über Farnabys Werke nachgedacht und wollte das Ganze abblasen.

In seinem Zimmer waren die Vorhänge zugezogen, das Bett war aufgedeckt, der Kamin angezündet. Er setzte sich aufs Bett, nahm den Hörer ab und gab die Nummer der Galerie durch. Dann studierte er noch einmal die drei Telefonbenachrichtigungen:
Mr. Bernstein bittet um Rückruf. Mr. Bernstein hat noch einmal angerufen. Mr. Bernstein...

«Kent 3778. Galerie Bernstein.»

«Marcus...»

«Robert, Gott sei Dank, endlich. Hast du meine Nachricht bekommen?»

«Alle drei. Aber ich habe doch gesagt, daß ich dich wegen Farnaby anrufe.»

«Es geht nicht um Farnaby. Es ist viel wichtiger. Es geht um Ben Litton.»

Sie hatte ein Kleid, hatte es in Paris gesehen, sündhaft teuer, hatte es immer wieder angestarrt und schließlich gekauft. Es war schwarz, ärmellos, sehr schlicht. «Aber wann wollen Sie so etwas tragen?» hatte Madame Duprés gefragt, und Emma, im Hochgefühl einer luxuriösen Anschaffung, hatte geantwortet: «Ach, zu irgendeinem Anlaß. Einem besonderen Anlaß.»

Ein solcher Anlaß hatte sich bis heute abend nie ergeben. Jetzt zog Emma vorsichtig den Reißverschluß zu und schloß den schmalen Gürtel. Sie hatte die Haare hochgesteckt und trug schlichte, aber ausgesprochen edle Perlenohrringe. Ihr Spiegelbild versicherte ihr, daß die horrende Summe für das Kleid gut angelegt war.

Als Robert kam, stand sie gerade in der Küche und mühte sich mit einer Schale Eiswürfel für die Martinis. Sie hörte seinen Wagen, das Schlagen der Tür, das Öffnen und Schließen des Tores und seine Schritte, als er die Treppe hinunterlief. Hektisch kippte sie die Eiswürfel in eine Glasschüssel und stürzte zur Tür. Da sah sie, daß der trübe Tag in einen klaren, herrlichen Abend übergegangen war, juwelenblau und mit Sternen übersät.

«Was für ein schöner Abend!» sagte sie überrascht.

«Erstaunlich, nicht? Nach dem vielen Wind und Regen sieht Porthkerris aus wie Positano.» Er trat ins Haus, und Emma schloß die Tür hinter ihm. «Sogar der Mond geht über der See auf, um die Illusion vollkommen zu machen. Jetzt brauchen wir nur noch eine Gitarre und einen Tenor, der ‹Santa Lucia› singt.»

«Vielleicht finden wir einen.»

Er trug jetzt einen dunkelgrauen Anzug, ein gestärktes Hemd mit makellosem Kragen; am Handgelenk schauten schimmernde weiße Manschetten mit eleganten goldenen Knöpfen hervor. Seine rotblonden Haare waren wieder gebändigt und glattgebürstet, und sie roch den frischen Zitronenduft von Rasierwasser.

«Haben Sie Lust, einen Martini zu mixen? Ich hab alles fertig, ich war gerade dabei, das Eis...» Während sie weitersprach, ging sie zurück in die Küche. «Gin und Martini stehen auf dem Tisch. Eine Zitrone auch. Oh, Sie brauchen ein Messer, um die Zitrone zu schneiden.»

Sie zog eine Schublade auf, nahm ein spitzes, sehr scharfes Messer heraus und trug es mit der Eisschüssel ins Wohnzimmer. «Schade, daß Ben nicht hier ist. Er liebt Martinis. Leider kann er sich nie auf das richtige Mengenverhältnis besinnen, er ertränkt sie in Zitrone...»

Robert antwortete nicht. Emma stellte fest, daß er mitten im Zimmer stand wie ein Fremder. Er hatte nicht angefangen, ihre Drinks zu mixen, er hatte sich nicht mal eine Zigarette angezündet, und das allein war schon ungewöhnlich; normalerweise wirkte er immer sehr entspannt. Jetzt aber hatte er etwas Verkrampftes, und Emma fragte sich verzagt, ob er schon bereute, daß sie den Abend zusammen verbringen würden. Unsinn. Sicher bildete sie sich das nur ein.

Sie legte die Zitrone neben die leeren Gläser, drehte sich um und lächelte ihn munter an. «Na, was brauchen Sie noch?»

«Gar nichts», sagte Robert und schob die Hände in die Hosentaschen. *Nicht die typische Geste eines Mannes, der einen Martini mixen möchte*. Im Kamin sackte ein brennendes Holzscheit zusammen und brach entzwei. Funken sprühten auf.

Vielleicht hatte das Telefongespräch ihn durcheinandergebracht. «Haben Sie mit Marcus gesprochen?»

«Ja. Er hatte schon den ganzen Nachmittag versucht, mich zu erreichen.»

«Und Sie waren natürlich nicht da. Hat er sich gefreut, als Sie ihm von Pat Farnaby erzählten?»

«Er hatte nicht wegen Farnaby angerufen.»

«Nein?» Plötzlich hatte sie Angst. «Schlechte Nachrichten?»

«Nein, eigentlich nicht, aber Sie dürften nicht sehr erbaut sein. Es geht um Ihren Vater. Er hat Marcus nämlich heute morgen aus den Staaten angerufen. Er bat Marcus, Ihnen mitzuteilen, daß er und Melissa Ryan gestern in Queenstown geheiratet haben.»

Emma merkte, daß sie das Messer noch in der Hand hielt, daß es sehr scharf war und sie sich damit schneiden konnte, deshalb legte sie es ganz vorsichtig neben die Zitrone...

Geheiratet. Dieses Wort beschwor das hysterische Zerrbild einer Hochzeit herauf, Ben mit einer weißen Blume im Knopfloch seiner ausgebeulten Kordjacke, Melissa Ryan in ihrem rosa Wollkostüm, eingehüllt in einen weißen Schleier und Konfetti, wild läutende Kirchenglocken, die ihre Botschaft über die grüne Landschaft Virginias schrillten. Es war wie ein Alptraum.

Sie merkte, daß Robert Morrow noch sprach, mit gleichmäßiger, ruhiger Stimme.

«...Marcus hat merkwürdigerweise das Gefühl, er sei schuld. Weil er die Vernissage für eine gute Idee hielt und weil er bei ihnen in Queenstown war – er hat sie die ganze Zeit zusammen gesehen und hatte nicht die leiseste Ahnung, was sich da anbahnte.»

Emma erinnerte sich an Marcus' Beschreibung von dem schönen Haus, sah Ben im goldenen Käfig von Melissas Vermögen, ein ruheloser Tiger, seine Phantasie, seine schöpferischen Kräfte im Luxus erstickt. Ihr wurde klar, daß sie Melissa Ryan unterschätzt hatte, als sie dachte, Ben würde für das, was er begehrte, niemals kämpfen. Sie hatte nicht ermessen, wie sehr er es begehrte.

Plötzlich war sie wütend. «Er hätte nicht nach Amerika zurückkehren dürfen. Das war überhaupt nicht nötig. Er wollte einfach in Ruhe gelassen werden und weitermalen.»

«Emma, niemand hat ihn gedrängt.»

«Die Ehe wird nicht halten. Ben ist noch keiner Frau länger als sechs Monate treu geblieben, und ich kann mir nicht vorstellen, daß Melissa Ryan sich das gefallen läßt.»

Robert sagte sanft: «Vielleicht klappt es diesmal, und es hält.»

«Aber Sie haben sie zusammen gesehen an dem Tag, als sie sich kennenlernten. Sie konnten die Augen nicht voneinander lösen.

Wenn sie alt und häßlich gewesen wäre, hätte ihn nichts von Porthkerris weggebracht.»

«Sie ist aber nicht alt und häßlich. Sie ist schön, hochintelligent und sehr reich. Und wenn es nicht Melissa Ryan gewesen wäre, dann wäre es sehr bald eine andere gewesen. Sie wissen so gut wie ich, daß es wahr ist.»

«Aber wir hätten wenigstens mehr als einen Monat zusammen gehabt», sagte sie verbittert.

Robert schüttelte ratlos den Kopf. «Ach, Emma, lassen Sie ihm doch sein Leben.»

Sein Tonfall brachte sie in Rage. «Er ist mein Vater. Wieso darf ich nicht mit ihm zusammensein wollen?»

«Er ist kein Vater, sowenig wie ein Ehemann oder Liebhaber oder Freund. Er ist Künstler. Ein Künstler wie der fanatische Verrückte, bei dem wir heute nachmittag waren. Sie haben keine Zeit für unsere normalen Wertvorstellungen. Alles und jeder andere kommt an zweiter Stelle.»

«An zweiter Stelle? Ich hätte nichts dagegen, an zweiter Stelle zu kommen oder an dritter oder vierter. Aber ich stand immer ganz unten auf einer langen Liste. Seine Malerei, seine Liebesaffären, sein ewiges Herumschwirren in aller Welt, sogar Marcus und Sie, das alles ist Ben wichtiger, als ich es jemals war.»

«Dann lassen Sie ihn in Ruhe. Denken Sie zur Abwechslung mal an was anderes. Lassen Sie hier alles sausen, suchen Sie sich einen Job.»

«Hab ich alles schon gemacht. Die letzten zwei Jahre hab ich genau so verbracht.»

«Dann kommen Sie morgen mit mir nach London, wohnen Sie bei Marcus und Helen. Mit ein bißchen Abstand von Porthkerris können Sie sich an den Gedanken gewöhnen, daß Ben wieder verheiratet ist, und sich entscheiden, was Sie als nächstes tun wollen.»

«Vielleicht habe ich mich schon entschlossen.»

Es war da, in ihrem Hinterkopf. Als beobachte sie die Drehbühne vom dunklen Zuschauerraum eines Theaters aus. Eine Kulisse gleitet aus dem Blickfeld, und zugleich kommt eine neue Szenerie langsam auf die Bühne. Eine andere Kulisse. Ein anderes Zimmer vielleicht. Eine andere Sicht aus einem anderen Fenster. «Aber ich will nicht nach London.»

«Und heute abend?»

Emma runzelte die Stirn. Sie hatte es vergessen. «Heute abend?»

«Wir wollten essen gehen.»

Sie spürte, daß es zuviel für sie war. «Ich möchte lieber nicht...»

«Es wird Ihnen guttun...»

«Nein. Und ich habe Kopfschmerzen...» Es war eine Ausflucht, erfunden, und nun stellte sie erstaunt fest, daß es stimmte. Ein Schmerz, der sich anfühlte wie der Beginn einer Migräne, wie wenn die Augäpfel mit Drähten in den Hinterkopf gezogen würden; der Gedanke an Essen, Hühnchen in Soße, Eiscreme, erregte Übelkeit. «Ich kann nicht mitkommen. Ich kann nicht.»

Robert sagte leise: «Die Welt wird deshalb nicht untergehen», und diese alte, tröstliche Phrase war zuviel für Emma. Zu ihrem Schrecken fing sie an zu weinen. Sie hielt sich die Hände vors Gesicht, drückte die Fingerspitzen gegen ihre pochende Stirn, versuchte sich zu beherrschen. Weil sie wußte, daß durch Weinen alles noch schlimmer wurde, daß Tränen blind machten, daß die Schmerzen sich noch steigern würden....

Sie hörte, wie er ihren Namen sagte, spürte plötzlich, daß er neben ihr stand, seine Arme um sie legte. Ihre Tränen durchnäßten das makelloses graue Revers seines Anzugs. Und Emma versuchte nicht, sich von ihm zu lösen, sondern stand stocksteif da, klammerte sich fest an ihren Kummer und haßte Robert für das, was er ihr angetan hatte.

7

Und dann? Was passierte dann?» fragte Jane Marshall, in der Hand ein halbvolles Glas Scotch on the rocks.

«Nichts. Sie wollte nicht essen gehen, und sie sah aus, als würde sie jeden Moment eine Gallenkolik bekommen. Darum habe ich sie ins Bett gebracht, ihr was Heißes zu trinken gegeben und ein Aspirin, dann bin ich ins Hotel zurückgefahren und hab allein zu Abend gegessen. Am nächsten Morgen, am Sonntag, war ich noch einmal bei ihr, um mich zu verabschieden, bevor ich nach London zurückfuhr. Sie war schon wieder auf den Beinen, ziemlich blaß, aber ansonsten wirkte sie ganz normal.»

«Hast du sie noch mal zu überreden versucht, mit nach London zu fahren?»

«Ja, aber sie blieb stur. Also verabschiedeten wir uns, und ich ließ sie allein. Und seitdem hab ich nichts von ihr gehört.»

«Aber du kannst doch sicher feststellen, wo sie ist?»

«Unmöglich. Sie haben kein Telefon, haben nie eins gehabt. Marcus hat ihr natürlich geschrieben, aber Emma hat anscheinend Bens Abneigung, Briefe zu beantworten, geerbt. Sie hat nichts mehr von sich hören lassen.»

«Das ist ja verückt. In der heutigen Zeit... Es muß doch jemanden geben, der dir sagen kann...»

«Es gibt niemanden. Sie hatte keine Putzfrau, sie hat alles selbst gemacht. Das war ja der Hauptgrund, weshalb sie nach Porthkerris zurückgekehrt ist, sie wollte Ben den Haushalt führen. Nach zwei Wochen eisigen Schweigens hat Marcus es natürlich nicht mehr ausgehalten, er hat den Wirt vom Sliding Tackle angerufen, das ist eine Kneipe, in der Ben oft war, aber Ben war ohnehin schon seit sechs Wochen weg, und Emma ist da nie hingegangen.»

«Dann müßt ihr euch in Porthkerris umhören.»

«Dazu ist Marcus nicht bereit.»

«Warum nicht?»

«Aus mehreren Gründen. Emma ist kein Kind mehr. Man hat ihr weh getan, und Marcus sieht ein, daß er kein Recht hat, sich einzumischen, wenn sie allein sein will. Er hat sie eingeladen, nach London zu kommen und bei Helen und ihm zu wohnen... jedenfalls so lange, bis sie sich wieder gefangen hat. Mehr kann er kaum tun. Und es gibt noch einen anderen Grund.»

«Ich weiß», sagte Jane. «Helen, nicht wahr?»

«Ja.» Robert zuckte die Achseln. «Es hat Helen immer gewurmt, daß Ben einen so starken Einfluß auf Marcus hatte. Es gab Zeiten, da hätte sie Ben am liebsten auf dem Meeresgrund gesehen. Aber sie hat sich zwangsläufig damit abgefunden, weil das Bemuttern von Ben zu Marcus' Job gehört, und wenn Marcus ihn nicht mehr oder weniger bei der Stange gehalten hätte, wer weiß, was aus Ben Litton geworden wäre.»

«Und jetzt will sie nicht, daß er sich wegen Emma aufreibt.»

«Genau.»

Jane schüttelte ihr Glas und ließ das Eis darin klirren. «Und du?» fragte sie.

Er sah auf. «Ich? Was soll mit mir sein?»

«Nimmt dich die Sache sehr mit?»

«Warum fragst du?»

«Du klingst nicht gerade, als ob es dich kaltläßt.»

«Ich kenne das Mädchen kaum.»

«Aber du machst dir Sorgen um sie.»

Er dachte darüber nach. «Ja», sagte er schließlich. «Ja, ich glaube schon. Gott weiß, warum.»

Sein Glas war leer. Jane stand auf, um ihm noch einen Whisky einzuschenken. Während sie hinter ihm mit Eis hantierte, fragte sie: «Warum fährst du nicht nach Porthkerris und erkundigst dich?»

«Weil sie nicht dort ist.»

«Sie ist nicht...? Das weißt du? Aber das hast du mir nie erzählt.»

«Nach dem erfolglosen Anruf im Sliding Tackle hat Marcus alle Hebel in Bewegung gesetzt. Er hat bei der dortigen Polizei angerufen, sie haben ein paar Nachforschungen angestellt und uns zurückgerufen. Haus verschlossen, Atelier verschlossen, Postamt angewiesen, alle Post bis auf weiteres aufzubewahren.» Er nahm Jane den frischen Drink ab, den sie ihm über die Rückenlehne des Sofas reichte. «Danke.»

«Und ihr Vater? Weiß er Bescheid?»

«Ja, Marcus hat es ihm geschrieben. Aber man kann von Ben nicht erwarten, daß er sich übermäßig aufregt. Schließlich ist er sozusagen noch mitten in den Flitterwochen, und Emma ist allein durch Europa gezogen, seit sie vierzehn war. Vergiß nicht, dies ist keine normale Vater-Tochter-Beziehung.»

Jane seufzte. «Das kann man wohl sagen.»

Robert lächelte. Jane war eine erfrischend realistische Person, und aus diesem Grund war er heute abend auf dem Heimweg von der Arbeit spontan auf einen Drink vorbeigekommen. Gewöhnlich war das Doppelleben, das er mit Marcus führte, indem er mit ihm in der Galerie arbeitete und im selben Haus wohnte, in keiner Weise strapaziös. Aber im Moment gestaltete es sich schwieriger als sonst. Als Robert von einer Geschäftsreise nach Paris zurückgekehrt war, hatte er Marcus verändert gefunden: nervös, besorgt, außerstande, sich länger als fünf Minuten auf etwas anderes als das Problem Emma Litton zu konzentrieren. Nach einer Diskussion mit ihm war Robert klar, daß Marcus sich die Schuld gab für das, was passiert war, und sich sein schlechtes Gewissen auch nicht ausreden lassen wollte. Helen hatte überhaupt keinen Sinn für seine Selbstvorwürfe und riet ihm nur kühl, sich nicht noch tiefer in die ganze verkorkste Angelegenheit hineinziehen zu lassen. Im Augenblick waren die Spannungen in Milton Gardens fast körperlich spürbar.

Das Wetter machte die Situation auch nicht besser. Nach einem kalten Frühling befand sich London plötzlich mitten in einer regelrechten Hitzewelle. Frühmorgens lag perlmuttschimmernder Nebel über der Stadt, der sich allmählich auflöste und Tag für Tag sengende Sonne freigab. Junge Mädchen gingen in ärmellosen Kleidern zur Arbeit, die Männer legten die Jacken ab und saßen in Hemdsärmeln an den Schreibtischen. Die Parks verwandelten sich zur Mittagszeit in riesige Picknickplätze; vor den Geschäften und Restaurants leuchteten gestreifte Markisen, Fenster wurden beim leisesten Lüftchen aufgerissen, und auf den Straßen reflektierten geparkte Autos die Hitze, die Bürgersteige dampften, und der geschmolzene Teer klebte an den Schuhsohlen.

Wie eine fürchterliche Epidemie war die Hitze sogar in die ruhigen, teichgrünen Räume der Galerie Bernstein eingedrungen. Den ganzen Tag war der Strom von Besuchern und potentiellen Kunden nicht abgerissen; die Touristensaison hatte begonnen, und das war die hektischste Zeit in der Galerie. Als alles vorüber war, hatte Robert sich auf der Heimfahrt nach einem neuen Gesicht gesehnt, nach einem kalten Drink und einem Gespräch, das nichts mit Kunst und Künstlern zu tun hatte, egal ob Renaissance, Impressionisten oder Pop-art.

Und da war ihm spontan Jane Marshall eingefallen.

Ihr kleines Haus lag in einem engen Geviert aus umgebauten Stallungen zwischen Sloane Square und Pimlico Road. Als er den Wagen in die Straße lenkte und auf dem Kopfsteinpflaster das Tempo drosselte, drückte er zweimal auf die Hupe. Jane erschien am offenen Fenster im oberen Stockwerk, die Hände auf dem Fensterbrett; die blonden Haare fielen ihr ins Gesicht, als sie sich hinauslehnte, um nachzusehen, wer es war.

«Robert! Ich dachte, du bist noch in Paris.»

«Ich bin seit zwei Tagen zurück. Hast du einen kühlen Drink für einen erschöpften, arbeitenden Mann?»

«Natürlich. Moment. Ich komm runter und mach dir auf.»

Ihr Haus war einfach wunderbar. Ursprünglich eine Kutscherhütte, hatte es eine steile, schmale Treppe, die in den ersten Stock führte. Hier befanden sich die Diele, das Wohnzimmer und die Küche, und noch ein Stockwerk höher in der Dachschräge lagen Schlafzimmer und Bad. Es war auch schon so beengt genug, aber seit sie ihre Inneneinrichtungsfirma gegründet hatte, platzte das Haus aus allen Nähten. Das Wohnzimmer hatte sie in ein Arbeitszimmer verwandelt, trotzdem drangen die Stoffballen, die Litzen und Kissen und die kleinen Nippessachen, die sie so geschickt aufzuspüren wußte, in jede verfügbare freie Ecke vor und machten das Ganze so fröhlich bunt wie eine Patchworkdecke.

Sie freute sich, ihn zu sehen. Sie hatte den Vormittag mit einer langweiligen Frau verbracht, die ihr ganzes Haus in St. John's Wood cremefarben einrichten wollte, was sie «Renovierung in Magnolie» nannte. Und dann war eine junge Schauspielerin gekommen, die etwas Ausgefallenes für ihre neue Wohnung wollte.

«Sie saß stundenlang hier und zeigte mir Bilder, wie sie sich die Sache vorstellte. Ich versuchte ihr klarzumachen, daß sie einen Bulldozer brauche, keine Innenarchitektin, aber sie wollte nicht auf mich hören. Diese Leute hören ja nie auf einen. Whisky?»

«Das», sagte Robert, als er sich vor dem offenen Fenster aufs Sofa fallen ließ, «ist das Netteste, was ich heute gehört habe.»

Sie schenkte zwei Gläser ein, versorgte ihn mit Zigaretten und Aschenbecher und setzte sich ihm dann gelassen gegenüber. Sie war ein sehr hübsches Mädchen. Ihre blonden Haare waren glatt und dicht, modisch geschnitten, hinten kürzer und vorn etwas länger. Sie hatte grüne Augen, eine Stupsnase, ihr Mund war hübsch, aber streng. Ihre gescheiterte Ehe hatte einige Narben hinterlassen, und sie war durchaus nicht immer ein toleranter Mensch, aber sie war von einer Geradlinigkeit, die er so erfrischend fand wie ein Glas kaltes Wasser, und sie sah immer hinreißend aus.

Jetzt sagte er: «Ich bin extra hergekommen, um nicht über Geschäftliches zu reden. Wie sind wir denn überhaupt auf Ben Litton gekommen?»

«Ich habe damit angefangen. Ich war neugierig. Immer, wenn ich Helen sah, hat sie irgendwelche vagen Andeutungen gemacht und sich geweigert, mehr zu sagen, es war zum Verrücktwerden. Sie macht sich über die Geschichte ziemliche Gedanken, nicht?»

«Nur weil Ben Litton den armen Marcus früher mal total aufgerieben hat.»

«Kennt sie Emma?»

«Sie hat sie nicht mehr gesehen, seit sie vor sechs Jahren in die Schweiz ging.»

Jane seufzte. «Es ist schwer, gegen Menschen gerecht zu sein, die man kaum kennt.»

«Manchmal ist es auch schwer, wenn man sie kennt. Und jetzt...» Er beugte sich vor, um seine Zigarette auszudrücken. «Lassen wir das Thema fallen und erwähnen es nicht wieder. Hast du heute abend schon was vor?»

«Nein, nichts.»

«Wollen wir irgendwohin gehen, wo es einen Dachgarten oder eine Terrasse gibt, und geruhsam zusammen essen?»

Jane lächelte. «Gern.»

«Ich ruf Helen an und sage, daß ich nicht komme...»

«Und ich...» Sie stand auf. «Ich geh duschen und mich umziehen. Es dauert nicht lange.»

«Nur keine Hektik.»

«Mach's dir gemütlich... mach dir noch was zu trinken. Hier sind Zigaretten, und irgendwo muß eine Abendzeitung rumliegen, falls es dir nichts ausmacht, sie zu suchen...»

Sie ging die Treppe hinauf. Er hörte sie herumgehen, die hohen Absätze klapperten auf dem gebohnerten Fußboden. Sie sang vor sich hin, die Melodie klang ein wenig falsch. Er stellte sein Glas ab, ging ins Wohnzimmer, machte ihr Telefon schließlich unter einem

Stapel geblümter Chintzstoffe ausfindig und rief Helen an, um ihr zu sagen, daß er zum Essen nicht zu Hause sein würde. Dann schenkte er sich den dritten Whisky des Abends ein, lockerte seine Krawatte und ließ sich wieder aufs Sofa plumpsen.

Die reine, kalte Schärfe des Whiskys hatte seine Feierabendmüdigkeit nach einem anstrengenden Tag in angenehme Mattigkeit verwandelt. Die Zeitung schaute unter einem Kissen hervor, er zog sie heraus, und dann sah er, daß es nicht der *Evening Standard* war, sondern die Theaterzeitung *The Stage*.

«Jane?»

«Ja?»

«Ich wußte gar nicht, daß du *The Stage* abonniert hast.»

«Hab ich auch nicht.»

«Sie ist aber hier.»

«So?« Sie klang nichts besonders interessiert. «Die muß Dinah Burnett liegengelassen haben. Die Schauspielerin, die den Bulldozer braucht.»

Er schlug die Zeitung aufs Geratewohl auf. *Gesucht: Tänzerisches Naturtalent*. Wieso Naturtalent? Gab es auch künstliches Talent?

Keine Ahnung.

Er blätterte zur Programmseite um. In Birmingham lief Shakespeare, in Manchester eine Wiederaufführung und in Brookford die Premiere eines neuen Stückes...

Brookford.

Der Name sprang ihn an und traf ihn wie ein Geschoß. Brookford. Er setzte sich auf, glättete die Zeitung mit einem Strich und las den ganzen Artikel.

Die Sommerspielzeit des Repertoiretheaters von Brookford wird diese Woche mit der Welturaufführung von *Daisies on the Grass* eröffnet, einer Komödie in drei Akten von der dort beheimateten Autorin Phyllis Jason. Dieses leichte, aber durchaus geistreiche Stück zeigt die Schauspielerin Charmian Vaughan in der Hauptrolle der Stella. In den Nebenrollen tragen John Rigger, Sophie Lambart und Christopher Ferris dazu bei, die heitere Spannung zum Höhepunkt zu führen, und Sara Rutherford ist eine bezaubernd natürliche Braut. Tommy Childers' Inszenierung ist flott und fulminant, und das Bühnenbild des Künstlers Brian Dare veranlaßte das begeisterte Premierenpublikum zu spontanem Applaus.

Christopher Ferris.

Robert lege die Zeitung bedächtig hin, langte nach einer Zigarette und zündete sie an. Christopher Ferris. Er hatte Christopher vergessen.

Wissen Sie etwas von Christopher? Wir sind uns nämlich ganz zufällig wiederbegegnet, Christopher und ich. Und er hat mich heute morgen nach Le Bourget begleitet.

Und er erinnerte sich – er hatte ihr am Tisch gegenübergesessen –, wie ihm plötzlich ein Licht aufgegangen war und er den Grund für ihr Lächeln, für das Leuchten in ihren Augen erkannte.

Und später, in dem zugigen Atelier in Porthkerris, war das Thema Christopher flüchtig aufgetaucht und wieder untergegangen zwischen anderen, wichtigeren Gesprächsthemen. *Er dürfte inzwischen in Brookford sein*, hatte Emma gesagt, *mitten in den Proben.*

Er stand auf und ging zum Fuß der Treppe.

«Jane?»

«Ja?»

«Wie weit bist du?»

«Ich schmink mich gerade.»

«Wo ist Brookford?»

«In Surrey.»

«Wie lange brauchen wir bis dahin?»

«Brookford? Hm, etwa eine Dreiviertelstunde, fünfzig Minuten.»

Er sah auf seine Uhr. «Wenn wir sofort losfahren oder sobald wir können... kommen wir vielleicht nicht zu spät.»

Jane erschien oben an der Treppe, mit einem Spiegel in einer Hand und einem Puderpinsel in der anderen.

«Zu spät wofür?»

«Wir gehen ins Theater.»

«Ich dachte, wir gehen essen.»

«Hinterher vielleicht. Aber zuerst fahren wir nach Brookford und sehen uns eine durchaus geistreiche Komödie an, *Daisies on the Grass...*»

«Bist du verrückt geworden?»

«... von der dort beheimateten Autorin Phyllis Jason.»

«Du bist verrückt geworden.»

«Ich erklär's dir unterwegs. Sei ein Schatz und beeil dich.»

Als sie über die Autobahn brausten, sagte Jane: «Du meinst, niemand weiß von dem jungen Mann, außer dir.»

«Emma hat Ben nichts gesagt, weil er Christopher nie leiden konnte – Helen sagt, er war eifersüchtig auf den Jungen.»

«Und Emma hat Marcus Bernstein nichts erzählt.»

«Ich glaube nicht.»

«Aber dir.»

«Ja, mir hat sie's erzählt. Gleich am ersten Tag. Und ich hab keine Ahnung, warum er mir nicht schon früher eingefallen ist.»

«Ist sie in ihn verliebt?»

«Das weiß ich nicht. Sie hat ihn jedenfalls sehr gern.»

«Meinst du, wir finden sie in Brookford?»

«Wenn nicht, dann geh ich jede Wette ein, daß Christopher Ferris weiß, wo sie steckt.» Jane erwiderte nichts. Wenig später fügte er, die Augen fest auf die Straße gerichtet, hinzu: «Es tut mir leid, ich hatte dir versprochen, das Thema fallenzulassen, und jetzt entführe ich dich in die finsterste Wildnis von Surrey.»

Jane sah ihn an. «Warum bist du so wild darauf, Emma zu finden?»

«Wegen Marcus. Ich möchte Marcus beruhigen.»

«Verstehe.»

«Wenn Marcus beruhigt ist, wird Helen sich auch wieder entspannen, und das Leben wird für uns alle erträglicher.»

«Das ist nur zu wünschen... Moment, ich glaube, wir müssen hier abbiegen.»

Es dauerte eine Zeit, bis sie das Theater in Brookford fanden. Sie fuhren die High Street hinauf und hinunter, fragten dann einen erschöpft aussehenden Polizisten in Hemdsärmeln nach dem Weg. Er schickte sie wieder ein Stück aus der Stadt hinaus, und in einer Sackgasse, die von einer Nebenstraße abzweigte, fanden sie den großen Backsteinbau, der eigentlich eher nach einem Missionsgebäude aussah. Doch über dem Eingang stand in Neonbuchstaben THEATER.

Am Straßenrand parkten ein paar Autos, und daneben, die Füße im Rinnstein, saßen zwei kleine Mädchen, die mit einem kaputten Kinderwagen spielten. An der Außenwand hingen Plakate:

WELTURAUFFÜHRUNG
DAISIES ON THE GRASS
von PHYLLIS JASON
KOMÖDIE IN DREI AKTEN
Inszeniert von
TOMMY CHILDERS

Jane blieb stehen und betrachtete die wenig einladende Fassade. «Nicht gerade das klassische Stadttheater.»

Robert nahm ihren Arm. «Komm.»

Sie gingen eine Steintreppe hinauf und traten in ein kleines Foyer mit einem Zigarettenkiosk auf der einen Seite und einer Kasse auf der anderen. Im Kassenhäuschen saß ein Mädchen und strickte.

«Die Vorstellung hat leider bereits angefangen», sagte sie, als Robert und Jane auf der anderen Seite der Glasscheibe erschienen.

«Ja, das haben wir uns schon gedacht. Aber wir möchten trotzdem zwei Karten.»

«Welche Preislage?»

«Oh... hm – Parkett.»

«Das macht ein Pfund fünfzehn, bitte. Aber Sie müssen bis zum zweiten Akt waren.»

«Können wir irgendwo was zu trinken bekommen?»

«Die Bar ist oben.»

«Danke.» Er nahm die Karten und sein Wechselgeld. «Ich nehme an, Sie kennen alle Leute, die hier arbeiten.»

«Hm, ja...»

«Christopher Ferris...»

«Oh, ist er ein Freund von Ihnen?»

«Ein Freund eines Freundes. Ich wüßte gern, ob seine Schwester zufällig hier ist... eigentlich ist sie seine Stiefschwester. Emma Litton.»

«Emma arbeitet hier.»

«Sie arbeitet hier? Am Theater?»

«Ganz recht. Als Inspizientengehilfin. Unsere letzte kriegte plötzlich Blinddarmentzündung, und Emma sagte, sie würde aushelfen. Normalerweise –» sie klang jetzt betont professionell – «normalerweise nimmt Mr. Childers ja lieber Leute mit ein bißchen Bühnenerfahrung, wissen Sie, Royal Academy of Art oder sonstwo, damit sie auch mal in kleinen Rollen einspringen können. Aber weil sie hier war und nichts zu tun hatte, hat er ihr den Job gegeben. Allerdings nur, bis das andere Mädchen wieder gesund ist.»

«Ich verstehe. Glauben Sie, wir können sie sprechen?»

«Sicher, nach der Vorstellung. Aber Mr. Childers will niemanden hinter der Bühne sehen, bevor die Vorstellung zu Ende ist.»

«In Ordnung. Wir können warten. Haben Sie vielen Dank.»

«Keine Ursache. Es war mir ein Vergnügen.»

Sie gingen die Treppe hinauf zu einem zweiten, größeren Foyer mit einer Bar in der Ecke, setzten sich, tranken Lagerbier und plauderten mit dem Barmann, bis mäßiger Applaus das Ende des ersten Aktes verkündete. Die Lichter gingen an, die Türen öffneten sich, und ein kleiner Strom Leute kam heraus, um sich zu stärken. Jane und Robert warteten bis zum ersten Klingelzeichen, dann gingen sie in den Zuschauerraum, kauften auf dem Weg hinein zwei Programmhefte und wurden von einem beflissenen jungen Mädchen in einem Nylonoverall zu ihren Plätzen geführt. Das Theater war an diesem Abend äußerst spärlich besucht, und Jane und Robert waren die einzigen, die in der dritten Reihe saßen. Jane sah sich interessiert um.

«Ich glaube, es war früher ein Missionsgebäude», stellte sie fest. «Kein Mensch hätte einen so häßlichen Kasten als Theater gebaut. Aber ich muß sagen, sie haben es sehr einfallsreich umgestaltet; Beleuchtung und Farben sind gut. Schade, daß sie kein größeres Publikum haben.»

Schließlich öffnete sich der Vorhang zum zweiten Akt.

Salon in Mrs. Edburys Haus in Gloucestershire, informierte sie das Programm, und da war er, komplett mit Flügelfenstern, Treppe, Sofa, Tisch mit Getränken, Tisch mit Telefon, niedrigem Tisch mit Zeitschriften (damit die Hauptdarstellerin sie in die Hand nehmen und lässig durchblättern konnte, wenn sie nicht wußte, was sie mit ihren Händen anstellen sollte?) und drei Türen.

«In dem Haus zieht's», murmelte Jane.

«Es wird besser, wenn sie die Terrassentür zumachen.»

Aber die Terrassentür mußte offenbleiben, denn herein stürzte die jugendliche Naive (*Sara Rutherford ist eine bezaubernd natürliche Braut*), warf sich auf das Sofa und brach in Tränen aus. Auf Janes Gesicht malte sich Fassungslosigkeit. Robert drückte sich etwas tiefer in seinen Sitz.

Es war ein fürchterliches Stück. Selbst wenn sie den ersten Akt gesehen hätten und daher imstande gewesen wären, das Handlungsgewirr zu enträtseln, es wäre trotzdem ein fürchterliches Stück gewesen. Es war gespickt mit Klischees, mit Standardrollen (es gab sogar eine komische Putzfrau), mit gekünstelten Abgängen und Auftritten und mit Telefonanrufen. Im Verlauf des zweiten Aktes klingelte achtmal das Telefon.

Als der Vorhang sich senkte, schlug Robert vor: «Gehen wir noch was trinken. Ich kann jetzt einen doppelten Cognac vertragen.»

«Ich geh hier nicht weg», sagte Jane. «Ich will die Stimmung nicht zerstören. So ein Stück habe ich nicht mehr gesehen, seit ich sieben war. Und das Bühnenbild macht mich ganz nostalgisch. Aber eins, Robert, ist sonnenklar.»

«Was?»

«Christopher Ferris ist sehr, sehr gut.»

Das stimmte. Als er auf die Bühne geschlurft war, der unsichere junge Student, der am Ende die Heldin ihrem Verlobten, einem Börsenmakler, abspenstig machen sollte, da gewann *Daisies on the Grass* den ersten schwachen Funken Leben. Sein Text war nicht besser als der der anderen, aber seine Einsätze waren tadellos, und er konnte sie komisch oder traurig oder auch verschroben-charmant bringen. Für die Rolle trug er eine Kordhose, einen ausgebeulten Pullover und eine Hornbrille, aber selbst diese Kostümierung konnte seine Eleganz, sein gutes Aussehen und die langbeinige Anmut seiner Bewegungen nicht verhüllen.

«Er ist nicht nur sehr gut, er ist auch sehr attraktiv», fuhr Jane fort. «Ich kann verstehen, warum seine Stiefschwester so erfreut war, als sie ihm in Paris wieder über den Weg lief. Ich hätte auch nichts dagegen, ihm über den Weg zu laufen.»

Der dritte Akt hatte dasselbe Bühnenbild, aber jetzt war es Nacht. Blaues Mondlicht schien durchs offene Fenster, und die Treppe herunter kam die kleine Braut, auf Zehenspitzen, einen Koffer in der Hand, bereit, wegzulaufen oder durchzubrennen oder was auch immer es war, wozu sie sich während der letzten Stunde entschlossen hatte. Robert wußte es nicht mehr. Er wartete, daß Christopher wieder auf die Bühne kam. Als er auftrat, beobachtete ihn Robert einfach die ganze Zeit, versunken und voll Bewunderung. Unterdessen hatte Christopher die Zuschauer – wenn es auch wenige waren – völlig in der Hand. Sie beobachteten ihn ebenso fasziniert wie Robert. Christopher kratzte sich am Kopf, und das Publikum lachte. Er setzte seine Brille ab, um das Mädchen zu küssen, und sie lachten abermals. Er setzte sie wieder auf, um für immer Lebewohl zu sagen, und die Leute kramten nach ihren Taschentüchern. Und als alles vorbei war und das Ensemble sich zum Schlußvorhang aufstellte, war der Beifall lang und ehrlich, und er galt ausschließlich Christopher.

«Was machen wir jetzt?» fragte Jane.

«Polizeistunde ist erst in zehn Minuten. Gehen wir noch was trinken.»

Sie gingen wieder an die Bar. Der Barmann fragte: «Wie hat Ihnen das Stück gefallen, Sir?»

«Ach, ich weiß nicht... Ich...»

Jane war mutiger. «Wir fanden es fürchterlich», sagte sie, aber sehr höflich. «Und ich habe mich in Christopher Ferris verliebt.»

Der Barmann grinste. «Der ist Spitze, was? Schade, daß Sie heute abend kommen mußten, wo bloß so wenig Leute da waren. Mr. Childers hatte gehofft, weil Miss Jason doch von hier ist und der ganze Zinnober, daß dieses Stück die Leute reinlocken würde. Aber gegen so 'ne Hitzewelle kommt man eben nicht an.»

«Haben Sie gewöhnlich ein volles Haus?»

«Mal mehr, mal weniger. Unser letztes Stück war *Present Laughter*... da war das Haus ziemlich voll.»

«Das ist ein gutes Stück», sagte Robert.

«Welche Rolle hat Christopher Ferris gespielt?» fragte Jane.

«Warten Sie, mal überlegen. Ach ja, ich weiß, er war der junge Stückeschreiber. Der immer zwischen den Stühlen rumspringt und Plätzchen ißt. Ronald Maule heißt er in dem Stück. Oh, Christopher Ferris war sehr komisch in der Rolle. Hat großen Beifall geerntet...» Während er seine Gläser polierte, sah er auf die Wanduhr. «Ich muß Sie leider bitten auszutrinken, Sir, wir müssen schließen.»

«Ja, natürlich. Sagen Sie, wie kommen wir hinter die Bühne? Wir möchten zu Emma Litton.»

«Sie können durch den Zuschauerraum gehen, Sir, dann durch die Tür rechts von der Bühne. Aber nehmen Sie sich vor Mr. Collins in acht, dem Inspizienten. Er ist nicht besonders scharf auf Besucher.»

«Danke», sagte Robert. «Gute Nacht.»

Sie gingen ins Theater zurück. Der Vorhang war aufgezogen, und die Bühne lag wieder frei, aber ohne Rampenlicht wirkte das Bühnenbild seelenloser denn je. Ein junger Mann mühte sich mit dem Sofa ab und versuchte es auf die Seite zu hieven, und irgendwo hatte irgend jemand eine Tür aufgelassen, so daß das ganze Theater von einem stickigen Zug verbrauchter Luft durchweht war. Die Programmverkäuferin ging herum, klopfte die leeren Sitze ab und sammelte leere Schokoladenpackungen und Zigarettenschachteln in einen Abfalleimer.

«Nichts», sagte Jane, «ist so deprimierend wie ein leeres Theater.»

Sie gingen nach vorne zur Bühne. Beim Näherkommen erkannte Robert, daß es kein Junge war, der ganz allein mit dem schweren Sofa kämpfte, sondern ein Mädchen in einem alten blauen Pullover und Jeans.

Als er nahe genug war, sagte er: «Verzeihung, können Sie mir wohl sagen, ob ...?»

Sie drehte sich zu ihm um. Es war Emma Litton.

8

Nach einer stummen Schrecksekunde ließ Emma die Sofalehne los und richtete sich auf. Sie kam ihm viel größer und schmaler vor, das kalte Bühnenlicht war allerdings auch nicht gerade schmeichelhaft. Unter den weiten Pulloverärmeln wirkten ihre Handgelenke geradezu mager. Aber das Schlimmste waren ihre Haare. Sie hatte die Haare abgeschnitten, und ihr Kopf wirkte nun klein und verletzlich, ein bißchen struppig wie das Fell eines Tieres.

Sie hatte auch etwas von der Wachsamkeit eines Tieres, einen furchtsamen Blick, als wartete sie, daß er den ersten Schritt tat, das erste Wort sprach, damit sie wußte, in welche Richtung sie springen sollte. Er schob die Hände in die Taschen, bemüht, lässig und nonchalant zu wirken, und sagte: «Hallo, Emma.»

Sie lächelte hilflos. «Das Sofa fühlt sich an, als wäre es mit Blei gepolstert und hätte außerdem seine Laufrollen verloren.»

«Ist denn niemand da, der Ihnen hilft?» Er trat nach vorn an den Bühnenrand, so daß er zu ihr aufsah. «Es sieht sehr schwer aus.»

«Doch, es kommt gleich jemand.» Sie wischte die Hände an ihrer Jeans ab, als wären sie schmutzig, und verschränkte die Arme. Es war eine eigentümlich abwehrende Geste, bei der ihre Schulterknochen unter dem ausgeleierten Pullover vorsprangen. «Was machen Sie hier?»

«Wir sind hergekommen, um uns *Daisies on the Grass* anzusehen... Wir sind aus der Stadt hergefahren. Das ist Jane Marshall. Jane, das ist Emma.»

Sie lächelten, nickten sich zu, murmelten eine Begrüßung. Emma wandte sich wieder an Robert. «Haben... haben Sie gewußt, daß ich hier bin?»

«Nein, aber ich wußte, daß Christopher hier ist, und ich dachte, dann sind Sie vielleicht auch da.»

«Ich arbeite seit ein paar Wochen. Da hab ich wenigstens was zu tun.»

Robert sagte nichts darauf, und Emma, vielleicht durch sein Schweigen verunsichert, setzte sich auf das Sofa, das sie hätte verrücken sollen. Ihre Hände baumelten schlaff zwischen den Knien. Nach einer Weile sagte sie: «Hat Marcus Sie geschickt?»

«Nein. Wir sind nur mal so vorbeigekommen. Um zu sehen, ob es Ihnen gutgeht.»

«Es geht mir gut.»

«Um wieviel Uhr sind Sie hier fertig?»

«Ungefähr in einer halben Stunde. Ich muß die Bühne räumen, für die Probe morgen vormittag. Warum?»

«Ich dachte, wir könnten alle irgendwo in ein Hotel gehen, ein Sandwich essen und was trinken. Jane und ich haben nicht zu Abend gegessen...»

«Oh, sehr nett!» Sie klang nicht begeistert. «Nur... es ist bloß... meistens hab ich in der Wohnung was im Ofen... einen Auflauf oder so was. Johnny und Chris essen sonst nichts. Wir müssen hin, sonst verbrennt es.»

«Johnny?»

«Johnny Rigger. Er war der Verlobte. Sie wissen schon, der andere Mann. Er wohnt mit Christo zusammen... und mir.»

«Ich verstehe.»

Wieder herrschte Schweigen. Verwirrt kämpfte Emma mit ihren Gastgeberinstinkten. «Ich würde Sie ja einladen mitzukommen, aber wir haben bloß ein paar Dosen Bier da...»

«Wir trinken gern Bier», beeilte sich Robert zu versichern.

«Und in der Wohnung herrscht eine furchtbare Unordnung. Die Zeit reicht nie, um richtig aufzuräumen. Ich meine, seit ich arbeite.»

«Das macht nichts. Wie kommen wir hin?»

«Hm... haben Sie ein Auto?»

«Ja. Es steht draußen.»

«Ja... schön. Wenn Sie draußen warten, kommen Christo und ich nachher runter, wenn's Ihnen recht ist. Dann können wir Ihnen den Weg zeigen.»

Robert und Jane gingen durch den leicht ansteigenden Zuschauerraum zurück zum Ausgang. Kurz bevor sie die Tür erreicht hatten, brach auf der Bühne plötzlich die Hölle los.

«Verdammt, wo ist die Litton?» Robert konnte gerade noch sehen, wie Emma vom Sofa hochfuhr, als hätte jemand ein Feuerwerk losgelassen, und noch einmal versuchte, das klobige Stück von der Stelle zu bewegen. Ein kleiner Mann mit einem schwarzen Bart kam auf die Bühne geschossen; er sah aus wie ein übelgelaunter Pirat. «Hör mal, Schätzchen, ich hab dir gesagt, du sollst das verdammte Sofa wegschieben, nicht drauf schlafen. Gott, bin ich froh, wenn die andere wieder da ist und du hier verschwindest...» Robert überlegte kurz. Es gab zwei Möglichkeiten: Man konnte dem Mann eine kleben oder sich verziehen. Um Emmas willen verzog sich Robert.

Die Tür schwang hinter ihm zu, aber als sie das Foyer durchquerten, war die Stimme noch zu hören. «Daß sie eine Vollidiotin ist, wissen wir alle, aber du schlägst sie noch um Längen...»

«Charmant», sagte Jane, als sie die Treppe hinuntergingen. Robert erwiderte nichts. Er spürte, wie plötzlich glühende Wut auf diesen unverschämten Wichtigtuer in ihm aufstieg.

«Das muß Mr. Collins sein, der Inspizient», fuhr Jane fort. «Nicht gerade ein angenehmer Chef.»

Sie gingen die Treppe hinunter, auf die Straße hinaus zum Auto und stiegen ein. Es war jetzt dunkel, eine sanfte Dämmerung hatte sich über die Stadt gelegt, aber die Hitze des Tages war noch spürbar, festgehalten von den Häuserwänden und den sonnenwarmen Pflastersteinen. Als sie ins Auto stiegen, schaltete jemand das Neonschild des Theaters aus. Die Abendvorstellung war zu Ende. Robert langte nach seinen Zigaretten, gab Jane eine, zündete sie an, nahm sich dann selbst eine. Es dauerte einen Moment, bis er sich beruhigt hatte.

«Sie hat sich die Haare abgeschnitten», sagte er.

«So? Wie hatte sie sie vorher?»

«Lang, seidig und dunkel.»

«Sie will nicht, daß wir heute abend zu ihr kommen. Das hast du doch gemerkt, oder?»

«Ja. Aber wir müssen hin. Wir brauchen ja nicht lange zu bleiben.»

«Dabei hab ich gar keine Lust auf Bier.»

«Tut mir leid. Vielleicht macht dir ja jemand einen Kaffee.»

«...für den Job braucht man nun wirklich nicht viel Verstand. Die letzte Schnepfe von der Kunstakademie könnte das besser als du.»

Collins steigerte sich immer weiter in seinen Wutanfall hinein. Die aufgestauten Ärgernisse und Enttäuschungen eines ganzen Tages entluden sich in einem Schwall wüster Beschimpfungen. Er haßte Emma. Es hing mit Christopher zusammen und damit, daß ihr Vater erfolgreich und berühmt war. Anfangs hatte Emma versucht, sich zu verteidigen, doch inzwischen wußte sie, daß jeder Widerspruch zwecklos war. Gegen Collins konnte man nichts ausrichten. Sie fuhr einfach schweigend in ihrer Arbeit fort und bemühte sich, ihn nicht merken zu lassen, wie sehr er sie verletzte.

«... du hast den Job gekriegt, weil ich jemanden brauche, der mir hilft... Gott steh mir bei. Du hast ihn nicht gekriegt, weil Christo sich für dich eingesetzt hat, und du hast ihn nicht gekriegt, weil irgendein Blödmann bereit ist, zwanzigtausend Pfund für einen Ben Litton mit roten Klecksen auf blauem Hintergrund zu bezahlen. So dämlich bin ich nicht, wie du inzwischen vielleicht mitgekriegt hast. Bilde dir bloß nicht ein, du kannst dich rumlümmeln und mit deinen aufgeblasenen Freunden quatschen! Und wenn diese Typen sich das nächste Mal herablassen, sich unsere bescheidene kleine Vorstellung anzugucken, dann sag ihnen, sie sollen gefälligst warten, bis wir fertig sind. Los jetzt, schaff das verdammte Sofa aus dem Weg...»

Es war fast elf, als er sie endlich gehen ließ. Christo wartete in Tommy Childers' Büro auf sie. Die Tür stand offen; sie steckte ihren Kopf ins Zimmer und sagte: «Ich bin jetzt fertig. Tut mir leid, daß es so lange gedauert hat.»

Christo stand auf. «Schon gut.» Er drückte seine Zigarette aus. «Gute Nacht, Tommy.»

«Nacht, Christo.»

«Danke für alles.»

«Nichts zu danken, alter Freund.»

Sie gingen die Treppe hinunter zum Bühnenausgang. Christopher legte beim Gehen den Arm um sie. Ihre warmen Körper berührten sich, es war zu heiß für so eine Berührung, aber sie fand sie tröstlich. Draußen in der kleinen Gasse, die auf die Straße führte, blieb er bei den Mülleimern stehen, um sich eine neue Zigarette anzuzünden.

«Das hat wirklich lange gedauert», sagte er. «Hat Collins Krach geschlagen?»

«Er war sauer, weil Robert Morrow hier ist.»

«Robert Morrow?»

«Er arbeitet in der Galerie Bernstein, bei Marcus. Er ist Marcus' Schwager. Hab ich dir doch erzählt. Er ist gekommen, um die Vorstellung zu sehen... Er hat ein Mädchen dabei.»

Christo blieb stehen und sah sie an. «Um die Vorstellung zu sehen oder um dich zu sehen?»

«Beides, denke ich.»

«Er kann dich hier nicht einfach rausholen. Hat er irgendwas gesagt, daß du nicht volljährig bist oder so?»

«Natürlich nicht.»

«Dann ist alles in Ordnung.»

«Ja, ich denke schon. Aber dummerweise hab ich sie zu uns eingeladen. Eigentlich wollte ich es gar nicht, aber irgendwie hab ich's gemacht, und sie kommen. Sie warten im Wagen auf uns. Ach, Christo, es tut mir leid.»

Er lachte. «Ich hab nichts dagegen.»

«Sie werden nicht lange bleiben.»

«Meinetwegen können sie die ganze Nacht bleiben. Mach nicht so ein trübsinniges Gesicht.» Er nahm sie in die Arme und küßte sie auf die Wange. Sie dachte, wenn der Abend, der Tag, der endlose Tag, hier und jetzt enden könnte, wäre sie ganz zufrieden. Sie fürchtete sich vor Robert. Sie war zu müde, um ihn abzuwehren, Fragen zu beantworten, den wachen grauen Augen auszuweichen. Sie war zu müde, mit seiner Freundin zu wetteifern, die blond und hübsch war und in ihrem marineblauen Sommerkleid beinahe unanständig kühl aussah. Sie war zu müde, um die Wohnung für sie aufzuräumen, Kleider, Textbücher und leere Gläser verschwinden zu lassen, Bierdosen zu öffnen, Kaffee zu machen und Christos Essen aus dem Ofen zu nehmen.

Christo rieb sein Kinn an ihrer Wange. «Was hast du?» fragte er sanft.

«Nichts.» Er mochte es nicht, wenn sie sagte, sie sei müde. Er war nie müde. Er wußte nicht, was das Wort bedeutete.

Er sagte ihr ins Ohr: «Es war ein guter Tag, nicht?»

«Ja. Ein guter Tag.»

Arm in Arm gingen sie durch die Gasse zur Straße. Robert hörte ihre Stimmen und stieg aus dem Wagen. Sie kamen auf ihn zu, mal in den Lichtflecken, die die Straßenlaternen warfen, mal im Schatten. Sie gingen wie ein Liebespaar, Emma mit übergehängtem Pullover, Christo mit einem dicken Textbuch unter dem Arm und einer Zigarette zwischen den Fingern. Als sie beim Wagen anlangten, blieben sie stehen. «Hallo», sagte Christopher lächelnd.

«Christo, das ist Robert Morrow und Miss Marshall...»

«Mrs. Marshall», korrigierte Jane freundlich, über die Rückenlehne des Beifahrersitzes gebeugt. «Hallo, Christopher.»

«Entschuldigen Sie, daß es so lange gedauert hat», sagte Christo. «Emma hat mir eben erst erzählt, daß Sie hier sind. Und sie hatte ihren abendlichen Krach mit Collins, also waren wir alle ziemlich beschäftigt. Ich höre, Sie kommen mit auf ein Bier oder so. Leider haben wir nichts Anspruchsvolleres.»

«Das ist ganz okay», sagte Robert. «Wenn Sie uns den Weg sagen können...»

«Natürlich.»

Die Wohnung lag im Kellergeschoß in einer ärmlichen viktorianischen Häuserzeile, die einmal bessere Tage gesehen hatte. Die Häuser waren reichlich mit Giebeln, phantasievollem Schnitzwerk und Buntglasfenstern verziert, aber die Straße selbst wirkte schäbig, die Gardinen hinter den Fenstern hingen trübselig durch und waren nicht immer sauber. Eine abgetretene Steintreppe führte in einen Hof mit Mülltonnen und mehreren Töpfen mit verwelkten Geranien hinab, und als sie hinunterstiegen, hörten sie den Wutschrei einer enttäuschten Katze, und ein schwarzes, rattenähnliches Etwas schoß zwischen ihren Beinen die Treppe hinauf. Jane stieß einen leisen Schreckensschrei aus.

«Keine Angst», sagte Emma. «Das ist bloß eine Katze.»

Christo öffnete die Tür, ging voraus und schaltete die Deckenbeleuchtungen ein; die möbliert vermietete Wohnung war nicht mit Stehlampen ausgestattet. Johnny hatte begonnen, ein paar Lampen aus Chiantiflaschen zu basteln, aber er war nicht über den Kauf von Zwischensteckern und ein paar bunten Lampenschirmen hinausgekommen. Die Zimmer der Wohnung waren oberflächlich umgebaut worden, es war ihnen immer noch anzusehen, daß sie ursprünglich als Küchen, Speisekammern und Waschküchen gedient hatten. Ein alter Herd war aus der Wand gerissen und die entstandene Lücke mit abgeblätterten Regalen gefüllt worden, die zur Aufbewahrung für alles mögliche dienten – Bücher, Schuhe, Textbücher, Zigaretten, Briefe und einen Stapel alter Illustrierten. Ein Diwan, obwohl mit einem roten Vorhang bedeckt und mit spärlich gefüllten Kissen überhäuft, blieb dennoch hartnäckig ein Bett. Ein paar wacklige Küchenstühle und ein Klapptisch waren vorhanden, und der geflieste Fußboden war notdürftig mit einem ältlichen Teppich belegt, der längst jede Farbe und fast allen Flor verloren hatte. Die Wände waren getüncht, hatten aber feuchte Flecken, wie Landkarten, und die Ecken eines Stierkampfplakats, das an die Ziegelsteine gepinnt war, rollten sich bereits auf. Es roch nach Mäusen und Moder, und sogar an diesem heißen Sommerabend war die stickige Luft feuchtkalt wie das Innere einer Höhle.

Christo warf sein Textbuch auf einen Tisch und öffnete das Fenster, das mit Eisenstangen geschützt war wie in einem Gefängnis.

«Lassen wir erst mal Luft in die Bude. Wir müssen immer alles dichtmachen, wegen der Katzen, die kommen überall rein. Was möchten Sie trinken? Bier ist da, falls Johnny nicht alles weggetrunken hat... oder vielleicht möchten Sie Kaffee. Haben wir Kaffee da, Emma?»

«Pulverkaffee. Anderen kaufe ich nicht, weil nichts da ist, um ihn zu kochen. Nehmen Sie Platz... setzen Sie sich aufs Bett. Irgendwohin. Da müssen noch Zigaretten sein...» Sie fand eine Schachtel, reichte sie herum, suchte einen Aschenbecher, während Robert sie anzündete. Es gab keinen Aschenbecher, deshalb ging sie durch den gefliesten Flur zur Küche, um ein paar Untertassen zu holen. Der Spülstein war randvoll mit schmutzigem Geschirr, und einen Moment lang konnte sie sich nicht vorstellen, wann sie das alles benutzt hatten, wann sie das letzte Mal hiergewesen war, aus welchem weit zurückliegenden Abschnitt der Geschichte dieser Geschirrberg stammte. Der Morgen schien drei Wochen zurückzuliegen. Nie hatte ein Tag länger gedauert als der heutige. Und jetzt war es nach elf, und er war immer noch nicht vorüber. Das Abendessen mußte gemacht, der Kessel fürs Kaffeewasser aufgesetzt, der Dosenöffner gefunden werden.

Sie fand zwei saubere Untertassen und ging damit zu den anderen. Christo hatte eine Platte aufgelegt. Ohne ständiges Musikgeriesel konnte er nichts tun, nicht mal reden. Es waren Ella Fitzgerald und Cole Porter.

Every time we say good bye
I die a little

Sie sprachen über *Daisies on the Grass*. «Wenn Sie einem Text so viel Leben einhauchen können», sagte Jane zu Christopher, «werden Sie es bestimmt weit bringen.» Sie lachte. Emma stellte den Aschenteller hin, und Jane sah auf. «Danke. Kann ich irgendwas tun?»

«Nein, gar nichts. Ich hol bloß ein paar Gläser. Möchten Sie Bier oder lieber Kaffee?»

«Würde Kaffee zu viele Umstände machen?»

«Nein, überhaupt nicht. Ich trinke selbst lieber Kaffee.»

Wieder in der Küche, schloß sie die Tür, damit das Geschirrklappern im Zimmer nicht zu hören war, band sich eine Schürze um und setzte den Wasserkessel auf. Jedesmal, wenn sie das Gas anzündete, gab es eine Stichflamme, und sie zuckte zusammen. Sie suchte ein Tablett, Tassen und Untertassen, die Kaffeedose und Zucker zusammen. Dosenbier stand in einer Kiste unter dem Spülstein. Auf dem Fußboden krabbelten Küchenschaben, und Johnny hatte den Abfalleimer nicht geleert. Sie hob ihn hoch, um ihn zur Mülltonne zu tragen, aber in diesem Moment öffnete sich hinter ihr die Tür. Als sie sich umdrehte, stand Robert Morrow vor ihr.

Er sah auf den Eimer. «Wo bringen Sie den hin?»

«Nirgends», sagte Emma, wütend, ertappt worden zu sein. Sie drehte sich um, um ihn wieder unter den Spülstein zu schieben, aber Robert packte ihren Arm und nahm ihr den Eimer ab. Angewidert betrachtete er das Gemisch aus alten Teeblättern, geöffneten Dosen und nassen Papiertüten.

«Wo kommt das hin?»

Resigniert sagte Emma es ihm. «In die Mülltonne. Neben der Tür. Wo wir reingekommen sind.»

Er trug den Eimer weg, den Flur entlang, ein lächerlicher Anblick, und Emma kehrte an den Spülstein zurück und wünschte, er wäre nicht gekommen. Er gehörte nicht nach Brookford, ins Theater, hierher in die Wohnung. Sie wollte nicht, daß er sie bedauerte. Es gab schließlich nichts zu bedauern. Sie war glücklich, oder nicht? Sie war bei Christo, und das war alles, was zählte. Sie brauchten niemanden, der sich in ihre Angelegenheiten mischte.

Sie betete, daß er und seine makellose Freundin gehen würden, bevor Johnny Rigger nach Hause kam.

Als Robert mit dem leeren Eimer zurückkam, klapperte sie mit Geschirr, bemüht, einen geschäftigen Eindruck zu machen. Sie drehte sich kurz um und sagte kühl: «Danke. Ich komme sofort», in der Hoffnung, er würde den Wink verstehen und sie allein lassen.

Aber es nützte nichts. Er schloß die Tür, stellte den Abfalleimer auf den Boden, packte Emma an den Schultern und drehte sie zu sich herum. Er wirkte kühl und elegant in seinem leichten Anzug und einem blauen Hemd mit dunkler Krawatte. Emma hatte den Spüllappen in einer Hand und einen Teller in der anderen und mußte wohl oder übel aufsehen und sich den fragenden grauen Augen stellen.

«Ich wünschte, Sie wären nicht gekommen», sagte sie. «Warum sind Sie hier?»

«Marcus hat sich Sorgen um Sie gemacht.» Er nahm ihr den Spüllappen und den Teller ab und legte beides in den übervollen Spülstein. «Vielleicht hätten Sie ihm Bescheid geben sollen, wo Sie sind.»

«Jetzt können Sie's ihm ja sagen, nicht? Robert, ich hab eine Menge zu tun, und in dieser Küche ist einfach kein Platz für zwei...»

«Nein?» Er lächelte. Er setzte sich auf die Tischkante, sein Gesicht war jetzt auf gleicher Höhe mit ihrem. «Stellen Sie sich vor, als ich Sie heute abend im Theater sah, habe ich Sie zuerst nicht erkannt. Warum haben Sie sich die Haare abgeschnitten?»

Er konnte sehr entwaffnend sein. Emma hob eine Hand und strich sich über den stoppeligen Nacken. «Als ich anfing, am Theater zu arbeiten, waren sie so lästig. Ständig hingen sie im Weg, und dann war es so heiß, und ich war immer voll Farbe, wenn ich die Kulissen gestrichen hatte. Hier kann man sie auch nirgends waschen, und wenn ich sie trotzdem waschen würde, würde es Stunden dauern, bis sie trocknen.» Sie sprach ungern über ihre Haare. Sie fehlten ihr, ihre Schwere und Vertrautheit und die beruhigende Therapie des allabendlichen Bürstens. «Deshalb hat ein Mädchen im Theater sie mir abgeschnitten.» Sie hatten auf dem Fußboden des Künstlerzimmers gelegen wie dunkle Seidenstränge, und Emma war sich wie eine Mörderin vorgekommen.

«Arbeiten Sie gern am Theater?»

Sie dachte an Collins.

«Nicht besonders.»

«Müssen Sie denn...?»

«Natürlich nicht. Aber Christo ist den ganzen Tag dort, und hier gibt es nicht viel zu tun, wenn ich allein bin. Brookford ist schrecklich langweilig. Ich wußte gar nicht, daß es so langweilige Städte gibt. Und als das andere Mädchen eine Blinddarmentzündung bekam, hat Christo es hingebogen, daß ich einspringen konnte.»

«Was wollen Sie tun, wenn sie zurückkommt?»

«Ich weiß nicht. Darüber hab ich noch nicht nachgedacht.»

Hinter ihr kochte das Wasser. Emma drehte das Gas ab und wollte den Kessel auf das Tablett setzen, aber Robert sagte: «Moment noch.»

Sie runzelte die Stirn. «Ich muß doch Kaffee machen.»

«Der Kaffee kann warten. Lassen Sie uns erst alles andere klären.»

Emmas Gesicht wurde verschlossen. «Es gibt nichts zu klären.»

«O doch. Und ich möchte Marcus berichten können, was passiert ist. Zum Beispiel – wie haben Sie Christopher aufgespürt?»

«Ich hab ihn angerufen – neulich am Sonntag morgen. Ich hab ihn aus der Telefonzelle angerufen. Sie hatten eine Kostümprobe, deshalb war er im Theater. Er hatte mich nämlich vorher schon gebeten, zu ihm nach Brookford zu kommen, aber ich konnte nicht, wegen Ben.»

«Sie hatten schon mit ihm gesprochen, als ich kam, um mich zu verabschieden?»

«Ja.»

«Und Sie haben mir nichts gesagt!»

«Nein, ich hab's Ihnen nicht gesagt. Ich wollte etwas ganz Neues anfangen, ein vollkommen neues Leben, ohne daß jemand davon wußte.»

«Ich verstehe. Deshalb haben Sie Christopher angerufen...»

«Ja, und am Abend hat er sich Johnny Riggers Wagen geliehen, ist nach Porthkerris gefahren und hat mich hierhergebracht. Wir haben das Cottage abgeschlossen. Den Atelierschlüsel hab ich im Sliding Tackle abgegeben.»

«Der Wirt wußte nicht, wo Sie sind.»

«Ich hab ihm nicht gesagt, wo ich hingehe.»

«Marcus hat ihn angerufen.»

«Das hätte Marcus nicht tun sollen. Marcus ist nicht für mich verantwortlich. Ich bin kein kleines Kind mehr.»

«Marcus fühlt sich für Sie nicht bloß verantwortlich, Emma. Er hat Sie sehr gern, das sollten Sie begreifen. Haben Sie was von Ben gehört?»

«Ja, ich bekam an dem Montag morgen einen Brief, bevor ich Porthkerris verließ. Und auch einen von Melissa... sie hat mich eingeladen, sie zu besuchen.»

«Haben Sie zurückgeschrieben?»

Emma schüttelte den Kopf. «Nein.» Sie wurde rot und spielte verlegen an einem gesplitterten Daumennagel.

«Warum nicht?»

Sie zuckte die Achseln. «Ich weiß nicht. Ich dachte wohl, ich würde ihnen im Weg sein.»

«Ich hätte gedacht, daß im Weg sein immer noch besser wäre als dies...» Seine Geste umfaßte die unordentliche Küche, die ganze schäbige Wohnung.

Es war keine sehr geschickte Bemerkung.

«Was stört Sie daran?»

«Es ist nicht bloß diese Wohnung, es ist das miserable Theater, dieser Irre mit dem Bart, der Sie angebrüllt hat...»

«Sie haben mir doch gesagt, ich soll mir einen Job suchen.»

«Aber nicht so einen. Sie haben Verstand. Sie sprechen drei Sprachen, Sie wirken einigermaßen vernünftig. Was ist das für eine Aufgabe, Möbel rücken in einem drittklassigen Theater?»

«Meine eigentliche Aufgabe ist es, bei Christo zu sein!»

Sie hatte es fast herausgeschrien, und danach folgte eine spannungsgeladene Stille. Draußen auf der Straße fuhr ein Auto vorbei. Christophers Stimme drang durch den Fliesenflur, untermalt von der leise spielenden Platte. Auf der Treppe kreischte eine Katze.

Endlich sprach Robert. «Möchten Sie, daß ich das Ihrem Vater sage?»

Emma war jetzt wirklich wütend. «Ich nehme an, deswegen sind Sie gekommen. Um für Ben zu spionieren.»

«Ich bin einfach nur gekommen, um zu sehen, wo Sie sind und wie es Ihnen geht.»

«Berichten Sie ihm nur sämtliche grauenhaften Einzelheiten. Uns macht es nichts aus, und ihm ist es sowieso egal.»

«Emma...»

«Vergessen Sie nicht, er ist kein gewöhnlicher Durchschnittsvater; das erzählen Sie mir doch selbst dauernd.»

«Emma, jetzt hören Sie mal zu...!»

Plötzlich flog die Küchentür auf, und eine lallende, muntere Stimme unterbrach ihn mitten im Satz. «Na, ihr zwei habt ja eine nette kleine Unterhaltung!»

Robert drehte sich um. In der offenen Tür stand der junge Mann, der in *Daisies on the Grass* den steifen Börsenmakler gespielt hatte. Nur war er nicht mehr steif, sondern schlichtweg stockbetrunken, und um sich zu stützen, hing er am Türsturz wie ein Affe, der an einem Trapez schaukelt.

«Hallo, Schätzchen», sagte er zu Emma. Er ließ die Tür los, wankte in die winzige Küche und beugte sich vor, um Emma zu küssen. Es war ein lauter, schmatzender Kuß, aber er traf fünfzehn Zentimeter an ihrem Gesicht vorbei.

«Wir haben Besuch», bemerkte er. «Und draußen parkt ein verflucht dicker Wagen. Wirkt unheimlich vornehm.»

Seine Beine knickten ein, und er stützte sich in letzter Sekunde am Tisch ab. Als hätte er ihn jetzt erst entdeckt, lächelte er Robert wohlwollend an. «Wie heißt du?»

«Er heißt Robert Morrow», sagte Emma kurz angebunden. «Und ich mach Kaffee.»

«Will keinen Kaffee. Ich will keinen Kaffee.» Er hob abwehrend die Hände, und wieder ließen ihn seine Beine im Stich. Diesmal fing Robert ihn auf und hievte ihn in aufrechte Position.

«Danke, alter Knabe. Sehr freundlich von dir. Emma, wie wär's mit 'ner kleinen Stärkung? Das leibliche Wohl, du kennst das ja. Ich hoffe, du hast diesen netten Kerl hier eingeladen, zum Essen zu bleiben. Nebenan ist 'ne scharfe Blonde, die quatscht Christopher die Hucke voll. Kennt die jemand?»

Keiner machte sich die Mühe, ihm zu antworten. Emma drehte sich zum Herd, hob den Deckel vom Kessel und schloß ihn wieder. Johnny Rigger starrte ihren Rücken und dann Robert an; offenbar wartete er darauf, daß man ihm das Leben mit all seinen Komplikationen erklären würde.

Robert traute sich nicht zu sprechen. Am liebsten hätte er diese schwankende Schnapsleiche am Genick gepackt und irgendwohin geschmissen, vorzugweise in die Mülltonne, in die er vorhin den unappetitlichen Inhalt des Abfalleimers gekippt hatte. Dann wäre er gern zurückgekommen, hätte Emma über die Schulter geworfen und sie auf den Rücksitz seines Wagens gesetzt, um mit ihr nach London zu fahren, nach Porthkerris, nach Paris – egal wohin, bloß weg von diesem gräßlichen Keller, von dem Theater, von der deprimierenden Vorstadtgegend.

Er starrte auf ihren störrischen Rücken, wollte sie mit Blicken zwingen, sich umzudrehen. Aber sie rührte sich nicht, und ihr schmaler Hals, ihr gerupfter Kopf und ihre hängenden Schultern, die ihn eigentlich hätten rühren müssen, brachten ihn nur in Wut.

Schließlich sagte er förmlich: «Dies ist für uns alle bloß Zeitverschwendung. Ich denke, Jane und ich sollten jetzt gehen.»

Emma nahm das schweigend hin, aber Johnny protestierte wild. «O nein, du mußt bleiben, alter Freund. Bleib und iß was...»

Robert hatte sich an ihm vorbeigeschoben und war schon im Flur. Er fand die anderen beiden in eine Unterhaltung vertieft, sie ahnten nichts von dem Drama in der Küche. Christopher sagte gerade: «Ja, es ist ein großartiges Stück. Und was für eine Rolle! Man kann darauf aufbauen, sie aber nie überfrachten, nie der Inszenierung in die Quere...»

Robert erinnerte sich verbittert an einen alten Schauspielerwitz: ‹Und jetzt laß uns von *dir* reden, mein Freund. Wie fandst *du* meine Vorstellung?›

«Ich hoffe, Sie sprechen nicht von *Daisies on the Grass*», unterbrach er scharf.

Christopher drehte sich um. «Großer Gott, nein! Das Thema ist *Present Laughter*. Was macht Emma?»

«Euer Freund ist zurückgekommen.»

«Johnny? Ja, er kam hier eben vorbeigewankt.»

«Er ist betrunken.»

«Das ist er meistens. Wir füllen ihn mit schwarzem Kaffee ab und wuchten ihn ins Bett. Am Morgen fühlt er sich pudelwohl. Ausgesprochen ungerecht, wirklich.»

«Gibt es einen bestimmten Grund, weshalb er hier bei Ihnen und Emma wohnt?»

Christopher hob die Augenbrauen. «Einen sehr guten Grund.» Seine Stimme klang kühl. «Die Wohnung gehört ihm. Er war zuerst hier. Ich war der zweite. Emma bildete die sehr tatkräftige Dritte.»

Es entstand eine Gesprächspause. Jane spürte die in der Luft liegende Spannung und mischte sich taktvoll ein. «Robert, es wird spät...» Sie nahm Handtasche und Handschuhe und erhob sich vom Diwan. «Wir sollten vielleicht gehen.»

«Aber Sie haben Ihren Kaffee noch nicht bekommen. Was macht Emma?»

«Sie tut ihr Bestes, um Mr. Rigger zu stützen», erwiderte Robert. «Ich schlage vor, Sie gehen hin und helfen ihr. Seine Beine scheinen nicht besonders verläßlich.»

Christopher nahm dies achselzuckend hin. Er hievte sich aus seinem niedrigen Sessel. «Wenn Sie wirklich meinen, Sie müssen gehen...»

«Ich denke, wir sollten aufbrechen. Danke für...»

Die Worte verloren sich. Es gab nichts zu danken. Christopher machte ein amüsiertes Gesicht, und Jane kam Robert abermals zu Hilfe.

«...danke für Ihre wunderbare Vorstellung heute abend. Wir werden sie nicht vergessen.» Sie streckte die Hand aus. «Auf Wiedersehen.»

«Auf Wiedersehen. Und auf Wiedersehen, Robert.»

«Auf Wiedersehen, Christopher.» Und dann mußte er es wohl oder übel sagen: «Kümmern Sie sich um Emma.»

Sie fuhren in unerlaubtem Tempo nach London zurück. Auf der Autobahn kletterte die Tachonadel höher und höher. 130, 140, 160 Stundenkilometer...

«Wir sind nicht allein auf dieser Autobahn», bemerkte Jane. «Du könntest Schwierigkeiten kriegen.»

«Hab ich schon», sagte Robert kurz und bündig.

«Hattest du Krach mit Emma?»

«Ja.»

«Ich fand, du sahst etwas besorgt aus. Worum ging's?»

«Schnüffeln. Und Moralpredigten. Und Einmischung. Und den Versuch, einem im Grunde intelligenten Mädchen den kleinsten Funken Vernunft beizubringen. Sie hat auch schrecklich ausgesehen. Krank.»

«Ihr wird schon nichts fehlen.»

«Als ich sie das erste Mal sah, war sie braun wie eine Zigeunerin, mit Haaren bis zur Taille und schimmernder Pfirsichhaut.» Er erinnerte sich an das Wohlgefühl, als er sie zum Abschied küßte. «Warum müssen die Menschen sich selbst so furchtbare Dinge antun?»

«Ich weiß nicht», sagte Jane. «Vielleicht wegen Christopher.»

«Wie fandest du ihn? Ich meine, abgesehen davon, daß du dich in ihn verliebt hast.»

Sie hörte darüber hinweg. «Er ist klug. Er ist aufrichtig. Er ist ehrgeizig. Ich glaube, er wird es weit bringen. Aber allein.»

«Du meinst, ohne Emma.»

«Würde ich sagen.»

Selbst um ein Uhr morgens war London hell erleuchtet; auf den Straßen fuhren noch überraschend viele Autos. Sie bogen in die Sloane Street ein, umrundeten den Sloane Square und kamen schließlich in die schmale Straße, die zu Janes Wohnviertel führte.

Vor ihrem Häuschen stellte er den Motor des Alvis ab. Es war sehr still, das Kopfsteinpflaster glänzte im Licht der Straßenlaterne. Robert griff nach einer Zigarette, aber Jane war schneller. Sie steckte ihm die Zigarette in den Mund und gab ihm Feuer. In diesem Augenblick wirkten ihre Augen groß und geheimnisvoll umschattet, und unter dem Bogen ihrer Unterlippe bemerkte er einen kleinen, verlockenden Schatten, der aussah wie ein verwischter Fleck.

Sie ließ das Feuerzeug zuschnappen. «Es war ein gräßlicher Abend», sagte er. «Und es tut mir leid.»

«War mal was anderes. Ich fand's interessant.»

Er nahm die Mütze ab und warf sie auf den Rücksitz. «Meinst du», sagte er, «sie leben zusammen? Ich meine, richtig?»

«Woher soll ich das wissen.»

«Aber sie liebt ihn.»

«Würde ich sagen.»

Sie schwiegen ein Weilchen. Dann streckte und dehnte Robert sich nach der langen Fahrt. Er sagte: «Wir sind überhaupt nicht zum Abendessen gekommen. Ich weiß nicht, wie's bei dir aussieht, aber ich habe Hunger.»

«Wenn du willst, mach ich dir Rühreier. Und einen großen kalten Scotch on the rocks.»

«Du bist eine Überredungskünstlerin...»

Sie lachten leise. Nachtgelächter, dachte er. Bettgelächter. Er legte die Hand um ihren Nacken, schob die Finger in ihre Haare und beugte sich vor, um sie auf den Mund zu küssen. Sie schmeckte süß und frisch und kühl. Ihre Lippen öffneten sich, und er warf seine Zigarette fort und zog Jane fest in seine Arme.

Nach einer Weile löste er seinen Mund von ihrem. «Worauf warten wir, Jane?»

«Eins muß ich erst noch sagen.»

Er lächelte. «Worum geht's?»

«Um mich. Ich will nichts anfangen, was nie zu Ende geführt wird. Ich will nicht, daß mir noch einmal weh getan wird. Auch nicht von dir, Robert, und Gott weiß, wie gern ich dich habe.»

«Ich werde dir nicht weh tun.» Es war ihm ernst, und er küßte den Schatten um ihren Mund.

«Und bitte», sagte sie, «nichts mehr von den Littons.»

Er küßte ihre Augen und die Spitze ihrer kurzen Nase. «Das verspreche ich dir. Nichts mehr von den Littons.»

Dann ließ er sie los, und sie stiegen aus und schlossen die Wagentüren so leise, wie sie gelacht hatten. Jane kramte ihren Schlüssel hervor, Robert nahm ihn ihr ab und schloß die Tür auf. Sie gingen hinein, Jane knipste das Licht an und ging die schmale Treppe hinauf. Robert schloß sachte die Tür hinter ihnen.

9

Das Schönste an dem großen alten Haus in Milton Gardens waren die Sommerabende, die man dort verbringen konnte. Nach einem warmen, stickigen Junitag und den Abgasen im Stau auf der Kensington High Street war es ein wunderbares Gefühl, zur Haustür hereinzukommen und den Rest der Welt hinter sich zu lassen. Im Haus war es immer kühl. Es roch nach Blumen und Bohnerwachs, und im Juni waren die Kastanien dicht belaubt und voller rot-weißer Blüten, so daß die Terrassen der umliegenden Häuser dahinter verborgen und alle Verkehrsgeräusche gedämpft wurden; nur vereinzelt durchbrach ein Flugzeug die abendliche Stille.

Der heutige Tag war ein klassisches Beispiel für diese einzigartige Wohltat. Es donnerte, und seit dem Morgen war die Temperatur ständig gestiegen, während sich Gewitterwolken zusammenballten. Unter dieser spannungsgeladenen Atmosphäre schwelte die Stadt. Die Parks waren staubig und das zertretene Gras braun geworden, und die Luft war ungefähr so erfrischend wie ein Schluck benutztes Badewasser. Doch hier hatte Helen den Rasensprenger angestellt, und ein Schwall köstlich feuchter Luft wehte Robert durch die offene Tür am anderen Ende der Diele entgegen, als er ins Haus trat.

Er warf seinen Hut auf den Dielenstuhl, nahm seine Post und rief: «Helen?»

Sie war nicht in der Küche. Er ging durch die Diele, zur Tür hinaus und die Treppe zur Terrasse hinunter, und dort fand er sie, mit einem Teetablett, einem Buch – ungelesen – und einem Korb mit Näharbeiten. Sie trug ein ärmelloses Baumwollkleid und ausgebleichte Espadrilles, und die Sonne hatte auf ihrer Nase Sommersprossen hervorgezaubert, die aussahen wie Farbspritzer.

Während er über den Rasen ging, zog er seine Anzugjacke aus.

Helen lächelte. «Du hast mich beim Nichtstun erwischt.»

«Und recht hast du.» Er hängte die Jacke über die Lehne eines bemalten schmiedeeisernen Stuhls und ließ sich neben Helen fallen. «War das ein Tag! Ist noch Tee in der Kanne?»

«Nein, aber ich kann dir noch welchen machen.»

«Warum mach ich das nicht selbst?» sagte Robert automatisch, aber ohne große Begeisterung.

Sie erwiderte nichts auf diese hypothetische Frage, sondern stand einfach auf und ging mit der Teekanne ins Haus. Ein Teller mit Plätzchen stand da, er nahm sich eins, und während er es aß, lockerte er mit der anderen Hand seine Krawatte. Unter dem Rasensprenger war das Gras dicht und grün. Es mußte schon wieder gemäht werden. Er lehnte sich zurück und schloß die Augen.

Sechs Wochen war es nun her, seit er in Brookford gewesen war, um Emma Litton aufzuspüren, und in der ganzen Zeit hatte er kein Wort von ihr gehört. Nach etlichen Diskussionen mit Marcus und Helen hatte er Ben geschrieben, Emma lebe bei Christopher Ferris, den sie in Paris wiedergetroffen hatte. Sie arbeite am Repertoiretheater in Brookford. Es gehe ihr gut. Mehr könne er nicht sagen. Ben hatte erstaunlicherweise darauf geantwortet, nicht direkt, sondern in Form eines handschriftlichen Postskriptums in einem Brief an Marcus. Der eigentliche Brief war rein geschäftlich, mit Maschine auf dem eindrucksvoll geprägten Papier des Ryan Memorial Museum of Fine Arts geschrieben. Die Litton-Retrospektive sei vorbei. Sie sei in jeder Hinsicht ein nachhaltiger Erfolg gewesen. Jetzt sei die neue Ausstellung – eine posthume Sammlung von Zeichnungen eines Genies aus Puerto Rico, das kürzlich unter betrüblichen Umständen in einer Dachstube in Greenwich Village gestorben war – in vollem Gange, und Ben und Melissa wollten die Gelegenheit zu einer Reise nach Mexiko nutzen. Er beabsichtige, wieder mit dem Malen zu beginnen. Er wisse nicht, wann er nach London zurückkehren werde. Er sei mit lieben Grüßen immer Marcus' Ben. Und dann, unter der Unterschrift, in Bens kaum leserlichem Gekritzel:

> Habe einen Brief von R. Morrow bekommen. Bitte danke ihm. Emma hatte Christopher immer gern. Hoffe nur, seine Manieren haben sich gebessert.

Marcus zeigte es Robert. «Ich weiß nicht, was du erwartet hast», sagte er trocken, «aber bekommen hast du dies.»

Das war es also. Zum erstenmal befand sich Robert in absoluter Übereinstimmung mit seiner Schwester Helen. Die Littons waren hochintelligent, unberechenbar und charmant. Aber sie weigerten sich, irgendwelchen Verhaltensregeln zu folgen, und sie wollten sich gegenseitig nicht helfen. Das machte sie zu unzumutbaren Menschen.

Zu seiner Verwunderung stellte er fest, daß Emma leicht zu vergessen war. Er konnte sie so herzlos aus seinem Gedächtnis streichen wie einen alten Koffer voll Trödel, verbannt in die dunkelsten Winkel eines entlegenen, staubigen Speichers. Und sein Leben war so ausgefüllt, daß die durch Emma hinterlassene Leere fast übergangslos von lohnenderen Gedanken besetzt wurde.

In der Galerie herrschte hektische Betriebsamkeit. Roberts Tage waren ein Karussell von potentiellen Kunden, ausländischen Besuchern und eifrigen jungen Künstlern, die Mappen brachten, prall gefüllt mit mittelmäßigen Werken. Ob Bernstein wohl eine Ausstellung für sie arrangieren würde? Ob Bernstein dieses vielversprechende neue Talent fördern könne? Die Antwort lautete gewöhnlich nein, das könne Bernstein leider nicht, aber Marcus war ein liebenswürdiger Mensch, und es war eine Hausregel, daß kein junger Mann nach Glasgow, Bristol oder Newcastle oder wo immer er herkam, zurückgeschickt wurde, ohne eine gute Mahlzeit im Magen und den Betrag für die Rückfahrt in der Tasche der von ehrlicher Arbeit fleckigen Jeans.

Robert stellte fest, daß seine Vitalität diesen Anforderungen absolut gewachsen war und daß seine Energie bei vollem Tempo nicht nachlassen konnte oder wollte. Er konnte es nicht ertragen, nichts zu tun zu haben, er füllte seine Freizeit mit unzähligen Aktivitäten, und erstaunlich viele davon waren mit Jane Marshall verbunden.

Daß ihre Arbeitszeiten nicht immer übereinstimmten, störte ihn durchaus nicht. Manchmal kam er auf dem Heimweg von der Galerie auf einen Drink in ihr Haus und traf sie noch mit einer Schürze an, meterweise Borten auf einen Vorhangstoff nähend, oder sie entwarf auf Millimeterpapier eine komplizierte, mit Bögen verzierte Blendleiste. Manchmal war sie nicht in der Stadt, und dann verbrachte er den Abend mit körperlicher Arbeit, indem er wild entschlossen den Garten umgrub oder den Rasen mähte.

An einem Wochenende fuhr er mit Jane nach Bosham, wo Janes Bruder ein kleines Cottage besaß und auf dem kabbeligen Wasser des Hard einen Katamaran vertäut hatte. Sie segelten den ganzen Sonntag, eine steife Brise wehte, die Sonne schien hell und sengend, und am Ende des Tages saßen sie, träge von der vielen frischen Luft, in der Dorfkneipe, tranken Bier vom Faß und spielten Pennyschnippen. Sie fuhren sehr spät nach London zurück, das Verdeck des Alvis war offen, und der Wind blies Wolkenfetzen vor die Sterne.

Am nächsten Tag sagte Helen zum tausendstenmal: «Ich finde, du solltest sie heiraten.

Robert versuchte, sein schlechtes Gewissen zu ignorieren. «Mal sehen. Vielleicht», entgegnete er ausweichend.

«Aber wann? Worauf wartest du?»

Er antwortete nicht, weil er es nicht wußte. Er wußte nur, daß jetzt nicht die Zeit war, um Pläne zu machen oder sich festzulegen oder mit dem Analysieren der Gefühle zu beginnen, die er für Jane hegte.

Jetzt wurde er von Helen aus seinen Gedanken gerissen, die mit einem Teetablett zurückkehrte. Sie setzte es ab, und der Eisentisch knirschte unter den Steinen, als sie ihn näher an seinen Stuhl rückte. «Marcus hat heute mittag angerufen», bemerkte sie.

Marcus war wieder in Schottland. Der schottische Baronet und Whiskyliebhaber, der so darauf erpicht gewesen war, sich von seinen Kunstschätzen zu trennen, wurde von seinem Sohn gebremst. Vermutlich wollte der junge Mann sein Erbe sichern. Jedenfalls weigerte er sich, dem Verkauf zuzustimmen, wenn nicht dreimal soviel gezahlt wurde, wie sein trinkfreudiger Vater gefordert hatte. Nach zahlreichen teuren Telefonaten hatte Marcus widerwillig eingesehen, daß ein weiterer Besuch in Schottland unumgänglich war. Das Geschäft hatte immer Vorrang vor persönlichen Neigungen und Vorlieben, und wenn er, um dieser Bilder habhaft zu werden, in feuchten Betten und eiskalten Zimmern schlafen und entsetzlich zubereitete Mahlzeiten verzehren mußte, dann nahm er das bereitwillig in Kauf.

«Wie kommt er voran?»

«Er war ziemlich zurückhaltend. Zweifellos hat er in einer hohen, prunkvollen Halle telefoniert, wo der alte Gutsherr an einem Ende zuhörte und der junge Gutsherr am anderen.»

«Hat er die Bilder?»

«Nein, aber er bekommt sie. Wenn nicht alle, dann wenigstens einige...» Sie entfernte sich von ihm und ging über den Rasen, um den Sprenger zu verrücken. «Den Raeburn will er unbedingt haben», erklärte sie, «er will sich auf jeden Preis einlassen.»

Robert schenkte sich Tee ein und fing an, die Abendzeitung zu lesen. Als Helen zurückkam, reichte er ihr das in der Mitte aufgeschlagene Blatt.

«Was ist?» fragte sie.

«Das Mädchen. Dinah Burnett...»

«Wer ist sie?»

«Du solltest ihr Gesicht inzwischen kennen. Sie ist eine junge Schauspielerin mit einem tüchtigen Agenten. Jedesmal, wenn man eine Zeitung oder eine Illustrierte aufschlägt, ist ein Bild von ihr drin, wie sie auf einem Klavier hockt oder mit einem Kätzchen schmust oder etwas ähnlich Anstößiges.»

Helen machte ein komisches Gesicht beim Betrachten der aufreizenden, erotischen Fotografie und las die Bildunterschrift laut vor:

«Die rothaarige Dinah Burnett, die in der Fernsehserie *Detective* einen so starken Eindruck beim Publikum hinterließ, ist jetzt mitten in den Proben für das neue Stück von Amos Monihan, *The Glass Door,* in dem sie ihre erste ernste Bühnenrolle hat. ‹Ich habe Angst›, verriet sie unserem Reporter. ‹Aber ich bin so stolz, daß man mich für dieses wunderbare Stück ausgewählt hat.› Miss Burnett ist 22 und stammt aus Barnsley.»

«Ich wußte gar nicht, daß ein neues Stück von Amos Monihan in Arbeit ist. Wer inszeniert?»

«Mayo Thomas.»

«Dann muß sie gut sein. Erstaunlich, was für Talente sich hinter ausgesprochen dämlichen Gesichtern verbergen können. Aber warum hast du mir das gezeigt?»

«Eigentlich ohne Grund. Bloß daß Jane ihr eine Wohnung einrichtet. Zuerst sollte es eine recht bescheidene Angelegenheit werden, aber kaum hatte sie diese Rolle, hielt sie sich schon für eine Millionärin. Du weißt schon, verspiegelte Badezimmer und Bettüberwürfe aus weißem Nerz.»

«Sehr hübsch», sagte Helen. Sie warf die Zeitung wieder auf seinen Schoß, aber ihm war heiß, er war zu träge, um sie aufzufangen, und so rutschte sie von seinem Knie und fiel auf die Erde. Kurz darauf räumte Helen abwesend das Teegeschirr zusammen. Sie nahm das Tablett und machte sich auf den Weg ins Haus.

«Wie sieht's mit Abendessen aus?» fragte sie. «Gehst du zu Jane, oder bleibst du hier?»

«Ich geh zu Jane.»

«Schön. Ich esse ein Stück Käse. Zum Kochen ist es ohnehin zu heiß.»

Als sie fort war, zündete er sich eine Zigarette an. Er saß da, hörte den Tauben zu und sah zu, wie die Schatten auf dem Rasen immer länger wurden. Allmählich wurde es kühler, und er genoß die abendliche Ruhe des Gartens. Als er die Zigarette zu Ende geraucht hatte, stand er auf, ging ins Haus und hinauf in seine Wohnung, wo er duschte, sich rasierte und dann Jeans und ein leichtes Hemd anzog. Als er sich den ersten Drink des Abends einschenkte, klingelte das Telefon. Er füllte das Glas zur Hälfte mit Sodawasser, dann ging er zu seinem Schreibtisch und nahm den Hörer ab. Es war Jane.

«Robert?»

«Ja.»

«Liebling, ich bin's. Hör zu, ich wollte dich bloß warnen, komm nicht vor acht hierher...»

«Warum, hast du einen Liebhaber bei dir?»

«Ich wünschte, es wäre so. Nein, es ist Dinah Burnett, sie hat eine neue Idee für ihr Badezimmer, Gott lasse ihre Seele verfaulen, und sie will nach der Probe vorbeikommen und es mit mir besprechen.»

«Für ein Mädchen, das so stolz darauf ist, in einem vollkommen idiotischen Stück zu spielen, steht ihr der Sinn sehr nach materiellen Dingen, findest du nicht?»

«Du hast wohl die Abendzeitung gelesen. Das Gewäsch macht mich krank.»

«Ich kann mir nicht erklären, wieso sie es nicht für nötig hielt zu erwähnen, daß sie eine Wohnung einrichtet und die bekannte Innenarchitektin Jane Marshall, siebenundzwanzig Jahre alt, Maße 103/80/110, hinzugezogen hat. Du hast hoffentlich nicht damit gerechnet, daß wir essen gehen – ich bin nicht richtig angezogen.»

«Natürlich nicht, es ist viel zu heiß. Ich hab kaltes Hähnchen da, ich dachte, ich mach einen Salat.»

«Und ich steuere eine eiskalte Flasche Wein bei.»

«Wunderbar.»

«Dann bis acht.»

«Gut, acht Uhr.» Er wollte gerade den Hörer auflegen, als sie noch einmal sagte: «Komm nicht früher», und dann einhängte.

Leicht verwirrt legte er den Hörer auf und sagte sich, daß er sich den merkwürdigen Unterton in ihrer Stimme eingebildet haben mußte. Seufzend ging er in die Küche, um Eis für seinen Drink zu holen.

Er kam absichtlich etwas zu spät, doch als er vor Janes Haus vorfuhr, parkte immer noch ein kleiner blauer Fiat vor ihrer Tür. Er hupte wie gewohnt zweimal und stieg aus, die Flasche Wein in der Hand. Gleich darauf ging die Haustür auf, und Jane stand da, in einer ausgebleichten rosa Baumwollhose und einem ärmellosen Oberteil. Sie wirkte ungewohnt hektisch, die Haare fielen ihr ins Gesicht, sie machte verzweifelte Gesten mit der Hand und deutete nach oben.

Er küßte sie belustigt. «Was ist los?»

Sie nahm ihm die Weinflasche ab. «Sie ist noch da. Sie will nicht gehen. Sie hört einfach nicht auf zu quatschen. Und jetzt wo du gekommen bist, werden wir sie ganz bestimmt nicht mehr los.»

«Wir sagen, wir wollen ausgehen und sind sowieso schon spät dran.»

«Schön, versuchen wir's.» Sie hatten sich flüsternd unterhalten. Jetzt sagte sie mit klarer, förmlicher Stimme: «Ich war nicht sicher, ob du es bist oder nicht. Komm rauf.»

Er folgte ihr die schmale, steile Treppe hinauf. «Dinah, das ist Robert Morrow...» Nach der Begrüßung ging Jane mit dem Wein in die Küche. Er hörte die Tür des großen Kühlschranks auf- und zuklappen, als sie die Flasche wegstellte.

Dinah Burnett saß auf Janes großem Sofa am offenen Fenster, die Beine hochgezogen, mit einem Gesichtsausdruck, als erwarte sie einen Fotografen oder einen zukünftigen Liebhaber. Sie war ein schönes Mädchen, reif und blühend, und Robert stellte fest, daß keine Fotografie ihr voll gerecht werden konnte. Sie hatte kupferrote Haare, blaßgrüne Augen und Proportionen, die gemeinhin als «üppig» bezeichnet werden. Sie trug ein kurzes Hemdkleid in einem Grün, das zu ihren Augen paßte – es war offensichtlich entworfen worden, um soviel wie möglich von ihren glatten, wohlgerundeten Armen und endlos langen Beinen zu zeigen. Ihre Füße steckten in Holzsandalen, an den Handgelenken klimperten goldene Armreifen, und riesige Goldkreolen schimmerten durch die Fülle ihrer Haare. Ihre Zähne waren weiß und ebenmäßig, ihre Wimpern lang und pechschwarz. Es war kaum zu glauben, daß ihr Leben in Barnsley begonnen hatte.

«Guten Abend», sagte Robert. Sie reichten sich die Hand. «Ich habe gerade alles über Sie in der Abendzeitung gelesen.»

«Ist das Foto nicht fürchterlich?» Man hörte immer noch die liebenswerten Spuren eines Yorkshire-Akzents heraus. «Ich seh aus wie eine heruntergekommene Barfrau. Aber immerhin, ich finde, es ist besser als nichts.»

Sie lächelte strahlend, bot ihren gesamten weiblichen Charme auf, um einen neuen, attraktiven Mann zu ködern, und Robert, von ihrer Freundlichkeit geschmeichelt und angetan, setzte sich ans andere Ende des Sofas. Sie fuhr fort: «Ich sollte eigentlich gar nicht hier sein, aber Jane richtet mir meine neue Wohnung ein, und heute hab ich dieses sagenhafte Badezimmer in einer amerikanischen Zeitschrift entdeckt, und da mußte ich einfach nach der Probe herkommen und es ihr zeigen.»

«Wie geht's mit dem Stück voran?»

«Oh, es ist sehr aufregend.»

«Wovon handelt es?»

«Also, es...»

In diesem Augenblick erschien Jane wieder aus der Küche und unterbrach sie brüsk: «Wie wär's mit was zu trinken? Dinah, Robert und ich müssen leider bald aufbrechen, aber es bleibt gerade noch Zeit für einen Drink, bevor Sie gehen.»

«Oh, das ist lieb von Ihnen. Ich hätte gern ein Glas Bier.»

«Und du, Robert?»

«Hört sich gut an, aber laß mich's holen...»

«Nein, laß, ich steh sowieso.» Sie ließ den Verschluß einer Bierflasche aufschnappen und schenkte gekonnt ein Glas ein, ohne Schaumkrone. «Dinah, Robert ist Kunsthändler, er arbeitet bei Bernstein in der Kent Street.»

«Oh, wirklich?» Dinah Burnett machte große Augen und wirkte interessiert, aber nicht viel klüger als vorher. «Sie verkaufen Bilder und so...?»

«Hm, ja...»

Jane brachte Dinah ihr Bier, zog einen kleinen Tisch heran und stellte das Glas darauf.

«Robert ist ein sehr dynamischer Mann», sagte sie. «Dauernd flitzt er nach Paris oder Rom, um enorme Geschäfte abzuschließen, stimmt's, Robert?» Sie ging zu ihrem Getränketablett zurück. «Dinah, Sie sollten sich von ihm ein Bild für Ihre neue Wohnung aussuchen lassen. Sie brauchen etwas Modernes über dem Kamin, und man kann nie wissen, es könnte eine Geldanlage werden. Dann haben Sie etwas zu verkaufen, wenn es mit den guten Rollen mal zu Ende geht.»

«Reden Sie nicht vom Ende. Ich hab gerade erst angefangen. Aber wäre das nicht sehr teuer?»

«Nicht so teuer wie das amerikanische Badezimmer.»

Dinah lächelte gewinnend. «Aber ein Badezimmer finde ich schrecklich wichtig.»

Jane hatte noch zwei Gläser eingeschenkt, eines davon reichte sie Robert. Dann setzte sie sich in den Sessel gegenüber dem Sofa und sah die beiden über den niedrigen Tisch hinweg an.

«Na schön, es ist Ihre Wohnung, Dinah», sagte sie.

In ihrer Stimme schwang eine Spur Bitterkeit mit. Robert sagte rasch: «Sie haben mir noch nichts von dem neuen Stück erzählt... *The Glass Door.* Wann kommt es heraus?»

«Mittwoch. Diesen Mittwoch, genauer gesagt. Im Regent Theater.»

«Wir müssen versuchen, Karten zu bekommen, Jane.»

«Ja, natürlich», sagte Jane.

«Der Gedanke an die Premiere macht mich so nervös, daß mir schlecht wird. Wissen Sie, es ist immerhin meine erste richtige Bühnenrolle, und wenn Mayo nicht so ein sagenhafter Regisseur wäre, hätte ich schon vor Wochen alles hingeschmissen...»

«Sie haben uns noch nicht erzählt, wovon es handelt.»

«Also, es geht um... ach, ich weiß nicht. Es geht um diesen jungen Mann aus einer Arbeiterfamilie. Und er schreibt ein Buch, und es wird ein Bestseller, und er wird so was wie eine Berühmtheit – im Fernsehen und so. Und dann mischt er beim Film mit, und die ganze Zeit wird er immer reicher und fieser, und er säuft und hat Affären und führt ein flottes Leben. Und am Ende fliegt ihm der ganze Rummel natürlich um die Ohren wie ein Kartenhaus, und er endet genau, wo er angefangen hat, bei seiner Mutter zu Hause in der Küche, mit seiner alten Schreibmaschine und einem leeren Blatt Papier. Hört sich kitschig an, ich weiß, aber es ist rührend und echt, und die Dialoge sind phantastisch.»

«Glauben Sie, daß es gut läuft?»

«Ich glaub schon. Aber ich bin natürlich voreingenommen.»

«Welche Rolle spielen Sie?»

«Oh, ich bin bloß eins von den vielen Mädchen. Aber ich bin anders, weil ich nämlich schwanger werde.»

«Reizend», murmelte Jane.

«Aber es ist nicht anstößig, kein bißchen», versicherte Dinah ihr. «Als ich den Text das erste Mal las, wußte ich nicht, ob ich lachen oder weinen sollte. Das wirkliche Leben, schätze ich.»

«Ja.» Jane trank aus, stellte das leere Glas hin und sah auf die Uhr. «Robert, ich geh nach oben und zieh mich um. Wir dürfen uns nicht verspäten. Sonst müssen alle auf uns warten.» Sie stand auf. «Sie entschuldigen mich, Dinah, nicht wahr?»

«Selbstverständlich, und danke, daß Sie mir mit dem Badezimmer so geholfen haben. Ich ruf Sie an und sag Ihnen, wofür ich mich entschieden habe.»

«Ja, tun Sie das.»

Als sie hinaufgegangen war, lächelte Dinah Robert wieder vertrauensvoll an. «Hoffentlich halte ich Sie nicht auf. Ich gehe sofort, wenn ich ausgetrunken habe, aber ich wohne im Augenblick in einem solchen Schutthaufen, es ist deprimierend. Und es ist so heiß, nicht? Ich wünschte, es gäbe ein Gewitter. Es wäre viel kühler, wenn es bloß donnern würde.»

«Es gibt heute abend eins, ganz bestimmt. Sagen Sie, wie sind Sie an die Rolle gekommen?»

«Also, Amos Monihan, Sie wissen schon, der das Stück geschrieben hat – er hat mich im Fernsehen in *Detectives* gesehen, und er hat Mayo Thomas angerufen und ihm gesagt, ich wäre die Richtige für die Rolle. Daraufhin kriegte ich einen Termin zum Vorsprechen. Das ist alles.»

«Und wer spielt die Hauptrolle? Den jungen Mann? Den Schriftsteller?»

«Das ist das Risiko. Die Sponsoren wollten einen großen Namen, eine Berühmtheit. Aber Mayo hat diesen Jungen entdeckt – er hatte ihn in einem Provinztheater gesehen, und irgendwie hat er den Geldgeber überzeugt, es mit ihm zu versuchen.»

«Sie haben einen Unbekannten in der Hauptrolle?»

Dinah nickte. «Aber glauben Sie mir, er ist gut.»

Sie trank aus. Jane ging oben in ihrem Schlafzimmer hin und her, öffnete und schloß Schubladen. Robert stand auf, um Dinah das leere Glas abzunehmen. «Darf ich Ihnen die andere Hälfte einschenken?»

«Nein, wirklich nicht. Ich will Sie nicht länger aufhalten...» Sie stand auf, zog ihr Kleid herunter und warf die langen Haare zurück. «Wiedersehen, Jane», rief sie die Treppe hinauf.

«Oh, auf Wiedersehen.» Jane hörte sich schon wesentlich freundlicher an.

Dinah ging die Treppe hinunter, und Robert folgte ihr in der Absicht, sie höflich hinauszubegleiten. Über ihren schimmernden Kopf hinweg beugte er sich vor, um den Riegel von Janes Haustür zurückzuschieben. Draußen schlummerte das Wohnviertel in der heißen, stickigen Abendluft.

«Ich drücke Ihnen für Mittwoch die Daumen», sagte er.

«Nett von Ihnen.»

Sie traten auf die Straße. Er öffnete die Tür ihres Fiat für sie und fragte: «Wie heißt denn dieser junge Schauspieler?»

Dinah rutschte auf den Fahrersitz und zeigte dabei mehr Bein, als für den Blutdruck ihrer Mitmenschen gut war.

«Christopher Ferris», erwiderte sie.

«Christopher Ferris? Den kenne ich.»

«Tatsächlich? Komisch.»

«Zumindest... kenne ich seine Schwester.»

«Ich weiß nichts von seiner Familie.»

«Hat er sie nie erwähnt? Emma?»

«Mit keinem Wort. Aber junge Männer reden ja auch normalerweise nicht über ihre Schwestern, oder?»

Sie lachte und schlug die Wagentür zu, aber das Fenster war heruntergekurbelt, und Robert lehnte sich mit dem Ellbogen darauf wie ein Vertreter mit einem Fuß in der Tür.

«Ich würde ihm gern Hals- und Beinbruch wünschen», sagte er.

«Ich richte es ihm morgen aus.»

«Könnte ich ihn anrufen?»

«Sicher, ich denke schon, aber Anrufe sind nicht gerade erwünscht, wenn wir arbeiten.» Und dann hatte sie plötzlich eine glänzende Idee. «Ich sag Ihnen was, ich habe irgendwo seine Privatnummer. Ich mußte ihn einmal für Mayo anrufen und ihm was ausrichten.»

Sie nahm ihre Handtasche vom Beifahrersitz und fing an zu kramen. Nacheinander förderte sie ein Textbuch, ein Portemonnaie, einen Schal, eine Flasche Sonnenöl und einen Kalender zutage. «Hier ist sie, Flaxman 88 81. Soll ich sie Ihnen aufschreiben?»

«Nein, ich kann sie mir merken.»

«Er ist jetzt vielleicht da ... ich weiß nicht, was er in seiner Freizeit macht.» Sie lächelte wieder. «Na so was, daß Sie ihn kennen. Die Welt ist klein, nicht?»

«Ja, die Welt ist klein.»

Sie ließ den Motor an. «Es war nett, Sie kennenzulernen. Also dann, auf Wiedersehen.»

Er trat zurück. «Wiedersehen.»

Das kleine Auto brauste durch das Wohnviertel, und Robert sah ihm nach. An der Kreuzung am Ende der schmalen Straße hielt es kurz an, dann schoß es davon, bog links ab und war verschwunden; das Geräusch des Motors wurde von dem gleichmäßigen Brummen des Londoner Verkehrs verschluckt.

Robert kehrte ins Haus zurück, schloß die Tür, ging nach oben. Aus dem Schlafzimmer kam kein Laut.

«Jane?»

Sie begann sofort geschäftig umherzugehen.

«Jane.»

«Was ist?»

«Komm her.»

«Aber ich bin nicht ...»

«Komm runter.»

Kurz darauf erschien sie im Morgenrock oben an der Treppe. «Was ist los?»

«Christopher Ferris», sagte Robert.

Sie sah zu ihm herunter, ihre Miene war plötzlich verschlossen und abweisend.

«Was ist mit ihm?»

«Du hast gewußt, daß er in dem Stück mitspielt. Daß er die ganze Zeit in London war.»

Sie kam die Treppe herunter. Als ihre Gesichter auf gleicher Höhe waren, sagte sie kühl: «Ja, ich hab's gewußt.»

«Aber du hast es mir nicht erzählt. Warum?»

«Vielleicht, weil ich nichts davon halte, im Schlamm zu wühlen. Außerdem – du hast es versprochen. Nichts mehr von den Littons.»

«Das hier hat nichts mit dem Versprechen zu tun.»

«Warum machst du dann so einen Wirbel? Hör mal, Robert, ich denke in dieser Sache genau wie deine Schwester Helen. Bernstein sollte mit der geschäftlichen Tätigkeit für Ben Litton Schluß machen und sich auch aus seinen Familienangelegenheiten raushalten. Ich weiß über Emma Bescheid und über das Leben, das sie geführt hat, und sie tut mir leid. Ich bin mit dir nach Brookford gefahren, ich habe das abscheuliche kleine Theater gesehen und die gräßliche Wohnung. Aber sie ist erwachsen und, wie du selbst gesagt hast, sogar sehr intelligent... Christopher ist in London, na und? Das heißt doch nicht, daß er Emma im Stich gelassen hat. Es gehört zu seinem Job, und ich bin sicher, Emma hat dafür Verständnis.»

«Das erklärt noch lange nicht, warum du es mir nicht gesagt hast.»

«Vielleicht, weil ich von vornherein wußte, daß du dann im Kreis herumrennen würdest wie ein wildgewordener Schäferhund. Daß du dir die größten Katastrophen ausmalen und die schlimmsten Vorwürfe machen würdest, bloß weil das arme Kind Ben Littons Tochter ist. Robert, du hast sie gesehen. Sie will sich nicht helfen lassen. Und wenn du es versuchst, störst du bloß...»

Er sagte langsam: «Ich weiß nicht, ob du mich zu überzeugen versuchst oder dich selbst.»

«Ich versuche, dir die Wahrheit beizubringen.»

«Die Wahrheit ist, daß Emma mit einem Säufer in einem feuchten Kellerloch wohnt.»

«Hat sie sich das nicht selbst ausgesucht?»

Sie schleuderte ihm die Frage entgegen, und bevor er antworten konnte, schob sie sich an ihm vorbei zum Teewagen und begann, leere Gläser und Bierflaschenverschlüsse einzusammeln. Traurig betrachtete er ihre Rückenpartie, die glatten, modisch geschnittenen Haare, die zierliche Taille, die kleinen, tüchtigen Hände. Sie war unerbittlich.

Er sagte sanft: «Dinah Burnett hat mir Christophers Telefonnummer gegeben. Vielleicht ist es besser, wenn ich ihn von hier aus anrufe.»

«Tu, was du willst.» Sie trug die Gläser in die Küche. Robert griff nach ihrem Telefon und wählte die Nummer, die er sich gemerkt hatte. Jane kam zurück, um die leeren Flaschen einzusammeln.

«Hallo.» Es war Christopher.

«Christopher, hier spricht Robert Morrow. Erinnern Sie sich, ich war in Brookford...»

«Um Emma zu besuchen. Ja, natürlich. Wie nett! Woher wußten Sie, wo ich zu finden bin?»

«Dinah Burnett hat mir Ihre Nummer gegeben. Sie hat mir auch von *The Glass Door* erzählt. Meinen Glückwunsch.»

«Den können Sie sich aufheben, bis wir sehen, was die Kritiker zu sagen haben.»

«Es ist auch so eine große Leistung. Hören Sie, ich habe mich gefragt, was Emma macht.»

Christophers Stimme wurde wachsam. «Ja?»

Jane war aus der Küche zurück und stand jetzt am Fenster, die Arme verschränkt, und sah auf die Straße hinunter.

«Wo ist sie?»

«In Brookford.»

«In der Wohnung. Mit ihrem Freund?»

«Meinem Freund? Oh, Johnny Rigger? Nein, der ist weg. Er kam eines Morgens betrunken zur Probe, da hat der Regisseur ihn gefeuert. Emma ist allein.»

Robert bemühte sich, nicht die Geduld zu verlieren. «Sie sind nie auf die Idee gekommen, Marcus Bernstein oder mich anzurufen und uns zu informieren?»

«Na ja, ich hätte mich schon gemeldet, aber bevor ich aus Brookford wegging, mußte ich Emma versprechen, es nicht zu tun. Sie sehen also, ich konnte nicht.»

Robert wollte etwas erwidern, aber Christopher, der sich plötzlich viel jünger und weniger selbstsicher anhörte, fuhr fort: «Ich sag Ihnen, was ich getan habe. Ich kam mir irgendwie wie ein Schuft vor, Emma so allein zu lassen... da habe ich Ben geschrieben.»

«Sie haben wem geschrieben?»

«Ihrem Vater.»

«Aber was hätte er denn tun können, verdammt noch mal? Er ist in Amerika... er ist in Mexiko...»

«Ich wußte nicht, daß er in Mexiko ist; ich habe ihm per Adresse Galerie Bernstein geschrieben und gebeten, ihm den Brief nachzusenden. Ich fand, irgend jemand sollte wissen, was los war.»

«Und Emma? Arbeitet sie noch am Theater?»

«Als ich wegging, war sie noch dort. Wissen Sie, es hatte wirklich keinen Sinn, daß sie mit mir nach London kam. Ich probe von morgens bis abends, wir hätten uns nie gesehen. Außerdem, wenn *The Glass Door* nach einer Woche abgesetzt wird, brauche ich meinen alten Job in Brookford wieder. Tommy Childers hält ihn mir netterweise frei. Deshalb fanden wir, es wäre besser, wenn Emma dort bliebe.»

«Und wenn *The Glass Door* zwei Jahre läuft?»

«Ich weiß nicht, was dann wird. Aber im Moment, ich will es Ihnen ehrlich sagen, ist alles ein bißchen heikel. Das Haus, wo ich wohne – es gehört meiner Mutter. Ich wohne bei meiner Mutter. Sie sehen also, wie die Dinge liegen, ist es ein bißchen heikel.»

«Ja», sagte Robert. «Ja, das sehe ich… wie Sie sagen, es ist heikel.»

Er legte den Hörer auf. Ohne sich vom Fenster abzuwenden, fragte Jane: «Was ist heikel?»

«Er wohnt bei Hester, seiner Mutter. Und sie weigert sich offensichtlich, eine Litton über ihre Schwelle zu lassen. Streitsüchtige alte Ziege. Und der besoffene Mitbewohner ist rausgeflogen, Emma ist also allein. Und um sein Gewissen zu erleichtern, hat Christopher Ben Litton geschrieben, was passiert ist. Und ich würde am liebsten die ganze Bande zusammen an einen großen Mühlstein hängen und in einem bodenlosen See versenken.»

«Ich hab gewußt, daß es so kommen würde», sagte Jane. Sie drehte sich jetzt zu ihm um, die Arme verschränkt, und er sah, daß sie nicht nur wütend war, sondern auch verstört. «Es könnte schön sein mit uns… das weißt du, nicht wahr, so gut wie ich. Und deswegen habe ich dir nichts von Christopher erzählt, weil ich wußte, wenn du es erfährst, würde alles zu Ende sein.»

Nur zu gern hätte er gesagt: ‹Es muß nicht zu Ende sein›, aber es war ihm unmöglich.

«Nach außen hin, Robert, hast du dein Versprechen die ganze Zeit gehalten. Du hast Emma nie erwähnt. Aber aus deinem Kopf, aus deinem Herzen ist sie nie verschwunden.»

Nachdem es nun offen ausgesprochen war, wußte er, daß es stimmte. «Ich weiß auch nicht», sagte er schwach. «Ich fühle mich auf eine idiotische Art für sie verantwortlich.»

«Wenn du dich für sie verantwortlich fühlst, dann nur, weil du es willst. Und das ist nicht genug, Robert. Nicht für mich. Ich laß mich nicht darauf ein, die Zweitbeste zu sein. Lieber verzichte ich. Ich hatte gehofft, das sei dir klar. Für mich heißt es alles oder nichts. Ich kann das nicht alles noch mal durchmachen.»

Er verstand sie nur zu gut. Aber alles, was er sagen konnte, war, daß es ihm leid tat.

Sie nickte. «Ich denke… du solltest vielleicht lieber gehen.»

Noch immer hatte sie die Arme verschränkt, eine Barriere gegen ihn. Sie gab ihm keine Möglichkeit, Lebewohl zu sagen. Er konnte sie nicht küssen. Er konnte nicht leichthin bemerken: «War nett mit dir», wie der nonchalante Held einer Gesellschaftskomödie. Und er konnte ihr nie verzeihen, daß sie versucht hatte, ihn von Emma fernzuhalten.

«Also dann», sagte er. «Ich gehe jetzt.»

«Ja, tu das.» Aber als er sich anschickte, die Treppe hinunterzugehen, fiel ihr etwas ein. «Du hast den Wein hiergelassen.»

«Vergiß den Wein», sagte Robert.

10

Der Gesang war zu Ende. Die Scheinwerfer wurden abgeblendet. Charmian in der Rolle des Oberon trat für ihre Schlußzeilen an die Rampe. Die Mendelssohnsche Musik – vom Band, denn im Theater von Brookford war kein Platz für ein Orchester – stahl sich durch die Dunkelheit des Zuschauerraumes und umgab das Publikum mit dem sanften Zauber einer Sommernacht.

Nun, bis Tages Wiederkehr,
Elfen schwärmt im Haus umher...

Es war das Ende der ersten Woche von *Ein Sommernachtstraum*. Um das finanzielle Fiasko von *Daisies on the Grass* auszugleichen, war das Shakespearestück auf den Spielplan gesetzt worden. Es bedeutete zwar für alle Beteiligten doppelte Arbeit, garantierte dafür aber einen Zuschuß vom Art Council sowie volle Häuser. Das Publikum bestand vorwiegend aus Schülern und Studenten.

Emma arbeitete unterdessen nicht mehr für Collins, den Inspizienten. Sie hatten eine neue Assistentin, ein junges Mädchen, frisch von der Schauspielschule, beflissen, zäh und anscheinend unempfindlich gegen Collins' spitze Zunge. Augenblicklich stand sie auf der Bühne, in der grauen Samttunika und den Silberflügeln der Elfe Spinnweb, denn die große Besetzung des Sommernachtstraums machte es notwendig, daß jedes Mitglied der Truppe eine Rolle übernahm.

Aus diesem Grund hatte Tommy Childers Emma gebeten, hinter der Bühne mitzuhelfen. In den vergangenen Wochen hatte sie in der Garderobe ausgeholfen, im Kulissenfundus gearbeitet, Texte getippt, und zwischendurch war sie ständig hinausgeflitzt, um Sandwiches und Zigaretten zu holen und unzählige Kannen Tee zu kochen.

Heute war sie als Souffleuse eingesetzt worden, und den ganzen Abend hatte sie ihre Augen auf das Soufflierbuch geheftet, in panischer Angst, die Zeile zu verlieren, ein Stichwort zu verpassen, jemanden hängenzulassen. Jetzt aber, da das Stück dem Ende zuging und sie den Rest auswendig kannte, lehnte sie sich zurück und beobachtete das Geschehen auf der Bühne.

Charmian trug eine Krone aus smaragdgrünen Blättern, einen silbernen Heroldstock in der Hand und eine silberne Strumpfhose an ihren langen, schlanken Beinen. Die Zuschauer, vom Zauber der Worte gefesselt, verhielten atemlos, gebannt.

Nun genung!
Fort im Sprung!
Trefft mich in der Dämmerung!

Um den engen Kulissenraum auf beiden Seiten der Bühne zu vergrößern, hatte Tommy Childers eine Rampe bauen lassen, die von der Bühne in den Mittelgang des Zuschauerraumes hinunterführte. Jetzt traten Oberon und Titania, mit einem Gefolge von Elfen, Hand in Hand über diese Rampe ab, ihre Gewänder flatternd wie überdimensionale Flügel. Sie liefen von der erleuchteten Bühne hinunter in die Dunkelheit, geschwind und leise, durch den Mittelgang und zur hinteren Flügeltür hinaus, mit so anmutiger Geschwindigkeit, daß sie fast ohne einen Laut, ohne eine Spur verschwanden.

Und dann hatte Sara Rutherford, die den Droll als segelohrigen Teenager spielte, die Bühne für sich allein, mit einem einzigen Scheinwerfer.

Wenn wir Schatten euch beleidigt,
O so glaubt – und wohl verteidigt
Sind wir dann! – ihr alle schier
Habet nur geschlummert hier…

Sie hatte eine kleine Flöte. Als sie zu ‹Nun gute Nacht! Das Spiel zu enden› gelangte, spielte sie das Thema von Mendelssohns Ouvertüre. Dann triumphierend: «Begrüßt uns mit gewognen Händen.» Der Scheinwerfer ging aus, der Vorhang fiel, und Applaus kam auf.

Alles vorbei. Emma stieß einen Seufzer der Erleichterung aus, weil nichts schiefgegangen war, klappte das Soufflierbuch zu und lehnte sich zurück. Die Darsteller strömten zum ersten Vorhang wieder auf die Bühne. Als der Junge, der den Zettel spielte, an ihr vorbeiging, beugte er sich herunter und flüsterte:

«Tommy hat mich gebeten, dir auszurichten – da wartet ein Typ, der zu dir will. Erst hat er eine halbe Stunde im Künstlerzimmer gesessen, aber dann hat Tommy ihn in sein Büro gebracht. Er meinte, da wärt ihr ungestörter. Geh mal lieber nachsehen, was los ist.»

«Zu mir? Wer ist es denn?»

Doch Zettel war schon auf der Bühne. Der Vorhang ging hoch, erneut aufbrausender Applaus, Lächeln und Verbeugung und Knickse...

Emmas erster Gedanke war Christo. Aber wenn es Christo war, warum hatte der Junge es nicht gesagt? Sie ging die Holztreppe hinunter und über die Arbeitsbrücke, die zum oberen Absatz der Bühneneingangstreppe führte. Die Tür zum Künstlerzimmer am Ende eines kurzen Flurs stand halb offen und gab den Blick auf ein durchgesessenes Samtsofa und die gerahmten alten Theaterplakate an der Wand frei. Tommy Childers' Büro lag an diesem Flur. Die Tür war geschlossen.

Hinter Emma erstarb der Applaus und brandete zum zweiten Vorhang wieder auf.

Sie öffnete die Tür.

Es war ein winziger Raum, wenig größer als ein Kleiderschrank, kaum groß genug für den Schreibtisch, ein paar Stühle und einen Aktenschrank. Er saß am Schreibtisch, auf Tommys Stuhl, hinter Tommys privatem Durcheinander von Textbüchern, Briefen, Programmfahnen und Regienotizen. An der Wand hinter ihm waren Bühnenfotos mit Reißzwecken befestigt. Jemand hatte ihm eine Tasse Tee gemacht, aber er hatte sie nicht getrunken, und der Tee stand vor ihm, scheußlich kalt und unberührt. Er trug eine perlgraue Hose, eine braune Lederjacke, ein hellblaues Baumwollhemd und eine dunkelblaue Krawatte, lose gebunden, so daß der obere Knopf zu sehen war. Er war brauner denn je, sah fast zehn Jahre jünger aus und nahezu unanständig attraktiv.

Er rauchte eine amerikanische King-size-Zigarette, und der überquellende Aschenbecher verriet, daß er schon lange auf Emma wartete. Als sie durch die Tür kam, wandte er den Kopf, um sie anzusehen, den Ellbogen auf den Schreibtisch, das Kinn in die Hand gestützt. Durch den Dunst des Zigarettenrauchs blieben seine Augen dunkel, umschattet und ganz und gar unergründlich.

«Wo hast du gesteckt?» fragte er in leicht ärgerlichem Ton, und Emma war so verblüfft, daß sie ihm Rede und Antwort stand.

«Souffliert.»

«Komm rein und mach die Tür zu.»

Sie tat wie geheißen. Der Applaus im Zuschauerraum war nicht mehr zu hören. Ihr Herz klopfte, aber ob vor Schrecken, Freude oder Anspannung, war unmöglich festzustellen. Schließlich sagte sie matt: «Ich dachte, du bist in Amerika.»

«War ich auch, heute morgen. Bin heute zurückgeflogen. Und gestern... ich nehme zumindest an, daß es gestern war, diese ewigen Datumsgrenzen und Zeitumstellungen machen das Leben schrecklich kompliziert... war ich in Mexiko. Ja, gestern. In Acapulco.»

«Acapulco?»

«Wußtest du, daß die Flugzeuge, die nach Acapulco fliegen, alle ganz bunt bemalt sind? Und auf dem Weg nach Süden machen die Stewardessen eine Art Uniform-Striptease. Faszinierend.» Er sah sie unverwandt an. «Emma, irgendwas ist anders an dir. Das ist es, du hast die Haare abgeschnitten. Gute Idee! Dreh dich um und zeig dich von hinten.» Sie wandte vorsichtig den Kopf und beobachtete ihn dabei aus dem Augenwinkel. «Viel besser. Ich wußte gar nicht, daß du so eine klassische Kopfform hast. Nimm dir 'ne Zigarette.»

Er schob das Päckchen über den Schreibtisch. Emma nahm sich eine, und er gab ihr Feuer, vorgebeugt, die Flamme mit seinen vertrauten, schönen Händen schützend. Als er das Streichholz ausschnippte, sagte er beiläufig: «Eine Menge Briefe sind über den großen Teich geflogen gekommen. Von dir war kein einziger dabei.»

Es war ein Vorwurf. «Ich weiß.»

«Schwer zu begreifen. Nicht daß es mir besonders viel ausmachte – obwohl, ich muß schon sagen, da es so ungefähr der erste Brief war, den ich dir je geschrieben habe, wäre es nett gewesen, eine Antwort zu bekommen. Aber bei Melissa war es anders. Sie wollte, daß du zu uns in die Staaten kommst, wenn auch nur für einen kurzen Besuch. Du bist doch sonst immer ganz gern gereist. Was war los?»

«Ich weiß nicht. Ich war wohl... enttäuscht, weil du nicht nach Hause gekommen bist. Und mit dem Gedanken, daß du geheiratet hast, mußte ich mich erst langsam anfreunden. Als ich mich schließlich damit abgefunden hatte... da war es zu spät, auf eure Briefe zu antworten. Und jeder Tag, der verging, machte es schlimmer, machte es unmöglicher. Wenn man etwas getan hat, worauf man nicht besonders stolz ist... dann wird es mit der Zeit immer schwerer, die Sache rückgängig zu machen. Das hatte ich vorher nicht gewußt.»

Er bemerkte nichts dazu. Fuhr einfach fort, zu rauchen, sie anzusehen.

«Eine Menge Briefe, sagst du. Von wem waren die alle?»

«Natürlich von Marcus. Das war geschäftlich. Und dann ein ziemlich gestelztes förmliches Schreiben von Robert Morrow. Er habe sich hier irgendein Theaterstück angesehen und bei dir und Christopher was getrunken. Ich bin aber nicht dahintergekommen, ob er wegen des Stücks gekommen ist oder deinetwegen.»

«Tja, also...»

«Sobald wir erfuhren, daß du noch am Leben und offenbar beschäftigt warst und nicht die Absicht hattest, uns zu besuchen, sind Melissa und ich in unserem bunten Flugzeug nach Mexiko geflogen, wo wir bei einem verrückten alten Filmstar in einem Haus voller Papageien wohnten. Und gestern sind wir nach Queenstown zurückgeflogen, und was wartet da auf mich? Natürlich wieder ein Brief.»

«Von Robert?»

«Nein. Von Christopher.»

Sie riß die Augen auf. «Von Christopher?»

«Er muß ein außerordentlich begabter junger Mann sein. Eine Londoner Inszenierung, so bald schon, mit so wenig Erfahrung. Ich habe natürlich immer gewußt, daß er im Leben ungeheuren Erfolg haben würde. Entweder das oder im Gefängnis landen...»

Aber selbst diese Provokation konnte sie nicht ablenken. «Du meinst Christopher? Er hat dir geschrieben?»

«So wie du das sagst, klingt es fast beleidigend.»

«Aber warum hat er dir geschrieben?»

«Es steht zu vermuten, daß er sich irgendwie verantwortlich fühlte.»

«Aber...» Eine Idee nahm Gestalt an. Eine Ahnung, so wunderbar, daß sie, wenn sie sich nicht bewahrheitete, sofort erstickt werden mußte. «Aber du bist nicht wegen des Briefes nach Hause gekommen? Du bist zum Malen nach Hause gekommen. Um nach Porthkerris zurückzukehren und wieder zu malen?»

«Ja, natürlich, auf lange Sicht schon. Mexiko hat mich inspiriert. Sie haben ein ungewöhnliches Rosa, das in ihren Häusern auftaucht, ihren Bildern, ihrer Kleidung...»

«Vielleicht hast du genug von Queenstown und Amerika», hakte sie nach. «Du hast es nie länger als ein paar Monate an einem Ort ausgehalten. Du mußt dich natürlich mit Marcus treffen. Und an eine neue Ausstellung denken.»

Er sah sie verblüfft an. «Warum diese Liste von Motiven?»

«Na ja, einen Grund muß es doch geben.»

«Das hab ich dir gerade gesagt. Ich bin gekommen, um dich zu sehen.»

Sie mochte die Zigarette nicht, die er ihr gegeben hatte. Sie beugte sich vor und drückte sie aus, dann verschränkte sie die Hände im Schoß, die Handteller dicht aneinandergepreßt, die Finger verschlungen. Ben deutete ihr Schweigen falsch und schüttelte betrübt den Kopf. «Ich glaube nicht, Emma, daß du die Situation ganz begreifst. Ich bin buchstäblich von Mexiko losgeflogen, hab Christophers Brief gelesen, Melissa einen Abschiedskuß gegeben und bin wieder weggeflogen. Hatte nicht mal Zeit, das Hemd zu wechseln. Dann habe ich noch mal zwölf Stunden Flug auf mich genommen, die Langeweile nur von einer Reihe ungenießbarer Mahlzeiten unterbrochen, die alle wie Plastik schmeckten. Glaubst du, ich ertrage solche Torturen, bloß um mit Marcus Bernstein über eine neue Ausstellung zu sprechen?»

«Aber, Ben...»

Er hatte sich in Fahrt geredet und war nicht gewillt, sich unterbrechen zu lassen. «Und, kaum angekommen, geh ich da etwa ins Claridge, wo Melissa mir vorsorglich telegrafisch ein Zimmer bestellt hat? Gönne ich mir ein Bad oder einen Drink oder ein anständiges Essen? Nein. Ich steige in das langsamste Taxi diesseits des Atlantiks und fahre durch unsäglichen Regen nach Brookford –» er sprach diesen Namen wie ein unanständiges Wort – «wo ich nach endlosen falschen Wegauskünften endlich das Theater ausfindig mache. Das Taxi steht jetzt draußen, die Zähluhr tickt, der Fahrpreis klettert in astronomische Höhen. Und wenn du mir nicht glaubst, kannst du ja selbst nachschauen.»

«Ich glaube dir», sagte Emma rasch.

«Und dann, als du dich endlich bequemst zu erscheinen, kannst du über nichts anderes reden als über Marcus Bernstein und irgendeine Ausstellung. Weißt du was? Du bist ein undankbares Gör. Ein typisches Beispiel für die moderne Generation. Du verdienst nicht, einen Vater zu haben.»

«Aber ich bin vorher immer allein gewesen», sagte Emma leise. «Jahrelang bin ich allein gewesen. In der Schweiz, in Florenz und in Paris. Da bist du nie gekommen, um mich zu sehen.»

«Da hast du mich nicht gebraucht», sagte Ben entschieden. «Außerdem wußte ich, was du gemacht hast und bei wem du warst. Diesmal, als ich Christophers Brief las, hab ich mir zum erstenmal leichte Sorgen gemacht. Vielleicht, weil Christopher, ausgerechnet er, mir nie geschrieben hätte, wenn er nicht selbst besorgt gewesen wäre. Warum hast du mir nicht erzählt, daß du ihn in Paris getroffen hast?»

«Ich dachte, du würdest darüber nicht gerade erfreut sein.»

«Das kommt darauf an, was für ein Mensch er geworden ist. Hat er sich sehr verändert, seit er als kleiner Junge bei uns in Porthkerris gelebt hat?»

«Er sieht noch genauso aus... aber er ist groß... er ist jetzt ein Mann. Zielstrebig, ehrgeizig und vielleicht ein bißchen egozentrisch. Und der bezauberndste Mensch, den man sich vorstellen kann.» Mit Ben über ihn zu reden, das war, als würde ihr eine Last von den Schultern genommen. Emma lächelte. «Und ich bete ihn an.»

Ben nahm das hin, und er erwiderte ihr Lächeln. «Du hörst dich an wie Melissa, wenn sie über Ben Litton spricht. Mir scheint, der Junge und ich haben am Ende doch viel gemeinsam. Es hat eine gewisse Ironie, daß wir so viele Jahre damit verschwendet haben, uns gegenseitig zu verachten. Vielleicht sollte ich die Bekanntschaft mit ihm erneuern. Diesmal kommen wir möglicherweise etwas besser miteinander aus.»

«Ja, das glaube ich auch.»

«Melissa kommt in ein, zwei Wochen nach. Zu mir nach Porthkerris.»

«Will sie im Cottage wohnen?» fragte Emma ungläubig.

Ben amüsiert: «Melissa? Im Cottage? Du machst Witze. Im Hotel Castle ist schon eine Suite reserviert. Ich werde leben wie ein Goldfisch im Glas, aber ich werde älter, und da ist man vielleicht aufgeschlossener für eine gewisse Lebensqualität.»

«Aber hat ihr das nichts ausgemacht? Daß du einfach so nach Hause wolltest? Ihr einen Kuß gibst, wegfährst und dir nicht mal die Zeit nimmst, das Hemd zu wechseln?»

«Emma, Melissa ist eine kluge Frau. Sie versucht nicht, einen Mann an sich zu binden oder ihn zu besitzen. Sie weiß, der beste Weg, jemanden, den man liebt, zu halten, ist, ihn... ganz sachte... loszulassen. Frauen brauchen lange, um das zu lernen. Hester hat es nie gelernt. Und wie steht es mit dir?»

«Ich bin dabei, es zu lernen», sagte Emma.

«Es ist seltsam, aber das nehme ich dir ab.»

Unterdessen war es dunkel geworden. Die Dämmerung hatte sich unmerklich vertieft, während sie redeten, bis Bens Gesicht auf der anderen Seite des Schreibtisches nur noch ein verschwommener Fleck, seine Haare ein weißer Fittich waren. Auf dem Schreibtisch stand eine Lampe, aber keiner von ihnen machte sich die Mühe, sie anzuknipsen. Das Zwielicht umfing sie, die geschlossene Tür hielt den Rest der Welt fern. Sie waren die Littons, eine Familie, zusammen.

Ab und zu drangen Geräusche von der Bühne zu ihnen: Der Vorhang wurde geöffnet und geschlossen, Collins beschimpfte einen unseligen Elektriker, die Schauspieler rannten die Treppe zu den Garderoben hinauf, begierig, fortzukommen, sich von Kostümen und Schminke zu befreien, Busse zu erwischen, nach Hause zu fahren, Essen zu kochen, Strümpfe zu waschen und ins Bett zu gehen – allein oder zu zweit. Schritte kamen und gingen, zum Künstlerzimmer hinein und hinaus, *Schatz, hast du mal 'ne Zigarette? Wo ist Delia? Hat jemand Delia gesehen? Für mich hat niemand angerufen, nein?*

Die Geräusche verklangen, als alle nach und nach das Theater verließen. Die Steintreppe hinunter, zur Tür hinaus auf die schmale Gasse. Ein Auto startete. Irgendwo pfiff jemand laut und falsch.

Hinter Emma wurde abrupt die Tür geöffnet, die sanfte Dunkelheit von einem gelben Lichtstreifen durchbrochen.

«Verzeihung, daß ich störe...» Es war Tommy Childers. «Wollt ihr kein Licht machen?» Er knipste den Schalter an, und Ben und Emma saßen erstarrt, blinzelnd wie zwei schläfrige Eulen. «Ich wollte bloß was von meinem Schreibtisch holen, bevor ich nach Hause gehe.»

Emma stand auf und zog ihren Stuhl aus dem Weg.

«Tommy, hast du gewußt, daß das mein Vater ist?»

«Ich war nicht sicher», sagte Tommy und lächelte Ben an. «Ich dachte, Sie sind in Amerika.»

«Alle dachten, ich bin in Amerika. Sogar meine Frau, bis ich mich von ihr verabschiedete. Ich hoffe, wir haben Ihnen keine Umstände gemacht, weil wir hier so lange in Ihrem Büro sitzen.»

«Überhaupt nicht. Bloß der Nachtwächter wird langsam nervös. Ich sag ihm, daß du abschließt, Emma.»

«Ja, ist gut...»

«Also dann... gute Nacht, Mr. Litton...»

Ben stand auf. «Ich hatte vor, Emma heute abend mit nach London zu nehmen. Hätten Sie etwas dagegen?»

«Durchaus nicht», sagte Tommy. «Sie hat die letzten zwei Wochen wie eine Sklavin geschuftet. Ein paar freie Tage werden ihr guttun.»

Emma sagte: «Ich weiß nicht, warum du Tommy fragst, wo du nicht mal mich gefragt hast.»

«Dich frag ich nicht», sagte Ben. «Dir sag ich, was du zu tun hast.»

Tommy lachte. «In diesem Fall nehme ich an, daß ihr zur Premiere geht.»

Ben war ahnungslos. «Premiere?»

Emma klärte auf: «Er meint Christophers erste Vorstellung. Am Mittwoch.»

«So bald schon? Bis dahin bin ich vermutlich in Porthkerris. Aber wir werden sehen.»

«Sie sollten versuchen hinzugehen», sagte Tommy. «Also dann – auf Wiedersehen. Es war nett, Sie kennenzulernen. Und Emma... bis demnächst.»

«Vielleicht nächste Woche, falls ‹The Glass Door› abgesetzt wird.»

«Bestimmt nicht», sagte Tommy. «Wenn es danach ginge, was Christo in *Daisies on the Grass* geleistet hat, dann müßte es so lange laufen wie ‹Die Mausefalle›. Vergiß nicht abzuschließen.»

Er ging hinaus, die Treppe hinunter; sie hörten seine Schritte in der Gasse unter dem Fenster und dann auf der Straße verhallen. Emma seufzte. «Ich denke, wir sollten gehen. Der Nachtwächter kriegt Alpträume, wenn er nicht sicher ist, daß das Haus ordentlich abgeschlossen ist. Und dein Taxifahrer gibt entweder die Hoffnung auf, dich jemals wiederzusehen, oder er stirbt an Altersschwäche.»

Aber Ben hatte sich schon wieder auf Tommys Stuhl gesetzt. «Einen Moment noch», sagte er. «Eins wollte ich noch sagen.» Er klopfte eine Zigarette aus dem amerikanischen Päckchen. «Ich wollte dich nach Robert Morrow fragen.»

Er hatte eine irritierend ruhige Stimme. Sie veränderte sich nie und wechselte nie die Tonlage, so daß man ständig überrumpelt wurde. Jeder Nerv in Emmas Körper war angespannt, aber sie sagte so ruhig wie möglich: «Was soll mit ihm sein?»

«Ich hatte immer eine... Schwäche für den jungen Mann.»

Sie gab sich betont spöttisch. «Du meinst, abgesehen von der Bewunderung seiner Kopfform.»

Er ignorierte diese Bemerkung. «Ich hab dich einmal gefragt, ob du ihn magst, und du hast gesagt: ‹Ich denke schon. Ich kenne ihn kaum.›»

«Na und?»

«Kennst du ihn jetzt etwas besser?»

«Hm, ja, ich denke schon.»

«Als er damals nach Brookford kam, war es nicht bloß wegen des Theaterstücks, stimmt's? Er kam, um dich zu sehen.»

«Er kam, um mich zu suchen. Das ist nicht ganz dasselbe.»

«Aber er hat sich die Mühe gemacht, dich zu suchen. Ich frage mich, warum.»

«Vielleicht war er von dem berühmten Bernsteinschen Verantwortungsgefühl getrieben.»

«Weich mir nicht aus.»

«Was willst du von mir hören?»

«Ich möchte, daß du mir die Wahrheit sagst. Und ehrlich zu dir selbst bist.»

«Weswegen denkst du, daß ich das nicht bin?»

«Weil das Leuchten aus deinen Augen verschwunden ist. Weil ich dich blühend und braungebrannt wie eine Zigeunerin in Porthkerris zurückließ. Weil ich sehe, wie du dasitzt, wie du sprichst, wie du aussiehst.» Er zündete jetzt seine Zigarette an, löschte das Streichholz und ließ es bedachtsam in den Aschenbecher fallen. «Vielleicht hast du vergessen, daß es mein Beruf ist, Menschen zu beobachten, zu erforschen, zu malen. Ich mache das schon länger, als du auf der Welt bist. Und Christopher ist nicht derjenige, der dich unglücklich gemacht hat. Das hast du mir selbst erzählt.»

«Vielleicht warst du's.»

«Unsinn! Ein Vater? Ich hab dich vielleicht in Wut gebracht, gekränkt, gereizt. Aber ich hab dir nicht das Herz gebrochen. Erzähl mir von Robert Morrow. Was ist schiefgegangen?»

Das kleine Zimmer war plötzlich unerträglich stickig. Emma stand auf, öffnete das Fenster und atmete die kühle, vom Regen gereinigte Luft in tiefen Zügen ein.

«Ich habe mich wohl nie bemüht zu begreifen, was für ein Mensch er wirklich ist», sagte sie.

«Ich verstehe nicht.»

«Na ja... die Art und Weise, wie ich ihn kennengelernt habe, da ist von vornherein alles falsch gelaufen. Ich hab ihn mir nie als einen Menschen mit einem Privatleben vorgestellt, mit Vorlieben und Abneigungen... und Geliebten. Er war einfach ein Teil der Galerie Bernstein, so wie Marcus ein Teil von ihr ist. Nur dazu da, sich um uns zu kümmern. Um Ausstellungen zu arrangieren, Schecks einzulösen, Hotelzimmer zu reservieren und dafür zu sorgen, daß das Leben, zumindest das der Littons, reibungslos läuft.» Sie drehte sich um und sah ihren Vater stirnrunzelnd an, verwirrt über ihre eigenen Erkenntnisse. «Wie konnte ich nur so dumm sein?»

«Das hast du vermutlich von mir geerbt. Was hat diese glückliche Illusion beendet?»

«Ach, ich weiß nicht. Dies und das. Er kam nach Porthkerris, um sich Pat Farnabys Bilder anzusehen, und er bat mich, ihn nach Gollan zu begleiten, weil er den Weg nicht kannte. Es war regnerisch und sehr stürmisch, er hatte einen großen, dicken Pullover an, und wir haben über alles mögliche gelacht. Ich weiß nicht mehr, worüber, aber es war nett. Und wir wollten zusammen essen gehen, aber er... nun ja... jedenfalls, ich hatte Kopfweh und bin dann doch nicht gegangen. Und dann bin ich nach Brookford gekommen, um bei Christo zu sein, und ich hab nicht mehr an Robert Morrow gedacht, bis zu dem Abend, als er ins Theater kam. Ich räumte gerade die Bühne auf, und plötzlich hörte ich eine Stimme direkt hinter mir, und als ich mich umdrehte, war er da. Und er hatte ein Mädchen bei sich. Sie heißt Jane Marshall und ist Innenarchitektin oder sonst was sehr Tüchtiges. Hübsch und erfolgreich, und sie schienen ein richtiges Paar zu sein. Verstehst du, was ich meine? Ausgeglichen, zufrieden und... zusammen. Und mir war, als hätte mir jemand eine Tür vor der Nase zugeschlagen und mich draußen in der Kälte stehengelassen.»

Sie wandte sich vom Fenster ab, kam an den Schreibtisch zurück und setzte sich darauf, mit dem Rücken zu ihrem Vater, und sie nahm ein Gummiband und spielte damit, indem sie es wie einen Katapult durch ihre Finger schnippte.

«Sie sind mit in die Wohnung gekommen, auf ein Bier oder einen Kaffee oder so. Es war gräßlich, Robert und ich hatten einen schrecklichen Krach, und dann ist er einfach gegangen, ohne sich zu verabschieden, und hat Jane Marshall mitgenommen. Er ist zurück nach London gefahren, und –» sie bemühte sich verzweifelt um einen leichtherzigen Ton – «lebte auf immer glücklich und in Freuden. Jedenfalls hab ich ihn seitdem nicht mehr gesehen.»

«Wolltest du deswegen nicht, daß Christopher ihm sagte, du seist allein?»

«Ja.»

«Liebt er dieses Mädchen?»

«Christo meint, ja. Christo fand sie hinreißend. Er sagte, wenn Robert sie nicht heiraten würde, müßte er seinen Verstand untersuchen lassen.»

«Und worum ging's bei dem Krach?»

Emma konnte sich kaum erinnern. Im Rückblick war er so mißtönend wie eine rückwärts gespielte Schallplatte. Ein schreiender Wortwechsel, sinnlos, kränkend, überflüssig.

«Ach, alles mögliche. Um dich. Daß ich deinen Brief nicht beantwortet habe. Und um Christo. Ich glaube, er denkt, Christo und ich sind wahnsinnig verliebt ineinander, aber als das zur Sprache kam, war ich schon so wütend, daß ich ihn nicht aufgeklärt habe.»

«Das war vielleicht ein Fehler.»

«Ja, vielleicht.»

«Willst du hierbleiben, in Brookford?»

«Ich hab sonst nichts, wo ich hinkann.»

«Du kannst nach Porthkerris.»

Emma drehte sich um und lächelte ihn an. «Mit dir? Ins Cottage?»

«Warum nicht?»

«Aus tausend Gründen. Nach Hause zu Daddy laufen war nie eine Lösung. Vor den eigenen Gedanken kann man sowieso nicht weglaufen.»

Endlich war er auf dem Weg, die Selbsttäuschung und Unruhe der letzten sechs Wochen waren vorbei. Wie ein heimwärtsstrebender Jagdhund sauste der Alvis nach Westen, über die Hammersmith-Überführung auf die Autobahn. Robert fuhr permanent auf der Überholspur und hielt die Tachonadel wohlweislich bei 110; keinesfalls wollte er riskieren, ausgerechnet jetzt von einer Polizeistreife angehalten zu werden. Auf der Höhe des Londoner Flughafens drang leises Donnergrollen durch die schwere, stille Luft. Er hielt in der ersten Parkbucht an, um das Verdeck hochzuklappen, gerade noch rechtzeitig. Als er wieder auf die Straße bog, verwandelte der schwüle Abend sich in einen brodelnden Vulkan. Plötzlich fegte der Wind von Westen heran und trieb gewaltige Gewitterwolken vor sich her; die Wolken entluden sich in einer regelrechten Wasserexplosion, wie ein Monsunplatzregen prasselte es auf die Windschutzscheibe, so daß die Scheibenwischer kaum mithalten konnten. Binnen Sekunden war die Straße überflutet und spiegelte die bläulichen Zickzackblitze wieder, die den Himmel zerrissen.

Robert überlegte kurz, ob er anhalten und warten sollte, bis das schlimmste Unwetter vorüber sei, doch die Erleichterung darüber, daß er nun endlich einem Wunsch Folge leistete, den er sich wochenlang nicht eingestanden hatte, war stärker als jeder Gedanke an Vorsicht. Er fuhr weiter, und die große Autobahnkurve tauchte vor ihm auf, dröhnte unter seinen Rädern, verschwand spritzend in einer großen Wasserwelle, war schon vorbei, zurückgelassen und vergessen, zusammen mit seiner lähmenden Unsicherheit.

Er fand das Theater geschlossen. Im Licht der Straßenlaterne konnte er die Plakate lesen. EIN SOMMERNACHTSTRAUM. Unbeleuchtet, verlassen, erinnerte das Haus mehr denn je an eine Missionsstation. Der Eingang war verriegelt, alle Fenster waren dunkel.

Er stieg aus. Es war kühler geworden, und er nahm einen Pullover vom Rücksitz, der seit dem Wochenende in Bosham dort lag, und zog ihn über sein Hemd. Als er die Tür zuschlug, sah er das einsame Taxi am Straßenrand warten. Der Fahrer war über den Lenkrad zusammengesunken. Er hätte tot sein können.

«Ist jemand da drin?»

«Na hoffentlich. Ich warte auf 'nen Fahrgast.»

Robert ging den Bürgersteig entlang bis zur Einfahrt, durch die vor langer Zeit Emma und Christopher gekommen waren, Arm in Arm wie ein Liebespaar. Im ersten Stockwerk des düsteren Gebäudes war ein Fenster erleuchtet. Er ging durch die dunkle Einfahrt, stolperte über einen Mülleimer, fand eine offene Tür. Drinnen führte eine Steintreppe nach oben, spärlich beleuchtet von einer Lampe, die auf dem Treppenabsatz im ersten Stock brannte. Schaler Theatergeruch nach Fettschminke, Ölfarbe, verstaubtem Samt schlug ihm entgegen. Von oben kam Stimmengemurmel, und er ging hinauf, fand den kurzen Flur und die angelehnte Tür mit der Aufschrift REGIE, von hellem Licht gesäumt.

Er stieß die Tür auf, die Stimmen verstummten abrupt. Er fand sich auf der Schwelle eines winzigen, vollgestopften Büros und blickte in die erstaunten Gesichter von Ben und Emma Litton.

Emma saß auf dem Schreibtisch, mit dem Rücken zu ihrem Vater, das Gesicht Robert zugewandt. Sie trug ein kurzes Kleid, schlicht geschnitten wie ein Kittel, ihre langen Beine waren braungebrannt. Das Zimmer war so klein, daß er auf der Türschwelle nur eine Armeslänge von ihr entfernt war. Wenn er wollte, hätte er sie berühren können. Er fand, sie hatte noch nie so schön ausgesehen.

Seine Erleichterung und Freude, Emma zu sehen, waren so groß, daß Ben Littons unvermutete Anwesenheit nebensächlich wirkte. Ben selbst war auch ein wenig überrascht. Er hob nur die dunklen Augenbrauen und sagte:

«Meine Güte, sieh mal einer an, wer da gekommen ist.»

Robert schob die Hände in die Taschen und sagte: «Ich dachte...»

Ben hob die Hand. «Ich weiß. Du dachtest, ich bin in Amerika. Bin ich aber nicht, ich bin in Brookford. Und je eher ich hier raus und zurück nach London komme, desto besser.»

«Aber wann bist du...?»

Doch Ben drückte seine Zigarette aus, stand auf und unterbrach ihn brüsk. «Du hast nicht zufällig ein Taxi vor dem Theater gesehen, oder?»

«Doch. Der Fahrer sah aus wie am Lenkrad versteinert.»

«Der Ärmste. Ich muß hin und ihn beruhigen.»

«Ich bin mit meinem Wagen da», sagte Robert. «Wenn du willst, fahr ich dich nach London.»

«Noch besser. Ich kann den Mann auszahlen.» Emma hatte sich nicht gerührt. Jetzt ging Ben um den Schreibtisch herum, und Robert trat zur Seite, um ihn hinauszulassen.

«Übrigens, Robert, Emma kommt auch mit. Hast du Platz für sie?»

«Aber sicher.»

Auf der Türschwelle sahen sie sich einen Moment lang an. Dann nickte Ben zufrieden. «Großartig», sagte er. «Ich warte draußen auf euch.»

«Haben Sie gewußt, daß er kommt?»

Emma schüttelte den Kopf.

«Hat es mit dem Brief zu tun, den Christopher ihm geschrieben hat?»

Emma nickte.

«Er ist heute aus Amerika herübergeflogen, um sich zu vergewissern, daß es Ihnen gutgeht?»

Emma nickte wieder, ihre Augen strahlten. «Er war mit Melissa in Mexiko. Aber er ist sofort hierhergekommen. Nicht mal Marcus weiß, daß er im Lande ist. Er ist gar nicht erst in London gewesen. Er hat vom Flughafen ein Taxi nach Brookford genommen. Und er war nicht wütend auf Christopher, und er sagt, wenn ich will, kann ich mit ihm nach Porthkerris gehen.»

«Und tun Sie's?»

«Ach, Robert, ich kann nicht mein Leben lang dieselben Fehler machen. Und es war auch Hesters Fehler. Wir wollten beide, daß Ben sich unseren Vorstellungen von einem netten, zuverlässigen Ehemann und einem lieben häuslichen Vater anpaßte. Und das war so realistisch wie der Versuch, einen Panther in einen Käfig zu sperren. Dabei sind Panther in Käfigen so entsetzlich langweilig. Außerdem ist Ben nicht mehr mein Problem, sondern Melissas.»

«Also ist es doch nicht mehr ganz so schlimm, am Ende einer langen Liste zu stehen?»

Emma schnitt ihm ein Gesicht. «Ben hat einmal gesagt, Sie haben einen edlen Kopf, und Sie sollten sich einen Bart wachsen lassen, dann würde er Sie malen. Aber wenn ich Sie malen würde, käme eine dicke Sprechblase aus Ihrem Mund, mit den Worten ‹Hab ich doch gleich gesagt›.»

«Das habe ich in meinem ganzen Leben nie zu jemandem gesagt. Und ich bin bestimmt nicht heute abend den ganzen Weg hierhergefahren, um es zu sagen.»

«Um was zu sagen sind Sie gekommen?»

«Daß ich, wenn ich gewußt hätte, daß du allein bist, schon vor Wochen hiergewesen wäre. Daß ich, wenn ich zwei Karten für Christos Premiere bekommen kann, möchte, daß du mit mir hingehst. Daß es mir leid tut, dich angeschrien zu haben, als ich letztes Mal hier war.»

«Ich hab auch geschrien.»

«Ich hasse es, mich mit dir zu streiten, aber ich hab gemerkt, daß es noch tausendmal schlimmer ist, dich gar nicht zu sehen. Ich habe mir dauernd gesagt, es ist einfach vorbei und am besten vergessen. Aber die ganze Zeit bist du mir nie aus dem Kopf gegangen. Jane hat es gewußt. Sie hat es mir heute abend gesagt, sie wußte es von Anfang an.»

«Jane …?»

«Ich schäme mich, es zu sagen, ich habe Jane ausgenutzt, um der Wahrheit auszuweichen.»

«Aber wegen Jane hab ich Christopher das Versprechen abgenommen, dich nicht anzurufen. Ich dachte …»

«Und wegen Christopher bin ich nicht wieder nach Brookford gekommen.»

«Du dachtest, wir seien ineinander verliebt, nicht?»

«Was hätte ich denn sonst denken sollen?»

«Aber du Dummkopf, Christopher ist für mich nie etwas anderes als mein Bruder gewesen.»

Robert nahm ihren Kopf zwischen seine Hände und hob ihr Gesicht zu seinem. «Wie hätte ich das wissen sollen?» fragte er. Und dann küßte er sie.

Als sie zum Wagen kamen, war von Ben nichts zu sehen, aber er hatte eine Nachricht für sie unter den Scheibenwischer geklemmt. «Wie ein Strafzettel», sagte Emma.

Es war ein Blatt, das Ben aus seinem Skizzenblock gerissen hatte. Am oberen Rand prangte eine Zeichnung – zwei einander zugewandte Profile. Emmas entschlossenes Kinn und Roberts imposante Nase waren unverkennbar.

«Das sind wir. Wir beide. Lies vor.»

Robert las: «‹Der Taxifahrer wirkte so traurig bei dem Gedanken, allein nach London zurückzufahren, deshalb habe ich beschlossen, ihn zu begleiten. Ich bin im Claridge, würde aber vor morgen mittag ungern gestört werden.›»

«Aber wenn ich vor Mittag nicht ins Claridge soll, wohin soll ich dann?»

«Du kommst mit zu mir. Nach Milton Gardens.»

«Aber ich hab nichts bei mir. Ich hab nicht mal eine Zahnbürste.»

«Ich kauf dir eine Zahnbürste», sagte Robert und küßte sie, dann las er den Brief weiter. «‹Bis dahin dürfte ich meinen Schlaf nachgeholt und Zeit gehabt haben, den Champagner kalt zu stellen. Ich bin bereit, alles zu feiern, was Ihr mir eventuell zu sagen habt.›»

«Der gerissene alte Gauner! Er hat es die ganze Zeit gewußt!»

«‹In Liebe, und Gottes Segen für Euch beide, Ben.›»

Nach einer Weile fragte Emma: «Ist das alles?»

«Nicht ganz.» Er reichte ihr den Brief, und unter Bens Unterschrift sah Emma eine dritte kleine Zeichnung. Ein Schopf weißer Haare, ein braunes Gesicht, ein Paar dunkle, unbarmherzig wachsame Augen.

«Ein Selbstporträt», sagte Robert. «Ben Litton von Ben Litton. Das muß einmalig sein. Eines Tages könnten wir es für ein paar tausend Pfund verkaufen.»

In Liebe, und Gottes Segen für Euch beide.

«Ich werde es nie verkaufen», sagte Emma.

«Ich auch nicht.» Er lächelte. «Aber jetzt laß uns nach Hause fahren.»

B 38/2

Foto: Michael Boys/Corbis

Landschaften der Liebe

Unterhaltung (nicht nur) für Frauen bei rororo

Kitty Ray
Nells geheimer Garten
Roman. 3-499-23238-3
Als die Literaturdozentin Ellis in das Cottage ihrer verstorbenen Großtante Nell zieht, entdeckt sie deren Tagebuch. Es erzählt die Geschichte einer tragischen Liebe und eines großen Geheimnisses, das Ellis einen Weg in die Zukunft weist.

Die Gabe einer Liebe
Roman. 3-499-22851-3

Rückkehr nach Manor Hall
Roman 3-499-22852-1

Marcia Willett
Zeit der Vergebung
Roman. 3-499-23604-4

Jill Marie Landis
Wenn die Magnolien wieder blühen
Roman. 3-499-23641-9

Diana Stainforth
Unter den Hügeln von Wales
Roman. 3-499-23436-X

Schau niemals zurück
Roman
Ein Strudel dramatischer Ereignisse: Eine junge Frau beweist viel Mut und Stärke und ist im Kampf um ihr Glück sogar bereit, ihr Leben zu riskieren.

3-499-23707-5

Weitere Informationen in der Rowohlt Revue oder unter www.rororo.de

B 24/3

Petra Oelker

«Petra Oelker hat lustvoll in Hamburgs Vergangenheit gestöbert – ein amüsantes, stimmungsvolles Sittengemälde aus vergangener Zeit ...» Der Spiegel

Tod am Zollhaus
Ein historischer Kriminalroman
3-499-22116-0

Der Sommer des Kometen
Ein historischer Kriminalroman
3-499-22256-6
Hamburg im Juni des Jahres 1766: Drückende Schwüle liegt über der Stadt. Auf dem Gänsemarkt warnt ein mysteriöser Kometenbeschwörer vor nahendem Unheil.

Lorettas letzter Vorhang
Ein historischer Kriminalroman
3-499-22444-5
Komödiantin Rosina und Großkaufmann Herrmanns auf Mörderjagd zwischen Theater und Börse, Kaffeehaus, Hafen, Spelunken und feinen Bürgersalons.

Die zerbrochene Uhr
Ein historischer Kriminalroman
3-499-22667-7

Die englische Episode
Ein historischer Kriminalroman
3-499-23289-8

Die ungehorsame Tochter
Ein historischer Kriminalroman
3-499-22668-5

Die Neuberin
Die Lebensgeschichte der ersten großen deutschen Schauspielerin
3-499-23740-7

Das Bild der alten Dame
Ein historischer Kriminalroman

3-499-22865-3

Weitere Informationen in der Rowohlt Revue oder unter www.rororo.de

B 12/3

Foto: Isolde Ohlbaum

Elke Heidenreich

«Literatur hat mich Toleranz und Gelassenheit gelehrt.»

Erika *oder Der verborgene Sinn des Lebens*
3-499-23513-7

Kein schöner Land
Ein Deutschlandlied in sechs Sätzen. 3-499-23535-8

Der Welt den Rücken
Geschichten. 3-499-13470-5 und 3-499-33204-3 (Großdruck)

Kolonien der Liebe
Erzählungen. 3-499-13470-5 und 3-499-33202-7 (Großdruck)
Neun ironische, zärtliche, melancholische Geschichten über die Liebe in unserer Zeit.

Wörter aus 30 Jahren
30 Jahre Bücher, Menschen und Ereignisse. 3-499-13043-2 und 3-499-33209-4 (Großdruck)
Mit ansteckender, nie nachlassender Begeisterung und Leidenschaft schreibt Elke Heidenreich seit drei Jahrzehnten über die Dinge und Menschen, die sie faszinieren: Literatur, Städte, Reisen, Schriftsteller, Zufallsbekanntschaften und Berühmtheiten.

Best of also ... *Die besten Kolumnen aus «Brigitte»*
Lockere, mit klugem Witz geschriebene und ironisch pointierte Texte über nur scheinbar banale Alltagsthemen.

3-499-23157-3

Weitere Informationen in der Rowohlt Revue oder unter www.rororo.de